Jeu de patience

JENNIFER L.
ARMENTROUT

Jeu de patience

Traduit de l'anglais (États-Unis)
par Benjamin Kuntzer

J'AI LU

Titre original :
WAIT FOR YOU

Éditeur original :
HarperCollins Publishing

À ceux qui lisent ce livre :
sans vous, rien de tout cela n'aurait été possible.
Vous faites frémir mes petites chaussettes pelucheuses !

1

Deux choses dans la vie flanquaient une trouille bleue à mon petit cœur d'artichaut. La première était de me réveiller en pleine nuit pour me retrouver nez à nez avec un fantôme translucide flottant au-dessus de moi. Certes peu probable, mais foutrement terrifiant. La seconde était d'arriver en retard dans une salle de classe bondée.

Je haïssais être à la bourre.

Je détestais voir les autres se retourner pour me lancer des regards mauvais, ce qui se produisait immanquablement quand on rentrait une minute après le début du cours.

C'était précisément pour cette raison que j'avais passé une partie de mon week-end sur Google Maps à estimer la distance entre mon appartement sur University Heights et le parking réservé aux étudiants habitant hors du campus. J'avais même fait deux fois l'aller-retour le dimanche pour m'assurer que Google ne me tendait pas un piège.

1,9 km exactement.

Cinq minutes en voiture.

J'étais donc partie avec un quart d'heure d'avance, afin de bénéficier de dix minutes de battement avant mon cours de 9 h 10.

Je n'avais en revanche pas anticipé la queue d'un kilomètre au stop – il ne fallait surtout pas installer de feu dans cette ville classée –, ni le fait qu'il ne resterait pas une seule place sur le campus. Je dus donc laisser ma voiture sur le parking de la gare jouxtant la fac et perdre un temps précieux à glisser mes pièces dans l'horodateur.

Si tu tiens vraiment à traverser la moitié du pays, trouve-toi au moins une place dans une résidence universitaire. Ils doivent bien en avoir, non ? La voix de ma mère me harcelait encore quand je me présentai devant le bâtiment des sciences Robert Byrd, le souffle court d'avoir gravi à grandes enjambées la côte la plus raide et la moins bien située du continent.

Bien sûr, j'avais soigneusement évité les résidences étudiantes, car je savais pertinemment que mes parents finiraient par débarquer à l'improviste et n'hésiteraient pas à tout juger et commenter, et que je souffrirais moins de me prendre un coup de pied dans la tête que d'infliger ça à un spectateur innocent. Pour éviter ce massacre, j'avais préféré puiser dans mes réserves durement obtenues pour m'offrir un deux-pièces voisin du campus.

Ça n'avait pas du tout plu à M. et Mme Morgansten.

Ce qui m'avait d'ailleurs intensément réjouie.

Je commençais cependant à regretter mon petit acte de rébellion car, lorsque je quittai la chaleur moite de cette matinée du mois d'août pour m'enfoncer dans le bâtiment de brique climatisé, il était déjà 9 h 11. Mon cours d'astronomie avait lieu à l'étage. Mais qu'est-ce qui avait bien pu me pousser à prendre astronomie ?

Peut-être le simple fait d'avoir la nausée rien qu'à m'imaginer subir un nouveau programme de biologie ? Ouais, ça devait être ça.

Je gravis deux à deux les marches du large escalier, franchis à la volée une porte à double battant et rentrai dans... un mur.

Je chancelai vers l'arrière, battant des bras tel un agent de circulation sous acide. Ma besace surchargée glissa de mon épaule, me faisant basculer de côté. Mes cheveux me tombèrent devant le visage et un voile auburn obscurcit ma vision tandis que je vacillais dangereusement.

Oh, mon Dieu, j'allais me casser la gueule. Je ne pouvais plus rien y faire. Des visions de nuques brisées tournoyèrent dans ma tête. C'était la lose...

Quelque chose de dur et vigoureux s'enroula autour de ma taille, arrêtant ma chute libre. Mon sac tomba par terre, et mes bouquins et stylos hors de prix se répandirent sur le sol lustré. Mes stylos ! Mes magnifiques stylos roulèrent dans tous les sens. Une seconde plus tard, je me retrouvai plaquée contre le mur.

Le mur était étrangement chaud.

Le mur gloussa.

— Ouh là, s'exclama une voix grave. Ça va, mon ange ?

Le mur n'en était carrément pas un. C'était un mec. Mon cœur cessa de battre et, l'espace d'une seconde horrible, ma poitrine se comprima et je me retrouvai aussi incapable de bouger que de respirer. J'étais soudain précipitée cinq années en arrière. Bloquée. Immobilisée. Des milliers d'épingles se plantèrent dans ma nuque alors que mes poumons se vidaient douloureusement. Chacun de mes muscles se contracta.

— Hé, reprit la voix d'un ton plus doux, trahissant une pointe d'inquiétude. Tout va bien ?

Je me forçai à prendre une profonde inspiration, à recommencer à respirer. Rien de plus. Faire entrer de l'air, le faire ressortir. J'avais pratiqué cet exercice des dizaines de fois au fil des cinq années écoulées. Je n'avais plus quatorze ans. Je n'étais plus là-bas. J'étais *ici*, après avoir traversé près de la moitié du pays.

Deux doigts me soulevèrent le menton. Des yeux d'un bleu surprenant cernés de longs cils noirs se posèrent sur les miens. Un bleu vif et électrique, contrastant si profondément avec les pupilles sombres que je me demandais si ce que je voyais était bien réel.

Puis je compris.

Un garçon me tenait dans ses bras. Jamais un garçon ne m'avait prise dans ses bras. Je ne comptais pas cette fois-là, car elle comptait pour que dalle, et j'étais collée à lui, cuisse contre cuisse, poitrine contre poitrine. Comme si nous dansions. Mes sens entrèrent en ébullition quand je sentis l'odeur discrète de son parfum. Waouh. Un produit de qualité, comme *le sien*...

Une vague de colère monta en moi, un sentiment brut et familier qui repoussa au loin panique et confusion. Je m'y agrippai désespérément et retrouvai ma voix.

— Lâche-moi.

Z'yeux bleus me libéra immédiatement. Ne m'étant pas préparée à cette absence de soutien, je perdis l'équilibre et me rattrapai juste avant de me prendre les pieds dans mon sac. Aussi essoufflée qu'après une course de fond, j'écartai les épaisses mèches qui me barraient la figure et pus enfin obtenir un bon aperçu de Z'yeux bleus.

Nom d'un chien, Z'yeux bleus était...

Il bénéficiait de tous les attributs susceptibles de faire perdre la tête aux filles. Il était grand, une voire deux têtes de plus que moi, large d'épaules mais fin de hanches. Un corps d'athlète – de nageur, peut-être. Ses cheveux bruns ondulés basculaient sur son front, y rejoignant des sourcils parfaits. Des pommettes bien marquées et saillantes ainsi que des lèvres particulièrement expressives venaient compléter cette gravure de mode qui devait en faire saliver plus d'une. Ajoutez à cela ces prunelles saphir, oh, la vache...

Qui aurait pu deviner qu'un bled nommé Shepherdstown pouvait accueillir en son sein un homme pareil ?

Et je lui étais rentrée dedans. Littéralement. Génial.

— Désolée. Je me dépêchais d'aller en cours. Je suis en retard, et...

Ses lèvres s'arrondir légèrement quand il s'agenouilla. Il commença à ramasser mes affaires, et je crus un bref instant que j'allais me mettre à pleurer. Je sentais déjà les larmes s'amonceler dans ma gorge. J'étais désormais *vraiment* à la bourre, je ne pouvais décemment plus entrer en classe, surtout le premier jour. Échec.

Je m'accroupis pour rassembler mes stylos, abritée derrière la cascade de cheveux qui dissimulait ma honte.

— Pas la peine de m'aider.

— Ça me fait plaisir. (Il mit la main sur un morceau de papier, puis leva la tête.) Introduction à l'astronomie ? J'y vais aussi.

Parfait. Pendant tout le semestre, j'allais devoir côtoyer le type qui avait failli me tuer dans le couloir.

— Tu es en retard, déclarai-je sans conviction. Je suis vraiment désolée.

Une fois qu'il m'eut aidée à tout remettre dans ma besace, il se leva et me la rendit.

— Pas grave. (Son demi-sourire s'étira, révélant une fossette sur sa joue gauche, l'autre demeurant parfaitement lisse.) J'ai l'habitude que les filles se jettent sur moi.

Je clignai les paupières, pensant tout d'abord avoir mal compris les paroles de cet ange aux yeux bleus ; il n'avait tout de même pas pu prononcer une phrase aussi débile ?

Malheureusement, si. Et il en remit une couche :

— En revanche, c'est la première fois qu'on essaie de me grimper sur le dos. C'était plutôt sympa.

Me sentant rougir, je m'empressai de me défendre.

— Je n'ai pas essayé de te grimper sur le dos ni de me jeter sur toi.

— Ah bon ? (Toujours ce sourire en coin.) C'est bien dommage, ça aurait fait de cette rentrée la meilleure de toute l'histoire.

Je serrai fermement mon sac devant moi, ne sachant que répondre. Dans ma ville, les mecs ne flirtaient pas avec moi. La plupart d'entre eux n'osaient même pas me regarder au lycée, et ceux qui s'y risquaient ne le faisaient pas pour me draguer.

Z'yeux bleus contempla de nouveau la feuille qu'il tenait encore.

— Avery Morgansten ?

Mon cœur s'emballa.

— Comment tu connais mon nom ?

Il inclina la tête de côté et sourit de plus belle.

— Il est noté sur ton emploi du temps.

— Oh.

Je chassai les boucles de cheveux de mon visage cramoisi. Il me rendit mon planning, que je rangeai dans ma besace. Une pluie de gêne s'abattit sur moi tandis que je me débattais avec ma bandoulière.

— Moi, c'est Cameron Hamilton, m'informa Z'yeux bleus. Mais tout le monde m'appelle Cam.

Cam. Je laissai son nom résonner dans mon esprit, en appréciant les rondeurs.

— Merci encore, Cam.

Il se pencha pour ramasser un sac à dos noir que je n'avais pas encore remarqué. Plusieurs mèches de cheveux sombres sautillèrent sur son front, et il les en écarta en se relevant.

— Bon, c'est le moment de faire notre entrée.

Je restai figée sur place quand il tourna les talons et franchit les quelques mètres qui nous séparaient de la salle 205. Il posa la main sur la poignée et tourna la tête vers moi, attendant que je vienne le rejoindre.

Je ne pouvais pas faire ça. Rien à voir avec le fait que je venais de foncer dans le type sans doute le plus sexy du campus. Je ne pouvais tout simplement pas entrer en classe en attirant tous les regards. Voilà cinq ans que je me retrouvais en permanence au centre de l'attention, j'en avais ma claque. Des perles de sueur naquirent sur mon front. Mon ventre se noua et je reculai.

Cam fronça les sourcils avec un drôle d'air.

— Ce n'est pas par là, mon ange.

J'avais l'impression d'avoir passé la moitié de ma vie à partir dans la mauvaise direction.

— Je ne peux pas.

— Tu ne peux pas quoi ?

Il fit un pas vers moi.

Je pivotai alors et partis comme une flèche, aussi vite que si j'étais engagée dans une course à la dernière tasse de café du monde. Quand je franchis dans l'autre sens cette foutue porte, je l'entendis m'appeler par mon nom, mais ne ralentis pas pour autant.

J'avais le visage en feu en dévalant l'escalier. Je sortis en trombe du bâtiment des sciences, complètement hors d'haleine. Mes jambes continuèrent néanmoins à me porter jusqu'à ce que je m'écroule sur un banc situé devant la bibliothèque adjacente. Le soleil semblait trop lumineux pour moi quand je relevai enfin la tête, et je serrai fermement les paupières.

Mince.

Drôle de manière de marquer son arrivée dans une nouvelle ville et une nouvelle école... dans une nouvelle vie. J'avais traversé plus de 1 500 kilomètres pour repartir à zéro, et je venais de tout gâcher en quelques minutes à peine.

2

Il ne me restait dès lors que deux solutions : reprendre mes esprits et m'obstiner dans ma tentative désastreuse d'assister à mon premier jour de fac, ou rentrer à la maison pour me mettre au lit en me rabattant la couverture sur la tête. Cette seconde perspective était de très loin la plus attirante.

Si fuir et faire l'autruche n'avait pas été mon mode opératoire habituel, je n'aurais jamais survécu au lycée.

Je me tâtai le poignet gauche pour m'assurer que mon large bracelet en argent s'y trouvait encore. J'avais bien failli ne pas survivre au lycée...

Mes parents avaient piqué une crise quand je les avais informés de ma volonté de m'inscrire dans une université presque à l'autre bout du pays. Si j'avais opté pour Harvard, Yale ou Sweet Briar, ils m'auraient sans doute soutenue, mais pour une fac ne faisant pas partie de l'élite ? Quelle honte. Ils ne comprenaient pas. Ils ne comprenaient jamais rien. Pourtant, il était hors de question que je m'inscrive là où ils avaient fait leurs propres études, et encore moins là où la moitié des membres de leur country club envoyaient leurs rejetons.

Je voulais me retrouver dans un lieu où je ne surprendrais pas un ricanement familier, ni n'entendrais les racontars acides franchissant *encore* les lèvres des gens. À un endroit où personne ne connaîtrait mon histoire ou la version maintes fois déformée de la réalité qui leur serait parvenue, si bien que j'en venais parfois à me demander ce qui s'était réellement passé cinq ans plus tôt, lors de cette soirée d'Halloween.

Ici, rien de tout cela n'avait d'importance. Personne ne savait qui j'étais. Personne ne soupçonnait rien. Et personne n'avait idée de ce que mon bracelet pouvait dissimuler, même lors des chaudes journées d'été où un tee-shirt à manches longues aurait paru suspect.

Moi seule avais pris la décision de venir ici, et c'était la meilleure chose à faire.

Mes parents m'avaient menacée de me couper les vivres, ce qui m'avait fait rire, car j'avais mon propre argent – un argent qu'ils ne pouvaient plus contrôler depuis ma majorité. De l'argent que j'avais *mérité*. Pour eux, je les laissais tomber une fois encore, mais si j'étais restée au Texas entourée de tous ces gens, je serais morte.

Je regardai l'heure sur l'écran de mon téléphone, me remis debout et remontai la bandoulière de mon sac sur mon épaule. Au moins, je ne serais pas en retard à mon cours d'histoire.

La salle se trouvait dans le pavillon des sciences sociales, au pied de la colline que je venais juste de grimper à toutes jambes. Je coupai à travers le parking derrière le bâtiment Byrd et traversai la rue embouteillée. Tout autour de moi, des étudiants déambulaient par groupes de deux ou plus ; à l'évidence, la plupart d'entre eux se connaissaient. Au lieu d'une impression de rejet, le fait de pouvoir me rendre en classe sans être reconnue me procurait un précieux sentiment de liberté.

Tâchant d'oublier mon mémorable échec matinal, je pénétrai dans Whitehall et gravis le premier escalier sur ma droite. Le couloir de l'étage était bondé d'étudiants attendant que leur salle se libère. Je me faufilai à travers les groupes, déjà hilares pour certains, encore à moitié endormis pour d'autres. Je profitai d'un espace vacant juste devant ma porte pour m'asseoir en tailleur contre le mur. Je lissai mon jean des mains, tout excitée de commencer l'histoire. La plupart des étudiants auraient préféré se pendre ; moi, j'avais décidé d'en faire ma matière principale.

Avec un peu de chance, d'ici cinq ans, je travaillerais dans une bibliothèque ou un musée froid et silencieux, à archiver de vieux ouvrages ou d'antiques reliques. Ce n'était pas la plus glamour des professions, mais je n'aspirais qu'à ça.

C'était toujours mieux que ma lubie précédente : devenir danseuse professionnelle à New York.

Encore une déception pour ma mère : c'était comme si, à mes quatorze ans, tout l'argent investi dans les cours de ballet depuis que j'avais l'âge de me tenir debout s'était écoulé en pure perte.

L'effet apaisant de la danse me manquait néanmoins parfois. Cependant, je n'arrivais pas à me résoudre à reprendre.

— Salut, poupée, qu'est-ce que tu fais assise par terre ?

Je relevai brusquement la tête et souris de toutes mes dents en apercevant le visage rond et avenant de Jacob Massey, que la carnation caramel et les traits poupins rendaient vraiment mignon. Nous avions sympathisé durant la journée d'orientation de la semaine précédente, au cours de laquelle nous avions découvert que nous partagerions nos leçons d'histoire, ainsi que celles d'art des mardis et jeudis.

Un coup d'œil à son jean hors de prix me suffit à déduire qu'il était fait sur mesure.

— Le sol est très confortable, tu devrais faire comme moi.

— Alors là, non. Je ne veux pas salir mon joli petit cul en le posant par terre.

Une hanche nonchalamment appuyée contre le mur, il sourit de plus belle.

— Attends une seconde, reprit-il. Pourquoi tu es déjà là ? Je croyais que tu avais cours à 9 heures ?

— Tu t'en souviens ?

Nous avions dû discuter de nos emplois du temps respectifs pendant environ une demi-seconde à la journée d'orientation.

Il me décocha un clin d'œil.

— J'ai une mémoire épatante pour tout ce qui m'est inutile.

J'éclatai de rire.

— C'est bon à savoir.

— Alors, comme ça, tu as déjà séché ? C'est vraiment très mal.

Je secouai la tête en grimaçant.

— Oui, mais j'étais en retard, et je déteste entrer en classe après la sonnerie. Tant pis, j'irai mercredi. Si je n'ai pas laissé tomber d'ici là.

— Laisser tomber ? Tu déconnes : l'astronomie, c'est le super plan. J'aurais choisi ça, si les inscriptions n'avaient pas été prises d'assaut par les troisième et quatrième années.

— Au moins, tu n'as pas failli tuer un gars en lui rentrant dedans dans le couloir – un gars qui se trouve être lui aussi inscrit au super plan en question…

— Quoi ?

Visiblement intéressé, il ouvrit grands ses yeux sombres et fit mine de s'accroupir quand quelqu'un d'autre attira son attention.

— Excuse-moi une seconde, Avery. (Il se mit alors à agiter les bras en sautant sur place.) Hé ! Brittany ! Ramène ton cul ici !

Une petite blonde s'immobilisa brusquement au milieu du couloir et se tourna vers nous, rouge d'embarras. Elle sourit néanmoins en voyant Jacob s'agiter. Elle se fraya un chemin pour venir se poster devant lui.

— Brittany, je te présente Avery. (Jacob rayonnait.) Avery, voici Brittany.

— Salut, me dit Brittany avec un petit signe de la main.

Je l'imitai et répondis de la même manière.

— Salut !

— Avery était sur le point de me révéler comment elle a failli tuer un mec dans le couloir. Je me suis dit que tu serais contente d'entendre ça.

Je fis la moue, mais la lueur d'intérêt qui prit vie dans le regard noisette de Brittany m'amusa beaucoup.

— Raconte, m'encouragea-t-elle.

— Eh bien, je n'ai pas vraiment failli tuer quelqu'un, tempérai-je. Mais ça n'est pas passé loin, et j'étais super, super gênée.

— Les histoires honteuses sont mes préférées, intervint Jacob en s'agenouillant.

Brittany se mit à rire.

— Les miennes aussi.

— Vas-y, crache le morceau.

Je tirai mes cheveux en arrière et chuchotai pour éviter que tout le couloir puisse se délecter de mon humiliation.

— J'étais en retard pour mon cours d'astronomie, et j'ai plus ou moins franchi en courant les portes battantes du premier étage. Je ne regardais pas où j'allais, et j'ai percuté ce pauvre garçon dans mon élan.

— Mince !

Brittany arbora un masque de compassion.

— Ouais, j'ai bien failli le faire tomber. Et j'ai lâché toutes mes affaires. Il y avait des livres et des stylos partout. C'était assez mémorable.

Les prunelles de Jacob se mirent à pétiller de malice.

— Il était canon ?

— Quoi ?

— Est-ce qu'il était canon ? répéta-t-il en passant sa main dans ses cheveux coupés court. Parce que dans ce cas, tu aurais pu tirer profit de la situation. Ça aurait pu te servir de technique d'approche. Genre, vous pourriez tomber follement amoureux et tu pourrais raconter à tout le monde que tu lui es rentrée dedans avant que *lui* te rentre dedans…

— Oh, mon Dieu. (Je me sentis rougir.) Ouais, il était vraiment beau.

— Oh non, commenta Brittany, qui, au moins, semblait comprendre pourquoi le fait qu'il soit canon rendait la chose encore plus embarrassante.

J'imagine qu'il faut avoir un vagin pour piger ça, parce que Jacob semblait plus excité que jamais par cette nouvelle.

— Alors, dis-nous à quoi ce bellâtre ressemble. C'est le genre de détail capital.

Une partie de moi-même refusait de répondre, car songer à Cam me mettait plus que mal à l'aise.

— Euh... eh bien, il est grand et musclé, je dirais.

— Comment tu sais qu'il est musclé ? Tu as pu le peloter un peu ?

J'éclatai de rire tandis que Brittany secouait la tête.

— Je lui suis rentrée dedans à pleine vitesse, Jacob. Et il m'a rattrapée. Je ne l'ai pas « peloté » volontairement, mais il semblait bien foutu. (Je haussai les épaules.) Bref, il a des cheveux bruns et ondulés. Plus longs que les tiens, un peu en bataille, mais du genre...

— Punaise, si tu me dis *en bataille mais du genre « je suis une bête de sexe malgré moi »*, c'est moi qui vais lui courir après.

Brittany gloussa.

— J'adore ce style de coupe.

Je me demandai si ma figure était vraiment aussi rouge que j'en avais l'impression.

— Ouais, il est vraiment superbe, et ses yeux sont si bleus qu'ils...

— Attends, m'interrompit Brittany, soudain soupçonneuse. Est-ce que ses yeux sont si bleus qu'ils ont l'air faux ? Et est-ce qu'il sentait, genre, carrément bon ? Je sais que ça semble bizarre et un peu flippant, mais réponds sincèrement.

C'était effectivement bizarre et un peu flippant, mais aussi franchement drôle.

— Oui et oui.

— Sans déconner ! s'esclaffa Brittany. Il t'a dit son nom ?

Je commençais à m'inquiéter sérieusement, car Jacob arborait désormais la même expression de connivence.

— Ouais. Pourquoi ?

Brittany donna une bourrade à Jacob, avant de répliquer à mi-voix :

— Est-ce qu'il s'appelle Cameron Hamilton ?

Ma bouche s'ouvrit si grand que j'aurais pu marcher sur ma mâchoire.

— C'est ça ! s'exclama Brittany, dont les épaules se mirent à tressauter. Tu es rentrée dans *Cameron Hamilton* ?

Jacob ne souriait pas du tout, se contentant de m'observer avec... admiration ?

— Je suis incroyablement jaloux. Je donnerais mon testicule droit pour rentrer dans Cameron Hamilton.

Je manquai m'étouffer de rire.

— Waouh. Ça va loin.

— Cameron Hamilton n'est pas n'importe qui, Avery. Tu n'as pas idée. Tu n'es pas d'ici, précisa Jacob.

— Toi aussi, tu es en première année, fis-je remarquer. Comment tu le connais ?

Cam avait l'air plus âgé que nous, il devait être au moins en troisième ou quatrième année.

— Il est connu comme le loup blanc, sur le campus, répliqua-t-il.

— Mais tu n'es sur le campus que depuis une semaine !

Jacob sourit.

— J'ai mes entrées.

J'éclatai de rire en secouant la tête.

— Je ne comprends pas. Il est effectivement... canon, et alors ?

— J'étais à l'école avec lui, m'expliqua Brittany en jetant un coup d'œil par-dessus son épaule. Enfin, il a deux ans de plus que moi, mais c'était, genre, la coqueluche du lycée. Tout le monde voulait traîner avec lui. Et c'est encore le cas ici.

Ma curiosité s'accrut, même si le tableau que venait de m'en peindre Brittany me rappelait quelqu'un d'autre.

— Vous êtes du coin, tous les deux ?

— Non. La ville d'où l'on vient est située en dehors du périmètre Morgantown-Fort Hill. Je ne sais pas pourquoi il s'est inscrit ici plutôt qu'à l'université de Virginie-Occidentale mais, pour ma part, j'aimais mieux déménager que rester coincée avec les mêmes têtes.

Je pouvais le comprendre.

— Bref. Cameron est célèbre dans toute la fac, reprit Jacob en joignant les mains. Il habite hors du campus et a la réputation d'organiser les meilleures soirées qui soient, et...

— Sa réputation le précédait au lycée, intervint Brittany. Une réputation qu'il avait bien méritée. Ne te méprends pas : Cameron a toujours été vraiment cool. Il est très sympa et très drôle, seulement, c'est aussi un sacré coureur, bien qu'il semble s'être un peu calmé. Enfin, chassez le naturel...

— J'ai compris, l'interrompis-je en triturant mon bracelet. C'est bon à savoir, même si ça n'a pas grande importance. Bref, on s'est percutés dans le couloir, c'est tout ce que je sais de Cam.

— De *Cam* ?

Brittany cilla de surprise.

— Et ?

Je me remis maladroitement debout et ramassai mon sac. La salle n'allait pas tarder à se libérer.

Brittany fronça les sourcils.

— Les gens qu'il ne connaît pas l'appellent Cameron. Cam est réservé à ses proches.

— Oh. (Je plissai le front.) Il m'a dit que tout le monde l'appelait Cam, j'en ai donc déduit que c'était ce que *tout le monde* faisait...

Brittany resta coite, et je ne voyais honnêtement pas où était le problème. Cam/Cameron/Peu importe s'était juste montré sympa après que je l'avais percuté. Le fait qu'il soit un play-boy en rémission m'indiquait juste que je devais bien me garder de l'approcher.

Une déferlante d'étudiants s'engouffra dans le couloir lorsque la fin de l'heure survint. Notre petit groupe attendit que la voie soit libre pour s'aventurer à l'intérieur. Nous nous octroyâmes trois chaises voisines au fond de la classe, Jacob s'installant entre Brittany et moi. Alors que je sortais mon classeur cinq matières capable d'assommer quiconque en recevrait un coup sur le crâne, Jacob m'attrapa par le bras.

Son regard n'était que malice et concupiscence.

— Tu ne peux pas laisser tomber l'astronomie. Si je veux survivre à ce semestre, je vais devoir te coller aux basques pour entendre parler de *Cam* au moins trois fois par semaine.

J'étouffai un rire.

— Je ne vais pas laisser tomber (même si j'en avais plus ou moins envie), mais je doute d'avoir grand-chose à te raconter. Ce n'est pas comme si nous risquions de rediscuter un jour.

Jacob me lâcha et se carra dans sa chaise sans me quitter des yeux.

— C'est ce qu'on verra, Avery.

À mon grand soulagement, le reste de la journée ne fut pas aussi mouvementé que la matinée. Je ne bousculai pas d'autre garçon canon et innocent, ni ne commis aucune boulette aussi humiliante. Même si je dus répéter le récit de ma mésaventure pour divertir Jacob à l'heure du déjeuner, j'étais trop heureuse de découvrir que Brittany et lui avaient leur pause en même temps que la mienne. Je m'étais vraiment attendue à passer l'essentiel de ma rentrée en solitaire, je fus donc soulagée de pouvoir discuter avec des gens… de mon âge.

La sociabilité devait être comme le vélo, finalement.

Et malgré les conseils superflus de Jacob, qui m'encourageait à me précipiter délibérément contre Cam à notre prochaine rencontre, je ne vécus aucun instant de gêne.

À la fin des cours, j'avais quasiment tout oublié de l'incident du matin.

Avant de quitter le campus, je me dirigeai vers le bâtiment administratif pour y récupérer un formulaire d'application pour le tutorat. Je n'avais pas besoin d'argent de poche, mais il me fallait trouver de quoi m'occuper l'esprit. Si mon emploi du temps était plein – dix-huit crédits –, j'allais néanmoins avoir beaucoup de plages libres. Un petit boulot sur le campus ne m'aurait donc pas fait de mal ; malheureusement, il ne restait aucun créneau de libre. Mon nom fut ajouté à la fin d'une liste d'attente à rallonge.

Le campus était vraiment magnifique, dans son style pittoresque et paisible. Rien à voir avec les complexes tentaculaires des universités plus grandes. Nichée entre le Potomac et la minuscule ville de Shepherdstown, la fac avait des allures de carte postale. De grands bâtiments aux flèches imposantes se mêlaient à des structures plus modernes. Le terrain était jalonné d'arbres. Un air pur et frais, avec toutes les commodités à proximité. Je pourrais même me rendre sur place à pied durant les journées agréables, ou au moins me garer sur le parking ouest où le stationnement était gratuit.

Après avoir ajouté mes coordonnées sur la liste d'attente, je retournai joyeusement jusqu'à ma voiture, profitant de la douceur de la brise. Contrairement au matin, où le temps jouait contre moi, j'eus cette fois l'occasion d'observer l'architecture sur la route de la gare. Les porches de trois maisons voisines regorgeaient d'étudiants. Sans doute les confréries locales.

L'un des gars leva la tête, une bière à la main. Il me sourit, mais pivota quand un ballon de foot américain vola à travers la porte d'entrée et l'atteignit par-derrière. Une volée de jurons s'ensuivit.

Ouais, clairement des fraternités.

Mon dos se raidit et je forçai l'allure en longeant les baraques. Arrivée au carrefour, je mis le pied sur la route et faillis me faire renverser par un pick-up argenté – un truc énorme, peut-être un Tundra – roulant à toute allure dans l'allée que je m'apprêtais à traverser. Le conducteur pila et le véhicule s'arrêta juste devant moi.

Je retournai sur le trottoir, sous le choc. Est-ce que j'allais en plus me faire engueuler ?

La vitre teintée côté passager s'abaissa, et je crus m'écrouler.

Cameron Hamilton me sourit derrière le volant, une casquette de baseball vissée à l'envers sur sa tête. Des mèches de cheveux bruns et ondulés en émergeaient. Il était torse nu – carrément torse nu. Et ce que j'en voyais n'avait rien de désagréable. Des pectoraux – ce type n'en manquait pas. Il arborait également un tatouage, sur le côté droit de la poitrine, un soleil dardant des rayons enflammés rouges et orange lui remontant à l'épaule.

— Avery Morgansten, comme on se retrouve.

Il était la dernière personne que j'avais envie de voir. Moins vernie que moi, tu meurs.

— Cameron Hamilton... Salut.

Il se pencha vers moi, laissant pendre nonchalamment son bras gauche par-dessus le volant. Rectification : il avait également de forts jolis biceps.

— Il faut qu'on arrête de se croiser comme ça.

Jamais paroles n'avaient été plus justes. Il fallait également que j'arrête de baver sur ses biceps... son torse... son tatouage. Je n'avais encore jamais pensé qu'un soleil puisse être aussi... sexy. Waouh. Voilà qui était gênant.

— Toi qui me rentres dedans, moi qui manque te rouler dessus... développa-t-il. C'est comme si on frôlait toujours la catastrophe.

Je n'avais pas la moindre idée de repartie appropriée. Ma bouche était toute sèche, mes pensées vagabondes.

— Tu vas où ?

— À ma voiture, me forçai-je à répondre. Mon ticket de parking expire bientôt.

Ce n'était pas tout à fait vrai, vu que je n'avais pas été avare de pièces, mais il n'avait pas besoin de le savoir.

— Du coup…

— Eh bien, monte, mon ange. Je te dépose.

Je sentis le sang déserter mon visage pour venir se réfugier dans d'autres parties de mon anatomie, me procurant des sensations que j'aurais préféré éviter.

— Non. Ça va. C'est juste sur la colline. Pas la peine.

Son sourire s'étendit, creusant la fossette sur sa joue.

— Ça ne me dérange pas. C'est le moins que je puisse faire après t'avoir presque écrasée.

— Merci, mais…

— Yo ! Cam ! s'exclama le type à la canette de bière.

Il descendit de son perron et vint nous rejoindre au pas de course, sans se priver de me reluquer.

— Qu'est-ce que tu fais, mec ?

Sauvée par le gong.

Cam ne cessa pas de m'observer, mais son sourire s'atténua.

— Rien, Kevin, j'essaie juste d'entretenir une conversation.

J'adressai un rapide salut de la main à Cam, puis m'empressai de contourner Kevin et de traverser devant la camionnette. Je ne me retournai pas, mais sentis leur regard sur moi. Au fil des années, j'avais développé un don pour repérer ceux qui me mataient quand j'avais le dos tourné.

Je me forçai à ne pas courir jusqu'à la gare, sachant que m'enfuir deux fois dans la même journée devant le même type dépasserait les limites de la bizarrerie. Même pour moi.

Ce ne fut qu'une fois installée dans ma voiture, alors que le moteur tournait déjà, que je me rendis compte que j'avais retenu mon souffle tout ce temps.

Doux Jésus.

J'appuyai ma tête contre le volant et gémis. *Comme si on frôlait toujours la catastrophe ?* Ouais, il y avait de ça.

3

Les trois heures du cours de sociologie du mardi soir ne furent pas aussi terribles que je l'avais redouté ; j'en sortis néanmoins affamée. Avant de regagner mon appartement, je m'arrêtai donc au *Sheetz* – une épicerie de station-service n'existant pas au Texas – pour m'acheter un repas à emporter. Une salade toute prête bien chargée en lamelles de poulet frit et en sauce ranch.

Miam. Très sain.

Le parking de mon immeuble était plein, certaines voitures stationnant même sur le terrain jouxtant le côté ouest du campus. Il n'y avait pas autant de monde quand j'étais partie à mon cours du soir, je me demandai donc ce qui se passait. Je parvins à trouver une place tout près de la route principale. Tandis que je coupais le contact, mon téléphone se mit à vibrer dans le porte-gobelet.

Je m'égayai en découvrant un texto de Jacob. Nous avions échangé nos numéros plus tôt dans la journée, puisqu'il vivait dans l'une des résidences universitaires.

L'art, ça craint. Voilà tout ce qu'il racontait.

Le sourire aux lèvres, je m'empressai de lui répondre en évoquant nos devoirs, qui consistaient à associer des tableaux à des époques. Heureusement, Dieu avait créé

Google, et j'entendais bien en tirer profit pour gagner du temps.

Je rassemblai mon sac et mon repas avant de sortir de voiture. L'air était moite, et je remontai les cheveux qui me tombaient dans le cou en regrettant de ne pas les avoir attachés. Cependant, l'odeur de l'automne était prégnante, et il me tardait de voir un peu de frais arriver. Et de neige tomber l'hiver. Je traversai le parking vivement éclairé, direction le hall d'entrée. J'habitais tout en haut, au quatrième étage. Manifestement, de nombreux étudiants vivaient ici, et la plupart avaient dû emménager dans la journée. Dès que je mis le pied sur le trottoir, je compris d'où venait l'afflux de voitures.

Des basses résonnaient puissamment depuis mon immeuble. De nombreuses lampes étaient allumées, et je surpris des bribes de conversations en gravissant les marches. Une fois au quatrième, je découvris le lieu du crime. Un appartement presque en face du mien, deux portes plus loin. Le son et la lumière de la soirée qui y était organisée jaillissaient dans le corridor par la porte entrebâillée.

Je déverrouillai mon appartement avec une pointe de jalousie. Ces rires, ce bruit, cette musique transpiraient le bonheur. Cela semblait parfaitement normal, comme si j'aurais dû m'adonner à pareilles activités ; alors que les fêtes...

Les fêtes finissaient mal, en ce qui me concernait.

Je refermai derrière moi, me débarrassai de mes chaussures du bout des pieds et laissai tomber mon sac sur le sofa. Meubler cet appart avait considérablement entamé mes économies, mais j'allais habiter là pendant quatre ans. En outre, je pourrais toujours tout vendre en déménageant.

Et ces affaires m'appartenaient. Cela comptait beaucoup pour moi.

La fête battait toujours son plein bien après que j'eus terminé ma salade pas si saine, enfilé mon short de pyjama ainsi qu'un tee-shirt à manches longues, et achevé mes devoirs d'art. Je laissai tomber mes cours d'anglais peu après minuit et me dirigeai vers ma chambre.

Je m'immobilisai toutefois dans le couloir, pinçant la moquette entre mes orteils.

Un éclat de rire étouffé retentit et je compris que la porte de l'appartement hôte avait été ouverte en grand, car les bruits étaient soudain plus forts. J'étais figée sur place, me mordillant la lèvre inférieure. Et si je jetais un coup d'œil et reconnaissais quelqu'un ? Cette soirée était forcément organisée par un gars de la fac. Peut-être que je l'avais déjà rencontré ? Et dans ce cas, quoi ? Je ne risquais pas d'aller les rejoindre sans soutien-gorge, en pyjama, avec la pire queue de cheval de l'histoire de la coiffure.

Je me résolus à allumer la salle de bains pour observer mon reflet. Lorsque je ne portais pas de maquillage, les taches de rousseur qui parsemaient l'arête de mon nez ressortaient plus qu'à l'accoutumée. Je me penchai sur le lavabo, dont la taille aurait fait rire Maman, pour me mirer de plus près.

En dehors de mes cheveux auburn, que j'avais hérités de mon père, j'étais le portrait craché de ma mère – un nez droit contrastant avec mon menton arrondi, des pommettes hautes ; grâce à tous les produits de beauté dont elle se tartinait depuis des années pour garder l'air « frais », nous avions plus l'air de deux sœurs que d'une mère et sa fille.

Des bruits de pas dans le couloir. D'autres rires.

J'adressai une grimace à la glace et tournai les talons. J'étais décidée à aller me coucher, mais me dirigeai malgré moi vers la porte d'entrée. J'ignorais ce qui me poussait à faire ça ou ce qui me rendait si curieuse, mais tout paraissait si... chaleureux et amusant, là dehors, alors que mon appartement était si froid et ennuyeux...

Chaleureux et amusant ?

Je roulai des yeux. Dieu que j'étais ringarde. Et s'il faisait si froid chez moi, c'est parce que je mettais la clim aussi fort qu'une petite vieille.

J'étais cependant devant mon huis et rien ne pouvait plus m'arrêter. Je l'ouvris d'un coup sec, jetai un coup d'œil dans la cage d'escalier pour voir disparaître deux têtes. Le lieu de la fête était toujours ouvert, et je trépignai sur place, indécise. Ce n'était pas comme au Texas. Personne n'allait me décocher un regard plein de mépris ni me hurler des insanités. Dans le pire des cas, ils me prendraient pour une barge s'ils me surprenaient dans l'embrasure de ma porte, les yeux écarquillés, inondant le couloir d'air glacial.

— Rends-moi Raphael ! s'exclama une voix familière, avant qu'un rire profond me retourne l'estomac de stupeur. Espèce d'enfoiré !

Oh, mon Dieu... C'était impossible. Je n'avais pourtant pas vu le pick-up argenté garé dehors. D'un autre côté, il y avait un sacré paquet de voitures, et je ne l'avais pas non plus cherché.

La porte pivota en grand, et je me figeai quand un type en émergea en titubant. Il éclata de rire en déposant une tortue – *c'est quoi, ce bordel ?* – par terre. La petite bête tendit le cou, observa alentour, puis se réfugia dans sa carapace.

Une seconde plus tard, celui qui venait de sortir fut aspiré à l'intérieur de l'appartement et Cam le remplaça sur le palier, toujours splendidement torse nu. Il se pencha pour recueillir la bestiole.

— Désolé, Raphael. Mes potes sont vraiment complètement...

Il leva la tête.

Je voulus battre en retraite, trop tard.

Cam m'avait vue.

— … cons. (Il dut y regarder à deux fois.) Qu'est-ce que… ?

Est-ce que plonger dans mon appartement aurait eu l'air étrange ? Oui, sans doute. Je me contentai donc d'un piètre :

— Salut…

Cam cilla plusieurs fois, comme pour y voir plus clair.

— Avery Morgansten ? Ça devient une véritable habitude…

— Ouais. (Je me forçai à déglutir.) C'est vrai.

— Tu habites ici, ou tu viens juste rendre visite ?

Je me raclai la gorge tandis que la tortue agitait les pattes comme pour s'enfuir.

— Je… J'habite ici.

— Sans déc ?

Ses yeux bleu clair s'agrandirent, et il s'aida de la main courante pour se relever. Je ne pus m'empêcher de remarquer à quel point son short de sport tombait bas sur ses hanches fines. J'étais en outre captivée par son ventre, qui semblait compter trop de carreaux pour une seule tablette de chocolat.

— Tu vis vraiment ici ?

Je me contraignis à dresser le menton et fus happée par son soleil tatoué.

— Oui. Je vis vraiment ici.

— C'est… J'en sais rien. (Il rit de nouveau, et je parvins cette fois à soutenir son regard.) C'est dingue.

— Pourquoi ?

En dehors du fait qu'il se trouvait dans le couloir devant chez moi, torse et pieds nus, à tenir dans sa paume une tortue prénommée Raphael, bien sûr.

— Moi aussi, j'habite ici.

Je le contemplai, bouche bée. Je comprenais soudain mieux pourquoi il était à moitié à poil ; et cela expliquait aussi la présence de la tortue. Cependant, c'était trop gros pour être vrai.

— Tu plaisantes, hein ?

— Non. Ça fait même un petit moment. On partage l'appartement depuis deux ans avec mon colocataire. Tu sais, l'enfoiré qui a mis dehors ce pauvre Raphael.

— Hé ! s'écria l'intéressé depuis l'intérieur. J'ai un nom. C'est *Señor* Enfoiré !

Cam ricana.

— Bref. Tu as emménagé ce week-end ?

Je me surpris à opiner.

— Tout s'explique. J'étais rentré voir ma famille. (Il changea sa tortue de main avant de la bercer contre sa poitrine.) Eh bien, je...

Je serrai si fort ma poignée que mes articulations m'élançaient.

— C'est, euh... ta tortue ?

— Ouais. (Il arbora un demi-sourire en la brandissant vers moi.) Raphael, je te présente Avery.

Je saluai la bestiole de la main, me sentant ridicule d'avoir fait ça. Raphael disparut dans sa carapace vert-brun.

— C'est un animal très intéressant.

— Ton short aussi est très intéressant. (Il baissa les yeux.) Qu'est-ce que c'est ? (Il se pencha en avant, plissant les paupières.) Des parts de pizza ?

Le rouge me monta aux joues.

— Non, des cônes de glace.

— Mmm, ça me plaît bien.

Il se redressa, parcourant lentement mon corps du regard, ses prunelles laissant dans leur sillage une vague de chaleur inhabituelle.

— Beaucoup, même.

Je lâchai immédiatement la poignée pour croiser les bras devant moi. Le coin de ses lèvres se retroussa légèrement. Je fronçai les sourcils.

— Merci. Ça me touche vraiment.

— Je comprends. Tu as mon approbation.

Il joua avec sa lèvre inférieure et m'observa par en dessous. Ses yeux me transpercèrent.

— Il faut que je remette Raphael dans son petit chez-lui avant qu'il ne me fasse pipi sur la main, car je déteste ça.

Je ne pus réprimer un léger sourire.

— J'imagine.

— Tu devrais passer. Mes potes étaient sur le point de partir, mais je suis sûr qu'ils vont rester encore un peu. Je pourrais te les présenter. (Il se pencha vers moi et poursuivit à mi-voix.) Ils sont loin d'être aussi intéressants que moi, mais ils sont sympas.

Je jetai un coup d'œil par-dessus son épaule, déchirée entre deux options radicalement opposées. La part de moi qui ne voulait rien avoir à faire avec ça l'emporta.

— Merci, mais j'allais me coucher.

— Déjà ?

— Il est minuit passé.

Son sourire s'étendit.

— C'est encore tôt.

— Peut-être pour toi.

— Tu es sûre ? insista-t-il. J'ai des cookies.

— Des cookies ?

Je haussai les sourcils.

— Ouais, faits maison. Je suis un pâtissier hors pair.

Bizarrement, je n'arrivais pas à y croire.

— C'est toi qui les as préparés ?

— Je sais faire des tas de choses, et je suis sûr que tu meurs d'envie de toutes les découvrir. Mais ce soir, ce sont juste des cookies au chocolat et aux éclats de noix. De la bonne came, si je puis me permettre.

— Même si ça a l'air génial, je préfère passer mon tour.

— Une autre fois, alors ?

— Peut-être.

Sûrement pas. Je reculai d'un pas, franchissant le seuil de chez moi.

— Bon, j'ai été ravie de te recroiser, Cameron.

— Cam, me corrigea-t-il. Et tu as vu ? On ne s'est même pas rentrés dedans ! On a changé notre mode de communication.

— Ce n'est pas plus mal. (J'étais sur le point de fermer ma porte, mais il restait devant.) Tu devrais y aller avant que Raphael te fasse pipi dessus.

— Ça en vaudrait la peine, répliqua-t-il.

Je fronçai les sourcils.

— Pourquoi ?

Il ne répondit pas, commençant à rebrousser chemin.

— Si tu changes d'avis, je ne compte pas me coucher tout de suite.

— Ça n'arrivera pas. Bonne nuit, Cam.

Ses yeux s'arrondirent légèrement et son sourire s'allongea, un sourire au charme dévastateur qui me retourna les sens.

— À demain.

— Demain ?

— En cours d'astronomie. Tu comptes encore sécher ?

Je m'empourprai une fois de plus. Bon Dieu, j'avais failli oublier que j'avais pris mes jambes à mon cou juste devant lui, comme une grosse bécasse.

— Non, soupirai-je. J'y serai.

— Génial. Bonne nuit, Avery, ajouta-t-il avant de tourner les talons.

Je refermai enfin ma porte et donnai un tour de clé. J'aurais juré l'entendre ricaner, mais j'avais dû me tromper.

Je restai immobile quelques instants avant de courir jusqu'à ma chambre. Je plongeai sous mes couvertures, roulai sur le ventre et m'enfouis la tête dans l'oreiller.

Dors. Arrête de penser, et dors.

Cam habitait de l'autre côté du couloir ?

Tu te lèves tôt demain matin. Dors.

Comment diable était-ce possible ? Il me suivait partout où j'allais.

Dors.

Et pourquoi avait-il une tortue de compagnie ? Et est-ce qu'il l'avait volontairement baptisée comme l'une des Tortues Ninja ? C'était plutôt marrant.

C'est bientôt le matin.

Est-ce qu'il ne s'habille que pour aller en cours ? Oh, mon Dieu, il habitait vraiment juste en face. Jacob allait devenir dingue... et sans doute emménager ici. Ça serait marrant. Je l'aimais vraiment bien, même si j'avais l'impression qu'il n'hésiterait pas à me piquer mes fringues.

Putain, dors.

Je n'arrivais pas à croire que le canon que j'avais bousculé, puis que j'avais fui, vivait juste en face de chez moi. Je ne savais même pas pourquoi cela me turlupinait. Ça n'avait aucune importance. Je ne cherchais pas de copain ni de copine, mais il était incroyablement attirant... et plutôt rigolo... et assez charmant.

Non. Non. Non. Arrête de penser à lui, c'est inutile et vain, alors dors.

J'ai vraiment mangé toute cette salade ? Bon sang, ces cookies me donnent horriblement faim.

— Argh ! grognai-je dans l'oreiller.

Ces réflexions ne cessèrent de me torturer, si bien que, une heure plus tard, je jetai l'éponge et sortis du lit. Depuis le salon, je n'entendais plus ni musique ni bruit émerger de chez Cam. Il dormait probablement à poings fermés, tandis que je rêvais de cookies, de lamelles de poulet et de torses nus.

J'entrai à pas pesants dans la chambre d'amis, qui faisait pour l'heure plutôt office de bureau/bibliothèque, allumai mon ordinateur portable et ouvris ma boîte mail. J'avais un message non lu, venant de mon cousin. Je le supprimai sans même l'ouvrir. Dans la barre d'outils de gauche, je remarquai plusieurs autres messages en gras dans mon dossier « spam ». Comme je m'ennuyais à mourir, je décidai de les parcourir. Entre deux ventes de médicaments à prix cassés et autres « J'ai un compte à l'étranger », j'appris que Bath & Body Works organisait une vente privée. Je plissai les yeux en découvrant un e-mail arrivé vers 23 heures la nuit précédente.

Je ne connaissais pas l'adresse de l'expéditeur, mais l'objet lisait AVERY MORGANSTEN.

Voilà qui était étrange, puisque je n'avais pas indiqué mon vrai nom lorsque j'avais créé mon compte, il y avait donc peu de chances qu'il s'agisse d'une tentative d'hameçonnage. Seuls mes parents et mon cousin connaissaient cette adresse, car, même s'ils avaient mon numéro de téléphone, je préférais qu'ils me contactent par ce biais. Je ne l'avais donnée à personne d'autre.

Mon doigt plana au-dessus de la souris. Un certain malaise me noua l'estomac avant que je clique. Je ramenai mes jambes contre ma poitrine, m'enjoignant de ne pas l'ouvrir, de le supprimer directement – mais c'était plus fort que moi. Comme quand on passe devant un accident de la route. On sait qu'il ne faut pas le faire, mais on tourne la tête pour regarder.

Je le regrettai immédiatement. Mon ventre se tordit davantage et une boule m'obstrua la gorge. Soudain nauséeuse, je m'écartai du bureau et refermai brusquement l'écran de mon ordinateur. Debout au milieu de la pièce, je pris une profonde inspiration en serrant les poings.

Il n'y avait que deux lignes.

Rien de plus.

Deux lignes suffisant à effacer des milliers de kilomètres.

Deux lignes suffisant à me pourrir ma nuit.

Deux lignes venues me traquer jusque dans une petite ville universitaire de Virginie-Occidentale.

Tu n'es qu'une menteuse, Avery Morgansten. Tu le paieras un jour ou l'autre.

4

Je me traînai en salle d'astronomie avec dix minutes d'avance et choisis la place la plus discrète possible en plein milieu de l'amphithéâtre. Une poignée d'étudiants étaient déjà installés dans les premiers rangs. Je bâillai à m'en décrocher la mâchoire et me laissai tomber sur ma chaise en me frottant les yeux. Les litres de café que j'avais ingurgités ne suffisaient pas à compenser mon unique heure de sommeil.

Deux petites phrases.

Je serrai les paupières et reposai la tête sur mon avant-bras. Je ne voulais plus penser à cet e-mail ni au fait que j'avais rouvert mon portable pour aller piocher dans la corbeille le message de mon cousin. Une interminable diatribe pour me reprocher de laisser une fois de plus tomber mes parents tandis que les siens étaient morts d'inquiétude, convaincus que j'allais encore leur infliger à tous une autre de mes crises. *Tu dois rentrer*, me disait-il. *C'est la seule chose à faire*. La seule chose à faire de leur point de vue, et si mon cousin prenait leur parti – tout comme, disons, quatre-vingt-dix-neuf pour cent environ de la ville –, je doutais qu'il soit à l'origine de l'autre e-mail.

L'adresse de ce dernier m'était parfaitement inconnue, et la liste des expéditeurs potentiels était trop longue pour que j'en identifie l'instigateur. Cela ne pouvait pas être *lui*, car même lui n'était pas assez stupide pour essayer de me contacter.

Encore que...

Un frisson me dévala l'échine. Et si c'était Blaine ? S'il avait découvert où je m'étais installée ? Ma famille ne le lui aurait jamais dit. D'un autre côté, ils en avaient peut-être parlé à ses parents : après tout, ils étaient copains de country club. Je pourrais les tuer, si j'apprenais qu'ils avaient bavé. Sérieux. J'étais prête à prendre le premier avion pour aller les assassiner au Texas, car j'étais justement venue ici pour...

— Salut, mon ange, me lança une voix grave.

Je redressai brusquement la tête et tordis le cou. Muette de stupeur, je laissai Cam se glisser sur le siège voisin du mien. Je fus un peu lente sur ce coup-là : j'aurais dû lui dire que la place était prise, ou lui demander d'aller s'asseoir ailleurs, alors que je me contentai de le contempler, impuissante.

Il s'adossa, me lançant un regard de biais.

— Tu as l'air en vrac, ce matin.

Lui, en revanche, semblait étonnamment frais pour quelqu'un qui avait fait la fête la veille au soir. Ses cheveux encore humides cerclaient son visage aux yeux pétillants.

— Merci.

— De rien. Content de voir que tu as réussi à venir en classe, cette fois.

Il marqua une pause, inclina la tête en arrière et posa les pieds sur le dossier devant lui. Puis il m'examina longuement.

— Même si j'aimais bien nos petites séances de rentre-dedans. Ça mettait un peu de piment.

— Ça ne me manque pas du tout, répliquai-je en farfouillant dans ma besace en quête de mon cahier. Je trouvais ça très gênant.

— Ça n'avait aucune raison de l'être.

— Facile à dire. Tu étais la victime. C'est moi qui t'ai défoncé.

Cam en resta bouche bée. Oh, mon Dieu, avais-je vraiment dit ça ? Oui. J'ouvris mon cahier en passant par toutes les couleurs de l'arc-en-ciel.

— Raphael va bien, au fait.

Un sourire de soulagement se dessina sur mes lèvres.

— Me voilà rassurée. Est-ce qu'il t'a fait pipi sur la main ?

— Non, mais pas loin. Je t'ai apporté quelque chose.

— De la pisse de tortue ?

Il éclata de rire et secoua la tête avant de plonger la main dans son sac à dos.

— Non, désolé. (Il sortit une liasse de feuilles agrafées.) C'est le programme. Je sais, c'est palpitant, mais je me suis dit que puisque tu n'étais pas venue en cours lundi, ça risquait de te manquer, j'en ai donc demandé un autre au prof.

— Merci. (Je lui pris les papiers des mains, légèrement surprise par l'attention.) C'est très gentil de ta part.

— Eh bien, tiens-toi bien : c'est ma semaine de bonté. Je t'ai apporté autre chose.

Il explora de nouveau son sac. Tout en mordillant mon stylo, j'en profitai pour le reluquer abondamment sans qu'il s'en rende compte. Cela faisait une éternité que je n'avais plus eu de conversation avec un membre du sexe opposé qui ne soit pas de ma famille, je trouvais pourtant que je ne m'en sortais pas trop mal. Mis à part mon commentaire sur le défonçage, j'étais plutôt fière de moi.

Cam exhiba une serviette en papier qu'il déplia de ses longs doigts.

— Un cookie pour toi, un cookie pour moi.

Je retirai le stylo de ma bouche et secouai la tête, incrédule.

— Tu n'étais pas obligé.

— Ce n'est qu'un cookie, mon ange.

J'étais complètement dépassée par la situation. Les agissements de ce Cam n'avaient vraiment aucun sens. Diable, je ne comprenais de toute façon pas la plupart de mes contemporains...

Il m'observa à travers ses cils incroyablement longs et soupira. Il déchira la serviette en deux, remballa l'un des biscuits et le laissa tomber sur mes genoux.

— Je sais que tu ne dois pas accepter de bonbons d'un inconnu, mais en l'occurrence, c'est un cookie. Et je ne suis plus un inconnu à proprement parler.

Je déglutis.

Cam planta les dents dans son biscuit et ferma les yeux. Un long gémissement émergea de sa gorge – un bruit d'extase. Mon cœur s'emballa et je sentis le rouge me remonter aux joues tandis que je le dévisageais. Il reproduisit le même son, et j'en restai bouche bée. Une fille installée sur la rangée devant la nôtre se retourna pour nous jeter un regard sombre.

— Ils sont bons à ce point ? m'enquis-je en lorgnant celui qui m'était destiné.

— Oh, ouais, c'est de la super came. Je te l'ai dit hier soir. Ce serait encore meilleur avec un peu de lait. (Il croqua une nouvelle fois dedans.) Mmm, du lait.

Je lui lançai un regard en coin et eus l'impression qu'il était sur le point d'atteindre l'orgasme.

Il entrouvrit un œil.

— C'est le mélange noix chocolat. Quand tu trouves le bon dosage, c'est comme une explosion de luxure dans ta bouche, en moins salissant. Le seul truc meilleur, ce sont les tartelettes au chocolat. Quand la pâte est bien chaude, on se les enfile comme des... Bref, tu devrais goûter. Prends-en un peu.

Oh, et puis quoi ? Ce n'était qu'un cookie, pas une pipe de crack. C'était débile. Je dépliai ma serviette et mordillai dans le biscuit, qui fondit littéralement dans ma bouche.

— Alors ? demanda Cam. Il est bon, pas vrai ?

J'en pris une nouvelle bouchée avant d'opiner.

— Eh bien, j'en ai toute une fournée à la maison. (Il s'étira tout en roulant sa serviette.) Je dis ça, je dis rien.

Je finis mon gâteau, forcée de reconnaître qu'il était sacrément bon. Après m'être essuyé les doigts, j'entrepris de rouler en boule mon morceau de serviette, mais Cam tendit le bras pour me la prendre des mains. Il pivota légèrement sur son siège, m'effleurant la jambe du genou.

— Une miette, dit-il.

— Quoi ?

Il se fendit d'un léger sourire et, sans me laisser le temps de réagir, il me passa le pouce sur la lèvre inférieure. Tous les muscles de mon corps se contractèrent douloureusement. J'écarquillai les yeux, peinant soudain à respirer. Son toucher était léger, presque inexistant, je le ressentis pourtant dans diverses parties de mon anatomie.

— Je l'ai eue.

Son sourire s'élargit.

Ma lèvre me picotait toujours. Je n'avais plus que ça en tête. Je ne bougeai pas, pas avant que la porte à l'avant de la salle s'ouvre sur l'homme le plus étrange que j'eusse jamais vu. Vêtu d'un costume en polyester olive, il arborait de longs cheveux bouclés poivre et sel qui partaient dans toutes les directions. Ses immenses lunettes reposaient sur la pointe de son nez. Tandis qu'il traversait l'estrade, je remarquai que ses Vans à damier... étaient assorties à son nœud papillon.

Cam ricana doucement.

— Le professeur Drage est... unique en son genre.

— C'est ce que je constate, murmurai-je.

Drage avait un accent indéfinissable, mais à en juger par son teint olivâtre, j'optai pour un pays méditerranéen, voire du Moyen-Orient. Il entama son cours bille en tête, sans prévenir ni même faire l'appel. Je m'empressai de prendre des notes sur son introduction à l'astronomie et aux unités de mesure tandis que Cam se vautrait plus avant sur sa chaise en ouvrant son cahier. Son stylo se promenait rapidement sur le papier, sans qu'il prenne pourtant aucune note : il dessinait.

J'inclinai la tête de côté, tentant de me concentrer sur ce que pouvait bien signifier une unité astronomique, une sorte de nombre complètement démentiel que jamais de ma vie je ne parviendrais à mémoriser. Qui se révéla être la distance moyenne de l'orbite de la Terre autour du Soleil. C'était particulièrement important, car les unités astronomiques servaient à déterminer la plupart des écarts de notre système solaire, pourtant je me surpris à observer le carnet de Cam.

Qu'est-ce qu'il pouvait bien dessiner ?

— Je sais que la plupart d'entre vous se fichent des unités astronomiques et n'en ont même jamais vraiment entendu parler, continua Drage en arpentant l'estrade. Vous connaissez évidemment le terme « année-lumière ». Même si je doute que vous soyez nombreux à véritablement comprendre ce que cela signifie.

J'étais à peu près sûre que Cam croquait un Bigfoot.

Le cours magistral se poursuivit jusqu'à ce que le professeur change brusquement d'approche, nous prenant tous de court à part Cam, en nous distribuant des cartes des étoiles.

— Je sais que nous ne sommes que mercredi, mais voici votre premier devoir pour le week-end. Ce samedi, le ciel est censé être aussi dégagé que des fesses de nouveau-né.

— Aussi dégagé que des fesses de nouveau-né ? marmonnai-je.

Cam gloussa.

— Je veux que vous repériez Corona Borealis – dans le seul et véritable firmament nocturne. (Le professeur Drage souriait, comme s'il venait de sortir une bonne blague, mais nous le dévisagions tous fixement.) Nul besoin d'un télescope, servez-vous uniquement de vos yeux, de vos lunettes, de vos lentilles ou de ce que vous voulez. Vous pourrez la voir soit vendredi, soit samedi, mais le vendredi risque d'être un peu couvert, alors choisissez bien.

— Attendez, intervint un élève au premier rang. Comment est-ce qu'on se sert de ces cartes ?

Cam me fit passer celles qui circulaient dans notre rangée, ainsi qu'un plan quadrillé.

Drage s'immobilisa devant la classe.

— Regardez-les.

Je ravalai un éclat de rire.

L'étudiant qui avait posé la question se renfrogna.

— Ça, j'avais compris, mais est-ce qu'il faut la lever vers le ciel, ou un truc dans le genre ?

— Bien sûr. C'est une possibilité. Ou alors, vous pouvez examiner chacune des constellations, voir à quoi elles ressemblent, puis tenter de les repérer dans le ciel. (Il marqua une pause.) Ou utiliser Google. Je veux que vous commenciez à vous familiariser avec la contemplation des étoiles. Vous le ferez souvent durant ce semestre, et ça vous plaira d'autant plus en ce moment, tant qu'il fait encore doux. Alors, discutez-en avec votre binôme, et décidez d'une heure. Je ramasserai les copies lundi. C'est tout pour aujourd'hui. Bonne chance à tous, et que la force de l'univers soit avec vous.

Plusieurs étudiants se mirent à rire, mais j'avais le ventre trop noué pour ça.

— Notre binôme ? répétai-je à voix basse en fouillant la salle du regard.

Presque tout le monde s'était tourné dans un sens ou dans l'autre pour discuter avec quelqu'un.

— Quand est-ce qu'on a formé des binômes ?

— Lundi, répliqua Cam en refermant son cahier, qu'il rangea dans son sac à dos. Tu n'étais pas là.

Mon cœur s'emballa tandis que je me glissais jusqu'au bord de mon siège. *Merde.* Drage avait déjà quitté la pièce. La moitié de nos camarades en avaient fait autant.

— Avery ?

Comment diable étais-je censée trouver un partenaire, à présent ? Je n'aurais vraiment pas dû fuir comme un bébé ce lundi. Tout était ma faute.

— Avery.

Où était la salle des professeurs ? J'allais devoir aller lui expliquer que je me retrouvais toute seule. En plus, son bureau devait sentir la naphtaline.

— *Avery.*

— Quoi ? aboyai-je en me retournant vers Cam.

Qu'est-ce qu'il avait à me dévisager comme ça ?

Il haussa les sourcils.

— Je suis ton binôme.

— Hein ?

— Je... suis... ton... binôme, répéta-t-il avant de soupirer. Apparemment, Drage les a fait choisir en début d'heure lundi. Comme je suis arrivé en retard, il m'a dit que si quelqu'un nous rejoignait aujourd'hui, je devrais me mettre avec lui, sous peine de me retrouver seul. Et comme je déteste l'idée de me retrouver seul, il va falloir qu'on bosse ensemble.

Je le scrutai longuement.

— On peut choisir de rester seul ?

— Ouais, mais qui voudrait observer le ciel nocturne dans son coin ?

Il se leva et fit basculer son sac sur son épaule avant de remonter la rangée.

— En plus, je connais l'endroit idéal pour faire nos devoirs. Et il faut qu'on fasse ça samedi, car j'ai déjà un truc prévu vendredi.

— Attends !

Je me levai et courus pour le rattraper.

— Quoi, tu n'es pas libre samedi ? (Il fronça les sourcils.) Eh bien, je pourrais peut-être...

— Non, ce n'est pas ça. Mais on n'est pas obligés de travailler ensemble, expliquai-je. Ça ne me gêne pas d'être toute seule.

Il s'arrêta si brusquement que je faillis répéter ma performance du lundi.

— Pour quelle raison voudrais-tu faire tous les devoirs – et si tu regardes le programme, il y en a un paquet – toute seule ?

— Eh bien, ce n'est pas que j'en aie vraiment envie, répondis-je en basculant maladroitement d'un pied sur l'autre. Mais tu n'es pas obligé de te mettre avec moi. Tu ne me dois rien.

— Je ne pige rien de ce que tu racontes, dit-il en inclinant la tête de côté.

— Je veux juste dire que...

Ma voix dérailla. Qu'est-ce que je baragouinais ? Le problème était que je ne le comprenais pas – je ne comprenais rien de lui. Il ne me connaissait pas. Je ne le connaissais pas non plus. Et pourtant, il se montrait tellement... *amical*. Les mots suivants sortirent de ma bouche sans me consulter.

— Pourquoi est-ce que tu es si sympa avec moi ?

Il arqua un sourcil.

— C'est une vraie question ?

— Oui.

Il me considéra un instant.

— Eh bien, j'imagine que je suis tout simplement un mec sympa. Et toi, tu es manifestement une petite nouvelle – une première année. Tu semblais un peu à côté de tes pompes lundi, et puis tu es partie en courant, refusant même de venir en cours, et j'ai...

— Je ne veux pas de ta pitié.

J'étais horrifiée. Il était agréable par pure compassion. Mon Dieu, c'était...

Il accentua son froncement de sourcils.

— Ce n'est pas de la pitié, Avery. Je dis juste que comme tu n'avais pas l'air dans ton assiette lundi, j'ai pensé qu'on pourrait former un binôme. (Il étrécit les paupières.) On dirait que tu ne me crois pas. C'est à cause du cookie ? En vérité, tu as refusé de les goûter hier soir, et je comptais sincèrement manger le deuxième, mais tu semblais si fatiguée et si triste, ainsi assise à l'écart des autres... J'ai décrété que tu en avais plus besoin que moi.

Je n'arrivais pas à déterminer s'il plaisantait ou non, malgré ses prunelles qui pétillaient d'amusement.

— Et pour ne rien gâcher, tu es très belle, ajouta-t-il.

Je cillai.

— Quoi ?

Son froncement s'estompa quand il ouvrit la porte, m'invitant à sortir devant lui.

— Ne me dis pas que tu l'ignorais. Sans quoi, je risque de perdre foi en l'humanité. Tu ne voudrais pas m'infliger ça ?

— Je sais que je suis belle. Enfin non, ce n'est pas ce que je voulais dire.

Dieu que je me trouvais bête. Je secouai la tête.

— Je ne pense pas être moche, c'est ce que...

— Bien. Ça, c'est réglé.

Il tira sur mon sac pour me faire pivoter vers la cage d'escalier.

— Attention à la porte, ça peut être dangereux.

Je ne relevai pas.

— Et qu'est-ce que le fait d'être belle a à voir avec le reste ?

— Tu m'as demandé pourquoi j'étais sympa avec toi. On y gagne tous les deux.

Je réfléchis à son explication et m'arrêtai sur la marche au-dessus de lui.

— Tu es gentil avec moi parce que tu me trouves jolie ?

— Et parce que tu as des yeux marron. J'adore les grands yeux marron. (Il éclata de rire.) Je suis un garçon très superficiel. Hé, ne te plains pas d'être belle. Ça fait ressortir le bon côté de ma personnalité. Ça me donne envie de partager mes cookies avec toi.

Je le fusillai du regard.

— Donc si j'étais moche, tu ne serais pas sympa ?

Cam fit volte-face pour me dévisager. Bien qu'une marche plus bas, il me dominait toujours.

— Je serais cool avec toi même si tu étais moche.

— D'accord.

Ses lèvres pleines dessinèrent un sourire narquois. Il pencha la tête vers mon oreille et chuchota :

— Mais je ne te proposerais pas de cookies.

Je croisai les bras en tâchant d'oublier la proximité entre nos deux visages.

— Je commence à croire que « cookies » est un nom de code pour autre chose.

— Peut-être bien.

Il me tira de nouveau par le sac et descendit à reculons, me forçant à le suivre.

— Mais réfléchis : si c'en était effectivement un, quoi que cela symbolise, tu l'as eu dans la bouche, mon ange.

Une partie de moi fut vraiment perturbée par cette remarque. L'autre ? Un gigantesque éclat de rire un peu rauque m'échappa complètement.

— Tu es vraiment...

— Formidable ? Merveilleux ? (Il marqua une pause, les sourcils haussés.) Extraordinaire ?

— Disons plutôt bizarre.

— Eh bien, si j'avais un cœur, je serais très blessé.

Je souris, entrant volontiers dans son jeu.

— Alors heureusement que tu ne ressens rien, pas vrai ?

— Sans doute. (Il descendit encore quelques marches et s'arrêta sur le palier.) Tu ferais mieux de te dépêcher si tu ne veux pas être en retard à ton prochain cours.

Putain de merde ! Il avait raison.

Cam rigola en me voyant ouvrir des yeux tout ronds et dévaler l'étage suivant au pas de course.

— La vache, si tu venais si vite chercher mes cookies, je serais le plus heureux des hommes.

— Ferme-la ! lui lançai-je par-dessus mon épaule.

— Hé ! me rappela-t-il. Tu ne veux pas savoir ce que cookies veut vraiment dire ?

— Non ! Surtout pas !

Son rire m'accompagna dans le couloir et jusqu'à ma prochaine salle de classe.

5

— Tu as un chouette appart, commenta Brittany depuis mon canapé, un manuel d'histoire inutilement ouvert sur ses genoux. J'adorerais ne pas avoir à vivre en résidence. Ma colocataire ronfle comme un sonneur.

Je voltigeai entre la télé et la table basse, ne sachant toujours pas comment Brittany et Jacob avaient atterri chez moi après les cours. Durant le déjeuner, nous avions évoqué la possibilité de nous retrouver quelque part pour partager nos notes, et quelqu'un avait suggéré mon appartement. L'idée émanait sans doute de Jacob, et depuis leur arrivée, nous n'avions pas étudié une seule seconde.

Une forme d'énergie angoissante vrombissait en moi tel un colibri. Il y avait si longtemps que je n'avais reçu personne. Avant, seuls des gens de ma famille venaient me rendre visite, et nul autre que la femme de ménage n'avait le droit de pénétrer dans ma chambre. J'étais non seulement traitée comme un paria à l'école et en ville, mais également à la maison. Pourtant, avant cette fête d'Halloween, *tout le monde* venait traîner chez moi, surtout les filles du studio. Personne ne m'évitait alors, et je n'avais pas arrêté la danse. Avant cette soirée, tout était encore normal.

Je jouai nerveusement avec mon bracelet. J'étais contente de recevoir mes nouveaux amis, car cela me paraissait naturel et me rappelait l'*avant*. Tous les étudiants faisaient ça, mais pour moi c'était si... différent.

Jacob sortit de ma cuisine, un sachet de chips à la main.

— On s'en fout de l'appart. Il est très beau, hein, mais ce qui m'intéresse, ce sont les *cookies* de Cam.

Je piochai une chips.

— Je n'aurais jamais dû évoquer cette conversation.

— Trop tard, répliqua-t-il la bouche pleine.

Brittany gloussa.

— Il me tarde de savoir ce que « cookies » signifie.

— À mon avis, il parlait de sa bite, déclara Jacob en se laissant tomber sur le bras du canapé.

— Oh, mon Dieu, dis-je en me servant une poignée de chips.

J'allais avoir besoin de nombreuses calories pour supporter le tour pris par cette discussion.

Brittany acquiesça.

— Ça se tiendrait. Ça expliquerait qu'il ne veuille pas partager ses cookies avec une fille moche.

— Je ne pense pas que c'est ce qu'il avait en tête, tempérai-je en continuant mon grignotage. Bon, revenons-en à nos notes d'histoire...

— On s'en tape de l'histoire. Revenons-en à la bite de Cam, insista Jacob. Tu as conscience que si « cookies » est un nom de code pour dire « bite », cela signifie que tu as mis la sienne dans ta bouche ?

Je m'étouffai sur ma chips et avalai de grandes lampées de soda pour faire couler le tout. J'étais écarlate.

— Au sens figuré, bien sûr, précisa Jacob en souriant comme un benêt. (Il se releva d'un bond.) Je ne sais pas comment tu fais, Avery. Si j'habitais en face de chez lui, je serais posté devant sa porte de midi à minuit. Et je réclamerais sans arrêt ses *cookies*. Miam.

Je secouai la tête en agitant une main devant mon visage.

— Je te les laisse volontiers.

— Oh, ma chérie. S'il jouait dans le même camp que moi, je les dévorerais en un rien de temps.

Brittany leva les yeux au ciel.

— Quelle surprise.

— Ce que je ne comprends pas, c'est comment tu fais pour y résister.

J'ouvris la bouche pour répondre, mais Brittany me devança.

— Je ne pense pas que « cookies » veuille dire bite. À mon avis, il parlait plutôt de ses couilles, vu que c'est un pluriel.

Jacob éclata d'un rire retentissant.

— Alors tu as mis ses couilles dans sa bouche, au sens figuré toujours. Merde, c'est une drôle de façon de cuisiner.

Je les dévisageai, incrédule. S'agissait-il d'une conversation on ne peut plus banale ?

— Par pitié, est-ce qu'on pourrait arrêter de parler de sa bite et de ses couilles ? Je risque de ne plus jamais pouvoir avaler le moindre cookie, désormais.

— Non. Sérieux. Comment ça se fait que tu ne sois pas dans tous tes états ? (Jacob s'allongea sur le dossier du canapé tel un chat géant.) C'est évident qu'il flirte avec toi.

— Et alors ? répliquai-je, jugeant sans risque de manger une nouvelle chips.

— Et alors ? répéta Jacob, abasourdi.

Brittany referma le livre d'histoire et le laissa tomber par terre avec un grand bruit sourd. Voilà qui mettait un terme définitif à nos velléités d'étudier.

— Jacob est comme une nymphomane de trente ans en manque de sexe, il n'arrive donc pas à imaginer que tu puisses refuser de chevaucher l'étalon du coin.

Je me tournai vers l'intéressé, qui haussa les épaules et déclara :

— Tout à fait.

— Même moi, j'ai du mal à comprendre. Cameron est vraiment mignon, insista Brittany. Et je n'ai jamais entendu une fille dire du mal de lui, c'est donc qu'il doit bien les traiter.

Ne sachant que répondre, je me laissai tomber dans le fauteuil lune noir, près de la télé. Leur expliquer le pourquoi du comment était clairement hors de question.

— Je ne sais pas. Ça ne m'intéresse pas, c'est tout.

— Est-ce que tu as des ovaires ? m'interrogea Jacob.

Je lui lançai un regard sombre.

— Oui.

Il se laissa glisser sur le dossier pour se retrouver assis à côté de Brittany.

— Alors comment peux-tu ne pas être intéressée ?

Je fourrai dans ma bouche le reste de ma poignée, cherchant une réponse qui ne me ferait pas passer pour une bégueule frigide. Cependant, j'étais une bégueule frigide, non ? Ou sacrément atteinte, selon le point de vue. Dans les deux cas, si les bites et les couilles ne me laissaient pas de marbre, la simple idée de m'en approcher de trop près me donnait des sueurs froides.

Je commençais d'ailleurs à transpirer. Les chips me donnaient déjà des aigreurs d'estomac. Mais je gerberais plus tard : pour l'heure, l'e-mail de la veille au soir me revint subitement en tête.

Menteuse.

Je m'essuyai les mains sur mon jean.

— Je n'ai aucune envie de me mettre en couple, c'est tout, affirmai-je.

Jacob éclata de rire.

— On n'a jamais dit que c'était ce que Cam voulait, tu sais ? Pas la peine d'être en couple pour faire crac-crac boum-boum.

Brittany se tourna lentement vers lui.

— Tu viens vraiment de dire ça ?

— Oui. Et je vais le déposer. Je vais même m'en faire un tee-shirt. (Il se fendit d'un large sourire.) Bref, tu ne devrais peut-être pas laisser passer l'occasion, voilà ce que j'en pense.

Je n'envisageai pas la chose un instant.

— Je ne sais même pas pourquoi on en discute. On va en cours ensemble, et il habite de l'autre côté du couloir...

— Et vous formez un binôme pour le reste du semestre, m'interrompit Brittany. Si ce n'est pas romantique, de sortir ensemble pour observer les étoiles...

Mon ventre se noua.

— Ça n'a rien de romantique. Le romantisme n'existe pas.

Elle haussa les sourcils en lissant du bout des doigts une courte mèche blonde.

— Tiens, salut, Christine la Déprime.

Je roulai des yeux.

— Tout ce que je dis, c'est que je ne le connais pas, et qu'il ne me connaît pas. Il ne fait que flirter. C'est vous qui le surnommez l'étalon du coin. Et c'est sans doute sa manière d'être. Il est sympa et amical, rien de plus. On peut passer à autre chose, maintenant ?

— Ouais, vous commencez à me faire chier, les connasses, déclara Jacob.

Brittany lui tira la langue. La lumière se refléta sur la boule de son piercing, et je grimaçai en songeant combien cela avait dû être douloureux.

— Et puis il me faudrait de la sauce salsa pour aller avec ces chips.

— Dans le placard du bas, lui criai-je alors qu'il avait déjà presque atteint la cuisine.

Il ouvrit et claqua les portes de mes rangements.

À mon grand soulagement, le sujet ne s'attarda pas davantage sur moi et ma relation inexistante avec Cam.

Plus les heures filaient, moins j'étais gênée de les avoir chez moi. Nous finîmes même par entrouvrir brièvement nos livres d'histoire. À presque 21 heures, ils remballèrent leurs affaires et se dirigèrent vers la porte.

Brittany s'arrêta sur le palier, puis bondit en avant. Sans crier gare, elle me prit dans ses bras et me déposa un baiser sur la joue. Je restai les bras ballants, à moitié sous le choc. Elle me sourit.

— Il y a une grosse soirée dans l'une des fraternités vendredi. Tu devrais venir.

Je me souvins que Cam m'avait dit être pris vendredi, et puisqu'il aimait faire la fête, il était sans doute invité précisément là-bas. Je secouai la tête.

— Je ne sais pas.

— Ne fais pas ton asociale, repartit Jacob en ouvrant la porte. On fait partie des gens cool.

J'éclatai de rire.

— Je sais. Je vais y réfléchir.

— D'accord. (Brittany agita les doigts.) À demain.

Une fois dans le couloir, Jacob désigna la porte de Cam et agita les hanches en tortillant du cul. Je me mordis les lèvres pour m'empêcher de glousser. Il poursuivit son petit manège jusqu'à ce que Brittany l'attrape par le col de son polo et le force à emprunter l'escalier.

Je refermai en souriant et verrouillai la porte. Il ne me fallut pas longtemps pour tout nettoyer et m'apprêter à aller au lit. Sachant que je n'arriverais pas à trouver le sommeil, et refusant absolument d'allumer mon ordinateur pour ne pas tomber sur d'autres e-mails, je me résolus à regarder des rediffusions des *Traqueurs de fantômes*, jusqu'à être convaincue d'en avoir un dans ma salle de bains. J'éteignis la télé, me levai, et finis par faire une chose dont j'avais horreur.

Je me mis à arpenter mon appartement comme je le faisais autrefois dans ma chambre. Maintenant que le poste était éteint, tout était silencieux, et je percevais des bruits infimes émanant de chez mes voisins. Je me concentrai sur ces sons pour éviter à mon esprit de vagabonder, car je ne voulais pas gâcher l'excellente soirée que je venais de passer. Ces deux derniers jours avaient été géniaux, en dehors du fait que j'avais percuté Cam. Tout allait pour le mieux.

Je m'arrêtai derrière mon canapé, ne me rendant compte qu'alors de ce que je faisais.

Par un réflexe inconscient, j'avais remonté la manche de mon tee-shirt pour serrer mon poignet gauche entre mes doigts. Je les en écartai l'un après l'autre, lentement, méticuleusement. De petites marques roses indiquaient les endroits où le bracelet avait entamé la peau. Depuis cinq ans, je ne retirais mon bijou que pour dormir ou prendre ma douche. Ces marques ne partiraient sans doute jamais.

Pas plus que la cicatrice irrégulière que le bracelet dissimulait.

J'ôtai ma main. Les cinq centimètres de rose sombre longeaient la veine au-dessus de mon poignet. Une profonde entaille faite avec le verre du cadre que j'avais balancé quand la première photo avait commencé à circuler au lycée.

Quand je m'étais infligé ça, j'étais au trente-sixième dessous et bien résolue à en finir. J'aurais eu la même estafilade au poignet droit si la femme de ménage n'avait pas entendu le verre brisé.

La photo nous représentait, moi et ma meilleure amie, cette même meilleure amie qui s'était empressée de me tourner le dos et avait été la première à chuchoter des mots tels que *pute* et *menteuse*.

J'avais voulu y mettre un terme. Jeter l'éponge, car à ce moment-là de mon existence, rien n'aurait pu être pire que ce qui m'était arrivé, que ce que mes parents avaient accepté et que les conséquences de leur décision. En quelques mois, ma vie s'était retrouvée scindée en deux parties distinctes : l'avant et l'après. Et je ne pouvais pas envisager d'*après* alors que toute l'école s'était rangée du côté de Blaine.

Aujourd'hui ? L'après semblait interminable, et la honte ronronnait comme un feu sous-jacent au creux de mon ventre tandis que je contemplais ma cicatrice. Le suicide n'était pas une réponse et, dans tous les cas, *jeter l'éponge* signifiait leur donner raison à tous. J'avais compris cela moi-même, la thérapie n'ayant jamais figuré sur la liste des choses envisageables. Mes parents auraient préféré se couper les jambes plutôt que d'avoir à subir l'embarras d'une fille suicidaire ayant besoin d'un psy. Pas mal d'argent était passé de main en main pour garder secret mon séjour en hôpital de jour.

Visiblement, cela ne dérangeait pas mes vieux que l'on considère leur progéniture comme une pute et une menteuse.

Pour ma part, je détestais voir l'incarnation physique de ma faiblesse, et j'aurais été terrassée par la honte si quiconque la découvrait.

Un rire soudain dans le couloir capta mon attention – le rire de Cam. Je pivotai la tête vers la cuisine. L'horloge du four indiquait près de 1 heure du matin.

Je tirai sur ma manche.

— Tu ne peux pas faire l'impasse sur vendredi soir ? demanda une voix féminine à moitié étouffée par le mur.

Après une courte pause, Cam répondit :

— Tu sais bien que non, mon ange. La prochaine fois, peut-être.

Mon ange ? Oh ! Des bruits de pas se rapprochèrent de la cage d'escalier.

Je contournai hâtivement le canapé pour aller me poster à la fenêtre. Mon appartement étant situé au bout de l'immeuble, juste au-dessus du parking, je n'avais plus qu'à attendre. Et effectivement, j'aperçus Cam, toujours torse nu, accompagné d'une fille.

Une grande brunette aux jambes interminables vêtue d'une jupe en jean trop mignonne. Je ne distinguais pas grand-chose d'autre depuis mon perchoir tandis qu'ils traversaient le parking. La fille trébucha puis recouvra l'équilibre avant même que Cam puisse intervenir. Ils s'arrêtèrent derrière une berline sombre. Je me comportais comme une voyeuse en les espionnant de la sorte, mais j'étais fascinée par le spectacle.

Cam dit quelque chose et éclata de rire quand la fille le gratifia d'une bourrade amicale. Une seconde plus tard, ils s'enlacèrent. Il fit alors un pas en arrière et lui adressa un petit signe de la main avant de s'en retourner vers l'immeuble. À mi-chemin, il leva les yeux vers notre étage, et je sursautai comme une andouille. Il ne pouvait pas me voir, mon appartement étant plongé dans la pénombre.

Je ris de ma sottise et me tus en entendant une porte se refermer dans le couloir.

Le soulagement m'envahit, libéra mes muscles soumis à une succession de crispations. Le voir avec une autre fille était… positif. Cela achevait de me convaincre que Cam était un garçon certes charmant et charmeur, mais parfaitement inoffensif, qui aimait bien distribuer des cookies aux jolies filles et caresser sa tortue nommée Raphael. Bien. Dans mes cordes. Je pouvais gérer. Car ce soir, ce que Brittany et Jacob n'avaient cessé de suggérer m'avait rendue nerveuse et agitée.

Cam et moi finirions peut-être par devenir amis. Cela ne me dérangeait pas le moins du monde : je serais heureuse d'en avoir davantage, comme *avant*.

Cependant, quand je me retrouvai dans mon lit à scruter intensément le plafond, je me demandai un instant, un très bref instant, ce que j'éprouverais si effectivement Cam était intéressé. Ce que cela ferait d'espérer pareille perspective. D'être toute retournée et excitée chaque fois que son regard se poserait sur moi ou que nos mains s'effleureraient par accident. Je me demandai également ce que cela ferait d'être intéressée par lui de cette manière-là, ou par n'importe quel autre garçon, d'ailleurs. D'espérer des rencards, des premiers baisers et tout ce qui s'ensuit. J'étais sûre que ce serait agréable. Comme *avant*.

Avant que Blaine Fitzgerald ne m'arrache tout cela.

Des nuages d'orage s'amoncelaient en ce jeudi matin ; la journée s'annonçait pluvieuse et dégueulasse sur le campus. Par chance, je n'avais que deux cours à endurer, et me contentai donc de passer un sweat à capuche par-dessus mon tee-shirt avant de sortir. J'avais un instant envisagé de me changer, mais la flemme m'avait convaincue de rester en short et en tongs.

J'envoyai un texto à Jacob pour lui demander s'il voulait que je lui prenne un café avant notre leçon d'art, puis quittai mon appartement et arrivai à l'escalier au moment où la porte de Cam s'ouvrait sur un garçon en train d'enfiler un tee-shirt. Seuls des cheveux blonds hirsutes lui tombant aux épaules en émergeaient, mais ils me suffirent à reconnaître le type qui jouait avec la tortue de Cam – son colocataire.

Dès que nos regards se croisèrent, un grand sourire vint illuminer son visage hâlé, révélant une rangée de dents ultra blanches.

— Salut ! On s'est déjà vus.

Je jetai un coup d'œil par-dessus son épaule. Il avait laissé sa porte grande ouverte.

— Salut. Tu es le… gars à la tortue.

Un air de surprise figea son visage tandis que ses sandales claquaient sur le ciment.

— Le gars à la tortue ? Ah ouais ! (De petites pattes d'oie vinrent orner ses yeux marron quand il se mit à rire.) Tu m'as vu avec Raphael, c'est ça ?

J'acquiesçai.

— Et il me semble que tu t'appelles Señor Enfoiré.

Il éclata d'un rire bruyant et vint me rejoindre sur les marches.

— C'est mon nom de scène. La plupart des gens m'appellent Ollie.

— C'est vachement plus joli que Señor Enfoiré.

Je lui souris tandis que nous atteignions le palier du troisième étage.

— Moi, c'est...

— Avery, compléta-t-il. (En voyant mes yeux s'écarquiller, il me décocha un nouveau sourire éclatant.) C'est Cam qui me l'a dit.

— Oh. Et donc... euh, tu allais à...

— Hé, abruti, tu as laissé la porte ouverte !

La voix de Cam retentit dans l'escalier quelques secondes avant que nous le voyions apparaître en haut des marches, sa casquette de baseball sur la tête. Il se fendit d'un sourire de guingois en nous apercevant, et il dévala les derniers degrés.

— Hé, qu'est-ce que tu fous avec ma copine ?

Ma copine ? Quoi ? Je manquai me casser la figure.

— Je lui parlais de ma double identité.

— Ah ouais ?

Cam me passa un bras autour des épaules, et je m'emmêlai les pinceaux. Il resserra son étreinte pour m'attirer à son côté.

— Waouh, mon ange, on a bien failli te perdre.

— Regarde, dit Ollie en sautant les dernières marches. À cause de toi, elle ne sait plus mettre un pied devant l'autre.

Cam ricana et fit pivoter sa casquette sur son crâne.

— Je n'y peux rien, c'est mon charme irrésistible.

— Ou ton odeur, rétorqua Ollie. Je ne suis pas certain d'avoir entendu la douche couler, ce matin.

Cam ouvrit grand la bouche, feignant l'indignation.

— Est-ce que je sens mauvais, Avery ?

— Tu sens très bon, murmurai-je en me sentant rougir.

C'était pourtant la vérité. Il exhalait des arômes de linge propre, de parfum léger, ainsi qu'autre chose qui pouvait bien être tout simplement son odeur naturelle.

— Enfin, tu ne sens pas mauvais, quoi.

Cam me contempla pendant un instant un poil trop long.

— Tu vas en cours ?

Nous étions toujours en train de descendre, et son bras n'avait pas quitté mes épaules. Tout un côté de mon corps était parcouru de fourmillements, comme engourdi. Il faisait cela de façon si... naturelle. Comme si cela ne signifiait rien pour lui, ce qui était d'ailleurs probablement le cas vu son comportement avec la fille de la veille. Alors que pour moi...

C'était indescriptible.

— Avery ? insista-t-il à mi-voix.

Je me tortillai pour me libérer et remarquai le sourire d'Ollie s'étirer. J'accélérai ma descente, cherchant férocement à récupérer mon espace vital.

— Ouais, je vais en art. Et vous ?

Cam me rattrapa sans mal au deuxième étage.

— On sortait prendre un petit déj. Tu devrais sécher pour te joindre à nous.

— Je crois que j'ai suffisamment séché pour cette semaine.

— Moi, je sèche, annonça Ollie. Alors que Cam n'a pas cours avant cet aprèm, c'est un bon garçon.

— Et toi, tu es vilain ?

Le sourire d'Ollie était contagieux.

— Oh oui, très, très vilain.

Cam le toisa d'un œil torve.

— Surtout mauvais en orthographe, maths, anglais, organisation, conversation... Je pourrais continuer pendant des heures.

— Mais je suis doué pour les choses qui comptent.

— Ah, comme quoi ? s'enquit Cam alors que nous sortions de l'immeuble.

L'air charriait de légers effluves de pluie et les nuages semblaient gorgés d'eau.

Ollie courut devant nous, puis se retourna pour nous faire face et poursuivit à reculons, sans se soucier de la fourgonnette rouge qui tentait de faire sa marche arrière. Il brandit la main et commença à énumérer sur ses doigts :

— Boire, *faire des rencontres*, faire du snow, jouer au foot – tu te souviens de ce sport, Cam ? Le foot ?

Le sourire s'effaça du visage de Cameron.

— Ouais, je m'en souviens, trouduc.

Ollie gloussa et tourna les talons, prenant la direction du pick-up argenté. Curieuse, j'interrogeai Cam du regard. Il fixait un point droit devant lui, la mâchoire serrée, les prunelles froides comme de la glace. Sans m'adresser un coup d'œil, il fourra les mains dans les poches de son jean et déclara :

— À plus tard, Avery.

Sur ce, il alla rejoindre Ollie près de sa voiture. J'eus soudain l'impression que la température dégringolait pour s'adapter à l'attitude de Cam. Inutile d'être géniale ou particulièrement intuitive pour comprendre qu'Ollie avait touché un point sensible, et que Cam n'était pas d'humeur à s'appesantir sur la question.

Je forçai l'allure et bondis dans ma voiture en frissonnant. Et il était grand temps, car une énorme goutte de pluie vint s'écraser sur mon pare-brise. En me retournant pour faire ma marche arrière, je les repérai tous les deux, debout près du plateau du pick-up. Ollie souriait joyeusement tandis que Cam arborait le même air froid et distant que quand il m'avait éconduite. J'ignorais ce qu'il racontait à son ami, mais cela ne semblait guère l'enchanter.

6

Je ne savais pas comment Cam avait réussi à me convaincre de prendre une seule voiture, mais le samedi soir – le soir de nos devoirs –, juste avant la tombée de la nuit, je me retrouvai à grimper à bord de son imposant pick-up. J'en avais eu le ventre tout noué depuis la veille, quand Jacob avait commencé à me harceler pour que je l'accompagne à la fête où Brittany et lui avaient décidé d'aller. Ça n'était pas méchant, et j'avais vraiment envie de m'y rendre avec eux, simplement je n'arrivais pas à m'y résoudre. En outre, je ne connaissais pas l'adresse exacte, il était déjà tard quand il m'avait envoyé son premier texto, et l'orage avait repris.

Désormais, j'étais aussi nerveuse qu'une souris enfermée dans une pièce remplie de chats. Même si cela paraissait ridicule, je n'étais encore jamais montée en voiture avec un garçon. Bon sang, cette simple réflexion me fit me sentir pitoyable. Assez pitoyable pour avoir envie d'emmener ce petit secret dans ma tombe.

Cam inséra la clé dans le démarreur en se tournant vers moi. Il avait une fois de plus sa casquette de baseball vissée à l'envers sur la tête. Ses yeux azur pétillaient derrière ses longs cils.

— Tu es prête ?

J'opinai en resserrant mon cardigan léger. Quand je l'avais vu en cours d'astronomie la veille au matin, il avait retrouvé sa bonne humeur habituelle et se montrait de nouveau amusant, charmant et généreux en cookies. J'espérais que cela signifiait que sa petite anicroche avec Ollie était résolue.

— Tu es sûr qu'on ne peut pas faire ça juste ici ?

— Je connais l'endroit idéal. Je ne t'emmènerais pas n'importe où, mon ange.

— D'accord, marmonnai-je en claquant rapidement des mains.

Je me tournai vers la fenêtre passager, regardant défiler les bâtiments du campus jusqu'à ce que nous traversions le pont menant au Maryland.

Un quart d'heure plus tard, Cam bifurqua vers le champ de bataille d'Antietam. La férue d'histoire qui sommeillait en moi se mit à faire des pirouettes, mais j'étais bien trop tendue à l'idée de passer une partie de la nuit ici avec Cam pour demander à visiter. Il ne semblait pourtant pas du style à tenter quoi que ce soit, mais je savais d'expérience qu'il n'y avait pas de « style » pour ce genre de choses. J'avais vraiment les nerfs à fleur de peau.

— Tu es sûr qu'on a le droit de venir ici de nuit ? lui demandai-je en lançant un regard circulaire.

— Nan.

Il se gara sur le parking. Il ne s'y trouvait qu'une poignée de voitures.

Je le dévisageai.

— Quoi ?

Il éclata de rire en coupant le contact.

— Je plaisante. Tout ce qu'on a à faire, c'est d'informer les rangers que nous sommes de la fac. Ça ne les dérangera pas.

Je l'espérais. Être chassée d'un champ de bataille par un gardien du site était loin de figurer sur ma liste des choses à faire avant de mourir.

Cependant, un coup d'œil à Cam suffit à me convaincre qu'il n'était pas forcément contre l'idée.

— Tu es prête ?

Je récupérai mon sac à mes pieds et ouvris ma portière.

— Ouais, finissons-en.

Cam sortit une lampe de poche de la boîte à gants en ricanant.

— Tu pourrais au moins faire semblant d'être excitée.

Je lui décochai un sourire cassant.

— Je ne le suis pas.

— Arrête de mentir.

Il passa devant le capot pour venir me rejoindre, me désignant une tour en béton au toit rouge.

— On va là-bas.

— La tour de l'Allée sanglante ?

Il m'observa en coin.

— Tu es déjà venue ?

— Non.

— Alors comment tu connais l'Allée sanglante ?

Je souris timidement en enroulant une mèche de cheveux autour de mes doigts.

— Je suis spécialisée en histoire, c'est le genre d'endroit qui m'intéresse. Je me suis un peu renseignée. Le jour le plus meurtrier de la guerre de Sécession s'est déroulé sur ce petit sentier de terre.

— Ouais, il paraît. Attends une seconde. (Il pivota vers un ranger qui coupait à travers champs.) Je reviens tout de suite.

Je le regardai courir vers le gardien qui s'était arrêté pour l'attendre. Ils échangèrent quelques mots, puis Cam lui montra son carnet. L'autre s'esclaffa et ils se serrèrent la main. En basculant la tête en arrière, je distinguais déjà les premières étoiles qui jalonnaient le ciel d'un bleu profond. Il ferait bientôt nuit.

Je pris une profonde inspiration et soufflai lentement.

Cam revint en plastronnant.

— C'est d'accord. Et visiblement, on n'est pas tout seuls : il y a d'autres étudiants de l'autre côté de la tour.

— Cool. (Je lui emboîtai le pas, veillant à rester à une distance raisonnable.) Comment se fait-il que tant de gens viennent jusqu'ici pour ça ? Il doit bien y avoir d'autres endroits moins loin du campus.

— Pas comme celui-ci. Regarde autour de toi. (Il rangea sa lampe dans sa poche arrière.) En dehors des maisons de l'autre côté de la route, il n'y a pas une seule lumière ni un seul bâtiment. Juste le ciel.

— Et des champs de maïs, soulignai-je.

Il opina.

— De grands champs de maïs.

Nous atteignîmes la portion pavée de l'allée et nous dirigeâmes vers la tour.

— À ton avis, ça va nous prendre combien de temps ? demandai-je.

— Pourquoi ? Tu as un rendez-vous galant ce soir ?

Je laissai échapper un léger rire.

— Euh, non.

Il dressa un unique sourcil sombre.

— On dirait que c'est absurde. Que personne ne peut avoir un rencard le samedi soir ?

Je lâchai la mèche avec laquelle je jouais et m'efforçai de hausser nonchalamment les épaules.

— Je ne fréquente personne.

— Alors pourquoi es-tu si pressée ?

Admettre que le fait d'être ici me rendait effroyablement mal à l'aise aurait été aussi embarrassant qu'impoli, je préférai donc rester muette.

— Tu as peur que je t'aie attirée ici pour assouvir quelque plan diabolique ?

Je m'immobilisai soudain. Des nœuds se formèrent dans mon estomac.

— Quoi ?

Cam s'arrêta à son tour et pivota vers moi. Son sourire s'atténua légèrement.

— Hé, Avery, je plaisante. Sérieusement.

Mes joues se mirent soudain à me brûler et mon mal de ventre fut aussitôt remplacé par une profonde sensation de ridicule total.

— Je sais. Je suis juste un peu...

— Nerveuse ? suggéra-t-il.

— Ouais, voilà.

Il me considéra un instant puis reprit sa marche.

— Viens. Il va bientôt faire nuit.

Traînant les pieds derrière lui, je m'imaginai partir en courant vers l'une de ces vieilles clôtures en bois et m'y empaler. Bon sang, il fallait vraiment que je me ressaisisse. Tous les garçons n'étaient pas comme Blaine. Je le savais. J'en avais pleinement conscience. Je n'étais pas non plus complètement détraquée par mon *affliction*.

De l'autre côté de la tour, près des plaques commémoratives, deux étudiants de notre cours d'astronomie étaient installés sur un banc, leur carnet sur les genoux. Ils nous adressèrent un signe de la main, que nous leur retournâmes. Cam nous entraîna un peu plus loin, puis bifurqua vers la colline herbeuse qui dominait le sentier de l'Allée sanglante.

Il choisit un endroit et sortit sa lampe avant de s'y installer. Je restai quelques mètres en retrait, écoutant le doux bruissement des grillons. Le sol avait séché depuis la pluie de la veille mais, même s'il était resté trempé, cela ne m'aurait pas empêchée de m'asseoir : j'étais bien trop tendue.

— Tu viens me rejoindre ? (Cam tapota la terre à côté de lui en inclinant la tête.) S'il te plaît ? Je me sens un peu à l'écart.

En me mordant la lèvre, je pris place à quelques dizaines de centimètres de lui avant de fourrager dans mon sac en quête de mon cahier. Quand je le trouvai enfin, je me tournai vers Cam, qui me scruta longuement. J'étais incapable de détourner les yeux. *Intense.*

Voilà le premier mot qui me vint à l'esprit. Son regard était si intense qu'il semblait voir à travers moi.

Je me raclai la gorge, puis me concentrai pleinement sur mon cahier. Il finit par prendre la parole.

— Alors, quelle constellation est-on censés tracer ?

Il m'éclaira le temps que je retrouve mes notes.

— Euh, Corona Borealis, je crois.

— Ah oui, la couronne du nord.

Je le contemplai en haussant les sourcils.

— Ça te vient comme ça ?

Il éclata de rire.

— Ce n'est pas parce que je ne prends pas de notes que je n'écoute pas.

J'étais pourtant à peu près sûre qu'il avait dormi durant tout le cours de la veille. Je sortis le diagramme que le professeur Drage nous avait préparé, puis la carte du ciel, où je repérai notre constellation.

— Je n'arrive jamais à voir les formes dans les étoiles.

— Vraiment ? (Il se glissa vers moi pour venir regarder par-dessus mon épaule.) Elles sont pourtant évidentes.

— Pas pour moi. Enfin, c'est juste un amas de points lumineux. On doit pouvoir y discerner tout ce qu'on veut.

— Regarde la boréale. (Il la tapota du doigt sur la carte.) Ça se voit, que c'est une couronne.

Je pouffai.

— Ça ne ressemble pas du tout à une couronne. C'est un demi-cercle parfaitement irrégulier.

Il secoua la tête.

— Concentre-toi. On la voit super bien. C'est un diadème. Allez, repère les sept étoiles.

Je me tordis le cou, tout en sortant à l'aveugle un stylo de mon sac.

— Je vois bien les sept, ainsi qu'environ une centaine d'autres qui pointent le bout de leur nez. Je vois aussi le monstre cookie.

Cam éclata de rire. Un son agréable, à la fois riche et grave.

— Tu es ridicule.

Mes lèvres dessinèrent un sourire tandis que je laissais planer la pointe de mon stylo au-dessus de ma grille. Je ne savais pas du tout à quelle ligne de latitude commencer. Je contemplai de nouveau la couronne boréale et parvins à tracer un trait entre deux points.

— Tu sais d'où lui vient son nom ?

Comme je secouais la tête, il tendit la main pour me prendre le stylo. Ses doigts effleurèrent les miens, que je m'empressai d'enfoncer dans l'herbe luxuriante.

— Ça représente la couronne que Dionysos a offerte à Ariane. Quand elle a épousé Bacchus, il l'a jetée au ciel en l'honneur de leur union.

Je le contemplai.

— Drage ne nous a jamais parlé de ça.

— Je sais.

Je me penchai en arrière pour l'examiner.

— Alors comment se fait-il que tu le saches ?

— Comment se fait-il que tu ne le saches pas ?

J'inclinai la tête en haussant les sourcils.

— D'accord. Peut-être que la plupart des gens ne le savent pas spontanément. (Il fit tourner mon stylo entre ses doigts.) En fait, j'étais déjà inscrit à ce cours en première année, mais j'ai dû laisser tomber.

— Vraiment ?

Il opina, sans entrer dans les détails.

— Tu es en quoi ? troisième année ?

— Ouaip. J'ai pris une année sabbatique, ça m'a retardé.

Je voulus lui en demander la raison, mais me ravisai : cela ne me regardait pas.

— Et pourquoi tu as repris l'astronomie ? (Je jugeai le sujet sans risque.) Ça fait partie de ta spécialité ?

— Non. J'ai juste bien aimé ces cours et le professeur Drage. (Il marqua une pause, éteignit sa lampe de poche.) En réalité, j'étudie les sports et loisirs. J'aimerais bien bosser dans le domaine de la réinsertion par le sport.

— Oh. Est-ce que tu as...

Ma voix dérailla quand la fille derrière nous se mit à glousser de façon incontrôlable. Piquée de curiosité, je tournai la tête et écarquillai les yeux.

Nos deux camarades étaient manifestement en couple, ou n'allaient plus tarder à l'être. Ils avaient abandonné leurs carnets sur le banc. Elle était assise à califourchon sur ses genoux, leurs visages n'étaient qu'à quelques centimètres l'un de l'autre. Il avait la main glissée sous sa jupe.

— Voilà une façon originale d'observer les étoiles, commenta Cam.

J'étais heureuse que le ciel s'obscurcisse, car je me sentis rougir. Je savais que j'aurais dû me retourner, que le fait de les épier faisait de moi une vraie voyeuse, mais je ne pouvais pas m'en empêcher. Même lorsque la fille passa les mains dans les cheveux du garçon et attira sa tête vers elle ; même lorsqu'ils s'embrassèrent pour de bon et que sa main à lui disparut jusqu'au coude sous la jupe.

Waouh.

Cam me tapota le bras du bout du stylo pour attirer mon attention. Il avait l'air... étrange.

— Quoi ?

— Rien. C'est juste que... (Il sembla peser chacun de ses mots avec précaution.) Tu les observes comme si... comme si tu n'avais encore jamais vu un couple se bécoter.

— Vraiment ?

Il confirma.

— À moins que tu n'aies grandi dans un couvent, je suppose que tu as bien dû te retrouver sur des genoux une fois ou deux, non ?

— Non, jamais ! (Je grimaçai, car j'avais à moitié crié.) Je ne suis jamais montée sur les genoux d'un garçon.

— Et sur ceux d'une fille ?

— Quoi ? Non !

Un sourire se dessina lentement sur son visage.

— Je plaisantais, Avery.

Je serrai les dents.

— Je sais. C'est juste que je...

— Quoi ? (Il me donna un nouveau coup de stylo.) Tu quoi ?

J'ouvris la bouche, et la pire des bouillies verbales s'en échappa.

— Je n'ai jamais été en couple.

Dès l'instant où ces mots eurent franchi mes lèvres, j'eus envie de me donner des coups de pied au cul. Qui irait raconter ça à un illustre inconnu ? Je serrai les bords de mon cahier et levai honteusement les yeux vers Cam. Il me dévisageait comme si j'avais prétendu être la Vierge Marie. Mes joues étaient en feu.

— Quoi ? Ce n'est pas si grave.

Il cligna les paupières et secoua légèrement la tête avant de la lever vers le ciel.

— Tu n'as jamais été en couple ?

— Non.

Je me tortillai, plus mal à l'aise que jamais, comprenant que j'avais mis mon âme à nu.

— Jamais ?

— C'est ce que « non » veut dire.

Cam ouvrit puis referma la bouche.

— Tu as quel âge ?

Je roulai des yeux.

— Dix-neuf ans.

— Et tu n'es jamais sortie avec personne ? insista-t-il, incrédule.

— Non. (Les feuilles commençaient à se froisser sous mes doigts.) Mes parents... étaient stricts. (Un mensonge pieux, qui me paraissait crédible.) Du genre… très, très stricts.

— On dirait bien. (Cam tapota son carnet à l'aide de mon stylo.) Et tu as déjà eu des rencards, ce genre de trucs ?

Je soupirai et me remis à fixer mon cahier.

— Je croyais qu'on était censés tracer des constellations.

— C'est ce qu'on fait.

— Non, pas du tout. Jusqu'ici, je n'ai qu'une ligne irrégulière, et toi tu n'as rien du tout.

— Cette ligne irrégulière, comme tu dis, est entre la Delta et la Gamma. (Il se pencha vers moi pour relier deux autres points.) Ça, c'est la Thêta, et ça, l'Alpha – la plus brillante. Tu vois, on a déjà à moitié fini.

Je fronçai les sourcils et levai la tête, suivant le motif étoilé dans le ciel. Bon sang, il avait raison. Puis il se pencha de nouveau sur la feuille, plaquant son épaule contre la mienne le temps de tracer un nouveau segment. Je me mordis la lèvre tandis qu'il complétait notre carte sans jamais relever les yeux ni s'aider de notre modèle. J'avais parfaitement conscience de la température de son bras, malgré les deux épaisseurs de tissu qui nous séparaient. Sa chaleur se propagea jusqu'à ma poitrine, et mon pouls s'accéléra.

Il se tourna vers moi.

— Et voilà, on a terminé.

Je pris une longue inspiration entre mes dents serrées. Nous n'étions qu'à quelques centimètres l'un de l'autre, bien trop proches à mon goût. Je posai le regard sur ses lèvres, qui remontaient légèrement sur le côté gauche, creusant cette fossette sur sa joue. Il se mit à parler, sans que je l'entende. Je voulais reculer, mais je… je ne le voulais pas. J'étais tiraillée, résistant au besoin de m'éloigner… ainsi qu'à celui de me rapprocher. J'avais l'impression d'être coincée entre deux aimants de même pôle.

Le mieux était sans doute de ne plus contempler sa bouche.

Ça ne me paraissait pas idiot, car fixer de la sorte les lèvres d'un garçon pouvait paraître un peu flippant. Je me forçai donc à remonter les yeux. Oh mince, mauvaise idée, car je me retrouvais désormais face à ces prunelles à vous en faire tomber la petite culotte, pour paraphraser Jacob qui m'avait envoyé plus tôt un texto dans ce goût-là. Et il avait raison. J'étais prête à parier que, où qu'il aille, on pouvait retrouver des dizaines de petites culottes dans le sillage de Cam. Des cils aussi épais devraient être interdits. Même dans la pénombre, ses iris conservaient leur couleur céruléenne. La vague de chaleur jusqu'alors supportable devint vite intolérable en remontant dans mes veines.

Je me tortillai de nouveau, incapable de me rappeler quand j'avais ressenti ça pour la dernière fois. Ça remontait au moins à la soirée d'Halloween. Peut-être avant. Oui, avant, sans aucun doute. Cam avait le don de me faire tout oublier sauf l'instant présent. Tout m'avait l'air normal. Cela me plaisait bien, pour l'essentiel.

— Tu m'écoutes ?

Je clignai lentement les paupières.

— Hein ? Oui ! Oui. Je suis tout ouïe.

Son sourire se fit moqueur, et j'eus envie de me réfugier sous un buisson d'épineux.

— Ouais... Et donc, tu n'es jamais sortie avec personne ?

— Quoi ?

Il ricana doucement.

— Tu ne m'écoutais pas du tout. Tu étais trop occupée à m'observer.

— Absolument pas !

Ce simple mensonge m'embrasa la figure, et je me retournai en hâte vers le petit couple d'étudiants. Ils étaient partis, désormais.

Il me donna un petit coup sur l'épaule.
— Si, carrément.
Je fis la grimace.
— Tu dépasses largement les limites de l'arrogance.
— De l'arrogance ? Je n'ai fait que mentionner un fait.
Cam jeta son carnet dans l'herbe et se reposa sur les coudes, m'épiant à travers ses longs cils. Il arborait son insupportable sourire en coin.
— Mais ça ne me dérange pas que tu m'observes. Au contraire.
J'en restai bouche bée. Que diable étais-je censée répondre à ça ?
— Je ne t'observais pas. Pas vraiment. J'ai juste... eu une absence. Tu vois à quel point c'est *passionnant* de discuter avec toi.
— Tout en moi est passionnant, répliqua-t-il.
— À peu près autant que de regarder ta tortue traverser une route.
— Oui oui. Continue à te raconter des histoires, mon ange.
— Continue à m'appeler mon ange, et tu vas rentrer en boitant.
Il écarquilla les yeux.
— Oh, écoute-toi donc.
— Laisse tomber.
— On devrait le faire.
Mon esprit comprit exactement ce qu'il n'aurait pas dû comprendre, et je fus soudain prise de fourmillements.
— Faire quoi ? Rentrer ? Ça me dirait bien d'y aller, genre, maintenant.
— Sortir ensemble.
À l'évidence, j'étais passée à côté d'un élément crucial de cette conversation. Je refermai mon cahier et tendis le bras pour attraper mon sac.
— Je ne suis pas sûre de te suivre.

— Ce n'est pourtant pas compliqué. (Il éclata de rire quand je lui décochai mon regard le plus sombre.) On devrait sortir ensemble.

J'en eus le souffle coupé. Il semblait content de lui, à moitié vautré sur l'herbe. Est-ce qu'il plaisantait ? Est-ce qu'il planait ? Je rangeai cahier et stylo dans ma besace.

— Je ne comprends pas.

Cam s'allongea complètement et tendit les bras au-dessus de sa tête, faisant suffisamment remonter son tee-shirt pour dévoiler son ventre bronzé et la naissance de sa taille. Grand Dieu... Je détournai la tête et avalai une grande goulée d'air.

— Techniquement, cela signifie que deux personnes se donnent rendez-vous en tête-à-tête pour la soirée, ou même dans la journée. Oui, c'est ça, ça peut être à n'importe quelle heure du jour ou de la nuit. Généralement, elles mangent ensemble. Parfois, elles vont au cinéma ou se promener dans un parc. En ce qui me concerne, je refuse de me balader dans un parc. Sur la plage, à la rigueur, mais comme il n'y en a pas aux...

— Je sais ce que veut dire sortir ensemble, aboyai-je en me levant brusquement.

Il resta par terre, manifestement peu résolu à rentrer bientôt. J'aurais dû prendre ma voiture.

— Tu m'as dit que tu ne comprenais pas, me rappela-t-il, taquin. Alors je t'explique.

Agacée... et amusée malgré moi, je croisai les bras.

— Ce n'est pas cette partie-là que je n'ai pas comprise, et tu le sais très bien.

— Je voulais juste m'assurer qu'on était sur la même longueur d'onde.

— Ce n'est pas le cas.

Cam abaissa les bras, mais il y avait toujours un jour entre son jean et son tee-shirt. Portait-il un caleçon ? Je ne voyais qu'une ceinture en cuir et un pantalon. Stop. Mieux valait ne pas penser à ça.

— Et maintenant que nous savons tous deux ce que signifie sortir ensemble, je pense qu'on devrait se lancer, renchérit-il.

— Euh...

Cam s'assit et se redressa d'un mouvement très fluide.

— Ce n'est pas vraiment une réponse, Avery.

— Je...

Un rencard ? Un rencard avec Cameron Hamilton ? Deux sentiments naquirent soudain en moi : la gêne et l'intérêt. Je reculai d'un pas afin de bien marquer la distance entre lui, moi, et tout le reste.

— Tu n'as pas déjà une copine ?

Il haussa subitement les sourcils de surprise et s'esclaffa :

— Une copine ? Non !

— Alors qui est cette brunette qui est sortie de chez toi en titubant mercredi soir ?

Le rictus de Cam se mua en un large sourire.

— Est-ce que tu m'espionnes, Avery ?

— Non. Non ! Quoi ? Je ne t'espionne pas. J'ai une vie, tu sais ?

Il eut une moue dubitative.

— Alors comment connais-tu Stephanie ?

— C'est comme ça qu'elle s'appelle ?

— Oui. Et non, ce n'est pas ma copine. (Il inclina la tête de côté et m'observa avec intensité.) Et elle ne titubait pas, elle traînait les pieds, tout au plus.

Je levai les yeux au ciel.

— Alors, comment l'as-tu vue, si tu ne m'espionnais pas ? m'interrogea-t-il en croisant les pieds. Et ça ne me gêne pas que tu m'épies. Rappelle-toi : j'aime que tu m'observes.

Je me forçai à prendre une longue et profonde inspiration pour éviter d'aller lui balancer un grand coup de pied dans la jambe.

— Je ne t'espionnais pas. Je n'arrivais pas à dormir, et je regardais par la fenêtre de mon salon. Il se trouve que je t'ai vu complètement par hasard la raccompagner à sa voiture.

— Ah, je comprends mieux. Même si je préférais t'imaginer debout derrière ta fenêtre en espérant m'apercevoir.

Je ne pus que le toiser.

Il m'adressa un clin d'œil, et punaise qu'il était beau à voir...

— Et donc Steph n'est pas ma petite amie. On n'a pas ce genre de relation.

Ce qui signifiait qu'ils couchaient juste ensemble, et qu'il n'y avait rien de mal à cela. C'était d'ailleurs peut-être précisément ce qu'il espérait de moi en me proposant ce rencard. Jacob serait tout excité de l'apprendre. Note pour plus tard : ne jamais lui raconter cet épisode.

— Je ne suis pas comme ça.

— Comme quoi ? s'étonna-t-il.

Il voulait que je lui fasse un dessin ? Ben tiens. Pourquoi pas ?

— Je ne suis pas comme elle.

— Tu la connais ?

J'étrécis les yeux.

— Je ne couche pas avec des garçons pour m'amuser, d'accord ? Même si je ne vois rien de mal à ça. Je ne la juge pas, mais je ne suis pas comme ça. Alors ça ne m'intéresse pas. Désolée.

— Attends une seconde, je suis perdu. Tu ne la juges pas, mais tu supposes qu'elle couche avec n'importe qui ? Qu'on est copains de baise ? N'est-ce pas justement une condamnation un peu hâtive basée sur de simples suppositions ?

Merde, il marquait un point.

— Tu as raison. Je ne sais pas si c'est ce que vous faites ensemble. Si ça se trouve, c'est juste une amie d'enfance, ou un truc dans le genre.

— Non. (Son sourire moqueur était de retour.) On couche ensemble à l'occasion.

Je le dévisageai, offusquée.

— J'avais raison ! Alors pourquoi m'as-tu accusée de porter des jugements hâtifs ?

— Je soulignais juste un fait, repartit-il, les yeux aussi brillants que ces foutues étoiles. Et pour info, on ne l'a pas fait mercredi soir. Ce n'était pourtant pas faute d'essayer de sa part, mais je n'étais pas d'humeur.

Je me souvenais de l'allure de cette fille et me demandais bien quel hétéro normalement constitué aurait pu ne pas être disposé à ça.

— N'importe quoi. C'est vraiment une conversation débile.

— J'aime bien cette conversation.

Je secouai la tête et me penchai pour ramasser mon sac, mais Cam bondit sur ses pieds et s'en saisit avant que je puisse refermer mes doigts autour de la bandoulière. Je soupirai et tendis la main.

— Donne-le-moi.

— J'aimerais bien.

Je lui décochai un regard dégoûté.

Il gloussa et s'approcha d'un pas pour me passer la lanière sur l'épaule. Quand ses doigts effleurèrent mon cou, je ne pus m'empêcher de sursauter. Il recula et ramassa sa lampe de poche.

— Tu vois ? J'essayais juste d'être galant.

— Je ne crois pas que ce soit dans ta nature, grommelai-je en agrippant ma besace, mais merci.

Il récupéra son carnet resté par terre, et nous retournâmes vers le parking, dépassant le banc désormais vide. Une fois sur le sentier, il alluma sa lampe pour éclairer le chemin. Sans doute pour me donner tort, il ouvrit ma portière et me fit une courte révérence.

— Madame.

— Merci, répondis-je d'un ton un peu plus doux que la fois précédente.

Au lieu de claquer le battant derrière moi, il s'appuya à la carrosserie et me demanda :

— Alors, tu en penses quoi ?

— Je pense quoi de quoi ?

Il me scruta avec la même intensité que précédemment.

— De sortir avec moi.

Je me raidis.

— Pourquoi ?

— Pourquoi pas ?

— Ce n'est pas une réponse.

Je tirai d'un coup sec sur la ceinture de sécurité et me débattis avec. Mes mains tremblaient tellement que je ne parvins pas à l'attacher.

— Et ce n'était pas une question. Comment veux-tu... Hé, c'est juste une ceinture, ce n'est pas si compliqué.

Il se pencha dans l'habitacle, prenant les choses en main. Il m'effleura de nouveau, et je me ratatinai dans mon siège. Il me dévisagea. Ses lèvres, d'habitude si promptes à sourire, s'orientaient cette fois vers le bas. Ses yeux s'embrasèrent fugacement. J'ignorais la nature de cette lueur, mais elle disparut aussitôt et il arriva enfin à boucler ma ceinture. Toutefois, il ne ressortit pas.

— Pourquoi ne devrait-on pas sortir ensemble ?

Toujours rencognée contre le dossier, je serrai les poings sur mes genoux. Ce n'était pas tant sa proximité qui me mettait mal à l'aise que la façon dont je percevais chaque toucher ou chaque regard.

— Parce que... parce qu'on ne se connaît pas.

Ses lèvres s'ourlèrent dans le bon sens. Je préférais largement le voir sourire à faire la moue.

— C'est justement le but d'un rencard : apprendre à se connaître. (Il observa ma bouche.) Sors avec moi.

— Il n'y a rien à savoir sur moi.

Ces mots étaient sortis en un murmure enivré. Ma poitrine se gonfla rapidement.

Il pencha la tête.

— Je suis sûr que tu caches des tonnes de choses.

— Pas du tout.

— Alors ce n'est pas grave, c'est moi qui parlerai.

— Génial, j'ai hâte d'y être.

— Oh, c'est toujours plus passionnant que de regarder Raphael traverser une route.

— Ha.

Il sourit.

— Je savais que je marquerais un point.

La poche extérieure de mon sac vibra contre ma jambe. Une seule fois. Un texto ? Sans doute de Jacob. Je voulus tendre la main pour prendre mon téléphone, mais j'aurais inévitablement assené un coup de tête à Cam en bougeant. Je préférais éviter de me ridiculiser une fois de plus.

— On peut y aller, maintenant ?

— Tu veux sortir avec moi ?

— Bon Dieu, tu ne lâches jamais l'affaire.

— Nan.

Je ne pus réprimer un éclat de rire, qui le fit sourire de plus belle.

— Je suis sûre qu'il y a des tas de filles qui veulent sortir avec toi.

— En effet.

— Waouh. Modeste, en plus du reste.

— Pourquoi le serais-je ? rétorqua-t-il. Et c'est avec toi que je veux sortir, pas avec elles.

— Je ne comprends pas pourquoi.

Il haussa ses sourcils sombres.

— Plusieurs raisons à cela. Tu n'es pas comme la plupart des filles. Et ça m'intrigue. Tu es étrange, d'une façon... tout à fait adorable. Tu es intelligente. Tu veux que je continue ?

— Non. Pas du tout.

Je devais tuer cela dans l'œuf. Il était bien trop complexe pour moi. Sans parler de sa réputation. Il s'attendrait à des choses que je ne pourrais pas lui offrir. Le simple fait de discuter avec lui pouvait parfois se révéler difficile.

— Je ne veux pas sortir avec toi.

Il ne sembla pas surpris par ma réponse, ni même découragé.

— Je me doutais que tu dirais ça.

— Alors pourquoi m'as-tu posé la question ?

Il se recula enfin – *Dieu merci* – et s'accrocha à la portière.

— Parce que j'en avais envie.

— Oh. Bon. D'accord. Ravie d'avoir pu t'aider à t'en débarrasser.

Il fronça les sourcils.

— Je ne m'en suis pas débarrassé.

Oh non.

— Ah bon ?

— Nan. (Il arbora un sourire charmeur.) Demain est un autre jour.

— Qu'est-ce qui se passe, demain ?

— Je te reposerai la question.

Je secouai la tête.

— La réponse sera toujours la même.

— Peut-être. Peut-être pas. (Il me tapota le bout du nez.) Peut-être que tu diras oui. Je suis un mec patient. Et puis, comme tu l'as justement souligné, je ne lâche jamais l'affaire.

— Génial, marmonnai-je.

Mais... oh, oh mince, j'avais une sensation bizarre dans la poitrine.

— J'étais sûr que tu dirais ça.

Cam me pinça les narines, et je lui tapai sur la main.

— Ne t'en fais pas. Je connais la vérité.

— La vérité sur quoi ?

Il recula d'un pas.

— Tu as envie de dire oui, mais tu n'es pas encore prête.

J'en restai comme deux ronds de flan.

— Ce n'est rien. (Son sourire se fit provocateur.) Je suis peut-être difficile à manipuler, mais je peux t'assurer que tu prendras beaucoup de plaisir à le faire.

Et avant que je puisse trouver une repartie digne de son impudence, il me tapota le nez une fois de plus avant de claquer la portière.

De retour chez moi, je laissai tomber ma besace sur le canapé et m'effondrai à côté d'elle. Sortir avec Cameron ? Est-ce qu'il était fou ? Soit il plaisantait, soit il flirtait juste. Il n'en avait plus reparlé durant le trajet. En revanche, il m'avait harcelée de questions sur mon emploi du temps. Petit à petit, il m'avait arraché jusqu'au moindre détail des cours que je suivais. Le temps que nous arrivions dans l'immeuble, j'étais épuisée.

Je reposai ma tête sur le coussin et fermai les paupières. Même ainsi, dans le calme de mon appart, mon cœur continuait à battre trop vite. Était-il sérieux quand il m'avait affirmé ne pas avoir couché avec Stephanie le mercredi ? Cela me paraissait étrange, surtout si elle avait insisté.

Honnêtement, ça n'avait pas d'importance.

Je ne pouvais m'engager dans une relation d'aucune sorte. Peut-être un jour. Je l'espérais, car je ne voulais pas finir mon existence dans cet état d'esprit. À terme, je voulais redevenir la fille qui s'enthousiasmait dès qu'on lui demandait de sortir, pas rester celle qui rentrait pour se morfondre.

Je rouvris les yeux et grognai.

— Je suis Señor Enfoiré. Ou Señorita Enfoirée.

Je me relevai et me dirigeai vers ma chambre avant de me rappeler le texto que j'avais reçu.

— Merde.

Je retournai rapidement vers le canapé, plongeai la main dans ma besace et en extirpai mon téléphone. Je tapotai l'écran, m'attendant à tomber sur un message de Jacob ou Brittany. Au lieu de quoi, je découvris un appel manqué et un message sur mon répondeur.

— C'est quoi, ce bordel ?

Je fis courir mon doigt sur le côté de l'appareil et me rendis compte que j'avais coupé la sonnerie. Je déverrouillai l'écran. On avait essayé de me joindre avec un numéro masqué.

Mon cœur cessa de battre un instant.

Rien de grave. Sans doute une erreur, ou du démarchage. Sur l'écran des messages reçus, j'hésitai à le supprimer directement. Le passé repointait le bout de son horrible nez. Combien de fois avais-je fait l'objet de canulars anonymes ? Des milliers. Mais ça ne pouvait pas être le cas. Mon numéro était aussi récent que mon adresse e-mail...

Je jurai de nouveau.

Avec une profonde inspiration, j'appelai ma messagerie et portai le combiné à mon oreille. Après une courte pause, une voix râpeuse et indéfinissable crépita.

— Tu sais ce qui arrive aux menteuses et aux salopes ? Elles se prennent un bon gros...

Je poussai un cri et supprimai le message avant même d'en entendre la fin. Je laissai tomber mon portable sur le canapé au lieu de le balancer contre le mur, et je m'en éloignai comme s'il s'agissait de quelque créature venimeuse juchée sur les coussins.

Le moindre moyen de communication pouvait se révéler néfaste. J'aurais pourtant dû le savoir. Un rire étranglé m'échappa. Vraiment, n'avaient-ils rien de mieux à faire ? Cela faisait cinq ans. Cinq ans ! Ils étaient incapables de tourner la page.

Pas plus, finalement, que je n'arrivais à passer à autre chose.

7

Je me redressai en sursaut dans mon lit, perplexe et désorientée. Il était près de 4 heures quand je m'étais endormie, et je n'avais pas la moindre idée de ce qui avait pu me réveiller. Je roulai de côté et grognai de désespoir en constatant qu'il était à peine 8 heures.

Un dimanche matin.

Je me remis sur le dos et fixai le plafond. À présent que j'étais réveillée, je ne caressais plus le moindre espoir de me...

Pan. Pan. Pan.

Je me rassis, les sourcils froncés. Quelqu'un tambourinait contre une porte. *Ma* porte. *Quoi, encore ?* Je rejetai les couvertures et basculai les jambes par-dessus le rebord du lit. Mes orteils se prirent dans le drap et je faillis m'étaler de tout mon long sur la moquette.

— Punaise des dieux.

Sans cesser de jurer, je courus jusqu'à l'autre bout de l'appartement avant que tout l'immeuble soit réveillé. Je me mis sur la pointe des pieds pour regarder par le judas. Je ne distinguais rien d'autre qu'une masse de cheveux sombres et ondulés. Cam ?

Il devait y avoir un problème. Peut-être un incendie, car je ne voyais pas d'autre raison de venir frapper comme un sourd à ma porte un dimanche matin.

— Est-ce que tout va bien ? demandai-je en ouvrant la porte.

Je grimaçai en entendant le son de ma propre voix.

Cam se retourna. Un sourire en coin magnifia son visage déjà ultra sexy.

— Non, mais ça ira mieux dans un quart d'heure.

— Q-q-quoi ?

Je fis un pas de côté – ou plutôt, il me fit faire un pas de côté – pour le laisser entrer. Il portait quelque chose enveloppé dans du papier alu, une boîte d'œufs – *hein ?* – et une minuscule poêle à frire.

— Cam, qu'est-ce que tu fous ? Il est 8 heures du mat'.

— Merci de me prévenir. (Il se dirigea sans tarder vers ma cuisine.) C'est une chose que je n'arrive pas à maîtriser : l'heure.

Je fronçai les sourcils et lui emboîtai le pas.

— Qu'est-ce que tu fais ici ?

— Je prépare le petit déj.

— Tu n'as pas de cuisine ? m'offusquai-je en me frottant les yeux.

Après nos devoirs d'astronomie et le coup de téléphone de la veille, il était la dernière personne que j'avais envie de voir débarquer à l'improviste dès l'aube.

— C'est moins excitant chez moi.

Il posa ses affaires sur le comptoir et se tourna vers moi. Ses cheveux humides étaient plus ondulés que d'ordinaire. Comment pouvait-il avoir si bonne mine alors qu'il était évident qu'il venait de se doucher au saut du lit ? Il n'y avait même pas l'ombre d'une trace d'oreiller sur ses joues lisses. Et sur lui, même un jogging et un vieux tee-shirt uni avaient de l'allure.

— Et puis Ollie dort par terre dans le salon.

— Par terre ?

— Ouais, sur le ventre. Il ronfle et bave même un petit peu. Ce n'est pas très appétissant.

Je me sentis rougir.

— Je ne sortirai pas avec toi, Cam.

— Je ne t'ai pas posé la question, là, si ? (Il sourit légèrement.) Mais bientôt, tu diras oui.

J'étrécis les paupières.

— Tu te fais des films.

— Je suis déterminé.

— Disons plutôt irritant.

— D'aucuns diraient formidable.

Je roulai des yeux.

— Dans tes rêves.

— Dans les rêves de nombreuses personnes, répliqua-t-il en se tournant vers ma cuisinière. J'ai aussi apporté du pain à la banane et aux noix, cuit dans mon propre four.

Je secouai la tête sans quitter son dos du regard.

— Je suis allergique à la banane.

Cam fit volte-face, incrédule.

— Tu te fous de moi ?

— Non. Pas du tout. Je suis allergique à la banane.

— Mince, c'est trop con. Tu ne sais pas ce que tu rates. Les bananes rendent le monde meilleur.

— Je ne le saurai jamais.

Il pencha la tête de côté.

— Tu es allergique à autre chose ?

— À la pénicilline et aux gars qui s'incrustent chez moi, c'est à peu près tout.

— Ouhh, je suis mort de rire, répliqua-t-il en se penchant pour ouvrir les placards. Combien de garçons plus faibles et moins sûrs d'eux as-tu abattus avec ta langue de vipère ?

— Pas assez, apparemment, maugréai-je.

Je voulus ajuster mon bracelet, mais me rendis compte que je ne le portais pas. Mon sang ne fit qu'un tour.

— Je reviens tout de suite.

Cam acquiesça en fredonnant. Je filai dans ma chambre, récupérai mon bracelet sur la table de chevet et l'enfilai aussitôt. Une vague de soulagement m'emporta. Alors que je m'apprêtais à aller rejoindre Cam, je baissai les yeux et jurai derechef.

Pas de soutif.

Le tissu léger de mon tee-shirt me moulait la poitrine, et mes tétons dardaient pour dire bonjour.

— Doux Jésus.

Je retirai mon haut et sortis en hâte une brassière de ma commode.

— Hé ! Tu te planques, ou quoi ? me cria Cam. Ramène-toi, ou je viens te chercher !

La brassière coincée autour du cou et les seins tressautant en tous sens, je me sentis blêmir. Je tirai sèchement sur le tissu, m'écrabouillant le nichon droit. Aïe !

— Ne t'avise pas de venir ici !

— Alors, dépêche-toi. Mes œufs n'attendent pas.

— Oh, mon Dieu, murmurai-je en remettant mon tee-shirt.

Une fois dans le couloir, je me rappelai que je ne m'étais pas non plus brossé les dents. Cam et ses œufs allaient devoir patienter.

Quand je retournai enfin à la cuisine, plusieurs œufs étaient plongés dans l'eau bouillante et un autre cuisait dans la petite poêle qu'il avait apportée. Il versa dessus une pluie de fromage râpé trouvé dans mon frigo.

Le voir ainsi aux fourneaux devant ma gazinière me mit mal à l'aise. Mon ventre se noua tandis qu'il trouvait sans mal les assiettes et les couverts. Les bras croisés, je basculai impatiemment d'un pied sur l'autre.

— Cam, qu'est-ce que tu fais ici ?

— Je te l'ai déjà dit.

Il fit glisser mon œuf sur une assiette et le déposa sur le comptoir perpendiculaire au mur.

— Tu veux un toast ? Attends. Tu as du pain ? Sinon, je peux...

— Non, ça ira comme ça. (Il avait complètement investi ma cuisine !) Tu n'as personne d'autre à embêter ?

— Sur les dizaines d'individus que j'aurais pu *honorer* de ma présence, c'est toi que j'ai choisie.

C'était décidément la plus étrange matinée de ma vie. Je l'observai s'affairer quelques instants encore. Résignée à le laisser occuper mon appartement, je m'installai sur la haute chaise de bar et remontai mes jambes contre ma poitrine. Je pris une fourchette.

— Merci.

— Je vais faire comme si tu le pensais.

— Je le pense !

Il me décocha un rapide sourire.

— Bizarrement, j'en doute.

J'avais désormais l'impression d'être une vraie connasse.

— Les œufs me font vraiment plaisir. Je suis juste surprise de te voir débarquer ici... à 8 heures du matin.

— Eh bien, pour être honnête, j'espérais te courtiser à l'aide de mon pain à la banane et aux noix, mais c'est tombé à l'eau. Il ne me reste donc plus que mes œufs délicats.

Je goûtai une bouchée de ce délice au fromage.

— C'est vraiment très bon, mais pas assez pour me séduire.

— Oh, attends un peu.

Il sortit une bouteille de jus d'orange du frigo, remplit deux verres et en posa un devant moi.

— C'est très furtif. Tu es en train de craquer, mais tu ne t'en rends pas encore compte.

Laissant tomber cette conversation inextricable, je me résolus à changer de sujet.

— Tu ne manges pas ?

— Si. Je préfère les œufs durs.

Il me désigna la casserole avant de grimper sur la chaise faisant face à la mienne. Il posa le menton sur son poing, tandis que je m'efforçais de ne pas décoller les yeux de mon assiette. Ce petit salaud était bien trop adorable et mignon.

— Alors, Avery Morgansten. Je suis tout à toi.

J'avalai mon œuf de travers.

— Ça ne m'intéresse pas.

— Dommage, répliqua-t-il en souriant. Parle-moi de toi.

Putain, non. Pas question que je le laisse m'amadouer.

— Tu fais ça souvent ? Te pointer à l'aube chez une fille au hasard et lui préparer des œufs ?

— Eh bien, je ne t'ai pas choisie au hasard, la réponse est donc non. (Il se leva pour aller surveiller l'eau.) Mais je suis peut-être célèbre pour surprendre des dames chanceuses à l'occasion.

— Sérieux ? Je veux dire, tu fais ça souvent ?

Il me jeta un coup d'œil par-dessus son épaule.

— Avec mes amis, oui. On est amis maintenant, hein, Avery ?

J'en restai bouche bée. L'était-on vraiment ? D'une certaine façon, sans doute, mais quand même... Était-ce un comportement normal ? Ou Cam était-il particulièrement sûr de lui ? S'il faisait ce genre de trucs, c'est qu'il savait qu'il pouvait se le permettre, que personne ne le mettrait vraiment dehors. La plupart des gens n'en avaient d'ailleurs probablement pas envie. Et j'aurais pu le faire dégager vite fait si c'était ce que j'avais voulu, je n'avais aucun doute là-dessus. Cam était tout simplement le genre de type qui devait avoir l'habitude d'obtenir tout ce qu'il désirait.

Comme Blaine.

Cette évocation fit remonter mon œuf, et je posai ma fourchette.

— Ouais, on est amis.

— Enfin ! s'exclama-t-il, ce qui me fit légèrement sursauter. Tu as enfin admis que nous étions amis. Il t'aura quand même fallu une semaine.

— Mais on ne se connaît *que* depuis une semaine.

— Il t'a quand même fallu une semaine, insista-t-il en jouant avec les œufs toujours dans l'eau.

Je repoussai ce qui restait dans mon assiette.

— Quoi ? Normalement, les gens ne mettent qu'une heure à te déclarer meilleur ami pour la vie ?

— Non.

Il sortit ses œufs, qu'il fit tomber dans un bol, et vint se rasseoir avec. Il croisa mon regard, mais je peinai à soutenir le sien. Ses yeux clairs et expressifs avaient vraiment une magnifique teinte azur. Le genre d'yeux dans lesquels on pouvait facilement se perdre.

— Généralement, cinq minutes suffisent, précisa-t-il.

Je ne pus m'empêcher de sourire.

— C'est moi qui dois être bizarre.

— Peut-être.

Ses cils s'abaissèrent légèrement tandis qu'il entreprit d'écaler ses œufs.

Je bus une gorgée.

— Ce n'est pas pareil pour toi.

— Hein ?

— Je parie que toutes les filles sont à tes pieds. Des dizaines d'entre elles seraient sans doute prêtes à tuer pour être à ma place, tandis que moi, je suis allergique à ton pain.

Il leva les yeux.

— Pourquoi ? À cause de ma perfection frôlant le divin ?

Un éclat de rire m'échappa.

— Je n'irais pas jusque-là.

Cam ricana avant de hausser les épaules.

— Alors je ne sais pas. Je ne réfléchis pas à ça.

— Pas du tout ?

— Nan.

Il ingurgita un œuf entier. En dehors de ce détail, il se tenait très bien à table. Il mâchait les lèvres scellées, s'essuyait les mains sur la serviette en papier qu'il avait trouvée dans sa boîte, et ne parlait pas la bouche pleine.

— Je n'y pense que quand ça compte vraiment.

Nos regards se croisèrent, et je m'empourprai une fois de plus. Je fis courir mon doigt sur le rebord de mon verre.

— Et donc, tu es un ancien play-boy ?

Il marqua une pause, un œuf entre les doigts.

— Qu'est-ce qui te fait croire ça ?

— J'ai entendu dire que tu étais le tombeur du lycée.

— Vraiment ? Qui t'a raconté ça ?

— Ça ne te regarde pas.

Il arqua un sourcil.

— Avec ta grande bouche, tu ne dois pas avoir beaucoup d'amis, pas vrai ?

Je tressaillis, surtout parce qu'il avait tapé dans le mille.

— Non, me surpris-je à répondre. Je n'étais pas très populaire à l'école.

Cam laissa retomber son œuf dans son bol et s'adossa.

— Merde. Je suis désolé. C'était nul de te dire ça.

Je balayai la question d'un revers de main, même si cela m'avait blessée.

Il m'observa à travers ses longs cils.

— C'est quand même difficile à croire, reprit-il. Tu es plutôt marrante et gentille, quand tu ne m'insultes pas, et tu es très belle. Tu es même carrément canon.

— Euh... merci.

Je me tortillai sur mon siège. J'empoignai mon verre à deux mains pour me donner une constance.

— Sérieusement. Tu m'as dit que tes parents étaient stricts. Ils ne te laissaient pas sortir après les cours ? (Comme j'opinais, il récupéra l'œuf qu'il avait délaissé.) Je n'arrive pas à croire que tu n'aies pas été appréciée à l'école. Tu as le tiercé gagnant : intelligente, drôle et canon.

— C'est comme ça, d'a
et me mis à jouer avec un
mon short.) J'étais même tou
Cam se mit à écaler un troisi
dai combien il allait en avaler.
— Je suis désolé, Avery. Ça crain
une période facile.
— Non, confirmai-je. (Je m'humectai
nervosité.) Tu avais beaucoup d'amis ?
Il acquiesça.
— Tu leur parles encore ?
— À certains. Ollie était dans ma classe, ma
fait ses deux premières années à l'université de Virg
Occidentale avant d'être transféré ici. J'en ai quelqu
autres sur le campus, et vers chez moi.

J'enveloppai mes jambes de mes bras pour arrêter de gigoter et calai mon menton sur mes genoux.

— Tu as des frères et sœurs ?

— Une sœur, répondit-il en s'attaquant à son dernier œuf. (Il se fendit d'un sourire sincère.) Plus jeune que moi. Elle vient d'avoir dix-huit ans. Elle passe son bac cette année.

— Vous êtes proches ?

Je ne m'imaginais pas avoir un frère comme Cam.

— Ouais, très.

Un air sombre glissa brièvement sur son visage avant de disparaître. Je me demandai s'il était sincère sur ce point.

— Elle compte beaucoup pour moi. Et toi ? Tu as un grand frère qui risque de venir te rendre visite et de vouloir me botter le cul en me trouvant ici ?

— Non, je suis fille unique. J'ai un cousin un peu plus âgé que moi, mais je doute qu'il fasse une chose pareille.

— Ah, tant mieux.

Il dévora son œuf et s'adossa en se flattant la panse.

— Tu viens d'où ? reprit-il.

eposait sur le
nanifestement
mes activités
confirmer. Je
mais entendu
Morgantown.
é de Virginie-
le monde se
tir, sans trop
très occupé

is vraiment

is, mais s'il
it d'avoir à

... d'en savoir plus, car Cam avait un côté fascinant. Malgré son statut de garçon le plus canon du lycée, il n'avait pas l'air d'un connard. Cela seul méritait de faire l'objet d'une étude. En outre, c'était toujours mieux que de rester assise toute seule à ruminer mes histoires de coups de téléphone et d'e-mails menaçants.

— Tout dépend à qui tu demandes. (Il se mit à rire.) Ouais, je n'en sais rien. Quand j'étais en première année… les quelques premiers mois passés entouré de filles plus âgées… Je me suis sans doute plus consacré à elles qu'à mes cours.

Je souris, imaginant parfaitement la situation.

— Mais plus maintenant ?

Il secoua la tête.

— Et donc, d'où tu viens ?

D'accord. Visiblement, il ne tenait pas à m'expliquer ce qui l'avait rendu si raisonnable. J'imaginai des hordes de femmes enceintes venant lui réclamer des comptes.

— Du Texas.

— Du Texas ? (Il se pencha en avant.) Vraiment ? Tu n'en as pas l'accent.

— Je ne suis pas née là-bas. Ma famille vient de l'Ohio. On a déménagé quand j'avais onze ans.

— Puis du Texas en Virginie-Occidentale ? Ça fait une sacrée différence.

Je décroisai les jambes, me levai et ramassai mon assiette et son bol.

— Eh bien, je vivais dans l'enfer des zones commerciales texanes, mais à part ça, ça ne change pas grand-chose.

— Je vais ranger, dit-il en faisant mine de se mettre debout. C'est moi qui ai mis tout ce bazar.

— Non, dis-je en reculant avec son bol. Tu as cuisiné, c'est moi qui nettoie.

Il capitula, et déplia le papier alu recouvrant son pain. Il sentait vraiment bon.

— Et qu'est-ce qui t'a poussée à venir ici ?

Je lavai sa petite poêle à frire avant de répondre.

— Je voulais partir, comme toi.

— Ça ne doit pas être facile, quand même.

— Au contraire. (Je m'attaquai à la casserole dans laquelle il avait fait cuire ses œufs.) Ça a été une décision incroyablement simple à prendre.

Il sembla y réfléchir tout en rompant son pain en deux.

— Tu es une véritable énigme, Avery Morgansten.

Je m'accoudai au comptoir, écarquillant les yeux en le voyant dévorer *la moitié* du morceau de pain.

— Pas vraiment. Moins que toi.

— Comment ça ?

Je le désignai d'un geste de la main.

— Tu viens de t'enfiler quatre œufs durs, tu manges la moitié d'un pain, et pourtant tu as des abdos tout droit sortis d'une pub pour une salle de muscu.

Cam sembla absolument ravi de l'entendre.

— Tu m'as observé sous toutes les coutures, pas vrai ? Entre deux volées d'insultes ? J'ai l'impression d'être un homme-objet.

J'éclatai de rire.

— Arrête ton char.

— Je suis en pleine croissance.

Je haussai les sourcils, ce qui le fit s'esclaffer. Il me parla un peu de ses parents en finissant son pain. Je retournai m'asseoir face à lui, sincèrement intéressée. Son père possédait son propre cabinet d'avocat, sa mère était médecin. Ce qui signifiait que Cam avait grandi avec de l'argent, sans doute pas autant que mes parents, mais suffisamment pour payer son loyer. Je l'enviais un peu d'être aussi proche des siens. Quand j'étais petite, j'aurais aimé que mes parents passent plus de temps avec moi, mais entre les soirées de charité, les galas et les dîners, ils n'étaient jamais à la maison. Et après tout ce qui s'était passé, les rares fois où nous nous retrouvions ensemble, c'était tout juste s'ils daignaient me regarder.

— Et donc, tu vas rentrer au Texas pour les vacances d'automne ou Thanksgiving ? s'enquit-il.

Je ricanai.

— Ça m'étonnerait.

Il inclina la tête d'un air interrogateur.

— Tu as autre chose de prévu ?

Je haussai les épaules.

Cam changea de sujet. Il était près de midi quand il partit. Il s'arrêta devant ma porte, se tourna vers moi, sa petite poêle dans une main et le reste de son pain dans l'autre.

— Euh, Avery…

Je posai une fesse sur le rebord du canapé.

— Euh, Cam…

— Qu'est-ce que tu fais mardi soir ?

— Je ne sais pas. (Je fronçai les sourcils.) Pourquoi ?

— Tu veux sortir avec moi ?

— Cam, soupirai-je.

Il s'adossa au chambranle.

— Ce n'est pas un non.

— Non.

— Ça, c'est un non.

— Oui, c'est un non. (Je me relevai pour aller ouvrir la porte.) Merci pour les œufs.

Cam recula avec son sourire en coin.

— Et mercredi soir ?

— Au revoir, Cam.

Je fermai la porte en souriant. Il était vraiment insupportable mais, comme la nuit précédente, sa compagnie avait un effet miraculeux. Peut-être à cause de nos joutes verbales incessantes, peut-être à cause d'autre chose, mais avec lui, je me comportais... normalement. Comme avant.

Après ma douche, je traînassai dans mon appartement, hésitant à contacter Jacob ou Brittany pour leur demander ce qu'ils faisaient. Je finis par jeter mon téléphone sur le canapé et par ouvrir mon ordinateur. Je n'allais pas pouvoir éternellement enterrer mes e-mails.

Plusieurs messages se trouvaient déjà dans mon dossier d'indésirables. Deux avaient mon nom pour objet. J'avais retenu la leçon, et je les supprimai avec une certaine jubilation.

Toutefois... c'était bizarre de les recevoir maintenant. Au lycée, c'était différent, j'étais entourée par ces gamins. Mais à présent, alors que nous étions tous à la fac ? Quelque chose clochait. Franchement, ils n'avaient donc rien de mieux à faire ? Je doutais qu'il s'agisse de Blaine, car, si tordu qu'il puisse être, il veillait à se tenir bien à l'écart. Et le coup de téléphone ? Je refusai de changer à nouveau de numéro. Durant le plus gros de la crise, quand je recevais entre trois ou quatre appels malveillants par jour, j'en avais changé plusieurs fois, et ils avaient toujours fini par me retrouver.

Je secouai la tête, ouvris ma boîte de réception et y trouvai un nouveau message de mon cousin. Sérieux ? Bien que tentée de le mettre directement à la corbeille, je finis par l'ouvrir.

Avery,

Je dois te parler au plus vite. Appelle-moi quand tu peux.

C'est très important. Appelle.

David

Mon doigt survola un instant la souris.

Supprimer.

8

Durant les quelques semaines qui s'ensuivirent, et tandis que l'été relâchait enfin son emprise, une espèce de curieuse routine se mit en branle. Du lundi au vendredi, je me levais pour aller en classe. Au fil du temps, j'attendais les cours d'astronomie avec de plus en plus d'impatience. Pas tellement pour découvrir ce que le professeur Drage allait nous apprendre ou ce qu'il allait porter – quelques jours après la rentrée, il s'était paré d'un jean délavé et d'une chemise psychédélique ; cette fois-là, je m'étais davantage concentrée là-dessus que sur autre chose. Mais en dehors de la garde-robe hallucinante de notre enseignant, c'était plutôt un certain camarade de classe qui rendait ces cinquante minutes si divertissantes.

Ses commentaires en coin durant les exposés de Drage et son étonnante connaissance du système solaire valaient largement ma crise de panique du premier jour. Avec Cam comme binôme et voisin de classe, j'étais sûre de réussir mes partiels.

Je déjeunais avec Jacob et Brittany trois jours par semaine, et les accompagnai même une fois à l'un des matchs de foot. Je refusais néanmoins toujours d'aller en soirée, ce que ni l'un ni l'autre ne semblait comprendre, mais ils ne m'abandonnèrent pas pour autant. Deux fois par semaine, ils venaient traîner chez moi. Nous n'étudiions guère, mais je ne m'en plaignais pas. J'aimais bien avoir de la visite. Pour être tout à fait honnête, j'*adorais* ça. C'étaient vraiment des amis géniaux, et il y avait longtemps que je n'en avais pas eu qui se fichaient que je me comporte de façon complètement irrationnelle, ce qui m'arrivait plus souvent qu'à mon tour.

Et au moins deux fois par semaine, je disais non à Cam.

Deux fois. Chaque semaine.

Au bout d'un moment, il me tardait presque de découvrir comment il allait glisser ça dans la conversation lors de sa tentative suivante. Il était vraiment inépuisable, mais c'était plus devenu une plaisanterie au long cours qu'autre chose. Du moins, à mon avis.

Je regrettais également qu'il n'y ait pas plus de dimanches.

Chaque dimanche, depuis le tout premier, Cam venait en effet tambouriner à ma porte à une heure indue avec des œufs et un plat préparé par ses soins. La deuxième semaine, des muffins à la myrtille. La troisième, un pain à la citrouille – précuisiné, avait-il admis. Le quatrième et le cinquième dimanche : du gâteau à la fraise et des brownies.

Ses brownies au petit déj étaient une vraie tuerie.

Tout allait... parfaitement bien, exception faite des e-mails et du téléphone. Au moins une fois par semaine, je recevais un appel d'un numéro masqué. Je supprimais les messages vocaux et les e-mails sans même chercher à savoir ce qu'ils pouvaient contenir. Ceux de mon cousin – une bonne quinzaine – restaient en non lus. Un jour ou l'autre, j'allais finir par les ouvrir, mais je ne parvenais pas plus à m'y résoudre qu'à téléphoner à mes parents.

Ils ne m'avaient pas appelée non plus, il n'y avait pas de raison.

Au début du mois d'octobre, j'étais plus heureuse que depuis une éternité. L'odeur de l'automne, chose qui m'avait manquée au Texas, saturait l'air. Je pouvais recommencer à porter des manches longues sans passer pour une barge. Et mes révisions pour les examens de milieu de semestre impliquaient davantage de M&M's et de Skittles que de nourriture saine.

— Est-ce que quelqu'un peut me dire où se trouve la Croatie sur cette carte ? grogna Jacob. Vous connaissez une chanson qui pourrait m'aider à m'en souvenir ?

— Hongrie, Slovénie, Bosnie, récitai-je en lui désignant sa carte vierge de l'Europe. Et là, c'est la Serbie.

Il me lança un regard mauvais.

— Connasse d'intello.

Je me propulsai un Skittle rouge dans la bouche.

— Désolée.

— Tu penses pouvoir inventer une chanson avec tous ces pays ? intervint Brit en noyant ses frites dans de la mayo.

— C'est dégueulasse, grommela Jacob.

Elle haussa les épaules.

— C'est délicieux.

— Tu veux un moyen mnémotechnique ?

Je ramassai un M&M's et le brandis sous le nez de Jacob. Il arrondit les yeux, comme un chiot sur le point de recevoir un su-sucre.

— Tous les pays qui entourent la Croatie se finissent en *ie*. Ils se ressemblent tous. Souviens-toi de ça.

Il plissa les paupières.

— Ça ne m'aide pas du tout.

Je soupirai.

— Tu veux une chanson ?

— Oui. (Il se leva de table, au beau milieu de la cafétéria, et s'écria :) Oui ! Je veux une chanson !

— Waouh.

Il leva les mains pour s'excuser auprès des étudiants qui s'étaient retournés sur leur chaise.

— Quoi ? Quoi ? (Il me regarda.) J'en ai fait un peu trop, c'est ça ?

— Oui, répliquai-je, sans l'ombre d'un doute.

Brit posa le front sur son bloc-notes.

— Sérieux, gémit-elle. Je n'arrive pas à croire qu'il nous fasse dessiner l'Europe pour les exams. Je pensais en avoir fini avec ça en quittant le lycée.

— Balance ta chanson, l'intello, exigea Jacob.

— Oh, mon Dieu, tu es ridicule.

Je secouai la tête, puis posai les mains à plat sur la table.

— D'accord, c'est parti. La Hongrie en haut à gauche, haut à gauche. La Serbie en bas à gauche, bas à gauche. La Bosnie tout en dessous, en dessous. La Slovénie tout en haut, tout en haut. Et où est la Croatie ?

— Où ? Où ? Où ? entonna Jacob.

— Sur l'bord de l'Adriatique, juste en face de l'Italie !

Jacob se redressa sur sa chaise.

— Encore ! Encore !

Je répétai deux fois ma comptine, sous le regard éberlué de Brittany. Le temps que Jacob sorte son stylo et entreprenne de griffonner le nom des pays, j'étais rouge comme une tomate, mais je gloussais comme une hyène.

Il ne commit aucune erreur, en dehors de la France qu'il inversa avec le Royaume-Uni. À mon avis, il avait fait ça pour se payer ma tête, parce que sérieux...

Je lui lançai un M&M's dans la bouche. Il l'avala puis se précipita en avant pour se pencher vers moi.

— Devine quoi ? me dit-il à mi-voix.

— Quoi ? lui demandai-je sur le même ton.

Il cligna deux fois les paupières.

— Ton petit ami est là.

Je jetai un coup d'œil par-dessus mon épaule et repérai Cam, qui entrait dans la cafète avec une fille à chaque bras, se pâmant devant lui comme s'il était le seul garçon potable du campus. Je fis les yeux noirs à Jacob.

— Ce n'est pas mon petit ami.

— Ma belle, tu as de la concurrence. (Jacob replia les bras sur la table.) Sally et Susan, les vice-présidentes des bêta-delta-sigma-lèche-moi.

Brit fronça les sourcils.

— Ce n'est pas du tout un nom d'association d'étudiantes.

— Peu importe.

— On n'est pas en concurrence, parce qu'il n'y a rien entre nous.

Lentement, mais sûrement, je jetai un nouveau coup d'œil derrière moi. Le trio s'était arrêté près des canapés. Cam écoutait attentivement ce que les deux dindes pouvaient lui raconter. L'une d'elles, la blonde, lui dessinait de petits cercles sur le torse. J'étrécis les yeux. Elle voulait jouer au docteur, ou quoi ? Je me tournai vers Jacob, qui haussa les sourcils.

— Je le leur laisse, affirmai-je en avalant trois Skittles d'un coup.

— Je ne vous comprends pas, tous les deux, déclara Brit en refermant son bloc-notes. (Fin des révisions.) Vous vous voyez pratiquement tous les jours, pas vrai ?

Je confirmai.

— Il vient tous les dimanches pour te préparer le petit déj, c'est ça ? poursuivit-elle.

Jacob m'adressa un doigt d'honneur.

— Et je te déteste à cause de ça.

— Oui, c'est vrai, mais ça s'arrête là, répondis-je à Brittany.

Dieu merci, je ne leur avais jamais avoué qu'il me demandait régulièrement de sortir avec lui, car je n'aurais pas eu fini d'en entendre parler.

— On est amis, c'est tout.

— Tu es lesbienne ? m'interrogea Jacob.

— Quoi ?

— Attends, ce n'est pas moi qui risque de te juger sur ton orientation sexuelle. Je serais mal placé pour le faire... Alors, tu es lesbienne ?

— Non, répondis-je. Je ne suis pas lesbienne.

— Moi non plus, mais je pourrais le devenir pour toi, affirma Brit en souriant.

— Merci. (Je gloussai.) Je te retourne le compliment.

— Comme c'est mignon, intervint Jacob. Mais ce n'est pas la question. Ce merveilleux spécimen d'être humain te court après – oh, bon sang, il a laissé tomber les pom-poms et il approche par ici.

Mon ventre se noua et je me mis à prier Dieu, Shiva et Zeus pour que Jacob ne dise rien qui puisse me pousser à vouloir le tuer.

— Merde, dit Jacob en secouant la tête. On dirait que son jean a été taillé spécialement pour mouler son... Salut, Cameron ! Comment ça va ?

Je serrai les paupières.

— Salut, Jacob. Brittany. (Cam se laissa tomber sur la chaise voisine de la mienne et me poussa doucement du coude.) Avery.

— Salut, murmurai-je, parfaitement consciente des regards de mes deux compagnons braqués sur nous.

Je refermai mon cahier et le rangeai dans ma besace.

— Quel bon vent t'amène ?

— Oh, tu sais, grabuge et pagaïe, répliqua-t-il.

— Ça me fait trop penser à *Harry Potter*, commenta Brit en soupirant. Il faut absolument que je les relise.

Nous nous tournâmes tous vers elle.

Ses joues s'ornèrent de deux taches rougeoyantes tandis qu'elle ramenait ses cheveux blonds en arrière.

— Quoi ? Je n'ai pas honte d'avouer que des petites choses de l'existence me rappellent *Harry Potter*.

— Ce type, là-bas, me fait penser à Rogue, répliqua Cam en désignant du menton un garçon à la table de derrière. Je comprends parfaitement ce que tu veux dire.

Avec sa chevelure d'un noir de jais, l'intéressé avait effectivement un petit air de professeur de potions.

— Bref, qu'est-ce que vous faisiez ?

Cam pivota légèrement et sa jambe vint reposer contre la mienne. Je ravalai ma salive.

— Vous jouiez avec des M&M's et des Skittles ?

— Oui, et accessoirement on se préparait à notre examen d'histoire de la semaine prochaine. On doit dessiner une carte de l'Europe, expliqua Jacob.

— Aïe.

Cam me donna un coup de genou sous la table, que je lui rendis immédiatement.

— Et Avery, notre merveilleuse Avery... (Jacob se tourna vers moi, le sourire aux lèvres et les yeux pétillants.) Elle nous aidait à réviser.

— Ça oui, confirma Brit.

Cam me lança un regard en coin, que j'esquivai promptement. Jacob se prit le menton dans la main et sourit à Cam.

— Avant que nous commencions à réviser, j'étais en train de dire à Avery qu'elle devrait porter du vert plus souvent. Avec les cheveux qu'elle a, c'est super sexy.

J'en restai bouche bée. Il ne m'avait pas même fait le moindre commentaire au sujet de ce stupide cardigan.

— Et toi, tu trouves que le vert lui va bien, Cam ? renchérit Brit.

Oh, mon Dieu.

Cam se tourna vers moi, ses yeux bleus aussi profonds que l'océan au large du Texas.

— Le vert lui va bien, mais de toute façon elle est toujours magnifique.

Je sentis la chaleur me monter aux joues et je soufflai de stupeur.

— Magnifique ? répéta Brit.

— Magnifique, confirma Cam en comblant le peu de distance que j'avais réussi à mettre entre nous. (Il recommença à me faire du genou.) Alors, vous avez bien avancé dans vos révisions ?

Je soupirai, soulagée qu'on ait changé de sujet.

— Je crois qu'on est prêts.

— C'est grâce à toi. (Jacob adressa un coup d'œil à Brit, et je me sentis mourir de honte.) Avery nous a appris une chanson pour nous rappeler où se trouvent les pays d'Europe.

Oh non.

— Vas-y, chante-la-lui !

Le coup de coude de Brit était si puissant que je rebondis contre Cam. Les yeux de celui-ci pétillaient d'intérêt.

— Qu'est-ce que ça donne ?

— Je refuse de la chanter une fois encore.

Jacob se tourna vers Cam, rayonnant.

— C'est la chanson de la Croatie.

Je le fusillai du regard.

Cam éclata de rire.

— La chanson de la Croatie ? Quoi ?

— Non, décrétai-je de nouveau. Je ne chanterai pas. Ça ne fait clairement pas partie de mes talents.

— Et quels sont tes talents ? me demanda Cam.

Je me tournai vers lui, et me retrouvai captivée par la ligne de sa mâchoire, les cheveux délicats autour de ses oreilles. Putain de merde ! Cam me dévisageait en haussant les sourcils.

— Avery ?

— Dis-nous, me charria Jacob.

Brit opina.

— Oh oui ! On va rigoler.

— Pas forcément, intervint Cam.

Il baissa enfin les yeux, et je pris une profonde inspiration. Il se pencha vers moi, et il n'y avait plus guère que quelques centimètres entre sa bouche et la mienne. J'entendis le hoquet de stupeur de Jacob.

— Dis-nous quels sont tes talents, mon ange.

— Mon ange, soupira Jacob.

— La danse, lâchai-je malgré moi. Je danse. Je *dansais*.

Cela sembla piquer la curiosité de Cam.

— Quel genre de danse ?

— Je ne sais pas. (J'attrapai le sachet de Skittles et le vidai dans ma paume.) Classique, jazz, claquettes, contemporaine... ces machins-là.

— Sans déconner ? s'exclama Jacob. J'ai fait des claquettes pendant un mois, quand j'avais six ans. Et puis j'ai décidé de devenir pompier, un truc comme ça. C'était vachement dur.

Brit eut un petit sourire en coin.

— J'ai essayé la danse, et je me suis rendu compte que je remuais mon cul sans grâce ni coordination. Tu étais douée ?

Je haussai les épaules, gênée.

— J'ai pris des cours pendant environ dix ans, j'ai fait quelques compétitions et pas mal de récitals.

— Donc, tu étais douée ! conclut Brit. Tu faisais des voltes et tout ça ?

J'en faisais même des tonnes, car, à une époque, j'étais incroyablement souple ; mais ma vraie spécialité était le tour fouetté, pourtant l'un des mouvements les plus difficiles en danse classique.

Cam n'avait plus dit un mot depuis de longues secondes, ce qui ne lui ressemblait guère.

— Ma sœur a commencé la danse vers ses cinq ans. Et elle continue encore aujourd'hui. Je pense qu'elle serait prête à tuer si on la forçait à s'arrêter.

Je hochai la tête en enfournant le reste des Skittles.

— Ça peut devenir une vraie drogue, quand on aime ça.

— Quand on est bon, précisa Brit.

Cam me poussa de l'épaule.

— Pourquoi as-tu abandonné ?

J'adorais danser – j'adorais chaque exercice. L'entraînement, les répétitions et surtout le moment où je m'apprêtais à monter sur scène. Il n'y avait rien de tel que les minutes passées en coulisse en attendant qu'on appelle son nom ; la première respiration en venant se poster sous les projecteurs. La seconde de silence durant laquelle on fermait les yeux en attendant que la musique démarre, alors que tous les regards étaient braqués sur nous.

Je haussai les épaules et tendis la main vers ce qu'il restait de M&M's.

— J'imagine que je m'en suis lassée, finis-je par répondre.

Un mensonge énorme. Je ne m'étais jamais lassée de danser. Cela me manquait plus que n'importe quoi d'autre, mais je ne supportais plus que l'on m'observe.

— Est-ce que ta sœur faisait de la compétition ?

Cam acquiesça.

— Elle a traversé le pays dans tous les sens, et a même eu une bourse pour passer un été à la Joffrey School of Ballet.

— Punaise ! m'exclamai-je, les yeux écarquillés. Elle doit être sacrément douée.

Cam sourit fièrement.

— Oui.

La jalousie se mit à me ronger, aussi profonde et envahissante qu'un cancer. Moi aussi j'aurais pu rejoindre l'un des plus célèbres centres d'entraînement du monde. J'aurais dû connaître ça, mais ça n'était pas arrivé, et il fallait que je l'accepte.

Après ça, la conversation se tarit, du moins de mon côté. Cam devisa avec Brit et Jacob tandis que j'étais perdue dans mes pensées. Puis vint l'heure d'aller en cours. Nous nous donnâmes rendez-vous pour une nouvelle séance de révision et je pris congé.

Cam me suivit à l'extérieur, où le grand soleil et la brise fraîche et régulière nous avertissaient que le temps n'allait plus tarder à se refroidir. Nous marchâmes sans un mot jusqu'au Knutti Hall. Il lui arrivait parfois de rester silencieux, et je ne parvenais jamais à savoir, ni même à deviner, ce qui pouvait bien lui passer par la tête durant ces moments de calme.

À cet instant, alors que nous traversions la rue encombrée et qu'il saluait de la main un groupe d'étudiants postés devant le bâtiment de sciences, je remarquai combien il était différent de lorsqu'il était accompagné des deux filles de tout à l'heure. Cela me dérangeait sans que je sache pourquoi.

— Ça va ? me demanda-t-il quand nous nous arrêtâmes devant les bancs près du Knutti Hall.

Je louchai dans sa direction.

— Ouais, ça va. Et toi ?

Il me sourit sans desserrer les lèvres et hocha la tête.

— On se voit toujours demain soir ?

— Demain soir ? Oh ! Le devoir d'astronomie.

Dans le cadre du contrôle continu, Drage nous envoyait par binômes au Centre d'observation. Nous devions rendre nos photos le mercredi suivant.

— Ouais, ça marche pour moi.

— Super. (Il recula d'un pas.) À demain, alors.

Je commençai à tourner les talons, mais m'interrompis en pensant à quelque chose.

— Cam ?

— Ouais ?

— Qu'est-ce que tu faisais à la cafète ? Tu n'es pas censé avoir un cours, genre, en ce moment ?

Ses lèvres s'étendirent en un léger sourire, faisant naître sa fichue fossette. Quand il me regardait de la sorte, j'avais l'impression qu'on me gonflait la poitrine à l'hélium.

— Si, admit-il. (Le soleil conférait à ses iris une teinte azur époustouflante.) Mais j'avais envie de te voir.

Je l'observai, muette de stupeur, faire volte-face et partir dans l'autre sens. Je restai un long moment immobile avant de reprendre mes esprits. Je n'essayai même pas de faire disparaître le large sourire qui illuminait mon visage.

9

— Tu es sûr de savoir comment ça fonctionne ? demandai-je en considérant le télescope.

Cam me jeta un coup d'œil par-dessus son épaule.

— Quoi ? Pas toi ?

— Nan.

— Donc tu n'écoutais pas, en cours, quand Drage nous a parlé de ça et d'appareils photo thermiques ?

Je croisai les bras.

— Tu étais en train de dessiner les membres du groupe ZZ Top, pendant ce temps.

Il éclata de rire, se retourna vers le télescope et se mit à régler divers boutons, molettes et autres bidules dont j'avais oublié le nom.

— J'écoutais.

— Oui oui.

Je me rapprochai de lui, me servant de son corps pour me protéger du vent frais qui balayait le toit du Centre d'observation.

— Tu dessines quand même plutôt bien.

— Je sais.

Je roulais des yeux. C'était pourtant vrai : ses portraits étaient incroyablement ressemblants, jusqu'au bout des barbes.

Il s'inclina davantage pour actionner un levier.

— Je me suis déjà servi d'un télescope une fois ou deux.

— C'est précis.

— D'accord. J'en ai eu besoin la première fois que j'ai suivi ce cours, précisa-t-il.

Il m'adressa un bref sourire en se redressant. Puis il bascula la tête en arrière et observa le firmament.

— Merde, je ne sais pas si on va pouvoir voir quelque chose avant que ces nuages arrivent.

Je suivis son regard et grimaçai. De gros nuages menaçants obscurcissaient l'essentiel du ciel nocturne. L'air était chargé d'humidité. Ça sentait la pluie.

— Dépêche-toi, alors.

— Tyran, murmura-t-il.

Je souris.

— Viens par ici, je vais te montrer comment t'en servir.

Il recula d'un pas et je vins le remplacer avec un soupir.

— Tu m'écoutes avec attention ?

— Pas vraiment, admis-je.

— Au moins, tu es honnête.

Cam passa les bras autour de moi, posant les doigts sur le télescope. Son bras effleura le mien, mais ça ne me gêna pas. Il me coupait vraiment du vent, à présent.

— C'est un Philips ToUcam Pro II, m'apprit-il en me désignant un machin argenté qui me faisait penser à une webcam. Ça s'accroche au télescope. Avec ces réglages, tu devrais avoir une bonne image de Saturne. Appuie ici pour prendre une photo.

— D'accord. (J'écartai les cheveux de mon visage.) Mais je ne crois pas que nous soyons censés obtenir une image de Saturne.

— Euh. (Il marqua une pause.) Hé !

— Hé, quoi ?

— Sors avec moi.

— Oh, la ferme.

J'appliquai mon œil sur l'oculaire, un sourire aux lèvres. Je ne vis que du noir. L'astronomie et moi, ça faisait deux.

— Je ne vois rien.

— C'est parce que je n'ai pas enlevé le cache, s'esclaffa Cam.

Je lui balançai un coup de coude dans le ventre. Autant cogner un mur de brique.

— Crétin.

Sans cesser de rire, il tendit le bras pour le retirer. Il aurait pu faire le tour, car je lui bloquais clairement la route, mais il n'en fit rien. Au contraire, il s'étendit de tout son long contre mon dos. Je me figeai, fermant les paupières.

— Quoi ? demanda-t-il.

— Il aurait été plus simple de faire le tour, fis-je remarquer.

— C'est vrai. (Il abaissa la tête, de sorte que ses lèvres vinrent frôler mon oreille.) Mais ç'aurait été moins marrant.

Je fus malgré moi prise d'un frisson.

— Va donc t'amuser tout seul.

— Ce ne serait pas aussi drôle, repartit-il. Regarde, là.

J'inspirai profondément et avançai mon œil. Oh mince, cette fois, je la voyais. La planète était légèrement floue, mais on en distinguait la légère teinte brune, ainsi que les anneaux.

— Waouh.

— Tu la vois ?

Je me reculai.

— Ouais, c'est génial. Je n'avais encore jamais vu de planète en vrai. Enfin, jamais pris le temps de le faire. C'est magnifique.

— Oui, je trouve aussi. (Il écarta de mon visage les quelques mèches de cheveux qui y tombaient.) Qu'est-ce qu'on est censés regarder ?

— La constellation du Sagittaire et l'astérisme en forme de théière, avec la fumée ou je ne sais pas quoi.

Une grosse goutte de pluie, froide et dodue, s'écrasa sur mon front. Je sursautai, venant percuter Cam.

— Oh, merde.

Je couinai quand une autre goutte me tomba sur le nez. J'échangeai un coup d'œil avec Cam. Il jura et m'attrapa par la main. Nous nous mîmes à courir sur le toit, nos chaussures glissant déjà sur la surface humide. Nous avions presque atteint la porte quand le ciel se déchira et qu'une averse glaciale nous trempa jusqu'à l'os en quelques secondes à peine.

Il laissa échapper un rire tonitruant, tandis que je hurlai.

— Oh, mon Dieu, c'est glacé !

Il s'arrêta brusquement, se retourna et m'attira contre lui. J'écarquillai les yeux, ne m'étant sûrement pas attendue à me retrouver ainsi collée à lui. Je relevai la tête et nos regards se croisèrent. L'eau se déversait sur nous, mais, à cet instant, je ne la sentais plus.

Il sourit.

Ce fut son seul avertissement.

Il enroula un bras autour de ma taille, fléchit les genoux et me souleva pour me faire basculer par-dessus son épaule. Je criai de nouveau, mais son rire étouffa ma plainte.

— Tu courais trop lentement !

Je m'agrippai au dos de son sweat à capuche.

— Repose-moi, espèce d'en...

— Accroche-toi !

Sans cesser de rire, il sprinta vers la porte, me maintenant fermement d'une main.

Il glissa à deux reprises dans les flaques naissantes, et mon cœur s'emballa. Je m'imaginai le crâne fendu en deux. Chaque pas faisait trembler toute ma carcasse, et de petits grognements m'échappaient à chaque soubresaut, tandis que je menaçais de lui casser les genoux.

Mes tentatives d'intimidation ne firent que renforcer son hilarité.

Cam s'arrêta dans un dérapage et ouvrit la porte. Il se pencha et rentra s'abriter sur le palier sec et à l'abri du vent au sommet des marches. Il se marrait toujours comme une baleine. Il me saisit par les hanches, et je m'apprêtais à me ruer sur lui dès que mes pieds toucheraient le sol. Cependant, tandis qu'il me faisait redescendre, mon corps glissa contre le sien, centimètre après centimètre. Cela devait être dû à nos vêtements détrempés, car le frottement me coupa le souffle.

Je sentais la chaleur de ses mains à travers mon jean. Quand il me regarda, le bleu profond et intense de ses prunelles était aussi désirable qu'irrésistible. Il entrouvrit ses lèvres parfaites, et je sentis son haleine douce et légèrement mentholée.

J'étais plaquée tout contre lui. Des explosions de sensations retentissaient dans diverses parties de mon corps ; les muscles de mon ventre se contractèrent, la pointe de mes seins se durcit, mes cuisses se mirent à picoter. Mes mains étaient posées sur son torse, sans que je sache comment elles avaient atterri là. Je n'avais aucun souvenir de les y avoir mises, pourtant je sentais son cœur battre sous ma paume, un martèlement régulier qui correspondait au mien.

Sa main remonta le long de mon flanc, laissant dans son sillage une inhabituelle traînée de frissons. Je haletai quand ses doigts me caressèrent la joue, repoussant derrière mon oreille des mèches de cheveux mouillés.

— Tu es trempée, déclara-t-il d'une voix plus grave que d'habitude.

La bouche sèche, j'avalai le peu de salive qu'il me restait.

— Toi aussi.

Ses mains s'attardèrent. Il écarta les doigts, de sorte que seul son pouce demeurait sur ma joue. Il y traça de petits cercles tendres.

— J'imagine qu'il va falloir qu'on revienne un autre soir.

— Ouais, chuchotai-je en réprimant le besoin de fermer les paupières pour me laisser aller tout contre lui.

— On aurait peut-être dû regarder la météo avant, concéda-t-il.

Je ne pus cette fois réprimer un sourire.

Puis il bougea d'une fraction de centimètre, un mouvement léger qui parvint à nous rapprocher un peu plus, hanches contre hanches. Un puissant frémissement me dévala l'échine. La conscience de mon corps contre le sien... J'étais submergée d'émotions. Je réagissais à son contact d'une manière instinctive qui m'était complètement inconnue.

Mon corps savait quoi faire, ce qu'il *voulait*, même si mon cerveau dispensait tant de signaux d'alarme que j'avais l'impression d'être la Sécurité territoriale en plein état d'alerte.

Je me reculai d'une secousse, rompant l'étreinte. Le souffle saccadé, je m'éloignai de Cam jusqu'à ce que mon dos vienne heurter le mur. Mes vêtements étaient froids et détrempés, pourtant je mourais de chaud.

— Je crois qu'on... devrait en rester là, déclarai-je d'une voix qui m'était étrangère.

Cam s'adossa au mur opposé, les jambes légèrement écartées. Il paraissait tendu et épuisé.

— Ouais, peut-être.

Ni lui ni moi ne bougeâmes pendant une minute pleine ; puis, lorsque nous recouvrâmes nos esprits, nous nous dirigeâmes vers son pick-up dans un complet mutisme. Ce qui s'était passé entre nous flottait encore dans le silence pesant, si bien que, lorsque nous arrivâmes à notre immeuble, la boule logée au creux de mon ventre m'avait déjà fait oublier ces quelques instants dans la cage d'escalier durant lesquels je n'avais été que sensations au lieu de réflexion.

Les muscles raidis, je descendis de voiture et courus me mettre à l'abri sous l'auvent de notre bâtiment. Cam m'y rejoignit, et secoua la tête pour en chasser les gouttes de pluie. Je lambinai au pied des marches, passant en revue mon trousseau de clés. Il fallait que je dise quelque chose. Il fallait que je dissipe ce malaise, car je ne voulais pas que notre amitié en pâtisse ni que notre relation change.

Cela me frappa alors, et un violent élancement me tordit l'estomac.

Je ne voulais pas perdre Cam.

Depuis ce dernier mois, il faisait partie intégrante de mon existence ; sa présence quotidienne à mes côtés m'était si chère que, si les choses venaient à évoluer...

Je ne savais toutefois pas quoi dire, car j'ignorais ce qui s'était passé dans cet escalier. Mon cœur battait une chamade étourdissante. Cam grimpa une marche, s'arrêta, se retourna.

— Tu veux sortir avec moi ? demanda-t-il en se passant une main dans les cheveux.

— Non, chuchotai-je.

Puis sa fossette apparut, et je relâchai le souffle que je retenais. Il reprit son ascension.

— Demain est un autre jour.

Je lui emboîtai le pas.

— La réponse sera toujours la même.

— On verra.

— C'est tout vu. Tu perds ton temps.

— Tant que ça te concerne, il n'y a pas de perte de temps, répliqua-t-il.

Puisqu'il me tournait le dos, il ne put me voir sourire. Je me détendis. Je me réchauffai. Tout était redevenu normal avec Cam, rien n'avait changé.

10

Vingt-cinq e-mails de mon cousin, envoyés entre la fin août et le 14 octobre.

C'était absolument ridicule.

J'avais attendu la fin des examens de milieu de semestre pour me soumettre à l'état d'ahurissement inutile qui ne manquerait pas de succéder à l'ouverture de ces messages. Une partie de moi n'aspirait même qu'à les supprimer. Quel intérêt de les lire tous ? Toujours les mêmes conneries, jour après jour.

Je m'installai néanmoins dans mon fauteuil de bureau en soufflant lourdement d'un air odieux.

Je m'étais dit que je les lirais le lundi. Je ne l'avais pas fait. Le mardi, alors. Non, pas mieux. Nous étions désormais mercredi, il était à peine 6 heures du matin, et je contemplais ma boîte de réception depuis déjà une demi-heure.

David avait l'âge de Blaine, à savoir trois ans de plus que moi. À l'époque où tout était parti en vrille, il en avait donc dix-sept. C'était le meilleur ami de Blaine, mais il n'était pas venu à la fête. Après les événements – après que la vérité avait éclaté, après que les parents avaient conclu l'accord qui allait entraîner tous ces mensonges et la tempête de merde qui allait s'abattre sur mon existence –, David avait su pour l'arrangement, mais il avait choisi de croire la même chose que tout le monde.

Que j'avais changé d'avis *a posteriori*.

Malgré tout, David avait cessé de fréquenter Blaine, car, dans l'esprit de mon cousin, que j'aie menti ou non importait peu. Pour lui, tout cela était par trop malsain. Et il n'avait pas éprouvé la moindre once de compassion à mon égard durant ces cinq dernières années.

Je fis défiler l'écran jusqu'au premier message reçu, datant de la fin août. Je cliquai dessus en secouant la tête. Même chose que le précédent : je devais les appeler, lui ou mes parents. Immédiatement. Je levai les yeux au ciel. Ça ne devait pas être si important, sans quoi l'un d'entre eux aurait bien fini par décrocher son téléphone pour tenter de me joindre.

C'était typique de ma famille. Ils estimaient, tous autant qu'ils étaient, qu'il ne leur appartenait pas de passer un coup de fil. Ils étaient trop occupés pour cela, trop importants. Même mon cousin, qui semblait pourtant avoir un sacré paquet de temps à consacrer à ses e-mails.

Je supprimai celui-ci.

Place au suivant.

Message similaire, rallongé de deux phrases. Un truc en lien avec une fille du lycée. Molly Simmons. Elle avait un an de moins que moi et, bien sûr, nous n'avions jamais été amies. Je ne me souvenais même pas de son visage. David avait besoin de me parler d'elle. Quoi, est-ce qu'il la fréquentait, ou l'avait demandée en mariage ? Dans ce cas, je serais surprise qu'il m'en informe.

Et je ne risquais pas de me rendre aux noces.

J'envoyai cet e-mail à la corbeille et m'apprêtais à passer au suivant quand mon téléphone se mit à gazouiller. Je reposai les pieds par terre et le ramassai. Un texto de Brittany, qui me demandait si je voulais la rejoindre pour le café avant mon cours d'astronomie. Je lui répondis par l'affirmative.

Je refermai mon ordinateur et m'empressai de me préparer, jugeant qu'un café avec Brit valait un million de fois mieux que mon interminable pile de courrier électronique en retard.

Durant le déjeuner, Jacob était excité comme une puce à la perspective du week-end de quatre jours qui démarrait le lendemain. Brit et lui avaient hâte de rentrer chez eux. J'étais heureuse pour eux, mais également un peu déçue. N'importe quel étudiant se faisait une fête de ces petites vacances, mais pour moi, cela signifiait quatre journées à tourner en rond ou à m'avancer dans mes devoirs.

Toutefois, leur humeur était contagieuse, et je me surpris à rire quand Jacob tenta de convaincre un gars à une table voisine que, si un zombie mordait un vampire, celui-ci se transformerait en vampire zombie, tandis que l'autre soutenait mordicus qu'il deviendrait un zombie vampire.

Brit semblait souhaiter qu'un zombie débarque dans la cafète pour les dévorer tous.

— Alors, tu vas faire quoi pendant les congés ? me demanda-t-elle.

— Rester ici, répondis-je avant de lui servir mon excuse toute prête : J'habite un peu loin pour rentrer seulement quatre jours.

— Je peux comprendre.

Elle roula en boule une serviette en papier qu'elle balança dans le dos de Jacob, bien trop impliqué dans son débat zombie/vampire pour s'en rendre compte.

— Je pars ce soir, après les cours, m'annonça-t-elle. (Elle posa la tête sur mon épaule.) Tu vas me manquer.

— Toi aussi.

— Tu vas dépérir, sans moi.

— Carrément.

Elle se redressa, les yeux pétillant d'excitation.

— Tu sais, tu pourrais m'accompagner...

— Oh, Brit...

J'hésitais entre la prendre dans mes bras ou me mettre à pleurer. Sa proposition signifiait beaucoup pour moi.

— Merci, mais je ne voudrais pas te priver de ton temps en famille.

— Comme tu veux, mais réfléchis-y. Si tu changes d'avis avant 15 heures, envoie-moi un texto et je te kidnappe. (Elle avala une gorgée de soda.) Et Cam, qu'est-ce qu'il fait ? Il rentre aussi ?

Bonne question. Avant même que je puisse répondre, Jacob pivota brusquement, comme si quelqu'un avait hurlé son nom.

— Vous parlez de mon mari idéal ?

Brit éclata de rire.

— Je demandais à Avery s'il rentrait chez lui pour le week-end.

— Alors ? s'intéressa Jacob.

Je me recoiffai en haussant les épaules.

— Je n'en sais rien.

Jacob fronça les sourcils.

— Comment ça, tu n'en sais rien ?

— Euh, je n'en sais rien, c'est tout. On n'en a pas discuté.

Ils échangèrent un regard entendu.

— Je suis un peu surprise qu'il ne t'en ait pas encore parlé, commenta Brit.

J'étais troublée.

— En quoi ça te surprend ?

Jacob me considéra d'un air perplexe.

— Vous êtes toujours collés l'un à l'autre.

— Pas du tout.

Je fis la moue. L'étions-nous ? Non.

— Tu veux que je fasse la liste du nombre de fois où vous vous voyez ? insista Jacob. Ce n'est pas complètement absurde d'imaginer que tu sois au courant de ses projets pour le week-end *et* de la taille de sa bite.

— Oh, mon Dieu.

J'enfouis mon visage entre mes mains.

Brit gloussa.

— Tu la fais rougir.

En effet.

Jacob ricana.

— À mon avis, vous couchez ensemble en secret.

— Quoi ? (Je redressai la tête pour le fusiller du regard.) Pas du tout. Crois-moi, il m'a proposé... (Je m'interrompis.) Il ne se passe rien.

— Waouh. Waouh. *Waouh.* (Il faillit en tomber de sa chaise.) Il t'a proposé quoi ?

— Rien du tout. (Je me rencognai contre mon dossier, croisant les bras.) Il ne m'a rien proposé.

Jacob se tourna vers Brit.

— C'est moi, ou elle n'est pas très douée pour mentir ?

— Pas très douée, trancha-t-elle en se tournant vers moi. Alors, qu'est-ce qu'il t'a proposé ?

— Mais rien !

— Sornettes ! (Elle me donna un coup de poing dans l'épaule.) Tu mens !

— Aïe ! Je...

Jacob secoua la tête, comme pour recouvrer ses esprits.

— Nous sommes tes amis. La loi de l'amitié impose que tu nous dises ce que tu ne veux pas nous dire.

J'en restai bouche bée.

— Quoi ? Ça n'a aucun sens.

— C'est la loi, opina Brittany d'un air grave.

— Qu'est-ce qu'il t'a proposé ? persista Jacob. De remanger de ses *cookies* ? D'être la mère de ses enfants ? De l'épouser ? Ou juste de venir réchauffer son lit matin, midi et soir ? À moins que...

— Oh, mon Dieu !

Je ne m'en tirerais pas comme ça. Je connaissais Jacob. Il en rajouterait jusqu'à ce que toute la cafétéria pense que j'étais enceinte et fiancée.

— OK, je te raconte si tu me promets de ne pas en faire toute une histoire et de ne pas te mettre à hurler.

Jacob fit la grimace.

— Euh, pas sûr.

— Il promet ! affirma Brit en lui décochant un regard menaçant. S'il tient à sa vie.

Il acquiesça.

— Je promets.

Je poussai un soupir exaspéré.

— Bon, c'est trois fois rien, d'accord ? Compris ? Bien. Alors, Cam m'a plus ou moins proposé de sortir av...

— *Quoi ?*

Le cri strident de Jacob fit se tourner plusieurs têtes dans notre direction.

Mes épaules s'affaissèrent.

— Tu avais promis.

— Désolé. (Il se mit la main sur le cœur.) C'est juste que... pfiou. J'en suis tout retourné.

— Sans blague ? répondis-je avec ironie.

Brit avait joint les doigts devant elle.

— Est-ce qu'il te l'a demandé, genre, plusieurs fois ?

J'opinai.

— Oui, mais j'ai systématiquement décliné.

— Tu as décliné ? s'écria Jacob.

Je me levai alors pour lui donner une tape sur le bras. Il m'adressa un large sourire.

— Pardon. Pardon. Pas taper. Les connasses me foutent la trouille quand elles sont en pétard.

Je me rassis en le fusillant du regard.

— Oui. J'ai décliné.

— Mais pourquoi ? s'étonna-t-il.

— Et il continue à te le proposer ? demanda Brit en même temps.

— Oui, mais c'est plutôt devenu... une sorte de blague entre nous. Il n'est pas sérieux.

Brit se tortilla les cheveux comme si je l'agaçais ou quelque chose dans le genre.

— Comment tu le sais ?

— Quand même ! (Je levai les mains.) Il n'est pas sérieux.

— Pourquoi ? (Apparemment, Jacob n'en revenait pas.) Tu es une fille intelligente et drôle. Tu n'aimes pas faire la fête, mais tu es canon, ça compense.

— Ça alors, merci.

— Je veux dire, qu'est-ce qui te fait croire qu'il n'est pas sérieux ?

Je secouai la tête.

— Il ne l'est pas, c'est tout.

— Revenons au plus important, intervint Brit. Pourquoi as-tu dit non ?

— Pourquoi aurais-je dit oui ?

Euh, Dieu, tu pourrais créer un trou et m'y faire disparaître ? S'il te plaît ?

— On se connaît à peine, renchéris-je.

— Oh, arrête tes conneries. Vous êtes comme des âmes sœurs. Et à ton avis, c'est quoi le but d'un rencard ? (Jacob roula des yeux.) C'est d'apprendre à connaître quelqu'un. En plus, tu le connais bien, maintenant, ton excuse ne tient pas la route.

En effet, elle était faiblarde, mais je n'en avais pas de meilleure.

— On n'est jamais certain de bien connaître les gens, rétorquai-je.

Brit se gifla les deux joues et secoua la tête.

— Oh, ce n'est quand même pas un tueur en série.

— À ce propos, justement, il paraît que Ted Bundy était un homme charmant et très beau. Regarde le résultat : un vrai psychopathe.

Jacob me considéra longuement, la bouche légèrement entrouverte.

— On ne parle pas de Ted Bundy.

— Je ne comprends pas, chuchota Brit. C'est comme de dire que la Terre est plate. Cam est sans doute le plus beau célibataire du campus, voire du comté ou de l'État !

Je restai muette.

— Je n'en reviens pas. (Elle secoua lentement le chef.) J'en reviens vraiment pas. Que quelqu'un immortalise cet instant.

— Ha. (Le sourire de Jacob décupla mon anxiété.) Voilà Cam. Quelle coïncidence.

Je me cognai le front sur la table en gémissant tandis que Brit se mettait à glousser. Jacob me balança un discret coup de pied et, deux secondes plus tard, je *sentis* la présence de Cam avant qu'il ait prononcé un mot. Je perçus également son odeur. Était-ce étrange que je reconnaisse son odeur ? Ça semblait l'être. Ça l'était.

— Euh, qu'est-ce que tu fais, Avery ?

Je récitai silencieusement tous les jurons que je connaissais, sachant pertinemment qu'il n'y avait pas une chance – pas une seule – que Jacob la ferme.

— Une sieste.

— Une sieste ?

— Ouais.

Cam me tira par le col de mon cardigan.

— Pourquoi est-ce que j'ai l'impression que ce n'est pas le cas ?

Je lui répondis d'un haussement d'épaules mal assuré.

Il s'installa à côté de moi, la main posée sur le bas de mon dos. La couche de vêtements devait y être moins épaisse, car je sentis réellement la présence de sa paume.

— Tu es malade ?

— Oh, il se fait du souci pour toi ! s'exclama Jacob. Avery, tu es vraiment une pétasse.

Cam se raidit, et il y eut dans sa voix une intonation que je n'y avais encore jamais entendue.

— Pardon ?

Je relevai la tête, dardant un regard noir sur Jacob.

— Je ne suis pas malade.

— D'accord. (Cam tourna la tête, et Brit recommença à glousser comme une gamine.) Qu'est-ce qui se passe ?

Je ne leur laissai pas le temps de répondre.

— Tu n'es pas censé être en cours ?

Il fronça les sourcils.

— On a fini en avance. Mais n'essaie pas de changer de sujet.

J'ouvris la bouche pour répliquer, mais ce salopard de Jacob me coupa l'herbe sous le pied.

— Avery vient de nous informer que tu lui avais proposé de sortir avec toi et qu'elle n'arrêtait pas de décliner, et on essayait de lui expliquer qu'elle était folle.

— Ah, d'accord. (Son expression grave s'effaça, et j'eus envie de disparaître sous terre.) J'aime bien cette conversation, alors.

Argh.

— Alors, c'est vrai ? reprit Jacob en posant ses coudes sur la table. Tu l'as invitée à sortir ?

Cam me lança un regard en coin.

— Oui. Presque tous les jours depuis la fin du mois d'août.

À côté de moi, Brit piaula comme un jouet pour chien.

— Depuis le mois d'août ?

Il confirma.

Brit se tourna vers moi, les yeux ronds comme des soucoupes.

— Et tu ne nous en as pas parlé avant ?

— Je suis un peu vexé, commenta Cam.

Je lui balançai un coup de coude dans les côtes.

— Menteur. Et puis ça ne vous regarde pas.

— Mais nous sommes tes amis.

Jacob semblait si malheureux que je me sentis un peu honteuse. Il se tourna vers Cam.

— Nous sommes cent pour cent d'accord pour que tu sortes avec elle.

D'accord. Au temps pour ma culpabilité.

— J'aime bien tes copains, Avery.

Cam sourit en découvrant mes sourcils arqués.

— Oui, on pense qu'elle devrait accepter, renchérit Jacob. Genre, tout de suite.

— On lui a aussi dit que tu n'étais pas un tueur en série, précisa Brit.

Cam acquiesça.

— Ça, c'est de l'argument ! « Au moins, ce n'est pas un tueur en série. » Je vais mettre ça sur mon profil Facebook.

Je me fendis d'un petit sourire en coin.

Jacob rayonnait littéralement.

— Et elle t'a comparé à Ted Bundy.

— Je te hais, grognai-je en repoussant les cheveux qui me tombaient devant les yeux avant de me tourner vers Cam. Je ne t'ai pas comparé à Ted Bundy, j'ai juste dit qu'on ne pouvait jamais être sûr de bien connaître quelqu'un. Tout le monde le prenait pour un mec sympa.

Cam me dévisagea d'un air amusé.

— Waouh. De mieux en mieux.

— Pardon ? demandai-je en réprimant un nouveau sourire.

Il soupira et s'adressa à mes amis.

— Elle n'arrête pas de me rejeter. Ça brise mon petit cœur.

Je soufflai.

— Il plaisante.

— Il a pourtant l'air sérieux, répliqua Brit avec une mine éplorée.

Merde, elle s'était laissé embrigader.

Cam poussa le gémissement le plus misérable que j'aie jamais entendu, et je levai les yeux au ciel.

— Et maintenant, elle me prend pour le nouveau Ted Bundy.

— Je ne te prends pas pour le nouveau Ted Bundy.

— En plus, elle n'a pas la bonne couleur de cheveux, précisa Brit. (Nous nous tournâmes tous vers elle.) Quoi ? Il aimait les châtaines avec la raie au milieu. Avery est presque rousse.

— Il n'y a que moi qui trouve flippant que tu saches ça ? s'interrogea Jacob.

Brit pinça les lèvres.

— Je suis spécialisée en psycho, c'est le genre de truc que je suis censée savoir.

— Oui oui, murmurai-je.

— Bref, il n'est pas question de moi ni de ma vaste connaissance des tueurs en série. Je vous épaterai plus tard à ce propos. Il est question de *toi*, Avery. (Mon regard glacial fit naître un sourire sur son visage.) Ce charmant jeune homme, qui n'est pas un tueur en série, te propose de sortir avec lui. Tu es célibataire. Tu es jeune. Tu devrais dire oui.

— C'est pas vrai. (Je me frottai le visage des deux mains.) Vous ne devez pas partir bientôt, tous autant que vous êtes ?

Le rire grave de Cam me retourna les sens.

— Sors avec moi, Avery.

Ébahie, je pivotai vers lui. Je n'arrivais pas à croire qu'il me le propose encore devant eux après tout ce qu'ils avaient raconté.

— Non.

— Vous voyez ? (Cam les prit à témoin en souriant.) Elle n'arrête pas de me rejeter.

Jacob secoua la tête.

— Tu es une imbécile, Avery.

— N'importe quoi, grommelai-je en récupérant mes affaires. Je vais en cours.

— On t'aime, me dit Jacob en souriant.
— C'est ça.
Brit pouffa.
— Sérieux. C'est juste ton jugement qu'on met en doute.
Je me levai en secouant la tête.
— Soyez prudents sur la route.
— Toujours, m'affirma Brittany en se mettant debout pour m'étreindre rapidement. Et réfléchis à ma proposition de passer le week-end avec moi. Envoie-moi un texto avant 15 heures.
— D'accord.
Je lui rendis son accolade et saluai Jacob de la main. Bien sûr, Cam était déjà sur ses pieds, prêt à m'accompagner. Je lui lançai un regard mauvais.
— Tu me suis ?
— Comme tout tueur en série qui se respecte, répliqua-t-il.
Je grimaçai en sortant de la cafétéria.
— Tu sais qu'on plaisantait, pas vrai ? Je suis désolée de leur en avoir parlé. Ils ont commencé à me harceler à ton sujet, et de fil en aiguille…
— Ce n'est pas grave, m'interrompit-il en me passant le bras autour des épaules.
Nous nous arrêtâmes près du bouquet d'arbres entre les deux bâtiments.
— Je m'en fiche.
Je l'observai avec suspicion.
— Tu t'en fiches ?
Sa confirmation me dérouta. Qui peut bien se ficher que tout le monde apprenne qu'on est éconduit régulièrement par la même personne depuis près de deux mois ? Pas moi, en tout cas. Et pourquoi persistait-il à me poser la question ? Ce n'était pas comme s'il manquait de prétendantes. Avec ses cheveux bruns indisciplinés, ses yeux bleus lumineux, son visage parfait et son corps de rêve, Cam était tout simplement splendide.

Je doutais qu'une seule célibataire sur le campus pense différemment. Mais il n'avait pas non plus que son physique avantageux : il était en outre charmant, gentil, doux et drôle. Le genre de garçon que l'on voudrait ramener à la maison pour crâner – le genre de garçon qui ne restait jamais seul longtemps et dont on pouvait aisément tomber folle amoureuse.

Cam disposait d'innombrables ouvertures, pourquoi ne pas les explorer ? Peut-être qu'il le faisait. Contrairement à ce que pouvaient penser Jacob et Brit, nous n'étions pas ensemble vingt-quatre heures sur vingt-quatre, sept jours sur sept. Il traînait beaucoup avec cette Stephanie, et il se baladait toujours sur le campus en compagnie d'autres filles. Il n'était probablement pas sérieux quand il me demandait de sortir avec lui.

Plus maintenant, pas après deux mois.

Un nœud désagréable se forma dans mon ventre. Et s'il fréquentait d'autres filles ? S'il couchait avec elles ? D'un autre côté, c'était son droit le plus absolu, je m'en fichais. Éperdument.

— Oh, oh, dit-il.

— Quoi ?

Il retira son bras et en profita pour repousser la mèche de cheveux qui me battait le visage.

— Tu réfléchis.

J'essayai de me concentrer sur autre chose que le picotement dans ma joue quand ses doigts l'effleurèrent. Je commençais à avoir quelques troubles nerveux.

— En effet.

— À quoi ? s'intéressa-t-il.

— Rien d'important.

Je souris et tâchai de chasser les images de lui avec d'autres filles qui me hantaient. Je ne m'aventurerais pas sur ce terrain-là.

— Tu rentres chez toi, ce week-end ?

— Oui.

Il se rapprocha de moi, me cachant le soleil. Tout en parlant, il tendit la main et m'attrapa les cheveux pour en faire deux longues nattes de part et d'autre de mon visage.

— Je pars demain matin, au point du jour. Et je ne rentre que dimanche soir. Pas d'œufs pour toi cette semaine.

— Snif.

Même si je faisais mine de le prendre à la légère, j'étais sincèrement déçue. Les œufs du dimanche étaient devenus l'une des constantes d'un week-end réussi.

— Ne pleure pas trop. (Il sourit en se servant de la pointe de mes cheveux pour me chatouiller les joues.) Tu vas dire oui à Brittany et partir avec elle ?

Je secouai la tête.

— Non, je vais traîner dans le coin et m'avancer dans mes lectures.

— Pauvre fille.

— Pauvre type.

Son sourire s'étendit quand il laissa mes cheveux retomber sur mes épaules.

— Tu sais quoi ?

— Quoi ?

Il recula d'un pas, fourra les mains dans les poches de son jean.

— Comme je ne serai pas là du week-end, tu devrais sortir avec moi ce soir.

J'éclatai de rire.

— Je ne veux pas sortir avec toi.

— Alors, traîne avec moi.

Mon sourire s'évanouit.

— En quoi est-ce différent de sortir avec toi ?

— En quoi est-ce différent de traîner avec moi ce soir plutôt que dimanche ?

Ah, un point pour lui. Mon cœur s'emballa légèrement tandis que je le considérais.

— Qu'est-ce que tu voudrais faire ?

Il haussa les épaules.

— Acheter à manger et regarder un film.

Je me tortillai d'un pied sur l'autre, soudain méfiante.

— Ça ressemble beaucoup à un rencard.

— Ce n'est pas un rencard, mon ange. (Il rit.) Sans quoi, je te sortirais. En public. C'est juste deux amis qui mangent ensemble devant la télé.

Je pinçai les lèvres et détournai la tête. Quelque part, je me doutais qu'il ne s'agissait pas que de ça, mais d'un autre côté, qu'est-ce que j'y connaissais aux garçons et à l'amitié homme/femme ? Je ne me posais pas de questions quand Brit et Jacob venaient à la maison. Pourquoi en irait-il autrement avec Cam ?

Parce qu'il était très différent d'eux.

Peu m'importait, finalement, car j'avais vraiment envie de traîner avec lui. Cam était marrant. Je soupirai donc et répondis :

— Ouais, d'accord. Passe à la maison.

Cam fit la grimace.

— Waouh. Quel enthousiasme.

— Mais si, ça me fait plaisir, lui assurai-je en lui décochant une bourrade. Tu viens à quelle heure ?

— Dix-neuf heures ?

Une volée de papillons sous Red Bull décolla dans mon ventre.

— Ça marche. À tout à l'heure.

Je repris mon chemin avant qu'il puisse m'en empêcher.

— Avery ?

Je me retournai.

— Ouais ?

Il se fendit d'un sourire en coin.

— À ce soir.

Mon pouls s'accéléra. L'après-midi promettait d'être interminable...

11

Mon nid de papillons laissa tomber le Red Bull pour se mettre au crack. J'oscillais entre envies de vomir et besoin de courir dans mon appartement comme une dingue.

Je réagissais de façon totalement démesurée.

Selon Cam, il ne s'agissait pas d'un rencard. Juste de deux amis traînant ensemble. Rien d'important, rien qui mérite d'en faire des tonnes. Ce n'était pas comme si c'était la première fois que nous traînions ensemble. C'était simplement la première fois qu'il *demandait* l'autorisation de le faire.

Je pris une douche – la deuxième de la journée.

Je fis le ménage, puis changeai trois fois de tenue, ce qui était vraiment débile, car je finis par jeter mon dévolu sur un pantalon de yoga et un tee-shirt à manches longues. Puis je passai un temps impossible à brosser mes cheveux en vaguelettes acceptables me tombant au milieu du dos. Je me mis du maquillage, nettoyai le tout, puis en repassai une couche.

Lorsqu'il frappa enfin à ma porte, j'avais envie de me taper la tête contre les murs.

Cam entra chez moi, fidèle à lui-même – c'est-à-dire absolument, injustement divin. Il avait enfilé un jean usé et un tee-shirt à l'effigie d'un groupe depuis longtemps oublié ; sa casquette de baseball était rabattue sur ses yeux. Il tenait dans une main une pile de DVD, dans l'autre un sac de nourriture – chinoise, à l'odeur.

Mon ventre se mit à gargouiller.

— Oh ! Qu'est-ce qu'il y a de bon, là-dedans ?

— Ce dont on fait les rêves.

Je serrai les doigts, avide, et souris.

— Des crevettes sautées ?

— Ouais.

Il me tendit le sac, et je me précipitai à la cuisine tel un gamin affamé.

— J'ai aussi apporté quelques films. Je ne savais pas du tout ce que tu serais d'humeur à voir.

Je jetai un coup d'œil par-dessus mon épaule tout en sortant les assiettes du placard. Cam retira sa casquette et passa la main dans ses cheveux sombres et délicieusement indisciplinés. Il me surprit à le reluquer et se fendit d'un demi-sourire. Je détournai la tête en rougissant.

— Alors, euh, tu as pris quoi ?

— Voyons voir... Hum, très bonne sélection. Dans le genre horreur, nous avons les deux derniers *Resident Evil*.

— Deux films ?

Je posai les assiettes sur le comptoir.

Il ricana.

— Tu ne vas pas te débarrasser de moi si facilement.

— Merde. Quoi d'autre ?

— Dans le rayon des comédies, nous avons les derniers Vince Vaughn et Will Ferrell. En action, un James Bond et un autre bourré d'explosions. Et j'ai aussi pris *N'oublie jamais*.

Je fis volte-face, manquant laisser échapper les couverts.

— *N'oublie jamais* ? Tu as *N'oublie jamais* dans ta DVDthèque ?

Cam me dévisagea sans comprendre.

— Qu'est-ce qu'il y a de mal à ça ?

— Oh, rien du tout. C'est juste... un truc de filles.

— Je suis suffisamment sûr de ma virilité et de ma sexualité pour affirmer que Ryan Gosling est tout simplement *irrésistible* dans ce film.

J'en restai sur le cul.

Son expression neutre disparut quand il éclata de rire.

— Je plaisante. Je n'ai pas *N'oublie jamais*. Je ne l'ai jamais vu. Et je n'ai pas apporté de comédie romantique.

Je levai les yeux au ciel.

— Pauvre crétin.

Cam s'esclaffa de nouveau.

— Je ne l'ai jamais vu non plus, admis-je. Je ne suis pas très fan de ce genre de films, déclarai-je en déballant les énormes boîtes de nourriture.

— Vraiment ? Je pensais que toutes les filles le connaissaient et pouvaient réciter les dialogues par cœur.

— Nan.

— Intéressant.

— Pas vraiment. (J'attrapai une cuillère.) Je t'en mets comment ?

— Prends ce que tu veux, je me débrouillerai avec la fin.

Il vint se poster derrière moi et je me raidis. Les petits cheveux de mon cou se hérissèrent. Je pivotai afin de me positionner de côté. Il inclina la tête.

— Tu es bien nerveuse.

— Pas du tout.

Je me versai une bonne dose de riz frit et de crevettes.

Cam semblait sur le point d'argumenter, mais il changea d'avis.

— Alors, tu veux voir quoi ? me demanda-t-il.

— Va pour les *Resident Evil*.

— Une fille comme je les aime.

Il sortit de sa pile les deux DVD concernés et retourna dans le salon. Je le suivis du regard.

— Rien ne vaut les zombies.

Je secouai la tête en soupirant. Je vidai presque le carton de crevettes dans son assiette, puis apportai le tout jusqu'à la table basse. Cam était devant la télé, à se débattre avec le lecteur DVD. J'allumai la lampe pour l'aider.

— Qu'est-ce que tu veux boire ?

— Tu as du lait ?

— Du lait avec du chinois ?

Il acquiesça.

— J'ai besoin de ma dose de calcium.

Même si cela me soulevait le cœur, je lui servis un verre de lait et me pris une canette de Pepsi.

— C'est un peu dégueu, tu sais, dis-je en m'asseyant sur le canapé, les jambes repliées sous moi. C'est un mélange bizarre.

Il vint s'installer à mon côté, la télécommande à la main.

— Tu as déjà essayé ?

— Non.

— Alors comment sais-tu que c'est dégueu ?

Je haussai les épaules et me saisis de mon assiette.

— Je m'en tiens à ma première opinion.

Il me lança un coup d'œil en coin.

— Avant la fin de l'année, je t'aurai fait boire du lait avec du chinois.

Sans me donner la peine de répliquer, je m'adossai et plongeai mes baguettes dans mon riz. Cam mit le film en route et s'installa confortablement, la cuisse contre mon genou. Au bout d'environ dix minutes, il prit la parole.

— Question ?

— Réponse.

— Bon, on est en pleine apocalypse, d'accord ? Les zombies sont partout et envahissent les rues. Tu as déjà failli mourir trois fois, et tu as déjà subi deux mutations à cause du virus T, ce qui semble être particulièrement douloureux. Est-ce que tu prends vraiment le temps, au milieu de tes journées de merde, de te coiffer et de te maquiller ?

J'éclatai de rire face à l'absurdité de son interrogation.

— Non, carrément pas. À mon avis, je ne me mettrais même pas un coup de brosse. Par contre, tu as remarqué qu'ils ont tous un sourire éclatant ? La société s'est écroulée il y a quoi ? six ans ? Plus personne ne va chez le dentiste. Ils devraient tous avoir les dents jaunes.

Cam termina son assiette.

— En plus, elle change de couleur de cheveux d'un film à l'autre.

— Oui, parce que dans un monde de zombies, tu as tout le temps qu'il faut pour aller chez le coiffeur.

Il pouffa.

— J'adore ces films.

— Moi aussi, admis-je. C'est toujours pareil, mais il y a un côté addictif à mater Alice buter du zombie. Et j'espère que quand les morts vivants envahiront vraiment notre monde, je serai à moitié aussi canon qu'elle quand elle leur balance un coup de pied circulaire en pleine gueule.

Il éclata de rire et rapporta nos assiettes vides à la cuisine. Il revint avec un verre de lait plein et une autre canette de soda pour moi.

— Merci, dis-je.

Le canapé s'affaissa légèrement quand il s'assit, et je glissai vers lui.

— J'aime être à ta botte.

Je souris.

Durant l'essentiel du premier film, nous continuâmes à soulever toutes les incohérences, ricanant de nos commentaires stupides et trop critiques. Alors qu'Alice s'apprêtait à balancer une vacherie à Rain, mon téléphone se mit à sonner. Pensant que Brittany ou Jacob s'ennuyaient déjà chez eux, je me penchai pour voir l'écran. Un malaise certain m'envahit quand je découvris que l'appel était masqué. Je m'empressai de le basculer vers la boîte vocale.

— Tu ne réponds pas ? s'étonna Cam.

Je secouai la tête et éteignis discrètement mon téléphone avant de le reposer à l'envers sur la table.

— Ce n'est pas très poli de décrocher quand on a un invité.

— Ça ne me dérange pas.

Je me rassis et me rongeai l'ongle du pouce en me concentrant sur la télé. Je ne suivis pourtant rien à l'histoire et ne me rendis compte que le film était fini que lorsque Cam se leva pour mettre le deuxième. Je me serinais de ne pas penser à ce coup de fil ni au message qui m'attendait sûrement. Depuis que j'avais reçu le premier, je les supprimais sans même me donner la peine de les écouter. J'envisageai une fois encore de changer de numéro, mais cela revenait à le laisser gagner. Je n'avais toujours pas la moindre idée de qui il pouvait s'agir. Probablement pas Blaine, mais après tout, qu'est-ce que j'en savais ? Qui que ce fût, j'étais résolue à le traiter comme n'importe quel troll sur Internet : en l'ignorant.

Soudain, je sentis les doigts de Cam autour de mon poignet et redressai brusquement la tête. Il m'observait au lieu de regarder la télé.

— Quoi ? demandai-je en baissant les yeux sur sa main.

Elle faisait tout le tour de mon poignet.

— Ça fait dix minutes que tu te mordilles le pouce.

Tant que ça ? En effet, c'était un peu crado.

Il abaissa mon bras jusqu'à ma cuisse sans pour autant me lâcher.

— Qu'est-ce qui se passe ?

— Rien, répliquai-je. Je regarde le film.

— Tu regardes mais tu ne vois rien. (Nos yeux se verrouillèrent et mon cœur s'accéléra.) Qu'est-ce qui se passe ?

Je secouai le bras et il me lâcha.

— Rien du tout. Je regarde, je te dis.

— C'est ça, murmura-t-il.

Il laissa cependant tomber.

Les commentaires se firent dès lors plus rares. Mes paupières tombaient. Chaque fois que je clignais les yeux, j'avais de plus en plus de mal à les rouvrir. Cam bougea à côté de moi, et je m'enfonçai davantage dans le canapé, encore plus près de lui. Nous étions désormais l'un contre l'autre, et je savais que je devais m'éloigner, mais il était si chaud, et j'étais si bien... En outre, cela ne semblait pas le déranger. Sinon, il aurait probablement changé de place ou m'aurait repoussée.

Je dus m'assoupir à un moment donné, car, quand je rouvris les yeux, j'eus l'impression que la télé avait changé de position. Je mis un certain temps à me rendre compte que... *Oh, doux Jésus*, comment avais-je atterri ici ?

Roulée en boule sur le côté, j'étais blottie sous le plaid du canapé, la tête sur les genoux de Cam.

Sur sa cuisse, pour être exacte.

Mon souffle se bloqua, mon cœur tressauta et mes yeux s'écarquillèrent. Je sentais un léger poids sur ma hanche, sans doute une main, à en juger par la forme. La main de Cam. Est-ce qu'il dormait ? Oh, mon Dieu, je ne savais pas du tout comment cela avait pu se produire. M'étais-je installée comme ça dans mon sommeil, empêchant le pauvre Cam de bouger sous peine de me réveiller ?

D'accord. De deux choses l'une : je pouvais soit rouler hors du canapé et courir comme une furie me réfugier dans ma chambre, soit essayer de me comporter en adulte et voir s'il était éveillé.

Étonnamment, j'optai pour la seconde possibilité et me mis lentement sur le dos. Un mouvement horriblement mal calculé, car la main posée sur ma hanche bougea en même temps que moi et se retrouva à plat sur mon bas-ventre.

Oh, grand Dieu...

Sa paume se trouvait sous mon nombril, orientée vers le sud, et ses doigts reposaient sur l'élastique de mon pantalon de yoga. La main était proche, très proche, de la *terra incognita*. Une boule de glace se forma dans ma poitrine, mais plus bas, bien plus bas, une réaction radicalement différente se produisait. Des picotements aigus partaient de mon ventre et se diffusaient en de chaudes ondes de frissons. Comment était-il possible d'avoir à la fois si froid et si chaud ?

Son pouce remua, et je me mordillai la lèvre inférieure. C'était forcément un accident, ou un mouvement involontaire dans son sommeil. Puis il bougea encore, traçant cette fois-ci un cercle lent et régulier juste sous mon ombilic. Oh merde. Mon pouls s'accéléra et ma température grimpa. Son pouce continua sa rotation pendant une bonne demi-minute, jusqu'à ce que je n'en puisse plus. Certaines parties de mon corps me faisaient souffrir d'une façon aussi injuste qu'inhabituelle, et cela n'aurait pas dû se produire.

Et pourtant...

Je pris une profonde inspiration, sans parvenir à me détendre ni à apaiser la tension qui m'habitait. Je savais aussi que, si je regardais, je verrais la pointe de mes seins lutter contre le tissu léger de mon tee-shirt. À chacune de mes inspirations, la pression contre mon soutien-gorge se faisait plus forte. Je regrettai plus que jamais de ne pas savoir gérer ce genre de situation, de ne pas être le genre de fille que Cam désirait sans doute et auquel il était habitué.

Malheureusement, je n'étais pas comme ça.

J'inclinai la tête pour observer Cam.

Il regardait de l'autre côté, l'arrière du crâne appuyé contre le coussin. Vu d'en dessous, une ligne sombre se dessinait sous sa mâchoire forte. Il arborait un léger sourire.

L'enfoiré.

— Cam.

Un œil entrouvert.

— Avery ?

— Tu ne dors pas.

— Tu dormais. (Il redressa la tête et la tourna d'un côté à l'autre pour lutter contre les crampes.) Et moi aussi.

Sa main incroyablement lourde reposait toujours sur mon ventre. Une partie de moi voulait lui dire d'ôter sa sale patte, ce ne fut pourtant pas ce qui sortit de ma bouche.

— Désolée de m'être endormie sur toi.

— Pas moi.

Je m'humectai les lèvres avec nervosité, sans savoir que dire ensuite. Je me contentai donc d'un :

— Quelle heure est-il ?

Son regard se posa sur mes lèvres, et mon corps tout entier se crispa d'une façon pas du tout désagréable.

— Minuit passé, répondit-il.

Mon cœur battait la chamade.

— Tu n'as même pas regardé l'horloge.

— C'est le genre de chose que je sens.

— Vraiment ?

Il avait les paupières tombantes.

— Oui.

— C'est un don remarquable. (Je serrai le poing sur ma cuisse.) À quelle heure tu pars demain matin ?

— Je vais te manquer ?

Je fis la grimace.

— Ce n'est pas pour ça que je pose la question. J'étais curieuse, c'est tout.

— J'ai dit à mes parents que je serais chez eux pour déjeuner. (De sa main libre, il balaya les cheveux qui me tombaient sur le visage et s'attarda sur mon crâne.) Il faudrait donc que je prenne la route entre 8 et 9 heures.

— Ça fait tôt.

— Oui. (Il me caressa le front et je fermai les yeux, me détendant malgré moi.) Mais la route est facile.

— Et tu ne rentres que dimanche soir ?

— Exact, murmura-t-il. (Je sentis sa poitrine se gonfler quand il prit une profonde inspiration.) Tu es sûre que je ne vais pas te manquer ?

Je me fendis d'un léger sourire.

— Ça va me faire des vacances.

Il pouffa.

— C'est super méchant.

— N'est-ce pas ?

— Mais je sais que tu mens.

— Ah bon ?

— Ouaip.

Il bougea la main, et je sentis le bout de ses doigts sur ma joue. Je rouvris les paupières. Il me souriait. Pas assez fort, cependant, pour creuser sa fossette.

— Je vais te manquer, mais tu refuses de l'admettre.

Je ne répondis rien, car je m'efforçais de ne pas songer aux quatre jours à venir. Puis ses doigts glissèrent le long de ma pommette, et je ne pensai vraiment plus à rien. Ils atteignirent ma mâchoire, et l'un d'eux glissa jusqu'à mon menton. J'expirai lentement quand il effleura ma lèvre inférieure.

Cam inclina la tête.

— Toi, tu vas me manquer.

J'entrouvris la bouche.

— Vraiment ?

— Ouais.

Je refermai les paupières pour réprimer les larmes menaçant de poindre. J'ignorais pourquoi ces quelques mots m'affectèrent de la sorte, mais ce fut pourtant le cas, et l'espace d'un tout petit instant, je dus m'avouer que je n'avais aucune envie de le voir partir. Cela ne fit qu'empirer le picotement dans mes yeux.

Plusieurs minutes s'écoulèrent, durant lesquelles le seul bruit ambiant fut le ronronnement léger de la télé. Il dessina le contour de ma lèvre, sans jamais la toucher réellement, mais s'en approchant à chaque passage. Je me demandais s'il finirait par aller au bout de l'idée, et si je le souhaitais.

Je crois que oui, d'une certaine façon.

— Tu parles dans ton sommeil, m'informa-t-il.

Je rouvris subitement les yeux. J'oubliai ses doigts sur mon visage.

— Ah bon ?

Il opina.

Mon Dieu. J'en eus l'estomac tout remué.

— Tu te moques de moi ? Parce que je te jure que, si c'est le cas, tu vas souffrir.

— Je ne me moque pas de toi, mon ange.

Je m'assis, et ses deux mains m'abandonnèrent. Je pivotai sur le canapé pour lui faire face. Mon cœur battait la chamade pour une tout autre raison.

— Qu'est-ce que j'ai raconté ?

— Pas grand-chose.

— Sérieusement ?

Il se pencha en avant et se frotta le visage.

— Tu murmurais des trucs. Je n'ai pas réussi à comprendre quoi que ce soit. (Il se redressa.) Mais c'était mignon.

Mon pouls ralentit légèrement et la peur se dissipa. Dieu seul savait ce que j'avais bien pu bredouiller. Je jetai un coup d'œil à l'horloge, et me rendis compte qu'il était plus de 3 heures du matin.

— Punaise, il est pourri ton don pour deviner l'heure.

Cam haussa les épaules et se glissa jusqu'au rebord du canapé.

— Je crois que je ferais bien de rentrer.

J'ouvris la bouche, mais la refermai. Que m'apprêtais-je à dire ? Lui suggérer de rester ? Lui proposer une soirée pyjama sur mon canapé ? Quelle bonne idée... Je doutais qu'il soit intéressé par une soirée d'adolescentes.

— Fais attention sur la route, finis-je par murmurer.

Il se leva, et je contemplai fixement la place qu'il avait occupée.

— Compte sur moi.

Puis il se pencha si vite que je n'anticipai pas du tout son action. Il me déposa un baiser sur le front.

— Bonne nuit, Avery.

Je fermai les yeux et serrai les poings.

— Bonne nuit, Cam.

Il arrivait à la porte quand je bondis sur mes pieds et m'agrippai au dossier du canapé.

— Cam ?

Il s'arrêta.

— Oui ?

J'inspirai profondément et me forçai à déclarer :

— J'ai passé une très bonne soirée.

Il me considéra un instant puis se mit à sourire. Cette fois, une fossette se creusa sur sa joue gauche, et je sentis mes propres lèvres s'étirer en retour.

— Je sais.

12

Je rejetai mon texte d'histoire sur le bord du lit, basculai sur le dos et me plaquai les mains sur les yeux. Nous n'étions que jeudi après-midi, et j'avais déjà l'impression de ne plus tenir en place.

Je pouvais toujours faire le ménage.

Bâillement.

Mon téléphone pépia sur ma table de chevet, et je roulai pour l'atteindre. Redoutant de regarder l'écran, je ne le fis que d'un œil. Comme si cela allait atténuer l'effet d'un appel de mon connard de harceleur.

Rien de tel.

Je m'assis et ouvris le texto de Cam. Trois mots suffirent à me faire sourire comme une idiote. *Je te manque ?*

Je répondis immédiatement. *Non.*

Sa réplique fut encore plus rapide. *Si tu étais Pinocchio, ton nez traverserait l'État.*

Je croisai les jambes et m'adossai à la tête de lit. *Pinocchio ? Ça dépasse ton niveau de lecture.*

Ha. Touché. Je meurs de chagrin.

Je croyais que tu n'avais pas de cœur ?

J'ai menti. Il ne bat que pour toi. Avant que je puisse composer ma repartie, un nouveau SMS arriva. *Quand je mens, ce n'est pas mon nez qui s'allonge.*

J'éclatai de rire. *Contente de le savoir.*

De rien. C'était pour te prévenir.

La prochaine fois, garde-le pour toi. Je me mordis la lèvre avant d'ajouter : *Tu as fait bonne route ?*

Je passai plusieurs minutes à fixer mon téléphone. *Ouais. Ma famille déborde d'affection pour moi. Tu pourrais en prendre de la graine.*

Je trouve que tu obtiens assez d'attention comme ça.

Il m'en faut beaucoup.

Sans déc ?

Plusieurs autres minutes. *Qu'est-ce que tu fais ?*

Allongée sur le dos, je croisai les chevilles. *Je lis.*

Pauvre fille.

Pauvre type.

Je parie que je te manque.

Mon sourire était si large que c'en était gênant. *Je parie que tu as mieux à faire en ce moment.*

Nan. Quelques secondes plus tard : *Ki c ???* Je fronçai les sourcils et me redressai. Puis : *Désolé, ma sœur vient de me piquer mon tél.*

Je me détendis. *Sympa la sœur.*

Ouais. Parfois. Elle a encore plus besoin d'attention que moi. Je dois filer.

@+

Le reste de l'après-midi s'éternisa et, vers 21 heures, j'envisageai de prendre des cachets pour dormir. J'entendis depuis le salon mon téléphone gazouiller de nouveau. J'abandonnai ma brosse à dents dans le lavabo, traversai le salon à grandes enjambées et atteignis mon portable.

Sors avec moi.

J'éclatai de rire, oubliant que j'avais la bouche pleine de dentifrice et répandant donc une mousse blanche et baveuse sur mon menton et mon tee-shirt.

— C'est pas vrai, quelle abrutie.

Je me débarbouillai rapidement avant de répondre à Cam. *La réponse reste la même par texto.*

Ça valait le coup d'essayer. Qu'est-ce que tu fais, là ? Moi je suis en train de battre mon père au poker.

Je souris de nouveau en l'imaginant avec sa famille. *Je me prépare à aller au lit.*

J'aimerais bien voir ça.

J'écarquillai les yeux. Quoiiii ?!

Attends, tu es toute nue ?

Non !!! répondis-je. *Pervers.*

Merde. Heureusement que j'ai l'imagination fertile.

Tu n'auras jamais mieux.

On verra.

Ça m'étonnerait.

Je ne relèverai pas. OK. Je te laisse. Mon père m'écrabouille.

Bonne nuit, Cam.

Bonne nuit, Avery.

Je gardai mon téléphone dans la main pendant une éternité après ça, jusqu'à l'emporter avec moi dans la chambre. Dernièrement, j'avais pris l'habitude de couper la sonnerie pour la nuit, car je ne savais jamais quand mon admirateur anonyme allait m'appeler. Mais pour une fois, je la laissai allumée.

Au cas où.

Le dimanche matin n'était pas comme les autres sans l'irruption de Cam, son obsession pour les œufs durs, sa foutue petite poêle à frire et toutes ses délicieuses pâtisseries. Je m'étais réveillée tôt, comme si quelque horloge interne s'attendait à l'entendre frapper à ma porte. Bien sûr, cela n'arriva pas, et il ne m'avait pas envoyé de messages de toute la journée du samedi. Il devait sans doute profiter de sa famille et de ses amis restés dans le coin.

J'essayais de ne pas trop penser à lui, car ce n'était qu'un copain, et si je regrettais l'absence de Brit et

Jacob, ils ne me manquaient pas non plus à proprement parler. Ce n'était pas pareil. Ou peut-être que si.

Je sortis une boîte de céréales en faisant la grimace. J'aurais vraiment préféré des muffins aux myrtilles. J'avalai mon bol de blé soufflé, me sentant légèrement grognon. Je finissais la vaisselle quand le téléphone sonna.

Je courus jusqu'au salon et me figeai en découvrant le nom sur le cadran.

Maman.

Ooooh putain.

La sonnerie retentit longuement, tandis que j'hésitais à décrocher ou à passer l'appareil par la fenêtre. Il fallait que je décroche, cependant. Mes parents n'appelaient *jamais*. C'était forcément important. Je fis la moue en répondant.

— Allô ?

— Avery.

Ah, cette voix – le timbre cultivé, sec, froid et hautement impersonnel de Mme Morgansten... Je ravalai le chapelet de jurons qui aurait fait siffler ses petites oreilles chastes.

— Salut, Maman.

Un silence interminable. Je haussai les sourcils en me demandant si elle n'avait pas composé mon numéro par erreur. Elle finit par reprendre.

— Comment ça se passe, en Virginie-Occidentale ?

Elle prononça « Virginie-Occidentale » comme s'il s'agissait de quelque maladie vénérienne. Je levai les yeux au ciel. Parfois, mes parents oubliaient d'où ils venaient.

— Super bien. Tu t'es levée tôt.

— On est dimanche. Theo a insisté pour prendre un brunch matinal au club avec ton père. Sans quoi, je serais encore au lit.

Theo ? Je me laissai tomber sur le canapé, la bouche grande ouverte. Pour l'amour de tous les petits bébés phoques de la banquise, Theo était le père de *Blaine*. Mes parents étaient de vrais... connards.

— Avery, tu es là ?

L'impatience transpirait dans chacun de ses mots.

— Oui. (J'attrapai un coussin que je serrai entre mes jambes.) Vous allez prendre un brunch avec M. Fitzgerald ?

— Oui.

Et ce fut tout. *Oui*. Comme si cela coulait de source. Les Fitzgerald avaient payé les Morgansten, on me traitait de pute et de menteuse, mais tout allait pour le mieux dans le meilleur des mondes, car ils pouvaient toujours organiser des brunchs au club.

— Comment se passent les cours ? s'enquit-elle d'un air las. (Elle devait sans doute en même temps se renseigner sur Internet pour sa prochaine intervention chirurgicale.) Avery ?

Oh, bon Dieu de merde.

— C'est génial. La Virginie-Occidentale est géniale. Tout est génial.

— N'adopte pas ce ton avec moi, jeune fille. Après tout ce que tu nous as fait subir...

— Tout ce que je *vous* ai fait subir ?

Je devais vivre dans un univers parallèle.

— Et ce que tu continues à nous faire subir, poursuivit-elle comme si de rien n'était. Tu es à l'autre bout du pays, inscrite dans une petite université de *Virginie-Occidentale* au lieu de...

— Ma fac est super, Maman, et l'État aussi. Tu es née en Ohio, ce n'est pas si différent...

— C'est une chose que je m'efforce d'oublier. (Son ton offusqué était assez cocasse.) Ce qui m'amène au but de mon appel.

Merci mon Dieu, petit Jésus et tous les saints.

— Tu dois rentrer à la maison.

— Quoi ?

Je remontai le coussin contre ma poitrine.

Elle soupira.

— Arrête de faire l'enfant et rentre à la maison, Avery. On a compris le message, avec tes gamineries.

— Mes gamineries ? Maman, j'ai toujours détesté vivre là-bas...

— Et de qui est-ce la faute, Avery ?

Une partie de son flegme s'envola avec ces paroles.

J'en restai coite. Ce n'était pas la première fois qu'elle m'assenait un tel argument, loin de là. Pourtant, cela me fit l'effet d'un coup de poing en plein sternum. Je regardai fixement par la fenêtre en secouant lentement la tête.

— Nous ne voulons que ton bonheur, reprit-elle en recouvrant son sang-froid avec ce mensonge éhonté. C'est tout ce que nous avons toujours souhaité, et le mieux pour toi est de rentrer à la maison.

Je fus prise d'un rire nerveux, qui mourut dans ma gorge. Le mieux pour moi était de rentrer ? Cette femme était folle. Le simple fait de lui parler me donnait l'impression que sa démence était contagieuse.

— Certaines choses se sont produites ici, ajouta-t-elle avant de s'éclaircir la voix. Tu devrais rentrer.

Combien de fois avais-je agi en fonction de ce qu'ils voulaient ? Bien trop souvent. Et là, je ne pouvais plus reculer. Rentrer chez moi reviendrait à me fourrer la tête dans un hachoir à viande et à me demander pourquoi cela faisait si mal. Je pris une profonde inspiration et ouvris grands les yeux.

— Non.

— Pardon ? s'étouffa ma mère d'une voix stridente.

— J'ai dit non. Je ne rentrerai pas.

— Avery Samantha Morgan...

— Il faut que j'y aille. Ça m'a fait plaisir de te parler. Au revoir.

Puis je raccrochai sans lui laisser le temps d'ajouter quoi que ce soit. Je reposai mon téléphone sur la table basse et attendis.

Une minute s'écoula, puis deux, puis cinq. Avec un soupir de soulagement, je m'écroulai contre le dossier. J'étais littéralement stupéfaite par cette conversation. Ma mère était tarée. Je fermai les paupières et me massai les tempes. Quelle terrible façon de commencer un dimanche matin.

Un coup sec porté à ma porte me fit sursauter.

Je bondis sur mes pieds et contournai en hâte le canapé, me demandant qui cela pouvait bien être. Bon sang, il n'était pas encore 9 heures, sans doute trop tôt pour recevoir la visite d'un tueur en série.

Je me hissai sur la pointe des pieds pour regarder par le judas.

— Pas possible. (Mon cœur effectua une série de cabrioles tandis que j'ouvrais la porte à la volée.) Cam ?

Il se retourna, un sourire en coin. Il tenait à la main un sac de courses.

— Je me suis réveillé vers 4 heures ce matin, et j'ai eu une soudaine envie d'œufs. Et c'est tellement meilleur avec toi qu'avec ma sœur ou mon père... En plus, ma mère a préparé du pain à la citrouille. Je sais que tu adores ça.

Muette d'étonnement, je m'écartai d'un pas et le regardai apporter son sac dans la cuisine. Ma gorge me brûlait ; ma lèvre inférieure tremblotait de façon incontrôlable. Le nœud qui m'obstruait la poitrine se desserra. Mon cerveau se mit sur *off*. Je ne refermai même pas la porte, ni ne sentis le souffle froid sur mes chevilles nues. Je me mis à courir vers la cuisine. Cam se retourna alors que je me jetais sur lui.

Il m'attrapa en reculant de quelques pas, resserra ses bras autour de ma taille. J'enfouis ma tête contre son torse, les yeux clos et le cœur en furie.

— Tu m'as manqué.

13

Recroquevillée sur moi-même dans ma veste à capuche, je frissonnais alors que le vent froid s'engouffrait entre Whitehall et Knutti Hall, agitant les feuilles marron et jaunes au-dessus de nous. Plusieurs d'entre elles furent arrachées à leur branche et tombèrent en spirale pour rejoindre l'épais tapis qui jonchait déjà le sol.

Brit tira une longue bouffée sur sa cigarette, puis la recracha lentement.

— Et donc, la prochaine fois que je reçois un appel de Jimmie et que je vais le rejoindre chez lui au milieu de la nuit, qu'est-ce que tu me fais ?

Je basculai d'un pied sur l'autre.

— Je te balance un coup de poing dans le vagin ?

— Exactement ! (Après une dernière taffe, elle éteint rapidement sa clope.) Putain, pourquoi est-ce qu'on est aussi connes ?

Je lui emboîtai le pas, les bras toujours serrés contre moi.

— Bonne question.

— Enfin, j'ai beau savoir qu'il ne veut pas d'une relation stable, qu'il ne cherche qu'un plan cul et qu'il est généralement un peu bourré, je ne peux pas m'empêcher d'aller le voir. Non mais sérieux ?

— Tu as envie d'une relation sérieuse, toi ?

Elle pinça les lèvres tout en tirant sur ses oreilles son bonnet en laine.

— En fait, je n'en sais trop rien.

Je fronçai les sourcils.

— Alors pourquoi ça te met tant en colère qu'il n'en ait pas envie ?

— Parce qu'il devrait rêver d'être en couple avec moi ! Sans déc, je suis formidable.

Réprimant un sourire, je l'observai en coin.

— C'est vrai.

Brit sourit. J'avais croisé Jimmie sur le campus à deux ou trois reprises. Il avait l'air sympa, mais je pensais sincèrement qu'elle méritait mieux qu'un type qui ne l'appelait que lorsqu'il avait un coup dans le nez. Et je ne me privais pas de le lui faire savoir.

— C'est pour ça qu'on est amies, gloussa-t-elle en enroulant son bras autour du mien. Bon sang, où est passé l'automne ? C'est comme si l'hiver avait surgi d'un coup pour nous prendre par surprise.

— Carrément. (Je frissonnai de nouveau quand nous nous arrêtâmes à l'intersection.) J'ai de la peine pour tous ces gamins qui vont aller réclamer des bonbons d'Halloween demain soir. Ils vont geler sur place.

— On s'en tape, des gamins, déclara-t-elle, ce qui ne manqua pas de me faire pouffer. Je vais me déguiser en ange – en ange un peu salope.

— Bien sûr.

— En gros, je vais sortir en lingerie fine. Je suis sûre que mes tétons vont se figer et tomber. À propos, tu crois que je n'ai pas remarqué que tu faisais tout pour éviter de parler de la fête ?

Je ne voyais honnêtement pas le lien entre ses tétons figés et ça.

Une fois devant le bureau des inscriptions, elle me cloua sur place d'un regard.

— Tu dois venir avec nous. Tout le monde y sera.

Je détournai la tête et observai la police du campus ouvrir la voiture d'un malheureux ayant laissé ses clés à l'intérieur.

— Je ne sais pas. Je ne suis pas très fan des soirées d'Halloween.

— Tu n'es fan d'aucune soirée. Allez, tu dois venir. J'ai besoin de toi. Jimmie sera là, et tu es la seule à bien vouloir me mettre un coup de poing dans le vagin.

J'éclatai de rire.

— Je suis sûre que Jacob serait ravi de te rendre ce service.

— Ce n'est pas pareil ! Il ne comprend rien, et il donne les pires conseils du monde. Il va sûrement m'encourager à coucher avec lui. (Elle avait sans doute raison.) Il faut que tu viennes. S'il te plaît. S'il te plaîîîîît.

Ma résolution commençait à s'ébranler. Jacob avait parlé de cette soirée toute la semaine. La veille au soir, alors que Cam et moi finissions nos devoirs, lui aussi m'avait invitée à cette fête qu'organisait son ami Jase. Ce dernier avait un an de moins que lui et jouait un rôle important dans une association d'étudiants, même si je ne me rappelais plus laquelle. Je l'avais aperçu avec Cam une fois ou deux, mais nous n'avions jamais discuté. De toute façon, le problème n'était pas là : le simple fait d'envisager de me rendre à une soirée d'Halloween me provoquait un ulcère à l'estomac.

— Il faut que j'aille m'occuper de mon putain d'emploi du temps pour le deuxième semestre, m'informa Brit.

Elle avait un mal fou à s'inscrire à ses cours. J'avais eu une chance monstrueuse en étant acceptée à tous ceux auxquels j'avais postulé.

— Tu vas devoir te battre ?

— Ce n'est pas exclu. (Elle me prit rapidement dans ses bras.) Merci de m'avoir accompagnée jusqu'ici.

— Pas de problème.

J'avais fini ma journée et n'avais donc pas grand-chose d'autre à faire.

Elle commença à gravir les vastes marches, puis se retourna.

— Pense à la fête. D'accord ? Il faut que tu y ailles, pas uniquement pour moi : ça va être marrant. Tu vas pouvoir décompresser un peu. OK ?

Je pris une profonde inspiration.

— Je vais y réfléchir.

— Genre, y réfléchir vraiment ?

Comme j'opinais, elle insista :

— Promis ?

— Promis.

Brit disparut dans le bâtiment. Quant à moi, j'allais sans doute devoir passer à la pharmacie pour acheter du Maalox. Je risquais d'en avoir besoin.

À une époque, je savais quand je prenais les mauvaises décisions. Cela ne simplifiait pas les choses. Aller à une fête d'Halloween n'aurait jamais dû me précipiter dans mon fauteuil lune avec ma bouteille de Maalox dans une main et ma boîte de crème glacée dans l'autre.

Ma boîte *à moitié vide* de crème glacée.

Je me sentais sur le point de devenir la vieille fille aux chats du quartier. Il ne me manquait que les chats.

Peu après avoir quitté le campus, j'avais reçu un texto de Cam au sujet de la fête. Il voulait que j'y aille. Brit voulait que j'y aille. Jacob voulait que j'y aille. Moi-même, j'avais envie d'y aller, mais...

Je rebouchai mon pot de glace en grommelant et me levai avec peine. J'avais dix-neuf ans. Je vivais seule. J'avais envoyé ma mère se faire voir et enlacé Cam en lui avouant qu'il m'avait manqué. Aller à cette soirée ne devrait pas être une épreuve complètement insurmontable. Il était plus que temps que je me résolve à recommencer à sortir. Si je ne le faisais pas maintenant, le ferais-je un jour ?

Sans doute pas.

Je remis ma crème glacée au congélateur et sortis la bouteille de nettoyant rangée sous l'évier. J'entrepris de vaporiser la moindre surface de ma cuisine et de tout récurer avec un soin maladif.

Je pouvais y arriver.

Mon cœur s'emballa et mon ventre se noua.

Non, je n'y parviendrais pas.

Alors que je frottais le comptoir près de la cuisinière, un reflet sur mon bracelet en argent capta mon attention. Je m'immobilisai, incapable de détourner les yeux de ce qui était devenu un élément incontournable de mon quotidien. Je reposai pulvérisateur et chiffon, puis retirai mon bijou. Je retournai mon bras, me forçant à contempler cette cicatrice dont j'avais tant honte. Je faisais tout ce qui était en mon pouvoir pour la dissimuler, mais dans quel but ? Si c'était pour rester chez moi, recluse, et ne rien faire de ma vie... Certaines choses me resteraient sans doute à jamais impossibles, ou me paraîtraient toujours incroyablement inconfortables, mais aller à une putain de fête ? Étais-je si handicapée par ce qui m'était arrivé cinq ans plus tôt pour ne plus jamais savoir poser un pied devant l'autre ?

Je remis mon bracelet et m'appuyai au comptoir.

Il fallait que j'y aille. J'en avais besoin. Je devais au moins essayer. Mon cœur reprit son tambourinement paniqué comme je me dirigeais vers le salon. J'exhumai mon téléphone de mon sac et, sans réfléchir, j'ouvris un SMS que Cam m'avait envoyé plus tôt et répondis : *OK.*

Quelques secondes plus tard, j'obtins une réponse. *J'arrive.*

— J'arrive ? Comment ça, j'a...

On frappa à ma porte.

Je levai les yeux au ciel, balançai mon téléphone sur le canapé et allai ouvrir.

— Tu n'étais pas obligé de venir.

Cam entra sans un mot, vissant sa casquette à l'envers.

— Vas-y, fais comme chez toi.

Il s'arrêta près de la cuisine et fronça le nez.

— Pourquoi est-ce que ton appart empeste le Cif ?

— Je faisais le ménage.

Il haussa un sourcil.

— Je dégraissais la cuisine, précisai-je timidement. Tu sais, tu aurais pu t'épargner le déplacement et te contenter de me répondre par message.

Il me considéra longuement avant de s'installer sur le canapé.

— J'avais besoin de faire un peu d'exercice.

Non, il était parfait comme il était.

Il tapota le coussin à côté de lui.

— Viens t'asseoir.

Je le fusillai des yeux.

— Allez.

Marmonnant dans ma barbe, je l'enjambai néanmoins pour me laisser tomber à côté de lui.

— Voilà, je suis assise.

Il abaissa ses longs cils, et je sentis son regard perçant sur ma bouche. Le rouge me monta aux joues, et il se fendit d'un sourire.

— Tu m'as juste envoyé « OK ». Mais je t'ai demandé deux choses aujourd'hui. J'aimerais savoir à laquelle tu as dit oui.

Je remontai les jambes contre ma poitrine et enroulai mes bras autour de mes genoux.

— Tu m'as proposé de t'accompagner à la soirée d'Halloween demain soir.

— En effet. (Il me tira sur le bras jusqu'à ce que je lâche mes genoux.) Mais je t'ai aussi demandé autre chose.

Je plissai les paupières.

Il saisit alors l'ourlet de mon jean et me força à déplier les jambes.

— Je t'ai aussi demandé de sortir avec moi.

— Tu connais la réponse à cette question.

Il m'observa entre ses yeux mi-clos.

Mes lèvres tressaillirent.

— Je voulais dire « OK, j'irai à cette fête ».

— Bon choix. Ça va être marrant, tu vas t'éclater.

Dès que je fus assise dans une position qui apparemment lui convenait, il s'adossa enfin.

— À quelle heure veux-tu que je passe te chercher ?

Je secouai la tête.

— Je vais prendre ma voiture.

— Pour quoi faire ? On habite dans le même immeuble, et on va au même endroit.

— Merci, mais je préfère conduire.

Il m'étudia un instant.

— Si tu ne veux pas monter avec moi, fais-toi au moins conduire par Brittany.

J'acquiesçai vaguement pour me débarrasser de lui, sans envisager une seule seconde cette solution. Prendre ma voiture me permettrait de rentrer à l'heure que je voulais. C'était important pour moi.

— Hé, dit Cam.

Je me tournai vers lui en haussant les sourcils.

— Oui ?

— Sors avec moi.

Je souris.

— Ferme-la, Cam.

J'étais tellement nerveuse que mon téléphone me glissait dans la main et que ma ceinture me comprimait la poitrine. J'étais toujours sur le parking, alors que j'aurais dû prendre la route depuis une demi-heure.

J'aurais aimé prétendre que je me mettais en retard pour me faire désirer, mais c'eût été nier la réalité.

J'étais, genre, à deux doigts de faire une crise d'angoisse.

— Et donc tu n'as pas de costume ? me demanda Brit. (J'entendis en fond sonore de la musique et des rires étouffés.) Ce n'est pas grave. Il y a des tas de gens ici qui ne sont pas déguisés.

Bon, au temps pour cette excuse. Après ma conversation avec Cam le soir précédent, j'avais brièvement envisagé de courir louer un truc au dernier moment, mais c'en aurait été trop pour moi.

— Tu arrives bientôt ? s'enquit Brit. Car je me sens un peu seule, là. Hey !

Une seconde plus tard, Jacob lui avait arraché le combiné des mains.

— Salut, poulette. Alors, tu es bientôt là ?

Je fermai les yeux.

— Je m'apprête à partir.

— T'as intérêt, parce que Brit commence à me taper sur le système à force de réclamer après toi. Ramène ton cul ici.

— J'arrive. Bientôt.

Je raccrochai et me débarrassai de mon téléphone sur le siège passager. J'agrippai le volant à deux mains. *Je peux le faire.* Voilà ce que je me serinais régulièrement en jetant des coups d'œil à mon appartement. J'avais laissé une lumière allumée, et elle m'encourageait tel un phare à regagner mon havre d'ennui.

C'était idiot, j'en avais parfaitement conscience, mais cela ne changeait rien à mes nausées ni au fait que mon cœur tambourinait contre ma cage thoracique. Rien de ce que je ressentais n'était normal, selon les critères habituels, c'était là tout le problème. Je ne voulais pas que cela le soit pour moi.

— Putain.

Je devais me montrer courageuse.

Je passai la marche arrière et sortis de ma place de parking. Le temps que j'arrive au bout de ma rue et bifurque sur la route 45, mes bras tremblaient comme des feuilles. Jase n'habitait pas très loin de University Heights. À quelques kilomètres à peine, dans un quartier voisin où plusieurs associations étudiantes avaient établi leur résidence.

Sur la route de chez lui, je m'efforçai de me réciter toutes les constellations auxquelles je pouvais penser. L'Aigle, Andromède, l'Autel, la Balance, la Baleine, le Bélier, la Boussole, le Bouvier... Qui donc les avait baptisées ainsi ? J'en étais aux D quand je repérai la file de voitures quittant l'allée d'une grosse maison à deux étages. Des véhicules de toute sorte étaient garés le long de la route, dans la cour, partout. Je finis par faire demi-tour afin de pouvoir me ranger sur le trottoir d'en face, un pâté de maisons plus loin.

L'air nocturne était frais, les rues dépourvues d'enfants. La récolte de friandises s'était terminée une heure plus tôt environ, et des emballages de bonbons jonchaient le sol.

Une lumière éclatante jaillissait de chaque fenêtre, projetant un halo lumineux autour du porche. Quelques personnes discutaient à l'extérieur, adossées à la rambarde. J'enfouis les mains dans les poches de ma veste à capuche, évitai soigneusement le garage, où une partie de bière-pong battait son plein, et entrai par la porte grande ouverte.

Putain de merde.

La maison était bondée. Des grappes d'étudiants étaient réunies autour de la télé, près du canapé, par terre, et même dans le couloir. Les basses et mon cœur cognaient à l'unisson tandis que je scrutais l'assemblée en quête d'un ange sexy. Il y en avait des tas : les pervers en rouge, les séducteurs en blanc et, sans doute, les pires de tous en noir.

Hum.

Je me faufilai à côté d'une fille vêtue comme la Dorothée du *Magicien d'Oz* devenue strip-teaseuse. Elle me sourit, et je lui répondis d'un rictus bancal et mal à l'aise. En me glissant derrière une table de jeu, j'aperçus le coloc de Cam, Ollie, trop immergé dans sa partie pour me remarquer. Je me hissai sur la pointe des pieds. L'intérieur de la maison était légèrement étouffant avec toute cette faune.

Un couinement haut perché attira soudain mon attention, et je ne disposai que d'une poignée de secondes pour me préparer à l'assaut d'un ange blanc.

— Tu es là ! s'écria Brit en m'embrassant. Putain de merde ! Je n'y croyais pas ! Je pensais que tu allais te défiler.

— Eh non.

Elle m'étreignit de nouveau et me serra la main.

— Viens. Jacob est dans le garage. Cam aussi.

Mon cœur éprouvé s'emballa une fois de plus tandis qu'elle m'entraîna à suite. Quelques garçons levèrent les yeux de leur table de jeu, nous oubliant bien vite, mon jean et moi, pour s'intéresser à Brit et à sa minuscule robe blanche. Leurs prunelles pétillaient d'enthousiasme. L'un d'eux s'affala sur sa chaise et fronça les sourcils en la reluquant longuement. Comment le lui reprocher ? Elle était vraiment canon là-dedans.

— Chaud devant ! annonça Brit en levant sa main libre. Tût. Tût.

L'air était plus respirable dans le garage, la lumière moins éclatante et, même s'il y avait plus de monde, je me détendis légèrement. Brit me mena jusqu'à un garçon vêtu d'un blazer violet et d'un chapeau melon à l'ancienne.

— Jackie-Jack, regarde qui j'ai trouvé ! s'exclama Brit.

Blazer violet se retourna et je me fendis d'un sourire sincère en découvrant les grosses lunettes noires.

— Bruno Mars ? devinai-je.

— *Yes !* Tu vois, Brit, certaines personnes comprennent mon costume ! s'exclama Jacob en lui jetant un regard mauvais avant de se retourner vers moi. (Il fronça les sourcils.) Et toi, tu es déguisée en quoi ?

Je haussai les épaules.

— En étudiante paresseuse ?

Cela eut le mérite de le faire rire. Brit se dirigea vers le fût de bière.

— Sérieux, qu'est-ce que tu caches sous ton horrible veste ?

— Quoi, elle ne te plaît pas ? m'offusquai-je.

Il me contempla d'un air morne.

— Non, c'est le genre de truc idéal quand on veut s'habiller vite fait pour aller en cours, mais là, tu es à une fête. (Il abaissa la fermeture à glissière de ma veste.) Retire-la, ou c'est moi qui te l'enlève.

— Il ne plaisante pas, m'informa Brittany en revenant avec deux gobelets en plastique rouge. Une fois, il m'a ôté mon tee-shirt juste parce qu'il voulait l'essayer, et je me suis retrouvée en soutif dans une salle pleine de filles.

Je rangeai mes clés dans la poche de mon jean et retirai ma veste, que je déposai sur le dossier d'une chaise de camping vacante.

— Voilà, tu es content ?

Jacob étudia mon col roulé noir et moulant en pinçant les lèvres.

— Mmm...

Il remonta le bas de mon pull, dévoilant un peu de peau nue. Puis il m'ébouriffa les cheveux.

— C'est mieux. Tu as un joli petit corps. Putain, prends-en possession, ma grande. Maintenant, te voilà déguisée en étudiante paresseuse super sexy.

J'acceptai la boisson que Brit me glissa dans la main.

— Tu as fini de m'habiller comme si j'étais ta poupée Barbie ?

— Ma connasse, si tu étais ma poupée Barbie, tu serais à moitié à poil.

J'éclatai de rire.

— Je m'en tire bien, alors.

Il me passa un bras autour des épaules.

— Je suis content que tu sois venue. Sincèrement.

— Moi aussi.

Et, maintenant que je l'avais dit, je le pensais réellement. J'étais là. J'avais réussi. C'était énorme. Je bus même une gorgée de bière. Regardez-moi. Une vraie fêtarde.

Tentant de me convaincre que je ne cherchais personne en particulier, je jetai un coup d'œil alentour. Je ne mis pas longtemps à repérer Cam, qui dépassait presque tout le monde d'une tête au moins. Je souris en constatant qu'il n'était pas habillé autrement qu'à l'habitude.

Il était debout près de la table de ping-pong, les bras croisés sur la poitrine. Ses biceps étendaient le tissu de son tee-shirt à manches courtes. Je ne comprenais décidément pas ces gens qui s'habillaient comme en plein été.

Juste à côté de lui se trouvait Jase, un jeune homme aussi grand et aussi splendide que Cam, avec ses cheveux châtains légèrement plus longs. Lui aussi était vêtu comme si on crevait de chaud ; un tatouage noir émergeait de sous sa manche.

Brit suivit mon regard et poussa un soupir.

— Je ne sais pas lequel est le plus beau.

À mes yeux, Cam l'emportait haut la main.

— Moi non plus.

— Je les prends tous les deux, commenta Jacob.

— En même temps ? s'enquit Brit avec une curiosité sincère.

Jacob sourit.

— Carrément !

— En sandwich entre Cam et Jase. (Brit frissonna.) J'aimerais bien être une tranche de jambon.

J'éclatai de rire.

— À mon avis, il faudrait plutôt être une tranche de foie gras.

— Pas faux, soupira-t-elle avant d'ajouter : J'ai vraiment besoin de me faire sauter.

Jase donna une bourrade à Cam en lui glissant quelques mots. Un instant plus tard, Cam regarda dans notre direction. Un large sourire vint embellir son visage pourtant époustouflant. Il posa son gobelet sur le bord de la table de ping-pong.

— En voilà déjà un, annonça Jacob en se tournant vers moi avec un air narquois. On se dirige vers un sandwich Cam Avery.

— Ferme ta gueule, dis-je en rougissant.

La foule s'écarta devant Cam, sorte de Moïse ultra sexy fendant les flots d'étudiants bourrés. Je reculai d'un pas, soudain nerveuse.

Cam n'hésita pas. Chacun de ses mouvements révélait une assurance folle. En moins d'une seconde, il referma les bras autour de ma taille et me fit décoller du sol. Brit eut le bon sens de m'enlever le gobelet des mains avant qu'il ne me fasse tourner. Je lui agrippai les épaules tandis que le garage se mettait à tournoyer.

— Putain, je n'arrive pas à croire que tu sois vraiment venue.

À l'évidence, personne ne s'attendait à ma présence. J'étais toute fière et excitée d'avoir réussi à déjouer les pronostics.

— Je te l'avais dit, pourtant.

Il me reposa sur mes pieds sans pour autant me laisser partir.

— Tu es arrivée quand ?

Je haussai les épaules.

— Je ne sais pas. Il n'y a pas longtemps.

— Pourquoi n'es-tu pas venue dire bonjour ?

Sa fossette était présente, et je me surpris à la contempler.

— Tu étais occupé, je ne voulais pas te déranger, admis-je en remarquant qu'un certain nombre de gens nous dévisageaient.

Cam baissa la tête et je fus prise d'un intense frisson quand ses lèvres m'effleurèrent l'oreille :

— Tu ne me déranges jamais.

Mon cœur s'emballa comme si je me retrouvais au sommet d'une montagne russe. Je tournai légèrement la tête, et nos regards se croisèrent. Mes pensées se mirent à vagabonder et, quand les mains de Cam se resserrèrent sur mes bras, je commençai ma chute vertigineuse. Pendant un bref instant, plus aucun bruit de la soirée ne me parvint. Ses pupilles dilatées contrastaient largement avec le bleu clair de ses iris.

— Hé, Cam ! s'exclama Jase. C'est à toi.

Cela brisa la magie de l'instant. J'expirai longuement, me rendant seulement compte que j'avais retenu mon souffle durant de longues secondes. Il arbora un large sourire.

— Ne t'éloigne pas trop.

J'acquiesçai.

— D'accord.

Cam partit rejoindre Jase et se saisit d'une balle de ping-pong.

— Waouh, souffla Brit en me rendant mon verre. C'était...

— Torride, compléta Jacob. J'ai cru que vous alliez vous arracher les fringues et vous mettre à faire des petits juste ici, à même le sol couvert de poussière et de bière. Je m'apprêtais à faire payer l'entrée du spectacle.

Je dardai vers lui un regard mauvais.

— C'est peut-être un poil exagéré.

— Pas de notre point de vue, intervint Brit en s'éventant. Pendant combien de temps comptes-tu le mener par le bout du nez ?

Je fis la moue.

— Je ne le mène pas du tout par le bout du nez.

Elle haussa les sourcils, sans toutefois répondre. Par chance, la conversation dévia quand Jimmie apparut et se mit à jouer avec les ailes de Brit. Notre trio se transforma bientôt en quatuor et, sans que je m'en rende compte, nous nous retrouvâmes à former une sorte de contre-soirée. Je n'étais pas du tout dans mon élément, mais parvins néanmoins à suivre la discussion. Je savais en sirotant ma bière que je serais cataloguée comme la timide du lot, mais c'était toujours mieux que l'étiquette que l'on m'avait collée après la dernière soirée à laquelle j'avais participé.

L'essentiel de la foule était sorti, la musique était légèrement plus forte, et des grappes de fêtards commencèrent à danser. Étrangement, en dépit du bruit, un rire rauque et grave capta mon attention. Je me retournai à moitié.

Deux filles semblant droit sorties d'un défilé Victoria's Secret entrèrent par la porte du garage. L'une d'elles était déguisée en démone, ou plutôt en ourson rouge doté de cornes et d'une queue pointue. On ne voyait que ses seins. L'autre était une version hot du Petit Chaperon rouge. Plusieurs choses se produisirent simultanément tandis qu'elles se dandinaient sur leurs talons de cent kilomètres.

Nombre de garçons cessèrent aussitôt leur activité, se turent en pleine conversation. Jimmie en bava presque. Même Jacob semblait sur le point de changer de bord. Mon ventre se noua quand j'étudiai le chaperon en tâchant d'oublier que, cinq ans plus tôt, j'avais porté un costume quasiment identique à une soirée d'Halloween. De toute façon, pour l'heure, ça n'était pas le problème le plus urgent, ce qui en disait long sur la situation.

Le Petit Chaperon rouge était plus connu sous le nom de Stephanie Keith, alias Steph.

Cette fille était tellement splendide que n'importe quelle beauté nue aurait risqué d'être catégorisée parmi les laiderons en comparaison. Sa robe à paillettes lui descendait juste en dessous des fesses, révélant ses jambes à tomber. Son costume était rehaussé d'un rouge à lèvres écarlate, de fard à paupières sombre et de deux nattes.

Elle était plus que chaude.

Et elle se dirigeait droit sur Cam.

Steph le prit dans ses bras, et sa robe se releva légèrement, dévoilant une culotte à froufrous noire barrée de l'inscription FESSE-MOI. Au lieu de la fuir, Cam la gratifia de son foutu sourire en coin. Elle lui prit la balle de la main et recula de quelques pas en gloussant tandis que sa copine s'en prenait à Jase.

Une espèce de plante nauséabonde germa au creux de mon ventre. Pourquoi Cam ne la fuyait-il pas au lieu de la suivre autour de la table ?

Question stupide.

Quel homme aurait fui Stephanie ?

Quelqu'un me rentra dedans, marmonnant quelques mots d'excuse, mais j'étais trop focalisée sur Steph pour voir de qui il s'agissait. Elle tenait la balle entre ses seins, narguant Cam de son sourire provocant.

Brit me prit mon gobelet et m'attrapa la main.

— Viens danser.

Je m'ancrai fermement au sol, la contemplant en cillant.

— Je ne danse pas.

— Non. Mais on va danser ensemble.

Elle jeta un coup d'œil par-dessus son épaule. Manifestement, Cam avait réussi à récupérer la balle.

— Sinon, tu vas rester plantée là à les dévisager comme une petite amie jalouse.

Merde. Un point pour elle. Je la laissai m'entraîner vers un groupe de filles se trémoussant sur une piste de danse improvisée non loin de la table de ping-pong. Brit se dandina autour de moi sans me lâcher la main, chantant à tue-tête. Il me fallut plusieurs secondes pour me résoudre à faire une autre des choses que j'avais abandonnées depuis plusieurs années, et je regrettai un peu de ne pas avoir terminé ma bière.

Je fermai les paupières et me laissai captiver par la musique. Dès lors, mes hanches se mirent à onduler, et moi à sourire. Je rouvris les yeux et dansai avec Brit, toujours main dans la main. De plus en plus de monde nous imitait. Et, au-delà de ma partenaire, j'avisai Cam.

Il n'accordait pas la moindre attention à Stephanie.

Il n'avait d'yeux que pour nous – que pour moi.

Brit était un vrai génie.

Elle regarda derrière elle puis m'observa en se mordant la lèvre.

— Qu'ils aillent se faire foutre.

Je rejetai la tête en arrière et éclatai de rire.

— Qu'ils aillent se faire foutre.

— Ça, c'est ma pote.

Jimmie vint nous rejoindre, jaillissant derrière Brit en lui posant les mains sur les hanches. Je levai les yeux au ciel et elle haussa les épaules, message codé m'enjoignant de me retenir de lui balancer un coup de poing dans le vagin. Mes cheveux me collaient aux tempes et mon pull était légèrement remonté. Nous fûmes bientôt rejoints par un Jacob virevoltant. J'étais si occupée à me moquer de lui que quand des mains se posèrent sur ma taille, je décollai de vingt bons centimètres.

Brit écarquilla les yeux.

Je pivotai la tête et découvris un visage à peu près inconnu. Le type avait les joues rouges et les yeux légèrement éteints.

— Salut, bafouilla-t-il en souriant.

— Salut.

Je me retournai, adressant une grimace à Brit en m'écartant de lui. Il ne me laissa pas m'éloigner d'un centimètre avant de raffermir son étreinte.

— Tu vas où ? demanda-t-il. On est en train de danser.

Je fis un pas de côté et il m'accompagna sans lâcher prise. Mon ventre se noua et un frisson étrange me remonta la nuque, me hérissant les cheveux. Soudain projetée plusieurs années en arrière, je me figeai un instant. Brit, Jacob, la fête... tout disparut. Je me sentis plaquée contre lui, perçus ses mains sur la peau nue de mon abdomen. Sans crier gare, la réalité se transforma.

Je n'étais plus ici.

J'étais là-bas, *ses* mains étaient sous ma jupe, et je ne pouvais plus ni voir ni respirer, la joue enfoncée contre le tissu rêche du canapé.

— Ma belle, me susurra l'autre à l'oreille, danse avec moi.

— *Ma belle*, m'avait dit Blaine, le souffle chaud. *Ne me dis pas que tu ne veux pas.*

Le garage se transforma en sous-sol, puis reprit son apparence véritable. J'essayai de m'écarter. Mon cœur battait si fort que je craignis d'être malade.

— Dégage.

— Allez, rien qu'une danse. (Sa main avait glissé sous mon pull.) Tu...

— Lâche-moi. (Ma voix se brisa et je me débattis.) Lâche-moi !

Il y eut un cri de surprise suivi d'un glapissement. Soudain, je fus arrachée à l'étreinte du rustre. Je vacillai en arrière, rentrant dans quelqu'un. Mon pouls s'accéléra. J'écartai les cheveux qui me tombaient devant les yeux et dressai la tête.

Oh, mon Dieu.

Cam l'avait plaqué contre le mur.

14

Un petit groupe s'était déjà formé autour de Cam et de l'autre type. Certains observaient la scène avec intérêt ; d'autres les conspuaient, envenimant les choses.

Cam maintenait son adversaire contre le mur d'une main plaquée sur la poitrine. Il le regardait droit dans les yeux, un poing serré à hauteur de visage.

— Putain, mec, t'es sourd ou quoi ?

— Désolé, bredouilla l'autre en levant les bras en signe de reddition. On dansait, c'est tout. Ça s'arrêtait là.

— Cam, dis-je d'une voix rauque et étranglée.

Je fis un pas vers lui.

Brit me retint par le bras.

— Ne t'en mêle pas, Avery.

Comment aurais-je pu rester en dehors de ça ? J'avais le cœur au bord des lèvres, le peu de bière que j'avais ingurgité me remontant dans la gorge.

Cam repoussa l'imbécile contre le mur une fois encore, et Jase apparut soudain, qui le ceintura pour le retenir. Le sale type s'affala le long de la paroi, les paupières closes.

— Putain, décompresse, lui lança Jase.

Cam le contourna, toisant l'autre d'un air dédaigneux.

— Lâche-moi la grappe, Jase.

— C'est mort.

Jase vint se poster entre les deux protagonistes, repoussant Cam de deux mains sur le torse.

— Tu n'as pas besoin de ça, tu te rappelles ? Te battre est la dernière chose à faire à l'heure actuelle. Donc, recule.

Quelque chose dans l'argumentaire de Jase finit par convaincre Cam. Après un dernier regard lourd de sens à sa victime, il écarta son ami d'une bourrade. Puis il tourna les talons et se passa les mains dans les cheveux. Il nous remarqua alors, Brit et moi. Il fit mine de partir, mais une parole de Jase le fit s'arrêter. Ollie se matérialisa soudain et glissa une bouteille de bière entre les mains de son colocataire. Jase et lui le firent ensuite sortir de la maison. Je m'apprêtais à les suivre quand Brit m'attira dans un coin, ses ailes rebondissant dans son dos.

— Bordel, qu'est-ce qui s'est passé ?

— J'en sais rien. (J'avais le souffle court et saccadé.) Ce con ne voulait pas me lâcher, et Cam a surgi de nulle part. Il faut que je...

— Non. (Elle se posta devant moi pour m'empêcher de passer.) Laisse-le se calmer. Il est avec ses potes, ça va aller.

Je me frottai les hanches pour évacuer mon stress, mettant de longues secondes à comprendre les paroles de Brit. Il y avait de grandes chances que je me mette à vomir. Je regardai autour de moi, tâchant de me calmer pour ralentir mon rythme cardiaque. Certains nous dévisageaient encore. D'autres s'étaient désintéressés dès lors qu'ils avaient compris qu'il n'y aurait pas de bagarre. Steph était debout près de la table de ping-pong ; elle pinça les lèvres quand nos yeux se croisèrent. La musique reprit, les basses aussi. De la sueur se mit à perler sur mon front.

— Eh, Avery, ça va ? s'inquiéta Brit.

Je me forçai à hocher la tête, même si ça n'allait pas du tout. Le garage avait recommencé à tourner. Les costumes étaient plus omniprésents que jamais, les sons plus forts. Un étau me comprimait la poitrine. Un mélange d'odeurs de bière, de parfum et de sueur saturait l'atmosphère. J'inspirai profondément, mais cela ne sembla pas suffire.

— Il faut que je sorte, dis-je à Brit en la repoussant.

— Je t'accompagne.

— Non. Non, ça va. Reste ici. (Je ne voulais pas complètement lui gâcher la soirée.) Ça va. Sincèrement. J'ai juste besoin de prendre le frais.

Elle finit par céder, et je me précipitai dehors. J'avais l'impression que des centaines d'yeux étaient braqués sur moi, même si je savais que je me faisais sans doute des idées.

L'air nocturne glaça la sueur qui me ruisselait dans le cou, mais je m'en rendis à peine compte. Je ne m'arrêtai pas. Je continuai à avancer, ouvrant et fermant les poings le long de mon corps. J'atteignis ma voiture en un clin d'œil. Je sortis les clés de ma poche et m'installai derrière le volant.

J'enfouis mon visage entre mes mains tremblantes. Bon Dieu, je le sentais encore me tripoter - pas l'ivrogne de tout à l'heure, mais Blaine. Je l'entendais me susurrer des choses à l'oreille, éprouvais sa présence derrière moi, et la pression de son... Je rejetai la tête en arrière et fermai les paupières de toutes mes forces.

— Non. Je ne dois pas faire ça.

Les mots résonnèrent dans l'habitacle et semblèrent se retourner contre moi ; car si, c'était exactement ce que j'étais en train de faire.

Je ne pouvais pas retourner à l'intérieur, pas plus pour aller chercher mes amis que pour récupérer ma veste à capuche.

Je mis le contact et sortis souplement de mon créneau.

Je ne compris même pas comment je parvins à rentrer chez moi. Je ne souvenais absolument pas du trajet, me revoyant uniquement debout dans mon appartement à tâcher de recouvrer mon souffle.

Une fois dans le couloir, je me laissai glisser à bas du mur et remontai les genoux contre ma poitrine. Je me roulai en boule, enfouissant mes mains dans mes cheveux. J'eus beau serrer les paupières, des larmes s'échappèrent malgré tout et me ruisselèrent sur les joues.

Je savais sans l'ombre d'un doute que j'avais merdé en réagissant de façon excessive. Le type de la fête avait eu les mains odieusement baladeuses, mais je m'étais emportée. J'avais laissé le passé altérer la réalité. J'avais paniqué, et Cam avait failli se retrouver dans une rixe à cause de moi.

Le front sur les genoux, je tirai mes cheveux en arrière. Je n'y arriverais jamais. J'avais essayé, mais j'avais transformé un bon moment en un enfer sans nom. Qu'est-ce qui clochait chez moi ?

Il existait nombre de réponses valables à cette question – des tas de choses clochaient. Rien de nouveau sous le soleil, pourtant… J'avais tant souhaité que cette soirée se déroule bien, qu'elle m'aide à faire un pas de plus dans la bonne direction, quelle qu'elle fût. Un sanglot m'échappa et je serrai les mâchoires à m'en faire souffrir les molaires. Résultat des courses : j'étais de retour à la case départ.

Les élancements dans mon crâne avaient tant augmenté que j'avais l'impression que mon appartement palpitait à l'unisson. Je rouvris les yeux en grimaçant et me rendis compte que j'étais toujours assise dans le couloir et que mon corps tout entier me torturait. Je m'étais endormie, sans doute une heure ou deux.

En réalité, le martèlement n'était pas que dans ma tête, mais aussi contre ma porte.

Je me relevai avec peine et me précipitai vers l'entrée dans un état second. J'étais tellement dans les vapes que je ne pris même pas la peine de regarder qui c'était.

Cam entra en trombe, et je me retrouvai plaquée contre sa poitrine avant de comprendre ce qui m'arrivait. Ses bras puissants m'enlacèrent, et sa main vint se poser sur ma nuque. J'inspirai profondément, humant un mélange d'eau de Cologne et d'alcool.

— Bon sang, dit-il en refermant les doigts dans mes cheveux. Pourquoi tu n'as pas répondu à ton putain de téléphone ?

— Je crois que je l'ai laissé dans la voiture, répondis-je d'une voix étouffée, la bouche collée à son torse.

Il jura de nouveau et recula la tête. Il me caressa les joues et me prit le visage en coupe, sans que cela fasse rejaillir de sombres souvenirs.

— Je t'ai laissé un million de messages. Jacob et Brittany aussi.

— Je suis désolée. (Je clignai lentement les paupières.) Je ne...

— Tu as pleuré. (Il plissa les yeux, ne laissant plus apparaître qu'une fine tranche de bleu.) Putain, tu as pleuré.

— Pas du tout.

Un bien piteux mensonge.

— Tu t'es regardée dans une glace ?

Comme je secouai la tête, il me libéra et alla refermer la porte. Puis il me prit la main. Un muscle de sa joue tressauta, et il reprit la parole d'une voix ferme.

— Viens.

Je le laissai m'entraîner vers la salle de bains. Quand il alluma le plafonnier, je grimaçai en découvrant mon reflet.

— Grand Dieu...

Malgré mes yeux rouges et gonflés, c'étaient surtout les longues traînées de mascara qui attestaient du fiasco total auquel avait abouti ma première tentative de soirée depuis cinq ans. Je croisai le regard de Cam dans le miroir et me sentis soudain couverte de honte. Je me cachai dans mes mains et marmonnai :

— Génial. Vraiment génial.

— Ce n'est pas si grave, mon ange, affirma-t-il d'une voix radoucie. (Il tira doucement sur mes mains.) Assieds-toi.

Je m'installai sur le couvercle des toilettes. Je contemplai mes doigts, m'efforçant de reprendre mes esprits.

— Qu'est-ce que tu fais ici ?

— Ce que je fais ici ?

Il passa un gant de toilette sous l'eau et s'agenouilla devant moi.

— C'est une vraie question ?

— Sans doute pas.

— Regarde-moi. (Comme je m'y refusais, il insista.) Punaise, Avery, regarde-moi.

Waouh. La colère enfla en moi telle une montée de lave. Je dressai le menton.

— Tu es content ?

De nouveau, sa joue se contracta.

— Tu veux savoir pourquoi je suis venu ici ? Tu as quitté la fête sans prévenir qui que ce soit.

— J'ai dit...

— Tu as dit à Brittany que tu allais prendre l'air. C'était il y a trois heures, Avery. Ils croyaient que tu étais avec moi, mais se sont rendu compte que non en me croisant plus tard. Et après ce qui s'est passé avec ce connard, ils ont paniqué.

Ma colère se mua en culpabilité.

— Je n'ai pas fait exprès. J'ai juste oublié mon téléphone dans la voiture.

Il me passa le gant de toilette sur les pommettes, effaçant les traces de maquillage.

— Tu n'étais pas obligée de partir.

— J'ai flippé. (J'abaissai les yeux et poussai un long soupir.) Ce type... il n'a rien fait de mal. Il m'a juste surprise, et j'ai mal réagi. J'ai foutu la soirée en l'air.

— Pas du tout. Et ce fils de pute n'aurait jamais dû te tripoter. Putain. Je t'ai entendu dire « Lâche-moi », et je suis sûr que lui aussi. Je n'aurais peut-être pas dû... m'emporter de la sorte. Mais tant pis. Il avait les mains sur toi, et ça ne m'a pas plu du tout.

Certes, je lui avais dit de me lâcher, mais il était bourré et un peu con sur les bords. Tout ce qu'il voulait, c'était danser avec moi. Je savais dire quand un gars représentait une menace. Et clairement, il n'en était pas à ce stade. Il aurait pu y venir, mais en vérité c'étaient seulement mes vieux démons qui m'avaient fait péter un câble.

— Tu n'étais pas forcé de venir ici, finis-je par lui dire, soudain épuisée. Tu devrais être en train de t'éclater à cette soirée.

Cam resta si longtemps silencieux que je finis par le regarder. Il semblait partagé entre l'envie de m'étrangler et un autre sentiment bien différent. Mon ventre se noua subitement, un peu comme à la fête, avant que tout parte en cacahuète.

— On est amis, pas vrai ? me demanda-t-il à voix basse.

— Oui.

— Et que font les amis ? Ils prennent soin les uns des autres. Brittany et Jacob seraient là aussi, si je ne les avais pas convaincus de rester là-bas.

Peut-être que j'interprétais complètement de travers cet instant que nous vivions.

— Il faut que j'aille chercher mon téléphone pour...

— Je vais envoyer un texto à Brittany. J'ai son numéro. (Il se balança sur ses talons en m'observant.) Donc tu ne t'attendais pas à ce qu'on vienne prendre de tes nouvelles. C'est… je ne sais même pas ce que c'est.

Je restai muette et fis mine de détourner la tête, mais sa main vint se poser sur ma joue. Son pouce glissa délicatement sur ma peau. Nos regards se croisèrent de nouveau, et j'aurais aimé élaborer une réplique intelligente, une phrase susceptible d'effacer toute cette soirée. Enfin, tout sauf la façon dont il m'avait contemplée un peu plus tôt. Ça m'avait plutôt plu.

D'accord, ça m'avait carrément fait fondre, mais passons.

— Pourquoi as-tu pleuré ? me demanda-t-il. Attends. Est-ce que cet enfoiré t'a fait du mal ? Parce que si c'est le cas, je…

— Non ! Pas du tout, m'empressai-je de répondre.

J'avais le sentiment qu'il était prêt à le traquer pour le battre à mort.

— Alors pourquoi ?

Son pouce remua de nouveau, et je m'adonnai à un instinct depuis longtemps réprimé en reposant mon visage dans sa paume.

— Parle-moi, insista-t-il.

Parler était tellement simple pour la plupart des gens. Toutefois, la plupart des gens éprouvaient des choses dont ils voulaient parler.

— Je ne sais pas. J'ai fait ma fille, c'est tout.

Il haussa les sourcils.

— Tu en es sûre ?

— Oui, chuchotai-je.

Il resta muet pendant un bon moment, durant lequel il me considéra avec attention.

— Tu vas bien ?

J'opinai.

Sa main descendit légèrement, et son pouce vint effleurer le contour de ma lèvre. J'inspirai entre mes dents serrées, désormais parfaitement consciente de sa proximité. Étrange. J'avais voulu dire quelque chose pour effacer cette nuit, mais ce n'était pas forcément de mots que j'avais besoin.

Un contact, un simple regard pouvaient être tout aussi efficaces.

À cet instant, je ne pensais à rien d'autre qu'à lui. J'en retirais un sentiment de liberté jusqu'alors inexploré.

Ses yeux étaient rivés sur mes lèvres et, quand j'en pris conscience, mon cœur s'accéléra. Nous n'étions séparés que de quelques centimètres. Il n'avait qu'à approcher un peu, et l'affaire serait faite.

Il redressa alors la tête.

Il combla le vide entre nous sans me laisser l'occasion de m'écarter. Mon pouls s'emballa quand je l'imaginai sur le point de m'embrasser ; l'inéluctable – mon premier baiser ! – allait se produire d'ici quelques secondes, et j'ignorais quoi faire. Ma bouche était tout engourdie tant j'avais pleuré, et j'étais assise sur des toilettes, ce qui n'était sans doute pas la toile de fond la plus romantique qui soit.

Il ne m'embrassa pas. Il posa son front contre le mien et un souffle mentholé lui échappa.

— Tu me rends vraiment complètement dingue, parfois.

Je me faisais le même effet…

— Désolée.

Il s'éloigna un peu, étudia mon visage.

— Ne t'enfuis plus jamais comme ça, d'accord ? J'ai eu une trouille pas possible. Je ne te trouvais nulle part, et personne ne savait où tu étais.

Je faillis m'excuser de nouveau, mais les excuses étaient comme les souhaits : ma vie en était pleine, pourtant cela ne faisait pas la moindre différence. Je fis donc une chose que je n'avais sans doute encore jamais faite, pas même *avant*.

Je me penchai pour embrasser sa joue lisse. Il écarquilla les yeux et je reculai, hésitante. L'intensité de son regard me fit craindre d'avoir commis un impair.

Cam esquissa un mouvement vers moi, puis se retint. Ses yeux étaient si grands, tellement magnifiques, vraiment uniques. Ils semblaient plus foncés et profonds que jamais.

— Avery ?

J'avalai ma salive.

— Cam ?

Il ne m'adressa pas son sourire en coin, aucune fossette ne se creusa.

— Sors avec moi.

Je ressentis un pincement à la poitrine et me rappelai le jour où il était rentré plus tôt de week-end pour venir me préparer mes œufs du dimanche. Il avait alors fait tomber certaines de mes réserves, et venait de recommencer. La fête n'avait pas été une réussite, mais Cam... Il n'était pas comme les autres. Il ne l'avait jamais été.

Pourtant, il était avec moi. Cela n'était pas anodin. Ça ne pouvait pas l'être.

Mon cerveau m'indiqua que ce n'était pas une bonne idée, et je lui ordonnai de fermer sa gueule, car il ne me donnait que rarement de bons conseils. Je pris une profonde inspiration.

— D'accord.

Jacob s'assit en face de Brittany et moi dans un petit café en centre-ville, toujours affublé des lunettes noires et du chapeau melon de son costume d'Halloween. Nous avions tous trois séché l'histoire. C'était lui qui en avait eu l'idée et, honnêtement, j'étais bien trop tendue pour rester assise en classe. En outre, je n'avais plus raté un seul cours depuis le tout premier de l'année. Une seconde absence, même dans ma spécialité, n'était pas non plus le bout du monde.

Jacob grogna en sirotant son *latte*.

— Quiconque m'a laissé autant boire hier soir mériterait des claques.

Je me tournai vers Brit tout en picorant mon scone aux pépites de chocolat. Elle lui adressa un regard penaud.

— Et toi, tu m'as laissée prendre du « bon temps » avec Jimmie, alors on est quittes.

— Alors, comment ça s'est passé ? s'enquit-il en faisant glisser ses lunettes sur le bout de son nez, révélant ses yeux injectés de sang. Il m'a semblé te voir marcher bizarrement.

Brit ricana.

— Tu parles, tu lui fais trop d'honneur. Non, je suis rentrée avec toi, et quand Jimmie m'a envoyé un texto plus tard dans la soirée - quelle surprise ! -, je ne lui ai pas répondu. J'ai été très sage.

— Tant mieux, parce que si tu ne marches pas en canard après avoir couché avec lui, c'est qu'il ne mérite pas que tu le ramènes à la maison.

Jacob pivota vers moi.

— Quant à vous, mademoiselle, je suis toujours un peu fâché.

— Moi aussi, renchérit Brit en m'assenant une tape sur le bras tandis que j'essayais d'attraper mon chocolat chaud. Tu m'as complètement fait flipper hier soir. J'ai cru que tu avais été kidnappée.

— Je suis vraiment navrée. Je suis rentrée chez moi en oubliant mon téléphone dans la voiture.

Comme j'estimais être à l'abri d'une nouvelle tape, je refermai les doigts autour de ma tasse.

— Je me sens super mal. Je ne voulais pas vous inquiéter.

— Pourtant, c'est ce qui s'est passé. (Jacob sourit.) Quand on s'est rendu compte que tu avais disparu. Environ une heure plus tard.

Brit opina avec une grimace.

— Carrément. Du coup, si tu avais effectivement été kidnappée, on aurait été dans la merde.

Je m'étouffai de rire sur mon chocolat.

— Waouh. Je ne sais pas si je dois me sentir moins coupable, maintenant.

— Ouais, on est nuls, comme amis. (Jacob s'adossa, redressant nonchalamment le rebord de son chapeau.) Sauf qu'on s'est complètement rachetés en mettant Cam sur le coup.

Mon cœur recommença à faire des galipettes.

— On pensait vraiment que tu étais avec lui, reprit Brit en me piquant un morceau de scone. C'est pour ça qu'on ne t'a pas cherchée tout de suite. Mais quand on l'a vu sortir d'une chambre avec Jase et Ollie…

— Il était vraiment très inquiet quand on lui a demandé s'il t'avait vue. (Jacob se massa le front, juste au-dessus des sourcils.) Ollie et lui sont immédiatement partis à la recherche de ta voiture.

Brit acquiesça tout en louchant sur mon scone.

— C'était plutôt romantique, d'ailleurs, surtout maintenant qu'on sait que tu n'étais pas morte dans un coin.

J'éclatai de rire et lui fis glisser la fin de mon petit pain.

— Et puis il est parti, tel un chevalier en armure rutilante, laissant derrière lui une fête géniale et une petite allumeuse de Chaperon rouge dépitée. (Brit se régala de mon offrande.) Sérieux, Avery, je sais que tu n'es pas pressée de passer à l'étape supérieure, mais il faut vraiment que tu sortes avec lui.

— Ça va se faire, répondis-je doucement en me cramponnant à ma tasse.

— Parce qu'il ne te le proposera pas éternellement, poursuivit-elle allégrement. Il va finir par passer à autre chose, et toi, tu vas te retrouver dans ton petit appartement à pleurer toutes les larmes de ton corps, et…

— Brit, tais-toi une seconde. (Jacob se pencha en avant et retira ses lunettes.) Qu'est-ce que tu as dit, Avery ?

Mon cœur essaya une nouvelle figure de gymnastique. Le simple fait d'en parler me rendait atrocement nerveuse.

— Il m'a reposé la question, et j'ai dit oui.

Brit retira mon scone de sa bouche, les yeux ronds comme des soucoupes.

— Quoi ? Ça s'est passé quand ?

— Hier soir.

— Quand il est venu prendre de tes nouvelles ? devina Jacob.

Je confirmai d'un hochement de tête.

— Putain de merde, souffla Brit. Tu vas sortir avec Cam.

— C'est juste un rencard, précisai-je. Pas de quoi en faire un fromage.

De quoi en faire toute une fromagerie. J'allais connaître mon premier rencard, c'était énorme. Hors de question cependant que je partage ce détail avec eux. J'étais déjà suffisamment gênée que Cam connaisse cet embarrassant secret.

— Pour info, j'applaudirais comme une otarie si je n'avais pas cette foutue gueule de bois. J'ai dans la tête tout un groupe de pom-pom girls en train de te féliciter. (Ma grimace fit rire Jacob.) Il était temps. Il te tanne depuis combien de temps ?

Je haussai les épaules.

— Pas si longtemps que ça.

Brit me contempla, bouche bée, et un morceau de scone tomba de sa langue à la table. Je gloussai.

— Depuis la fin du mois d'août, rappela-t-elle. Et on est le 1er novembre, Avery, au cas où tu l'aurais oublié. La plupart des garçons auraient déjà oublié ton prénom.

Je haussai les sourcils.

— C'est vrai, commenta Jacob. J'oublie vos prénoms environ une fois par semaine.

Je pouffai.

— Alors, quand sortez-vous ensemble ? m'interrogea Brit en dénouant sa queue de cheval afin de mieux la rattacher. Et qu'est-ce que vous allez faire ?

J'étais à peu près sûre que mon cœur avait désormais rejoint le groupe des pom-pom girls imaginées par Jacob.

— Pas avant la fin de la semaine prochaine. Il a une dissertation à préparer ce week-end, et il a déjà des projets avec Ollie – un combat d'arts martiaux en *pay-per-view*, un truc dans le genre. (Cam m'avait proposé d'y assister avec eux, mais je ne voulais pas m'incruster dans une soirée entre mecs.) Je crois qu'il a prévu de m'emmener dans un resto d'Hagerstown samedi prochain.

Les prunelles de Brit se mirent à pétiller.

— Oh, mon Dieu, ma petite, ça nous laisse tout le temps de nous préparer.

— Tu crois que j'ai besoin d'une semaine pour ça ?

Elle hocha vigoureusement la tête.

— Tu dois passer chez le coiffeur, te faire faire une manucure, te faire épiler le maill...

— Pardon, mais quand vous commencez à parler d'épilation d'endroits sensibles, c'est signe que je dois dégager.

Jacob attrapa son sac et se leva. Il s'arrêta près de moi pour m'embrasser sur la joue.

— Sérieux, il était temps.

Je me sentis rosir et murmurai un « merci » sans trop savoir pourquoi, car le moment me paraissait peu opportun pour le remercier.

Dès que Jacob fut sorti, Brit saisit sa tasse.

— On peut parler sérieusement ?

— D'accord.

Je me préparais psychologiquement à recevoir un cours magistral sur le maillot à la brésilienne.

Brit pivota vers moi et, quand elle reprit la parole, ce fut d'une voix étonnamment basse.

— Hier soir, à la fête, quand ce type a voulu danser avec toi...

Oh, oh. Mon ventre se contracta instantanément.

— Ouais ?

— Que s'est-il passé entre lui et toi ? (Elle s'humecta les lèvres.) Je l'ai vu t'attraper.

Je détournai les yeux, ravalant la nausée qui me menaçait.

— Il s'est arrêté là. Il m'a surprise, c'est tout, et j'ai réagi de façon disproportionnée. Je me sens vraiment idiote.

Brit se suçota la lèvre sans me quitter des yeux.

— Ce n'est jamais cool de se faire tripoter par un inconnu - et même si ça arrive quasiment chaque soirée, c'est vraiment chiant... (Elle marqua une pause.) Mais pourquoi as-tu réagi aussi mal ?

Je me tortillai sur ma chaise, me frottant les cuisses des deux mains.

— Je te l'ai dit, il m'a surprise. Je ne m'y attendais pas.

— Tu ne t'y attendais pas... répéta-t-elle avant de prendre une grande inspiration. Bon. Je vais être franche avec toi. C'est ce qu'on est censées faire, entre amies, non ?

Je sentis le malaise croître, se frayer un chemin dans mon organisme.

— En effet.

Une nouvelle pause.

— J'ai vu ton visage, Avery. Tu étais terrifiée. Pas uniquement parce que tu étais surprise, ou parce que tu n'as pas l'habitude de te rendre en soirée. Je ne peux pas ignorer les faits, Avery, ce n'était pas une réaction normale.

Pas une réaction normale. Ne le savais-je pas déjà ? Je lui jetai un coup d'œil, et fus soudain tentée de lui dire la vérité - de tout lui dévoiler. Ce besoin inexplicable enfla, progressa jusqu'au bout de ma langue. Des années de silence flottèrent dans l'air entre nous. Brit attendait ma réponse, dans l'expectative, et avant même d'ouvrir la bouche je le vis dans ses yeux et dans la façon dont elle plissait les lèvres. Elle n'était pas stupide. Elle se doutait de quelque chose, peut-être même du pire. Ses prunelles trahissaient sa compassion, voire un peu de pitié.

— Est-ce que... est-ce qu'il t'est arrivé quelque chose, Avery ? demanda-t-elle doucement.

Le besoin de m'ouvrir à elle, de m'ouvrir à *quelqu'un*, se dégonfla telle une baudruche percée. Je tournai la tête vers la baie vitrée et la rue encombrée. Je secouai le chef avant de répondre.

— Non, il ne m'est rien arrivé.

15

Brit ne reparla plus de cette conversation après ce matin-là. Et, conformément à sa promesse, Jacob me fit une démonstration de son état d'excitation – en sautant sur place, tapant dans ses mains et exécutant une petite danse – dès le lendemain. À croire que c'était lui qui avait rencard avec Cam.

J'essayais de ne pas trop penser à notre sortie du week-end suivant, si compliqué que cela fût. C'était d'autant plus difficile lorsque Cam était dans le coin. Rien n'avait changé entre nous ; pourtant, d'une certaine manière, tout était différent. Quand il était assis à côté de moi en cours, je me sentais ridicule d'être aussi consciente de sa présence. À chacun de ses mouvements, quand sa jambe ou son bras m'effleuraient, un picotement me déferlait dans tout le corps et y restait jusqu'à la fin de l'heure. J'ignorais s'il s'en était rendu compte, mais j'espérais sincèrement qu'il n'en était rien.

Durant la semaine qui s'ensuivit, une gelée précoce se déposa sur l'État. Les arbres nus étaient secoués tels de vieux squelettes par le vent soufflant du Potomac ; je n'avais plus connu ce genre de climat depuis une éternité. J'avais beau ajouter couche après couche de vêtements, j'avais l'impression de traverser la banquise chaque fois que j'allais en cours.

Le vendredi précédant le « grand soir », Cam était d'humeur étrange, prenant même des notes pendant notre cours d'astronomie.

— Qu'est-ce qui te prend ? lui murmurai-je tandis que le professeur Drage faisait défiler des images de la Voie lactée au rétroprojecteur. Tu écoutes en classe.

Cam me lança un coup d'œil en coin.

— Comme toujours.

— Oui, oui.

Il fit tournoyer son stylo entre ses doigts, sans quitter le prof des yeux.

— Sans moi, tu n'aurais jamais ton examen.

Je me fendis d'un léger sourire.

— Sans toi, j'arriverais mieux à me concentrer.

— Vraiment ?

Il se pencha de sorte que son épaule vienne reposer contre la mienne. Il observa l'écran quelques instants supplémentaires puis se tourna vers moi. Quand il reprit la parole, ses lèvres s'agitèrent contre mon oreille, me donnant la chair de poule.

— En quoi est-ce que je te déconcentre, mon ange ?

— Ce n'est pas ce que tu t'imagines, mentis-je.

— C'est cela, oui.

— Un jour, ton ego va te faire imploser le cerveau.

— Je doute que cela se produise, répliqua-t-il.

Il fit alors courir le bord de son stylo sur le dos de ma main droite, remontant jusqu'à la manche de mon pull.

— Et ça, ça te déconcentre ?

Ne trouvant pas mes mots, je dus serrer mon stylo pour empêcher mes doigts de trembler.

— Alors ?

Son stylo redescendit jusqu'à l'ongle de mon majeur.

— Tu as entendu combien d'étoiles constituaient la ceinture d'Orion ? Non ?

Le stylo était reparti en sens inverse. Qui aurait cru qu'un simple Bic puisse se révéler si... sensuel.

— Il y en a trois seulement, mon ange.

Je me mordis la lèvre.

Un grondement sourd et profond s'éleva de sa poitrine.

— Quand tu fais ça, c'est toi qui me déconcentres, murmura-t-il.

J'écarquillai les yeux, suffoquée par sa réflexion.

Il ricana doucement, et un frisson délicat me parcourut l'échine.

— Tu sais quoi ?

— Quoi ? chuchotai-je.

Il feignit de s'étirer, en profitant pour se rapprocher. Je me raidis, redoutant son prochain mouvement. Il passa un bras autour de mes épaules et appliqua fermement ses lèvres chaudes sur ma peau, juste en dessous de mon oreille. J'eus une soudaine montée d'adrénaline, à la fois troublante et... plutôt excitante. Quand il murmura tout contre ma peau, je fus prise de frissons.

— J'ai hâte d'être demain soir.

Je pris une courte inspiration en fermant les paupières. Cam gloussa de nouveau et se réinstalla normalement. Il recommença à prendre des notes en regardant les images, comme si de rien n'était. Il me tardait que le cours s'achève. De toute façon, plus rien ne franchissait la brume qui m'obscurcissait désormais l'esprit, tant j'étais obnubilée par lui.

Brit et moi passâmes l'après-midi du samedi à nous faire faire les ongles. Je n'avais plus eu ni manucure ni pédicure depuis si longtemps que j'avais oublié combien je m'ennuyais durant ces séances et à quel point le vernis humide brillant sur mes doigts me donnait envie de toucher à tout ce que je voyais.

— Tu es nerveuse ? me demanda Brit en agitant ses orteils fraîchement ornés de rose.

Je résistai à la tentation d'ôter mes mains de sous les lampes pour me les passer dans les cheveux et hochai vigoureusement la tête.

— Oui, très. Est-ce que c'est ridicule ? Si oui, je suis la reine du ridicule.

Elle pouffa.

— Je ne pense pas. Ça veut juste dire que tu es excitée. Putain, même moi, je le suis ! Je vis ce rencard par procuration. Promets-moi de m'appeler dès que tu rentres. (Une lueur moqueuse illumina soudain ses prunelles.) À moins que tu ne sois trop occupée...

J'en restai bouche bée.

Elle gloussa de nouveau et se rencogna dans son fauteuil.

— OK. Je doute que cela arrive. En tout cas, il faut que tu m'appelles au plus tôt. J'ai hâte de savoir comment il embrasse.

— Qu'est-ce qui te fait croire qu'on va s'embrasser ?

— Sérieux ? s'exclama-t-elle, estomaquée. C'est couru d'avance.

Mon ventre se remit à tortiller.

— Pas forcément.

— Oh que si ! Il crèvera sans doute d'envie de te faire des tas d'autres choses, mais il va t'embrasser. Je le sais. (Elle laissa échapper un piaulement qui me provoqua un sourire nerveux.) Je parie qu'il embrasse comme un dieu.

Si je devais me baser sur ce que je savais déjà de lui, alors oui, il embrassait sans doute à merveille. Surtout s'il arrivait à me faire me trémousser sur ma chaise rien qu'en me faisant glisser un stylo sur la main. Le même effet que des préliminaires... avec un simple stylo.

Je gloussai à mon tour.

Une fois nos ongles lustrés, Brit me fit jurer une fois de plus de l'appeler au plus tôt, et nous nous séparâmes. Une fois chez moi, je pris la plus longue douche de ma vie tout en tâchant de préserver l'intégrité de mes mains parfaites. Puis je passai en revue l'intégralité de ma garde-robe. Chaque fois que je regardais l'heure et que je m'inquiétais de voir le nombre 19 se rapprocher, mon cœur s'emballait un peu plus.

Le contenu de ma penderie était désormais réparti entre mon lit et le sol. Je me sentais idiote de ne pas parvenir à choisir une tenue, mais j'étais honnêtement à court d'idées. Après avoir frôlé la crise de nerfs et envisagé d'appeler Brittany à l'aide, je jetai mon dévolu sur un jean skinny rentré dans des bottes noires et un chemisier à mancherons vert sombre.

Je passai autant de temps à me maquiller et à me coiffer, comme le soir où il était venu regarder des films. Je ne pus m'empêcher de sourire en m'appliquant du mascara : je ne comprenais pas pourquoi je me souciais tant de mon apparence alors j'avais toujours la tête en vrac quand il venait me préparer mes œufs le dimanche matin.

Oh, mon Dieu, nous serions dimanche le lendemain. Rien d'exceptionnel à cela, car ce jour succédait chaque semaine au samedi, mais ce dimanche-là ne serait pas comme les autres. Ce serait le premier jour après notre rencard. Allions-nous quand même manger ensemble ? Et si le rencard se prolongeait justement jusqu'au matin ? Je n'étais pas non plus complètement naïve : je me doutais bien que Cam pouvait s'attendre à autre chose qu'à un simple dîner.

Mes yeux m'apparurent anormalement gros dans le miroir, et mon crayon était dangereusement proche de mon globe oculaire.

En tout cas, la soirée ne s'achèverait pas dans ma chambre, tant elle ressemblait pour l'heure à une friperie.

Doucement. Je me faisais des films. Demain serait un jour comme les autres. Cette nuit n'allait pas se transformer en orgie interminable. Et je n'avais aucune raison de me comporter comme si je venais de découvrir que le dimanche était le lendemain du samedi.

Je finis de m'encourager à voix haute et me contraignis à sortir de la salle de bains. L'excitation qui faisait palpiter mes veines n'était pas désagréable. C'était... différent, comme une angoisse positive. J'étais littéralement sur le point de me trémousser au milieu de mon salon quand Cam fit son apparition.

Il entra sans prévenir, m'étudiant du sommet du crâne à la pointe des bottes. J'étais stupéfaite de constater à quel point un regard pouvait ressembler à une caresse, et ma nervosité de tout à l'heure m'apparut soudain ridicule.

Cam s'éclaircit la voix.

— Tu es... vraiment, vraiment très belle.

Je rougis.

— Merci. Toi aussi.

Et c'était la pure vérité. Cam s'était contenté d'un jean sombre et d'un pull à col en V qui mettait en valeur ses larges épaules ; avec ses cheveux qui lui tombaient sur le front et son petit sourire en coin, il était carrément époustouflant. Si bien que je me demandai brièvement comment je pouvais m'apprêter à sortir avec lui.

— Tu es prête ? Tu prends une veste ?

Rappelée soudain à la réalité, j'acquiesçai et courus chercher un manteau dans ma chambre, où je faillis m'étaler quand mon talon se prit dans un top. Je m'habillai en allant le rejoindre. Ses yeux pétillaient d'amusement quand il ramassa mon sac sur le dossier du canapé. Me sentant gênée d'une demi-douzaine de façons différentes, je bredouillai un remerciement.

— Je suis prête, affirmai-je, le souffle court.

— Pas tout à fait. (Cam entreprit de boutonner mon manteau.) Ça caille, dehors.

Je restai figée, parfaitement immobile, comme envoûtée par ce simple geste. Il avait commencé par le bouton du bas, et à mesure qu'il remontait, mon pouls s'accélérait. Je retins mon souffle comme il approchait de ma poitrine. Le côté de ses mains frotta l'avant de mon manteau, et je me crispai légèrement. Les couches de vêtement semblaient avoir disparu et une vague de chaleur se répandit jusqu'à la pointe de mes seins.

— Parfait, murmura-t-il. (J'apercevais à travers ses longs cils le bleu chaleureux de ses iris.) Maintenant, nous sommes prêts.

Je le dévisageai un instant, puis dus réfléchir pour faire avancer mes jambes flageolantes. Dès que nous mîmes les pieds dans le couloir, la porte de l'appartement de Cam s'ouvrit à la volée.

Ollie en émergea, le téléphone portable dans une main, Raphael battant des pattes dans l'autre.

— Souriez ! s'exclama-t-il avant de prendre une photo. C'est comme si mes deux enfants allaient au bal de promo.

Cam était aussi stupéfait que moi.

Ollie rayonnait.

— Je vais la mettre dans mon album. Amusez-vous bien !

Il disparut dans l'appartement en claquant la porte derrière lui.

— Euh...

Cam éclata de rire.

— Bon Dieu, il n'est pas net.

— Il fait ça tout le temps ?

— Non. (Il rit de nouveau et me posa la main dans le bas du dos.) Sortons d'ici avant qu'il décide de nous accompagner.

Je me fendis d'un large sourire.

— Avec Raphael ?

— Raphael serait le bienvenu. Pas Ollie, en revanche. Je ne voudrais surtout pas que quoi que ce soit vienne te déconcentrer durant notre rencard.

Me déconcentrer ? Ça, je l'étais déjà.

16

Le temps qu'on nous apporte le pain et que nos boissons soient disposées sur notre petite table carrée et lustrée, j'avais recouvré la maîtrise de mon souffle. La nervosité m'avait de nouveau assaillie sur la route, même si Cam n'avait pas semblé s'en rendre compte, aussi à l'aise qu'à l'habitude.

Je me plongeai trop longuement dans le menu, cherchant à tout prix à m'occuper les mains pour ne pas être tentée de ronger mes ongles tout beaux.

Cam me donna un léger coup de pied sous la table et je levai le nez.

— Quoi ?

D'un discret signe de tête vers la gauche, il me désigna le serveur qui patientait, un sourire aux lèvres.

— Oh, euh, je vais prendre le... (Je jetai mon dévolu sur la première ligne qui me sauta aux yeux.) Le poulet farci sauce marsala.

Le serveur gribouilla ma commande. Cam commanda un steak à point accompagné d'une salade et d'une pomme de terre au four. Quand le garçon s'éloigna, Cam saisit la corbeille de pain.

— Tu en veux ?

— S'il te plaît.

J'espérais juste ne pas m'étouffer avec. Je le regardai couper un morceau en deux avant de le beurrer.

— Merci.

Il haussa un sourcil sans rien dire tandis que je grignotais ma tartine par petites bouchées. Je me creusais la cervelle, en quête d'un sujet de conversation. Pas forcément quelque chose d'intéressant. Juste histoire de parler. Pour une raison ou pour une autre, l'échange qu'il avait eu avec Ollie refit surface et je partis de là.

— Tu fais du sport ?

Cam cilla, pris au dépourvu.

Je m'empourprai.

— Désolée. Ça sort de nulle part.

— Pas grave. (Il mastiqua lentement son pain.) J'en faisais, quand j'étais plus jeune.

Soulagée de le voir jouer le jeu, je me détendis légèrement.

— Quel sport ?

Il prépara d'autres tartines.

— Du foot.

— Vraiment ?

Pourquoi tous les joueurs de foot étaient-ils aussi sexy ? S'agissait-il de quelque règle universelle du football ?

— À quelle position ?

Même si je savais que Cam se doutait probablement que je n'y connaissais que dalle en foot, il poursuivit.

— J'étais buteur. Ce qui signifie que je jouais dans l'axe.

— Oh !

J'opinai comme si j'avais parfaitement compris sa réponse.

La fossette de Cam se creusa sur sa joue.

— J'allais souvent droit au but.

— Et tu étais doué ?

— Plutôt. Il fallait courir vite, et beaucoup.

C'était à peu près tout ce que je savais du foot : on courait beaucoup.

— Tu y jouais au lycée ?

— Au lycée, sur mon temps libre, et même en première année de fac.

Je mordis de nouveau dans un petit bout de pain. Jusqu'ici, tout allait bien.

— Et pourquoi as-tu arrêté ?

Il ouvrit la bouche, puis la referma. Il fixa longuement un point dans le vide à côté de ma tête, puis finit par hausser les épaules.

— L'envie m'est passée, c'est tout.

En tant que reine des réponses évasives, je savais en flairer une à des kilomètres. Cependant, j'avais beau rêver de creuser un peu pour en apprendre plus, je me rappelai lui avoir fourni le même genre d'explication quand il m'avait interrogée sur la danse. J'étais mal placée pour insister.

Son regard perçant se posa sur moi. Je me sentis rosir davantage. Doux Jésus, il fallait vraiment que j'arrête de faire ça.

Il ricana, ce qui me donna envie de lui balancer mon morceau de pain dans la tête.

— Avery…

— Cam ?

La bougie posée sur la table fit danser de petites ombres sur son visage quand il se pencha vers moi.

— Tu n'as aucune raison d'être aussi nerveuse.

— Je ne suis pas nerveuse.

Il haussa les sourcils.

Je soupirai.

— D'accord, je le suis. Désolée.

— Pourquoi tu t'excuses ? C'est inutile. C'est notre premier rendez-vous.

— Merci de me le rappeler, marmonnai-je.

Il pinça les lèvres comme pour se retenir de sourire.

— Ce n'est pas une mauvaise chose. C'est bon signe, que tu sois nerveuse.

— Mais toi, tu ne l'es pas.

— Parce que je suis formidable.

Je levai les yeux au ciel.

Il éclata d'un rire grave et chaleureux.

— Détends-toi, Avery. Je suis très heureux d'être ici avec toi. Inutile de chercher à faire bonne figure. Je suis sous le charme depuis longtemps.

— C'est...

Je secouai la tête, tâchant de ravaler la boule logée au fond de ma gorge. Je le dévisageai.

— Tu es si... Je ne sais pas. Tu trouves toujours les mots pour...

— Pour ?

Je lissai mes cheveux en arrière puis laissai retomber ma main sur ma cuisse. Elle tremblait.

— Tu dis toujours ce qu'il faut quand il faut.

— Parce que je suis...

— Formidable, complétai-je. Je le sais.

Cam se carra dans sa chaise.

— Ce n'est pas ce que j'allais dire, mais je suis content que tu t'en sois enfin rendu compte.

— Alors qu'est-ce que tu allais dire ?

— Que j'étais simplement sincère. Et que j'avais très envie de sortir avec toi.

— Mais pourquoi avec moi ? lâchai-je étourdiment.

Je fermai brièvement les yeux.

— Laisse tomber, ne réponds pas à ça.

Grâce à Dieu, nos plats arrivèrent précisément à cet instant, interrompant notre conversation... pendant environ deux minutes.

— Je vais y répondre, reprit ensuite Cam en me scrutant de derrière ses longs cils.

Je voulus disparaître dans mon poulet farci.

— Tu n'es pas obligé.

— Si, j'y tiens.

Je serrai fermement mes couverts et pris une profonde inspiration.

— Je sais que c'est une question débile, mais regarde-toi, Cam. Tu es super beau. Tu es gentil, tu es drôle. Tu es intelligent. Je t'ai repoussé pendant deux mois. Tu pourrais sortir avec n'importe qui, pourtant c'est moi que tu as choisie.

— En effet.

— La fille qui n'avait encore jamais eu de rencard, précisai-je sans le quitter des yeux. C'est assez incroyable.

— D'accord. (Il se coupa un morceau de steak.) Je suis ici avec toi parce que j'en ai envie, parce que je t'apprécie. Ah, laisse-moi finir ! Comme je te l'ai déjà dit, tu es différente. Dans le bon sens du terme, alors ne fais pas cette tête.

Je plissai les paupières.

Il sourit.

— Et, pour être honnête, la plupart du temps quand je te demandais de sortir avec moi, je savais que tu dirais non. Et même si je ne te le proposais par forcément toujours très sérieusement, j'avais toujours sincèrement envie de sortir avec toi. Tu me suis ?

Euh, pas vraiment, mais j'acquiesçai quand même.

— Et j'aime bien traîner avec toi. (Il enfourna un morceau de viande dans sa bouche.) Et en toute modestie, tu as quand même fait une belle prise pour un premier rencard.

— Oh, mon Dieu, m'esclaffai-je. Je n'arrive pas à croire que tu te considères comme une bonne prise.

Il haussa une épaule.

— C'est pourtant le cas. Maintenant, mange ton poulet, avant que je te le pique.

Tout sourire, je commençai à faire le tri dans mon assiette, m'attaquant d'abord à la farce. En dehors du fait que je n'avais pas pu m'empêcher de poser une question idiote, mon premier rencard se déroulait plutôt bien. Cam se mit bientôt à poser des questions, et je ne me sentis plus comme une muette assise à ma place. De temps à autre, nos regards se croisaient, me faisant alors complètement oublier ce que j'étais en train de faire ou perdre le fil de la conversation. En tout cas, je passai un bon moment. Un bon tête-à-tête avec Cam. Le meilleur dans tout ça ? Je ne pensais qu'à l'instant présent. Je me contentais d'être… là, et de trouver cet endroit agréable.

Vers la fin du dîner, Cam me demanda :

— Alors, qu'est-ce que tu fais pour Thanksgiving ? Tu retournes au Texas ?

Je ricanai.

— Non.

Il fronça les sourcils.

— Tu ne rentres pas chez toi ?

Je terminai mon poulet et secouai la tête.

— Je reste ici. Et toi ?

— Je rentre, mais je ne sais pas trop quand encore. (Il leva son verre.) Sérieux, tu ne vas pas rentrer du tout ? Tu as plus d'une semaine de vacances – neuf jours. Tu as largement le temps.

— Mes parents… seront en voyage, donc autant rester ici.

Ce n'était pas un si gros mensonge : à cette période de l'année, entre Thanksgiving et Noël, ils partaient toujours en croisière ou au ski.

— Est-ce que les tiens organisent le traditionnel repas avec toute la famille ?

— Ouais, murmura-t-il en contemplant son assiette vide.

De là, la conversation se tarit un peu, et quand on nous apporta l'addition, Cam ne semblait pas tellement d'humeur à s'attarder. Dehors, l'air était plus que frais et de petits nuages de buée blanche se formaient quand nous respirions. Une violente bourrasque souffla, m'envoyant les cheveux dans la figure. Je frissonnais en resserrant mon manteau autour de moi.

— Tu as froid ?

— Ce n'est pas comme le Texas, admis-je.

Il ricana et me passa un bras autour des épaules. Sa température corporelle fit immédiatement remonter la mienne, et je dus faire un gros effort pour ne pas me contracter subitement et tomber sur les fesses.

— Ça va mieux ? s'inquiéta-t-il.

Je ne pus qu'opiner.

Une fois dans son pick-up, bien à l'abri du vent, je bouclai ma ceinture. Cam grimpa à son tour, mit le contact et se frotta les mains. Il se tourna vers moi.

— Tu as bien mangé ?

— Oui. Merci beaucoup pour la bouffe. Enfin, pour le dîner. Merci.

Je fermai les yeux, honteuse de bredouiller tant.

— De rien, répliqua-t-il avec une pointe d'amusement. Merci à toi d'avoir enfin accepté de sortir avec moi.

Il alluma alors la radio. Le volume était suffisamment bas pour ne pas nous empêcher de parler, mais j'avais d'autres choses en tête. Quelque part entre Hagerstown et University Heights, je pris une décision extrêmement importante.

Si Cam m'embrassait, je ne flipperais pas.

Non. Non. Non.

Je me comporterais comme n'importe quelle fille de dix-neuf ans avec un minimum d'expérience, et je ne paniquerais pas. D'un autre côté, il ne chercherait peut-être pas à m'embrasser. Il s'était peut-être rendu compte durant notre rendez-vous que je n'en valais pas la peine, et préférerais rentrer au plus vite chez lui pour traîner avec Ollie et Raphael. Ce qui ne me poserait pas de problème. Je le vivrais très bien.

Pourtant, une fois dans notre immeuble, et arrivés à notre étage, je pris conscience que je ne voulais pas que la soirée se termine. Nous nous arrêtâmes devant ma porte et je pivotai pour lui faire face, jouant nerveusement avec la lanière de mon sac.

Il arbora un petit sourire en coin.

— Bon…

— Tu veux entrer ? Boire quelque chose. J'ai du café ou du chocolat chaud.

Du chocolat chaud ? Sans déconner ? Je me prenais pour une gamine de douze ans, ou quoi ? Pauvre conne.

— Je n'ai ni bière ni rien de plus…

— Un chocolat chaud m'irait très bien, m'interrompit-il. Seulement si tu as aussi ces minuscules marshmallows à faire fondre.

Je me fendis d'un sourire, sans me soucier qu'il soit trop large ou niais.

— J'en ai !

— Alors après toi, mon ange.

Le cœur battant la chamade, je nous introduisis dans mon appartement et allumai la lampe à côté du canapé. Je retirai mon manteau et me dirigeai vers la cuisine. Cam s'installa confortablement tandis que je préparais nos chocolats. Le temps que le lait chauffe, je me débarrassai de mes chaussures, puis retournai au salon avec nos deux tasses fumantes.

— Merci, dit-il en en saisissant une. J'ai une question pour toi.

— Je t'écoute, l'encourageai-je en m'installant face à lui, les jambes repliées sous moi.

Il but une gorgée.

— En te basant sur l'expérience de ton premier rencard, en accepterais-tu un deuxième ?

Une agréable sensation me ronronna dans la poitrine.

— Dans l'absolu ?

— Dans l'absolu.

Je haussai les épaules et goûtai à mon tour mon chocolat chaud.

— Eh bien, j'ai beaucoup apprécié le premier. Si les deuxièmes sont tous de la même teneur, alors oui.

— Mmm. Avec n'importe qui, ou... ?

Je baissai les yeux.

— Pas avec n'importe qui.

— Alors avec quelqu'un en particulier ?

L'agréable ronronnement s'étendit à tous mes membres.

— Je pense que oui.

— Intéressant, murmura-t-il avant de boire une nouvelle gorgée.

Quand il se retourna vers moi, ses prunelles pétillaient littéralement. Bon Dieu. J'étais foutue. Il pétillait en m'observant.

— Et est-ce que ce quelqu'un en particulier devrait attendre deux mois avant que tu acceptes ce deuxième rendez-vous ?

Impuissante à réprimer mon sourire, je me résolus à le dissimuler derrière ma tasse.

— Ça dépend.

— De quoi ?

— De mon humeur.

Il pouffa.

— Prépare-toi.

— D'accord.

— Je vais t'inviter de nouveau. Mais pas à dîner, car je suis imprévisible. Au cinéma.

Je fis mine d'y réfléchir, même si ma décision était déjà prise. C'était peut-être idiot ou inutile, mais j'avais très envie d'un deuxième rencard avec lui.

— Au cinéma ?

Il confirma.

— Un drive-in, l'un des tout derniers en activité.

— En extérieur, donc ?

— Ouaip. (Son sourire s'étendit.) Ne t'en fais pas. Je te réchaufferai.

J'hésitai entre glousser sottement ou lui répliquer que cette phrase était absolument bidon.

— D'accord.

Il haussa les sourcils.
— D'accord pour aller au ciné ?
J'opinai en me mordant la lèvre.
— Sérieux, je ne suis pas obligé d'attendre deux mois ?
Je secouai la tête.
Cam détourna les yeux, riant dans sa barbe.
— Génial. Pourquoi pas mercredi ?
— Ce mercredi ?
— Nan.
Je reposai ma tasse sur la table basse.
— Le suivant ?
— Ouaip.
Je comptai silencieusement les jours et finis par faire la moue.
— Attends une seconde, ce sera la veille de Thanksgiving.
— Exactement.
Je le contemplai sans comprendre.
— Mais Cam, tu ne rentres pas chez toi ?
— Si.
— Quand ça ? Après le film, en plein milieu de la nuit, ou le jour même ?
Il secoua la tête.
— En fait, le drive-in dont je te parle se trouve juste à côté de chez moi, à une quinzaine de kilomètres.
Je m'appuyai contre le dossier, perplexe.
— Je ne comprends pas.
Cam finit sa tasse et pivota vers moi. Il s'approcha de sorte que nous n'étions plus séparés que de quelques centimètres.
— Si tu acceptes ce deuxième rencard, tu vas devoir squatter chez moi.
— Quoi ? m'écriai-je en me redressant brusquement. Pour Thanksgiving ?
Il pinça les lèvres et hocha la tête.
— Tu es sérieux ?

— Aussi sérieux que mon tympan est percé, répliqua-t-il en se frottant l'oreille. Viens avec moi. Ça va être marrant.

— Venir avec toi... chez tes parents ? Pour un Thanksgiving en famille ?

Comme il opinait derechef, je lui balançai un coup de poing joueur dans l'épaule.

— Arrête, Cam, ne fais pas l'idiot.

— Je ne fais pas l'idiot. Je suis très sérieux. Ça ne les gênera pas. (Il marqua une pause, fronçant le nez.) À vrai dire, ils seraient sans doute contents de voir quelqu'un d'autre que moi. Et ma mère fait toujours beaucoup trop à manger. Plus il y aura de ventres à nourrir, mieux ce sera.

Les mots me manquaient.

— On peut partir quand tu veux. Avant mercredi après-midi, bien sûr. Tu vas finir ton chocolat ? (Je secouai la tête et il se saisit de ma tasse.) Et on peut revenir quand ça te chante.

Je le regardai finir ma boisson.

— Je ne peux pas t'accompagner.

Il haussa les sourcils.

— Pourquoi pas ?

— Pour une centaine de raisons évidentes, Cam. Tes parents risquent de croire...

— Ils ne vont rien croire du tout.

Je le fusillai du regard.

Il poussa un soupir.

— Bon, d'accord. Vois les choses sous un autre angle : c'est toujours mieux que de rester seule chez toi pendant toute une semaine. Qu'est-ce que tu vas faire ? T'asseoir dans un coin pour bouquiner ? En plus, je vais te manquer. Et puis je serais obligé de passer mon temps à t'envoyer des textos et à me sentir mal de t'avoir abandonnée dans ton coin, sans même un McDo où te réfugier, vu qu'ils sont fermés pour Thanksgiving.

— Je ne veux pas que tu te sentes mal. Ce n'est pas grave. Ça ne me dérange pas de rester ici.

— Je ne veux pas te savoir toute seule, et c'est toi qui en fais toute une affaire. Je suis un *ami* demandant à une *amie* de passer les vacances de Thanksgiving avec lui.

— Un *ami* qui rentre d'un rencard avec l'*amie* en question !

— Ah, dit-il en reposant ma tasse. Un point pour toi.

Secouant la tête, je ramassai un coussin pour le serrer contre moi.

— Je ne peux pas faire ça. Rendre visite à ta famille pendant les vacances me semble…

— Prématuré ? suggéra-t-il.

— Oui. Carrément prématuré.

— Eh bien, dans ce cas, heureusement qu'on n'est pas en couple, parce que oui, ça serait vraiment prématuré.

— Qu'est-ce que tu dis ?

Cam m'arracha le coussin et le jeta derrière lui.

— Nous sommes deux amis rentrant d'un rencard. Peut-être bientôt d'un deuxième, si tu m'accompagnes. On n'est pas en couple, on est juste sortis ensemble une fois. Donc si on va chez moi, ce sera en amis.

La tête me tournait.

— Ce n'est pas logique.

— C'est parfaitement logique. On ne s'est même pas embrassés, Avery. Nous sommes juste amis.

Je le contemplai, bouche bée.

Il haussa une épaule.

— Accompagne-moi, Avery. Je te promets que tu ne seras pas mal à l'aise. Mes parents seront ravis de t'avoir à la maison. Tu vas t'amuser, et ce sera de toute façon toujours mieux que tout ce que tu pourrais faire toute seule ici. Et je n'attends rien, absolument rien de toi. D'accord ?

Ma réponse se forma sur ma langue, mais refusa mystérieusement de franchir mes lèvres. J'étais partagée entrée l'idée d'approuver la suggestion ou de lui dire franco qu'il était taré. Rentrer avec lui ? C'était... mille fois mieux que de passer Thanksgiving seule ici. C'était déjà assez dur quand je le passais à la maison et que mes parents quittaient la ville sans moi, mais au moins la bonne me préparait de la dinde. Mme Gibson. Elle m'avait fait cuire une dinde trois ans de suite. Et est-ce que les McDo étaient vraiment fermés ? Mince, ça craignait. D'un autre côté, accompagner Cam était complètement dingue. Son raisonnement ne tenait pas la route. C'était comme de la logique inversée, un truc dans le genre. C'était irresponsable, et si différent de tout ce que j'avais pu faire jusqu'alors...

Ou que je ferais jamais.

Je levai la tête, croisant son regard d'acier. Ses yeux... étaient vraiment d'un bleu étonnant. Étais-je réellement en train d'envisager cela ? Mon pouls s'accéléra. Je déglutis.

— Tu es sûr que ça ne dérangerait pas tes parents ?

Une lueur s'illumina dans ses pupilles.

— J'ai déjà ramené des amis à la maison.

— Même des filles ?

Il secoua la tête.

Voilà qui était... intéressant.

— Et tes parents vont vraiment penser que nous ne sommes qu'amis ?

— Pour quelle raison leur dirais-je que nous ne sortons pas ensemble si c'était le cas ? Si je leur dis que nous sommes amis, ils me croiront.

Tout ce que j'avais de raison me hurlait de décliner.

— D'accord. Je t'accompagne. (Maintenant que je l'avais dit, il était trop tard pour faire machine arrière.) Mais je persiste à dire que c'est dingue.

— Au contraire, c'est génial ! (Un léger sourire étira ses lèvres.) Câlinons-là.

— Quoi ?

— Câlinons-là. (Il semblait de plus en plus amusé.) C'est comme « topons-là », mais avec un câlin.

— Oh, mon Dieu, tu plaisantes ?

— Pas du tout.

Je levai les yeux au ciel, mais finis par me mettre sur les genoux en grommelant et lui ouvris grands les bras.

— Très bien, faisons-nous un câlin pour sceller notre accord avant que je change...

Mes derniers mots se perdirent quand Cam m'attrapa par la taille pour me serrer contre lui. Je me retrouvai collée à lui, presque *sur* lui, la jambe gauche coincée entre ses genoux.

Il m'étreignit. Pas très fermement – moins, en tout cas, que si nous avions été debout –, mais notre proximité me fit un effet bœuf.

— Marché conclu, mon ange. Thanksgiving chez les Hamilton.

Je bredouillai quelques mots d'assentiment et me reculai légèrement. Nos visages étaient pile en face l'un de l'autre. Et je compris soudain pourquoi il avait cet air rieur depuis tout à l'heure.

— Espèce de...

Il pouffa, et je sentis les muscles de mon bas-ventre se contracter.

— Bien joué, non ? J'ai réussi à te faire venir jusqu'à moi. Je me serais contenté d'un oui.

Je réprimais un sourire.

— Tu es vraiment le diable.

— Uniquement pour des causes justes. Je dois t'avouer quelque chose.

Il reconquit le peu d'espace que j'étais parvenue à introduire entre nous. Ses lèvres m'effleurèrent la joue, et je me mis à divaguer.

— Je t'ai menti ce soir.

— À quel sujet ?

Il laissa glisser ses mains jusqu'en bas de mon dos.

— Quand je t'ai dit que tu étais très belle. Ce n'était pas tout à fait honnête.

Je ne m'attendais certainement pas à ça. Je pivotai légèrement la tête et ravalai un hoquet de surprise. Nos bouches n'étaient qu'à quelques millimètres l'une de l'autre, et je repensai à la prédiction de Brit selon laquelle il allait m'embrasser dans la soirée. Je me forçai à parler.

— Tu ne me trouves pas jolie ?

— Non, admit-il d'un air sérieux.

Sa main remonta le long de ma colonne vertébrale, s'arrêta à la lisière de mes cheveux. Il abaissa la tête, de sorte que sa tempe vint reposer contre la mienne.

— Tu es magnifique.

J'en eus le souffle coupé.

Il n'ajouta rien, remua légèrement. Quand ses lèvres longèrent la courbure de ma joue, je me contractai entre ses bras. Mon cœur était sur le point d'exploser sous le coup de l'excitation et d'une autre émotion. La peur ? Était-ce cela que je ressentais au fond de moi ? Elle avait surgi de nulle part, brute et puissante. Le mélange de ces deux sentiments, le besoin simultané de rester immobile et de me reculer, était éprouvant.

La bouche de Cam poursuivit son chemin, et son nez finit par effleurer le mien. Son souffle chaud contre mes lèvres embaumait le cacao. Sa langue aurait-elle le même goût ? J'eus la curiosité de le découvrir, et je posai les mains sur ses bras.

— Avery ?

Je fermai les paupières.

— Tu n'as encore jamais été embrassée, c'est ça ?

Mon pouls s'emballa.

— Jamais.

— Alors que les choses soient claires, reprit-il. Ceci n'est pas un baiser.

J'ouvris la bouche, et ses lèvres se posèrent sur les miennes. Juste une rapide et délicieuse caresse, d'une tendresse et d'une douceur étourdissantes, et surtout bien trop brève.

— Tu m'as embrassée, suffoquai-je en refermant les doigts sur son pull.

— Ce n'était pas un baiser.

Ses lèvres frôlèrent de nouveau les miennes tandis qu'il parlait. Des frissons me parcoururent le corps dans les deux sens.

— Tu te rappelles ? Si nous nous embrassions, notre petite escapade chez moi pourrait signifier beaucoup plus.

— Oh. OK.

— Et ceci n'est pas un baiser non plus.

Cette fois, la pression de ses lèvres me consuma, me réveilla. Sa bouche était devenue mon unique centre d'intérêt. Une chaleur merveilleuse se répandit dans mon cou, dans ma poitrine, puis plus bas, entre mes cuisses. Il dessina mes lèvres de petits bisous tendres. Au fond de moi, une force nouvelle enflait, s'ouvrait, m'élançait. Je m'accrochai à lui quand il pivota et me retrouvai soudain sur le dos.

Cam était penché sur moi, ses biceps puissants se contractant sous mes doigts. Sa bouche était toujours rivée à la mienne. Aucune autre partie de notre corps ne se touchait, sans que je sache si je devais en éprouver du soulagement ou de la déception. Mais ses lèvres… Oh, mon Dieu, ses lèvres remuaient contre les miennes. J'entrepris de l'embrasser à mon tour, lentement et maladroitement, alors que ses gestes étaient sûrs et expérimentés. Je craignais de mal m'y prendre quand un bruit rauque, presque un grognement, s'éleva de sa poitrine ; je compris instinctivement ce que cela signifiait. Un frémissement me parcourut tout entière. La douleur se propageait, s'intensifiait et, d'une certaine façon, me terrifiait.

Son baiser s'accentua, forçant mes lèvres à s'ouvrir aux siennes. Je déraillai complètement quand sa langue vint lécher la mienne. Je hoquetai quand elle s'immisça plus profondément dans ma bouche. Je m'abandonnai entièrement à ce baiser, serrant les poings sur son pull, arquant le cou. Son goût viril et chocolaté me fit perdre la tête ; une poussée de désir naquit dans mon ventre, immédiatement suivie d'une explosion de panique. Que sa langue apaisa immédiatement en visitant mon palais. Quand il releva la tête, ce fut pour me mordiller la lèvre inférieure, m'arrachant un gémissement de plaisir. Nous avions tous les deux le souffle court.

— Pas un baiser non plus ? m'enquis-je.

Cam s'assit, m'aida à me redresser. Le bleu intense de ses yeux était toujours aussi brûlant. Je me sentis rougir jusqu'à la racine des cheveux. Mes poumons se gonflaient et se vidaient rapidement. Mes mains étaient toujours accrochées à ses bras. Il dessina du doigt le contour de mes lèvres, puis se pencha de nouveau vers moi.

— Non, toujours pas.

Il m'embrassa de la façon la plus provocante et prometteuse qui soit.

— C'était juste pour te souhaiter bonne nuit.

17

Je restai éveillée dans mon lit bien après le départ de Cam. Cette nuit d'insomnie n'avait rien à voir avec les précédentes. Elle les reléguait au fin fond des oubliettes. Mon corps m'était totalement étranger, douloureux et bien trop chaud. Je repoussai l'édredon, mais le drap léger me collait toujours à la peau. Je roulai de côté, me mordant les lèvres en serrant les cuisses.

Je détestais Cam.

Pas vraiment.

Mais je le détestais de m'avoir « souhaité bonne nuit » et d'être rentré chez lui, me laissant si tendue qu'au moindre contact ma peau en réclamait encore.

Encore.

Je ne détestais pas Cam.

Me rallongeant sur le dos, je chassai également le drap. L'air frais caressait mes bras nus et mon cou. Je sentis mes tétons se durcir sous le coton de mon débardeur. La pointe de mes seins picotait tant que ce n'en était plus seulement gênant, mais presque douloureux.

Je remontai les genoux et un gémissement s'échappa entre mes lèvres entrouvertes. Je sentais battre mon pouls depuis mes cuisses jusqu'à ma poitrine. J'étendis les jambes, serrai les poings sur le drap-housse tout en tâchant de me vider l'esprit, ne parvenant néanmoins qu'à penser au baiser de Cam, à la douceur de ses lèvres, à la présence chaude et humide de sa langue dans ma bouche. Je percevais encore son goût chocolaté, sentais ses muscles se contracter sous mes doigts. Je hoquetai en me rappelant la sensation que m'avait procurée le contact du revers de ses mains sur ma poitrine.

Tout ceci était nouveau pour moi. Comme si le baiser de Cam avait activé un interrupteur intérieur. Je n'étais toutefois pas idiote et, bien que naïve et inexpérimentée, je savais pertinemment que j'étais tout simplement excitée. Mon corps s'était réveillé, à l'instar de la Belle au bois dormant arrachée à sa torpeur.

Le simple fait de poser ma main sur mon ventre me fit sursauter. Mon pouls s'accéléra encore, mon cœur battit plus fort. La douleur s'intensifia entre mes cuisses. J'ouvris soudain les yeux et contemplai le plafond enténébré. Je retins mon souffle en faisant délicatement descendre mes doigts. Je me sentais extérieure à mon propre corps, comme si je n'en possédais plus la maîtrise.

Je refermai les paupières et introduisis la main sous l'élastique de mon short de nuit. Mes abdominaux se contractèrent, mon souffle s'emballa. J'atteignis du bout des doigts la petite boule de nerfs qui me démangeait tant, et une décharge d'électricité pure navigua dans mes veines. Je me mordis la lèvre pour ravaler le cri qui se formait dans ma gorge. Je m'aventurai alors plus loin, au cœur de cette humidité intime.

Je n'arrivais pas à croire que j'étais en train de faire ça.

Je n'arrivais pas à croire que j'avais mis *si longtemps* à faire ça.

Il était de toute façon trop tard pour m'arrêter. L'image de Cam se matérialisa devant moi. Ses yeux bleus m'observant avec passion, sa bouche contraignant la mienne à s'ouvrir, avec une patience incroyable mais une détermination sans faille. Mes doigts s'activaient gauchement, tant j'ignorais comment m'y prendre, mais cela semblait fonctionner. Mes caresses m'étaient agréables, mais ne faisaient qu'attiser mon feu intérieur. Je me sentais toute gonflée, et j'étais sûre de ne plus pouvoir me retenir de hurler si cette douleur persistait à croître.

Je me mordis une fois de plus la lèvre inférieure. Mon majeur effectua quelques allées et venues, avant que je prenne une profonde inspiration et le fasse disparaître à l'intérieur. Je ne pus m'empêcher de gémir quand la tension s'accentua. Très bien. C'était agréable. J'enfonçai mon doigt plus profondément, et la pression de ma paume sur le renflement de mon bas-ventre me provoqua une nouvelle décharge. Mes hanches tressautèrent et le brasier qui me consumait se propagea. L'instinct semblait avoir pris le relais. À chacun des petits cercles décrits par mon bassin, l'excitation se renforçait. Le bruit qui jaillit de ma gorge m'aurait probablement gênée si quelqu'un avait pu l'entendre, mais en ces circonstances, dans l'obscurité de ma chambre, il me mit en émoi.

Je m'arc-boutai contre ma main, et j'avais l'impression qu'on me nouait une corde à l'intérieur. Je sentis l'orgasme arriver, distant de quelques secondes seulement. Je m'imaginai Cam en train de faire ça, *sa* main, *ses* doigts, et c'en fut trop. Une complainte se forma au creux de mon ventre quand la corde se déroula en moi, éparpillant la moindre de mes pensées.

Quand mon rythme cardiaque redevint normal et que mes convulsions cessèrent, je m'effondrai sur mon oreiller, tremblant de tous mes membres. Putain de merde, c'était donc ça, que l'on ressentait ? Je roulai de côté, me fendant d'un léger sourire. Je me servis de mon coussin pour étouffer mon rire guttural.

Bizarrement, alors même qu'une langueur agréable envahissait mon corps, m'entraînant vers le sommeil, je savais que ce que je venais d'éprouver n'était pas parfait. Qu'avec l'homme idéal – *avec Cam* –, chacune de mes sensations aurait été amplifiée. Et j'avais envie de connaître ça.

Avec lui.

Brit et Jacob étaient tout aussi surpris que moi par ma décision de passer Thanksgiving chez les parents de Cam. Si j'avais craint qu'ils me serinent sur l'absurdité de la chose, ils n'en avaient rien fait. Tous deux avaient réagi comme si cela n'avait aucune importance. La folie était-elle contagieuse ? Ils s'étaient en tout cas montrés plus intéressés par les autres détails de notre rendez-vous.

— Alors, est-ce qu'il embrasse bien ? demanda Jacob.

Je jetai un coup d'œil au reste de la classe, priant pour que personne ne nous écoute. Le prof n'était pas encore arrivé, et la plupart de nos camarades semblaient à moitié endormis.

Brit gloussa.

— Dis-lui ce que tu m'as dit hier.

Je m'empourprai en me souvenant de la réponse que je lui avais donnée la veille à la même question.

— Alors, il t'a effectivement embrassée ? s'emballa Jacob, les yeux écarquillés.

Par chance, il n'avait pas hurlé cette phrase.

Je serrai mon cahier contre ma poitrine, tâchant de ne pas remarquer que Brittany sautillait sur sa chaise.

— Oui.

— Dis-lui, chuchota-t-elle.

Jacob opina.

— Dis-moi.

Je fermai les yeux.

— Il embrasse bien. Super bien, même.

— Ce n'est pas ce que tu m'as dit.

Jacob fit la moue.

— Dis-moi, ou je me mets à crier que tu as embrassé…

— Très bien, sifflai-je, sentant mon corps tout entier s'échauffer.

Le premier baiser avait été tendre et doux. Même le deuxième avait été relativement maîtrisé. Mais le troisième, quand j'étais allongée sur le dos et lui penché sur moi ? Je ressentis la même douleur que le samedi en y repensant, une sensation plutôt étrange dans une salle d'histoire…

— Il m'a embrassée comme s'il voulait… me dévorer.

Brit gloussa en jouant avec sa réglisse rouge.

Jacob ouvrit et ferma la bouche plusieurs fois, et finit par articuler :

— Ça ne m'étonne pas. (Il baissa la tête tout en haussant les sourcils.) Tu crois qu'il voulait vraiment te bouffer la…

— Je vois où tu veux en venir, merci. Revenons-en à nos moutons, dis-je en posant mon cahier sur le bureau. Vous ne trouvez pas que c'est complètement dingue d'avoir accepté de l'accompagner pour Thanksgiving ?

Brit secoua la tête.

— Les gens s'invitent entre eux sans arrêt. Tu connais Rachel Adkins, pas vrai ? Elle est dans ta classe d'art. Elle va passer les vacances chez Jared au lieu de prendre un avion pour la Californie.

— Mais ils sortent ensemble, non ? s'enquit Jacob.

Mes épaules s'affaissèrent.

— Plus maintenant, nous informa Brit en sortant de son sac un nouveau morceau de réglisse rouge, dont elle se servit pour me désigner. Ils ont rompu, et pourtant elle l'accompagne quand même.

Cela ne me réconfortait guère. Pendant le cours, et tout en mastiquant le bâton de réglisse volé à Brittany, j'eus du mal à rester entièrement concentrée sur le Moyen Âge que nous étudiions, me demandant régulièrement si j'allais réussir à survivre à cette semaine.

Le fait d'aller chez les parents de Cam n'était d'ailleurs pas mon plus gros problème. Certes, c'était complètement fou, mais j'avais malgré tout hâte d'y être. Je voulais en apprendre plus sur lui, rencontrer sa famille et voir comment il se comportait parmi les siens. Je voulais aussi découvrir pourquoi il avait arrêté le foot et ce qu'il faisait les vendredis soir.

Et je voulais... je voulais Cam.

Comme je n'avais encore jamais désiré un garçon, je ne m'étais même jamais figuré pouvoir en désirer un à ce point. Ce que j'avais ressenti l'autre soir quand il m'avait embrassée méritait d'être vécu. Malgré la pointe de panique d'alors, qui ne m'avait d'ailleurs toujours pas quittée, la curiosité l'emportait largement sur la peur. De même que ces bouffées de chaleur surprenantes que j'éprouvais en sa présence.

Je n'avais aucun doute quant au fait que je mourais d'envie de l'embrasser de nouveau. Je voulais vivre avec lui la même chose qu'après son départ. S'embrasser n'était pas le problème. Pas plus que mon séjour chez ses parents.

Simplement, j'ignorais encore jusqu'où je serais capable d'aller. Jusqu'où cette histoire – quelle qu'en soit la nature – allait nous mener avant que mes vieux démons ne viennent envenimer les choses.

Durant la semaine, je me convainquis et me dissuadai un million de fois de partir avec Cam. Même alors que je préparais mon sac, je n'étais pas encore complètement décidée. Ce ne fut que le mercredi matin, quand je pris place à côté de lui dans son pick-up, que je pris vraiment conscience de ce que je m'apprêtais à faire.

— Tu es sûr que ça ne gênera pas tes parents ?

Cam confirma. Je ne lui avais posé la question qu'une centaine de fois.

Je commençai à me mordiller le pouce.

— Mais tu les as vraiment appelés pour leur demander, hein ?

Il me coula un regard de biais.

— Non.

J'étais stupéfaite.

— Cam !

Il bascula la tête en arrière et partit d'un rire profond.

— Je plaisante. Détends-toi, Avery. Je les ai prévenus dès le lendemain. Ils savent que tu m'accompagnes, et ils sont impatients de te rencontrer.

Je le toisai d'un œil noir et continuai de me ronger l'ongle.

— Ce n'est pas drôle.

Il rit de nouveau.

— Si, très.

— Pauvre type.

— Pauvre fille.

Je regardai défiler le décor par ma fenêtre.

— Trou du cul.

— Oh ! s'exclama Cam. Un gros mot. Continue comme ça, et je fais demi-tour.

Je souris de toutes mes dents.

Nous arrivions sur la route I-70.

— Ça m'a l'air d'être une bonne idée.

— Tu serais effondrée et en larmes.

Il marqua une pause, puis tendit la main pour me forcer à retirer la mienne de ma bouche.

— Arrête de faire ça.

— Désolée. (Je l'observai d'un air torve.) C'est une mauvaise habitude.

— En effet.

Il entremêla ses doigts aux miens, et mon cœur sauta un battement. Nos mains jointes reposaient sur ma cuisse, et je ne savais qu'en penser.

— Ma sœur n'arrivera que tôt demain matin, m'annonça-t-il. Elle a un spectacle à Pittsburgh ce soir.

— Quel genre de spectacle ?

Je jetai un coup d'œil à l'extérieur, puis me reconcentrai sur nos mains.

— Un récital de danse classique, je crois.

Je pensais surtout à sa peau contre la mienne.

— C'est sa discipline préférée ?

— Un mélange entre ça et la danse contemporaine.

Celle-ci empruntait beaucoup au ballet, il n'était donc pas étonnant qu'elle apprécie les deux. Cam finit par me lâcher ; j'en fus secrètement soulagée, car j'étais à peu près sûre que ma paume commençait à transpirer, ce qui était relativement dégueulasse. Les deux heures de route passèrent beaucoup trop vite. J'avais l'impression que nous ne roulions que depuis quelques minutes quand nous quittâmes l'autoroute pour pénétrer dans une petite ville vallonnée qui semblait avoir été bâtie à flanc de colline.

Nous étions d'ailleurs en plein cœur d'une région courue par les amateurs d'alpinisme. Chaque devanture de magasin, chaque pavillon exhibait fièrement son drapeau de l'État. Une fois hors du patelin, nous nous retrouvâmes sur de petites routes de campagne qui semblaient n'avoir été que récemment asphaltées.

Je ne me souvenais pas d'avoir un jour été si nerveuse. Mon ventre se mit à gargouiller lorsque Cam ralentit et bifurqua à droite, sur une voie privée bordée de hauts chênes. Ma bouche s'assécha quand, au détour d'un virage, un majestueux manoir nous apparut.

Ce qui me surprit le plus ne fut pas sa taille – même si cette grosse maison coloniale à deux étages et aux blanches colonnes en imposait –, mais le fait qu'elle ressemble tellement à celle de mes parents. Sans défaut et sans âme extérieurement, avec un intérieur probablement à l'unisson.

Cam emprunta l'allée qui contournait la bâtisse, et je pus observer de plus près la pelouse parfaitement entretenue et le jardin paysagé magnifique et rustique. Je tentai en vain d'avaler ma salive. Cam rangea sa voiture dans une dépendance de la taille d'une petite ferme. Derrière l'abri s'étendait une piscine enterrée et couverte.

Il coupa le contact et me dévisagea avec un léger sourire.

— Tu es prête ?

Je voulus lui hurler que non et m'enfuir en courant dans les bois tout proches, mais il aurait sans doute jugé ma réaction exagérée. Je me contentai donc de hocher la tête en ouvrant ma portière. L'air extérieur rendait au moins dix degrés à celui de la fac. Je fis mine d'attraper mon sac, mais Cam s'en empara en même temps que de son bagage, bien plus petit que le mien.

— Je peux le porter, lui dis-je.

Il sourit en jetant un coup d'œil à l'épaule sur laquelle il l'avait déjà fait basculer.

— C'est bon, je vais le prendre. En plus, je trouve que cet imprimé à fleurs rose et bleu me va à ravir.

J'éclatai de rire malgré mon état de nerfs.

— Oui, il s'accorde parfaitement avec tes yeux.

— C'est bien ce que je pensais.

Il attendit que je le rejoigne de son côté de la voiture, puis nous remontâmes le sentier d'ardoise menant à la véranda à l'arrière de la maison. Il s'arrêta devant la baie vitrée, à côté d'une chaise longue en osier.

— On dirait que tu vas nous faire une crise cardiaque.

Je grimaçai.

— À ce point ?

— Pas loin.

Il se rapprocha de moi et remonta une mèche de cheveux derrière mon oreille avant d'incliner légèrement la tête. Il arbora un air grave qui assombrit comme jamais le bleu de ses prunelles. Mon ventre se contracta en réaction.

— Tu n'as pas à t'inquiéter, d'accord ? C'est promis.

Les joues me picotaient encore du contact de ses doigts et, proches comme nous l'étions, je ne pus m'empêcher de repenser à notre premier baiser qui n'était pas un baiser. Il n'avait jamais réitéré depuis le soir de notre premier rendez-vous, mais j'eus à cet instant l'impression qu'il en avait envie.

— D'accord, chuchotai-je.

Il me contempla encore un instant puis secoua la tête. Il laissa retomber sa main et ouvrit la porte. Un air chaud embaumant la pomme et la cannelle nous réserva un accueil agréable. Je suivis Cam à l'intérieur, ouvrant grands les yeux en observant la pièce du sous-sol.

Une sorte de salle de jeux. Une grande table de billard était disposée en plein milieu. Un bar bien fourni occupait le mur de droite, tandis qu'au fond, près de l'escalier, se trouvait le coin télé, devant lequel trônaient plusieurs fauteuils d'allure fort confortable. Mes parents étaient à peu près équipés de la même manière, sauf qu'ils n'utilisaient jamais leur billard, que Maman ne se servait au bar que lorsqu'elle pensait que personne ne pouvait la voir, et que notre écran plat n'avait jamais été allumé.

Tandis qu'ici, cela... respirait la vie.

Les boules n'étaient pas proprement rangées sur la table, mais réparties sur le feutre comme si les joueurs s'étaient interrompus en pleine partie. Une bouteille de scotch était posée sur le comptoir à côté d'un verre, et les sièges étaient usés, comme s'il s'agissait d'anciens meubles descendus des étages. Contrairement à mes parents, qui tenaient absolument à avoir du neuf pour chacune des pièces.

— C'est la grotte paternelle, annonça Cam en se dirigeant vers l'escalier. Mon père passe beaucoup de temps ici. Et là, c'est la table de poker à laquelle il m'a ridiculisé.

J'avisai sur la gauche une table à jouer on ne peut plus ordinaire. Je me fendis d'un léger sourire.

— Ça me plaît bien, ici.

— À moi aussi, répliqua-t-il. Mes parents sont sans doute en haut.

J'opinai et nous reprîmes notre progression. Les marches débouchaient sur un séjour qui, à l'instar de l'étage inférieur, semblait bien vivant. Un immense canapé d'angle occupait l'essentiel de l'espace, juste en face d'un nouvel écran de bonne taille. Des magazines étaient éparpillés sur la table basse, et des plantes vertes occupaient presque chaque angle, remplaçant avantageusement les statues ou peintures étranges qui ornaient les murs de mes parents.

— Le salon, commenta Cam en passant sous une voûte. Et en voici un second où personne ne vient jamais, si étonnant que cela puisse paraître. Et là, c'est la salle à manger officielle, dont on ne se sert pas non plus...

— Mais si on s'en sert ! s'exclama une voix de femme. Une ou deux fois par an, quand on a de la visite.

— Et qu'on sort la « belle vaisselle », repartit Cam d'un ton acerbe.

Mes jambes s'étaient figées quand j'avais entendu la voix de sa maman. J'étais appuyée sur le rebord de la table, le cœur au bord des lèvres, quand elle émergea par la porte.

C'était une grande femme, d'une beauté aussi saisissante que celle de son fils, dont les cheveux de jais étaient rassemblés en une queue de cheval hâtive. Ses yeux marron étaient dépourvus de maquillage. De fines pattes-d'oie les cernèrent et un large sourire étira ses lèvres dès l'instant où elle aperçut son fils. Elle portait un jean et un sweat-shirt bouffant.

Elle courut presque pour aller l'embrasser.

— Je ne sais même pas où est la belle vaisselle, Cam.

Il éclata de rire.

— Sans doute quelque part à se cacher des assiettes en carton.

Elle se recula avec un léger rire.

— Je suis contente que tu sois rentré. Ton père commence à me taper sur les nerfs avec ses histoires de chasse.

Elle leva le menton au-dessus de l'épaule de son fils et m'adressa un sourire chaleureux.

— Et tu dois être Avery ?

— Oh, mon Dieu, non, s'exclama Cam. C'est Candy, Maman.

Elle eut une moue paniquée et s'empourpra légèrement.

— Oh, euh, je suis...

— C'est bien Avery, la rassurai-je en lançant à Cam un regard réprobateur.

Elle assena au bras de son fils un coup de poing rageur – et puissant.

— Cameron ! Oh, mon Dieu, j'ai cru que... (Elle le tapa de nouveau, ce qui le fit glousser.) Tu es intenable. (Elle secoua la tête et se tourna vers moi.) Tu dois être une jeune femme bien patiente, pour avoir survécu à tout ce trajet avec un imbécile pareil.

N'étant pas certaine d'avoir bien entendu, je cillai de surprise. Un éclat de rire m'échappa quand je remarquai l'air renfrogné de Cam.

— Ce n'était pas si terrible.

— Oh. (Elle tourna la tête vers son fils.) En plus, elle est bien élevée. Ne t'en fais pas. Je sais que Cameron est... difficile à vivre. À propos, appelle-moi Dani.

Puis elle m'embrassa.

Une étreinte sincère, chaleureuse, affectueuse. Je ne me souvenais même pas de la dernière fois que ma propre mère en avait fait autant. Une boule d'émotion me remonta dans la gorge, mais je la ravalai avant de passer pour une idiote.

— Merci de me recevoir, dis-je, soulagée de ne pas entendre ma voix dérailler.

— Ça ne pose aucun problème. On adore avoir de la compagnie. Viens, je vais te présenter celui qui estime être ma meilleure moitié. (Elle me passa un bras autour des épaules et serra.) Seigneur, je m'excuse par avance, au cas où il décide de te parler du nombre de biches qu'il espère chasser ce week-end.

Tandis qu'elle me menait vers le vestibule, je me tournai vers Cam, resté immobile. Nos regards se croisèrent et mon ventre se noua. Il se fendit d'un sourire qui fit naître cette fossette sur sa joue gauche.

Il m'adressa alors un clin d'œil.

Et mon propre sourire s'étira.

18

Cam avait hérité ses yeux bleus de son père, de même que son sens de l'humour... et que sa faculté à tout déduire d'une logique incompréhensible, ce qui faisait sans doute de Richard Hamilton un avocat si brillant. En quelques heures à peine, il faillit me convaincre de goûter de la biche séchée pour la première fois.

Faillit.

Si Cam ne m'avait pas chuchoté « Bambi » à l'oreille pendant deux minutes pleines, j'aurais sans doute cédé. J'étais cependant incapable de manger Bambi, même si M. Hamilton semblait vraiment trouver cela succulent.

Nous prîmes le café dans la spacieuse cuisine au cœur de laquelle trônait une table en chêne éraflée idéale pour accueillir quatre ou cinq personnes. J'avais mal aux côtes d'avoir autant ri aux plaisanteries de Cam et de son père. Le premier était une copie conforme du second. Les mêmes cheveux ondulés en bataille, les mêmes yeux bleus pétillant de malice, la même faculté à détourner chaque parole.

— Arrête, Papa, sérieux, tu te ridiculises.

Son père m'interrogea du regard, haussant les sourcils de la même manière que son fils.

— Est-ce que j'ai l'air ridicule, Avery ?

Je secouai la tête en pinçant les lèvres.

Cam m'adressa un coup d'œil signifiant que je ne lui rendais pas service.

— Tu es en train d'essayer de nous convaincre, moi, Maman, Avery et le petit Jésus que, puisque les singes existent, le Bigfoot existe forcément ?

— Oui ! s'exclama l'aîné des Hamilton. Ça s'appelle l'évolution, fiston. On ne vous apprend donc rien, à la fac ?

— En fait, intervins-je en m'éclaircissant la voix, il y a toute une théorie sur le chaînon manquant qui concerne les primates.

— J'aime bien cette fille, déclara M. Hamilton avec un clin d'œil dans ma direction.

— Tu ne m'aides pas, là, me reprocha Cam en grommelant.

— Tout ce que je dis, c'est que si tu étais allé dans les bois et avais entendu les mêmes choses que moi, insista son père, tu croirais toi aussi en l'existence du Bigfoot et du chupacabra.

— Le chupacabra ? (Cam en était comme deux ronds de flan.) Oh, allez, Papa.

Mme Hamilton hocha le chef avec tendresse.

— Ce sont mes deux hommes. Je suis si fière.

Je souris à pleines dents en buvant une nouvelle gorgée du café qu'elle avait préparé.

— Ils sont vraiment dans leur monde, tous les deux.

— Dans leur monde ? (Elle se leva de table en soupirant et ramassa la tasse vide de son mari.) C'est une drôle de façon de dire qu'ils sont complètement timbrés.

— Hé ! tempêta M. Hamilton en pivotant brusquement la tête. Écoute-nous donc, femme.

— Tu vas te prendre mon pied au cul si tu m'appelles femme encore une fois.

Mme Hamilton le resservit en café et rapporta le sucre.

— Tu n'auras qu'à me faire un procès.

Cam baissa piteusement la tête.

J'étouffai mon rire au creux de ma main.

Sa famille était... formidable. Chaleureuse et affectueuse. Rien à voir avec la mienne. Je n'étais même pas sûre que ma mère sache se servir de la cafetière ou s'abaisse à servir qui que ce soit, même mon père.

Mme Hamilton posa la tasse pleine devant son mari.

— Vous n'êtes pas censés aller au drive-in, ce soir ? demanda-t-elle à Cam.

— Si, confirma celui-ci en se mettant debout. (Il se pencha pour récupérer nos tickets.) Il faudrait qu'on y aille si on veut trouver de bonnes places.

— Pense à prendre des couvertures épaisses, lui dit sa mère en se rasseyant. Il commence à faire vraiment froid la nuit.

J'étais un peu triste d'abandonner ses parents, même si la conversation était vraiment étrange. Je me levai et remerciai Mme Hamilton pour le café.

— De rien, ma belle. (Elle se tourna vers son fils.) Je lui ai préparé la chambre jaune, Cameron. Sois donc un peu galant et montre-lui où elle se trouve.

Cam fit une tête bizarre, qui avait disparu le temps que nous atteignions le vestibule. Je le suivis jusqu'au premier étage.

— J'aime bien tes parents. Ils sont très gentils.

— Oui, ils sont assez cool. (Il laissa glisser sa main sur la rampe en bois.) Est-ce que ton père aussi est convaincu de l'existence du Bigfoot ?

J'éclatai de rire.

— Non.

— Et du chupacabra ?

Riant de plus belle, je secouai la tête.

— Encore moins.

Il enfila le corridor de l'étage.

— La chambre de mes parents est au second, et celle de ma sœur au début du couloir.

Il s'arrêta devant une porte, qu'il ouvrit d'un coup de hanche.

— On l'appelle la chambre jaune parce qu'elle est jaune, m'expliqua-t-il le plus sérieusement du monde.

Elle l'était effectivement, mais plutôt d'une délicate teinte bouton-d'or que bus d'école. Cam posa mon sac sur le lit et je me dirigeai droit vers la fenêtre, qui dominait un petit jardin. En tournant la tête, je remarquai une légère odeur de vanille.

— C'est très joli. J'espère que ta mère ne s'est pas donné trop de mal.

— Non. (Il étendit ses bras au-dessus de sa tête et fit craquer son dos.) Tu penses que tu seras prête d'ici une demi-heure ?

Je me laissai tomber sur le bord du lit

— Yep.

Cam retourna vers la porte, toujours les bras en l'air. Il tapota le linteau.

— Devine quoi ?

— Quoi ?

Un léger sourire apparut.

— Ma chambre est juste de l'autre côté du couloir.

Mon ventre se recroquevilla.

— D'accord.

Son sourire s'élargit.

— Je me disais que ça te ferait plaisir de l'apprendre, reprit-il d'un air entendu.

— Tu n'imagines même pas, murmurai-je.

Il gloussa en quittant la pièce, refermant la porte derrière lui. Je restai assise encore une seconde, puis me laissai tomber sur le dos. Cam était de l'autre côté du couloir, mais après tout c'était déjà le cas chez nous. Sauf que, cette nuit-là et la suivante, il dormirait plus proche de moi que jamais auparavant.

Une heure et demie plus tard environ, je le regardai installer deux traversins sur le plateau de son pick-up, le long de la cabine. Il s'était rangé en marche arrière, de sorte que nous puissions nous installer dehors de façon beaucoup plus confortable. Nous n'étions d'ailleurs pas les seuls à affronter les températures polaires. D'autres camionnettes étaient garées à côté de la nôtre, également équipées de couvertures et d'oreillers. Quelqu'un avait même pensé à apporter un matelas gonflable.

Cam s'approcha du hayon et me tendit les mains.

— Tu es prête ?

Je le laissai me hisser à bord. Déséquilibré par mon poids, il chancela d'un pas vers l'arrière et se rattrapa à mes hanches pour ne pas tomber. Je sentis un geyser de chaleur gronder en moi quand je le regardai.

Ses cils épais dissimulaient ses yeux. Il entrouvrit la bouche, et je me contractai d'impatience. Ce ciel étoilé était la toile de fond idéale pour un baiser. Je sentais pratiquement déjà ses lèvres sur les miennes.

Il laissa retomber ses mains et se tourna vers les deux sacs près de la pile de couvertures. Je ne pus réprimer un pincement de déception quand il s'agenouilla. Pourquoi ne m'avait-il pas embrassée ?

Bon sang, pourquoi n'avait-il jamais recommencé depuis notre rencard ?

— Tiens, dit-il en se relevant. Je t'ai apporté quelque chose pour te tenir chaud.

Il brandit vers moi l'un de ses bonnets, et l'odeur de son shampooing vint me chatouiller les narines. Je restai parfaitement immobile tandis qu'il me l'enfilait. Il prit ensuite grand soin de glisser mes cheveux derrière mes oreilles.

— Merci, lui dis-je.

Il sourit en attrapant l'autre sac et retourna près des oreillers. J'allai le rejoindre avec prudence et m'assis à côté de lui. Il sortit le seau plein de nuggets et les boissons que nous avions achetés sur la route.

Le film commença peu après – une vieillerie qui avait l'air d'être une sorte de coutume locale, car la première scène projetée sur l'écran géant suscita nombre d'acclamations.

— *Maman, j'ai raté l'avion* ? m'exclamai-je, incrédule, en me tournant vers Cam.

Il ricana.

— C'est une sorte de tradition de Thanksgiving, par chez nous.

Je souris.

— Je ne l'ai pas vu depuis des lustres.

Lorsque Kevin McCallister apparut, boudeur, toisant sa famille d'un air furieux, nous commençâmes à piocher dans le poulet, jonchant le pick-up de serviettes en papier roulées en boule. Le temps que la mère de Kevin hurle son nom à bord de l'avion, j'avais déjà le ventre bien plein. J'étais à peu près sûre que Cam avait dû dévorer l'équivalent d'un poulet entier.

La couverture autour de mes épaules repoussait les pires assauts du froid, ce qui ne m'empêchait pas de frissonner régulièrement, surtout quand le vent se levait.

— Viens donc par ici, me dit Cam. (Je le contemplai en haussant les sourcils.) Tu es gelée.

Je me rapprochai de lui, mais apparemment pas assez à son goût. Il m'arracha la couverture et se pencha en arrière. Puis il me souleva et me reposa entre ses jambes écartées.

Je crus que mes yeux allaient tomber de mes orbites.

Cam étendit la couverture sur moi, veillant à bien la border autour de mon cou. Je restai assise avec raideur pendant un long moment, le regard braqué sur l'écran sans pourtant le voir vraiment. Puis ses bras glissèrent sous la couverture et m'enserrèrent la taille. Il m'attira vers lui, de façon à caler mon dos contre son ventre.

Tendue comme jamais, je me forçai à prendre plusieurs inspirations lentes et profondes. Et alors que mon souffle recouvrait tout juste un rythme normal, il croisa les mains sur mon ventre.

— Ça va mieux ? me demanda-t-il, son souffle chaud remuant les cheveux autour de mon oreille.

Incapable de parler, je hochai la tête.

Il remonta l'une de ses mains jusque sous mes seins, l'autre descendant en dessous de mon nombril, au niveau de la ceinture de mon jean. Ses paumes étaient brûlantes. Ma peau se réchauffa immédiatement autour de ces deux zones.

— Tant mieux, murmura-t-il. Je t'avais promis de te réchauffer.

Et en effet, il n'avait pas menti.

— Merci.

Son pouce commença à tracer de petits cercles délicats sous ma poitrine. Puis, quelques secondes plus tard, l'autre main se mit à montrer et descendre en un mouvement régulier dont la lenteur fit paradoxalement accélérer mon pouls.

Chaque fois que ses doigts accrochaient le rabat abritant ma fermeture Éclair, ils tiraient légèrement sur mon jean, dont la couture se plaquait contre mon entrejambe. J'ignorais s'il avait conscience de l'effet provoqué. Le connaissant, je supposais que oui. En quelques minutes, mon bas-ventre palpitait.

Je me laissai aller contre sa poitrine et fermai les paupières. La sensation qu'il me procurait était hallucinante.

— Avery ?

— Mmm ?

Une pause.

— Tu es concentrée ?

— Oui, oui.

Je m'agitais sans cesse.

Son petit ricanement acheva de me convaincre qu'il savait pertinemment ce qu'il faisait.

— Tant mieux, je ne voudrais pas que tu en perdes une miette.

Aucun risque là-dessus.

Une autre nuit agitée m'attendait. Je tournai et virai pendant des heures après notre retour du drive-in, ressentant la même douleur qu'à la suite de notre premier rendez-vous. Il était près de 2 heures du matin quand je capitulai et glissai ma main sous l'élastique de mon pyjama. Cela me paraissait déplacé de faire ça dans la maison de quelqu'un d'autre, dans un lit qui n'était pas le mien, alors que Cam n'était qu'à deux pas. Il ne me fallut pas longtemps pour atteindre la libération. Que devais-je en déduire ?

Je dormis une poignée d'heures à peine et me réveillai autour de 6 heures. Incapable de me rendormir, je me douchai et m'habillai avant de trouver le courage de sortir de ma chambre. Je me postai devant la porte de Cam, comme une vraie espionne. Je me demandai comment il réagirait si je le réveillais. Si je grimpais dans son lit et...

Je me forçai à interrompre le cheminement de mes pensées. J'étais fichue de me casser quelque chose en tentant d'être séductrice ou érotique.

Je m'éloignai de sa porte et abordai l'escalier, espérant ne réveiller personne. Chaque marche persistait à grincer ostensiblement. Une fois dans le vestibule, je humai l'odeur du café et compris que quelqu'un était déjà debout.

J'hésitai un moment au pied des marches, me tordant les mains en essayant de décider si je devais remonter ou annoncer ma présence. Je repensai à toutes ces fois où, réveillée par un cauchemar, je finissais par descendre au milieu de la nuit et surprenais ma mère en train de siffler quelques verres.

Elle ne se montrait pas particulièrement ravie quand cela se produisait.

Je n'aurais honnêtement pas dû errer de la sorte dans une maison inconnue. Cela me donnait l'impression de transgresser quelque règle de bienséance. J'avais commencé à remonter les marches quand Mme Hamilton pointa la tête hors de la cuisine.

Oh merde.

Un sourire chaleureux illumina son visage.

— Je ne t'ai pas réveillée, j'espère ? Je suis une lève-tôt, encore plus pour Thanksgiving. (Elle agita son torchon.) Je prépare la farce.

— Ce n'est pas vous qui m'avez réveillée.

Je m'approchai timidement, fascinée par le fait qu'elle soit debout de si bonne heure pour cuisiner.

— Vous avez besoin d'aide ?

— Je ne dirais pas non, répliqua-t-elle en m'invitant à la rejoindre. En plus, il y a du café tout chaud.

L'attrait de la caféine était trop fort. Je la suivis dans la cuisine, écarquillant les yeux en découvrant les quantités de nourriture éparpillées un peu partout. La dinde reposait sur un plateau, attendant patiemment d'être farcie.

— Du sucre et du lait, c'est ça ?

J'eus un léger sourire.

— Vous avez bonne mémoire.

— Selon moi, la moindre des choses pour démarrer une relation du bon pied est de savoir comment l'autre prend son café.

— Cam n'aime pas vraiment ça.

Dès l'instant où ces mots eurent franchi mes lèvres, je me sentis rougir.

Sa mère fit mine de ne pas remarquer ma teinte écarlate.

— Non, en effet. Le lait, en revanche...

— Il en boit même en mangeant chinois. (Je frémis de dégoût.) C'est vraiment répugnant.

Elle éclata de rire en me tendant ma tasse.

— Il tient ça de son père. Teresa est pareille. D'ailleurs, tu ne vas plus tarder à la rencontrer.

Mon ventre se noua une fois de plus. Le fait d'être présentée à sa sœur me stressait également.

— Tu as déjà fait de la farce ? me demanda Mme Hamilton en rejoignant l'îlot central.

— Non.

Je me postai face à elle, louchant sur les tranches de pain, les oignons, le lait et les œufs.

— Généralement, c'est ma fille qui vient m'aider. (Elle étala son torchon sur le comptoir.) Ce n'est pas très compliqué, je serais ravie que tu me donnes un coup de main ou que tu me tiennes compagnie.

— Dites-moi ce que je dois faire.

Mme Hamilton était radieuse.

— Tu peux commencer par le pain. Tout ce que tu as à faire, c'est de remplir ce saladier de petits morceaux. (Elle me désigna un grand récipient bleu.) On passera ensuite à la deuxième étape.

— D'accord.

Je m'attachai les cheveux en une queue de cheval et retroussai mes manches avant de me laver rapidement les mains.

— Tu as un bien joli bracelet, commenta-t-elle en entreprenant d'émincer un oignon.

— Merci. (Je déchirai le pain, sans doute avec plus de vigueur que nécessaire.) Cam m'a dit que sa sœur avait un récital de danse ?

— À Pittsburgh, confirma-t-elle, débordant d'orgueil. Un spectacle seulement sur invitation. Richard et moi aurions pu y aller, mais nous voulions être ici pour Cameron. Teresa l'a très bien compris. On rate rarement l'un de ses spectacles.

J'achevai la première miche.

— Et maintenant ?

— Les oignons, le beurre, le lait et l'assaisonnement. Il faut mélanger le tout à pleines mains.

J'attendis qu'elle verse lesdits ingrédients dans mon saladier. Elle m'expliqua quelles quantités il fallait, puis je me mis à malaxer cette pâte gluante. Je ne pus réprimer un gloussement.

— Ouh là, c'est bizarre.

— Oui. Au moins, tu n'es pas en train de la manger.

— Crue ?

— Ouaip, Cameron et Teresa ne peuvent pas s'en empêcher.

Je fis la grimace et continuai de pétrir jusqu'à ce que le beurre et le lait soient également répartis sur le pain. Après m'être essuyé les mains, je m'attaquai au deuxième morceau de pain.

— Moi aussi, je dansais, admis-je.

— Cameron me l'a dit.

Mes mains se figèrent. Il avait parlé de ça à ses parents ? Je n'étais pas certaine de savoir ce que je devais en déduire.

— Mais je m'en serais doutée de toute façon, précisa-t-elle en versant ses oignons dans mon saladier. Tu marches comme une danseuse. (Elle sourit.) Moi aussi, je dansais, et à force d'observer Teresa, je finis par savoir repérer cette démarche si particulière chez les autres.

— Ça fait plaisir à entendre. Je n'avais pas l'impression que c'était encore vrai.

— Pourtant, si.

J'étais de nouveau en train de malaxer, et me surpris à penser que c'était ma partie préférée de la préparation.

— Tu n'as jamais aidé ta mère à préparer la farce ? s'étonna Mme Hamilton.

Cette question, pourtant innocente, me provoqua une vive douleur dans la poitrine. Ma mère et moi n'étions déjà pas très proches avant l'incident... Depuis, notre relation était devenue inexistante.

— Je ne pense pas qu'elle sache cuisiner, finis-je par répondre.

— Tu ne penses pas ?

Je secouai la tête.

— Mes parents n'aiment pas trop ça.

Elle marqua une pause.

— Cameron m'a dit qu'ils voyageaient beaucoup pendant les vacances ?

— Ouais, et ils aiment bien rester tous les deux. Vous voyez ? Sans leur fille, quoi. (Je me forçai à rire, balayant cet aveu d'un haussement d'épaules.) Ça ne me dérange pas. Je ne sais pas tenir sur des skis, et rester coincée sur un bateau au milieu de l'océan n'est pas trop mon truc.

Mme Hamilton resta silencieuse en ajoutant les derniers ingrédients avant que j'y replonge les doigts, appréciant la sensation que j'éprouvais en sentant la matière glisser tout autour d'eux.

— Qu'est-ce que tu fais, alors, quand tu es chez toi ?

Nouveau haussement d'épaules.

— Je ne reste pas toute seule tout le temps. Ils demandent à la bonne de me préparer le dîner avant de partir. C'est très gentil de sa part, car elle n'est pas censée travailler les jours fériés.

— Et à Noël ?

— Ça se passe à peu près de la même manière, me surpris-je à avouer. (Je relevai la tête, et me rendis compte qu'elle me scrutait.) Vraiment, ce n'est pas grave. Je n'ai pas une famille très soudée, et c'est sans doute mieux comme ça. (Je regrettai immédiatement de lui avoir dit ça.) J'ai terminé. Quelle est la prochaine étape ?

— Il faut mettre le tout dans la dinde. (Son sourire était légèrement emprunté.) À toi l'honneur !

— D'accord.

Je la laissai retourner la volaille, puis m'affairai à la tâche relativement immonde consistant à lui remplir l'intérieur.

Quand ce fut fait, je me dirigeai vers le double évier tandis qu'elle enroulait la bête dans du papier alu avant de la mettre dans une rôtissoire.

— Merci pour ton aide, Avery.

— De rien, répondis-je. Je suis contente d'avoir pu vous être utile. (J'étais sincère.) Je me suis bien amusée.

Mme Hamilton me sourit, mais son regard resta triste.

— Eh bien, ma belle, tu seras toujours la bienvenue pendant les vacances. On n'est jamais trop nombreux pour préparer le repas.

Je marmonnai un remerciement en achevant de me laver les mains. Quand je me retournai, je vis Cam debout dans l'embrasure de la porte. Je ne savais pas depuis combien de temps il était là, ni ce qu'il avait surpris de notre conversation, mais l'air attendri sur son visage endormi en disait long.

19

N'importe qui aurait vu tout de suite que Teresa et Cam étaient très proches et qu'ils tenaient l'un à l'autre. Ensemble, ils étaient insupportables, n'arrêtant pas de se chercher des poux et de faire grimper le volume sonore de l'endroit où ils se trouvaient.

Teresa était une Cam au féminin – grande, belle à tomber avec ses cheveux noir corbeau et ses yeux bleus lumineux. Elle avait le corps d'une danseuse assidue et débordait d'énergie.

Et, à mon grand soulagement, elle était adorable. J'avais craint qu'elle ne m'apprécie par pour une raison ou pour une autre, mais elle me prit dans ses bras dès les premières secondes suivant les présentations.

La famille Hamilton semblait adorer les embrassades.

Je traînai au sous-sol avec Teresa, Richard et Cam. Quand tous deux se mirent à parler de chasse, et alors que je commençais justement à ne plus tenir en place, Teresa m'invita à remonter aider Mme Hamilton à préparer le dîner.

Voir une mère et sa fille s'affairer ensemble et rire de conserve me fit un drôle d'effet. Je les percevais presque comme deux créatures étranges, composantes d'une famille n'existant que dans les sitcoms de fin d'après-midi. Je leur enviais cette relation, tout en étant parfaitement consciente que je ne vivrais jamais la même chose avec ma mère.

Tandis que nous achevions les préparatifs, Teresa se retrouva scotchée à son téléphone cellulaire, envoyant texto sur texto, même une fois installée à table.

— À qui tu écris ? demanda Cam en se servant une deuxième fournée de patates douces.

Teresa eut un petit sourire suffisant.

— Ça ne te regarde pas.

— Je suis ton frère, ça me regarde.

Oh, oh. Je les observai tour à tour, et vis Cam plisser les yeux tandis que sa sœur recommençait à pianoter.

— Maman, dis à ta fille qu'il est très impoli d'envoyer des SMS à table.

Mme Hamilton arqua un sourcil.

— Elle ne fait de mal à personne.

Cam me donna un petit coup de genou sous la table, chose qu'il faisait régulièrement depuis que nous nous étions assis cinq minutes plus tôt.

— Ça me fend le cœur.

Je levai les yeux au ciel et lui rendis discrètement la monnaie de sa pièce.

— C'est trop triste, commenta sa sœur en laissant retomber son téléphone dans son giron. Alors, Avery, comment as-tu échoué en Virginie-Occidentale ?

— Je voulais changer d'air, expliquai-je en prenant une fourchetée de purée. Ma famille étant originaire de l'Ohio, la Virginie-Occidentale me semblait être l'endroit idéal.

— Pour être honnête, à ta place, j'aurais plutôt choisi l'État de New York ou la Floride, voire la Virginie, le Maryland ou...

Son portable stridula, attirant son attention autant qu'un objet brillant celle d'une personne distraite. Elle ramassa son téléphone, et son visage s'illumina instantanément d'un sourire.

Cam me poussa de nouveau du genou en étrécissant davantage les paupières. Il voulut se resservir en dinde mais dévia sa course pour arracher le portable des mains de sa sœur.

— Hé ! s'écria-t-elle. Rends-le-moi !

Cam se pencha vers moi, le bras tendu pour échapper aux arcs de cercle décrits par ceux de sa sœur. Il se rembrunit en observant l'écran de l'appareil.

— Qui est Murphy ?

M. Hamilton secoua la tête.

— Ça ne te regarde pas ! Bon Dieu, s'impatienta Teresa, rends-moi ce téléphone.

— Je te le rendrai dès que tu m'auras dit qui est Murphy. C'est ton petit copain ?

Elle s'empourpra, et je devinai que Cam était un peu du genre surprotecteur. Il maintint le téléphone hors de portée de sa sœur, jusqu'à ce qu'elle se rasseye en croisant les bras.

— Maman.

— Cam, donne-lui son téléphone. (Comme il n'obtempérait pas, elle sourit.) Nous l'avons déjà rencontré. C'est un gentil garçon.

Cam ne semblait pas convaincu, et je me demandai si cela cachait autre chose. Je me tournai vers Teresa, dont les yeux commençaient à briller. Je m'empressai de ne contempler que mon assiette.

— Il est très gentil et je l'aime bien, précisa-t-elle d'une petite voix.

Cam ricana.

— Ce n'est pas la première...

— Il n'est pas comme Jeremy, trancha M. Hamilton d'une voix très sérieuse et très grave. Rends-lui son téléphone.

Cam avait l'air de vouloir s'y accrocher jusqu'à la fin de ses jours, et si je n'avais pas perçu la moindre tension depuis mon arrivée, l'air de la pièce en était désormais saturé. Je lui agrippai le haut de la cuisse sous la table, le surprenant suffisamment pour qu'il relâche son étreinte et que je puisse lui dérober le portable.

— Hé ! (Il fronça les sourcils.) Ce n'est pas juste.

Je souris en tendant le bras derrière lui pour restituer son bien à sa sœur.

— Désolée.

— Merci, dit Teresa.

J'avais le sentiment de m'être fait une alliée pour la vie avec ce simple geste.

Je lus dans le regard de Cam qu'il y aurait des représailles. Puis il se tourna vers sa sœur.

— Je veux le rencontrer moi aussi.

Elle poussa un long soupir.

— D'accord. Dis-moi quand.

Je fus légèrement surprise de la voir céder si rapidement. Je les étudiai l'un après l'autre, et si Cam paraissait plus calme qu'avant, sa mâchoire était toujours crispée comme rarement. La conversation reprit son cours, charriant avec elle son flot de non-dits.

Ou alors, j'étais parano.

Après le festin, Cam et moi restâmes seuls dans la salle à manger à empiler les assiettes.

— Tout va bien avec ta sœur ? m'enquis-je.

Cam éclata de rire, même si son regard demeura froid.

— Ça roule. Viens jouer, dit-il en me prenant la main pour me mener vers l'escalier descendant au sous-sol. Je parie que tu me bats au billard.

— Euh, pas sûr.

Je le suivis néanmoins volontiers.

— Tu parles, je suis nul à chier à ce jeu.

Je ris de bon cœur.

— Mais il faut débarrasser et...

Cam s'arrêta sans prévenir, et je lui rentrai maladroitement dedans. Il posa les mains sur mes hanches et plaqua son front contre le mien.

— Laisse tomber la vaisselle. Viens jouer avec moi, mon ange.

Merde. Le « mon ange » avait achevé de me convaincre.

Je venais d'enfiler mon pyjama et de me glisser sous la couverture quand j'entendis doucement frapper à la porte. Je me redressai sur les coudes. Mon cœur s'emballa quand Cam entrouvrit le battant.

— Hé, lança-t-il avec un léger sourire.

— Salut, répondis-je, entre le murmure et le coassement.

Son sourire en coin s'étendit.

— Je voulais juste te dire bonne nuit.

Une famille de papillons vint élire domicile entre ma poitrine et le bas de mon ventre. J'attrapai l'extrémité de l'édredon.

— Tu m'as déjà dit bonne nuit.

— Je sais.

Il entra dans la pièce, et je ne pus me retenir de l'examiner de la tête aux pieds. Sur Cam, même un tee-shirt gris et un pantalon de flanelle étaient bien portés.

— Mais pas comme je le voulais.

Oh, mon petit Jésus, bénissez-moi...

Cam referma silencieusement derrière lui. Le déclic du pêne s'engageant dans la gâche me fit sursauter, et mon pouls s'accéléra quand je pris pleinement conscience qu'il se trouvait dans ma chambre tandis que j'étais au lit, vêtue d'un léger tee-shirt à manches longues et d'un petit short en coton. Rien d'autre.

Je retins mon souffle et le regardai approcher de moi. Il s'assit au bord du matelas, ses fesses contre ma jambe. Dans la pénombre de la pièce, ses yeux semblaient luire tels deux bijoux sombres quand ils se posèrent sur ma poitrine. Comme par magie, mes tétons se dressèrent immédiatement contre le fin tissu de mon haut.

Il étudia alors mon visage, et je pris une courte inspiration. Mes papillons, de plus en plus nombreux, semblaient vouloir s'enfuir de leur cage.

— Je suis content que tu aies accepté de venir, déclara-t-il.

Je frissonnai.

— Moi aussi.

— Vraiment ? (Il posa une main de l'autre côté de ma hanche.) J'ai bien entendu ?

— Oui, je crois que oui.

Il se pencha, de sorte que son buste sembla flotter au-dessus du mien.

— J'aurais dû t'enregistrer.

Je considérai sa bouche. Ma repartie bien trouvée m'échappa malheureusement. Je m'humectai les lèvres et il entrouvrit les siennes. Ma poitrine se souleva brusquement quand je me forçai à soutenir son regard.

— Je passe... de très bons moments.

— Moi aussi. (Son expression s'adoucit tout en s'embrasant légèrement.) Alors, tu penses faire quoi pour les vacances de Noël ?

Sachant qu'il avait surpris ma conversation avec sa mère, je décidai de ne pas lui mentir.

— Je n'en sais rien. Je pensais faire une virée d'une journée à Washington. J'ai toujours voulu voir le Smithsonian et le National Mall.

— Ah oui, pourquoi pas ? Je pourrais te servir de guide.

Un léger sourire étira mes lèvres.

— Ça... serait génial.

— Je trouve aussi. (Je sentis son souffle chaud sur ma joue.) Choisis une date.

— Maintenant ?

— Maintenant.

— Le 2 janvier, répondis-je immédiatement avant de m'empourprer. Tu serais disponible ?

— Je le serai toujours pour toi.

Cela me ravit plus que je ne l'aurais cru, et mon sourire s'élargit.

— Tu sais quoi, Avery ?

— Quoi ?

Je me demandai si mon rythme cardiaque était visible à l'œil nu.

— Tu viens de me dire que tu passais de très bons moments ? (Il abaissa la tête, et nos bouches se retrouvèrent à quelques centimètres l'une de l'autre.) Eh bien, ça va bientôt être encore mieux.

— Ah bon ?

Il tourna légèrement le menton et son nez effleura le mien.

— Oh que oui.

— Tu vas continuer à ne pas m'embrasser ?

Il étendit les lèvres.

— Au contraire.

Une vague de chaleur déferla dans mes veines et mon corps se raidit impatiemment. Mes paupières se fermèrent et ses lèvres caressèrent les miennes une fois, puis une seconde, comme si elles devaient refaire connaissance. Ce contact léger, presque inexistant, était éprouvant au possible.

Cam bascula son poids sur son bras gauche et, de l'autre main, s'attarda sur ma joue. Il m'embrassa à la commissure des lèvres, puis de l'autre côté, avant de glisser sa paume dans le creux de ma nuque. Sa bouche traça un sillon le long de ma mâchoire, jusqu'à mon oreille. Un nouveau frisson me fit tressaillir, ce qui occasionna chez lui un ricanement grave et rauque. Il baisa de nouveau ce point sensible juste sous mon lobe, et un gémissement me naquit dans la gorge.

— Bonne nuit, Avery.

Puis il m'embrassa – il m'embrassa exactement comme il l'avait fait avant de rentrer chez lui le soir de notre premier rencard. Il m'embrassa tel un homme en manque d'oxygène qui n'aurait pu trouver son salut que dans ma bouche. La main derrière mon cou me maintint en place, et je restai dressée sur mes coudes pour l'encourager à me dévorer. C'était le seul terme approprié à notre baiser.

Cam me dévorait littéralement.

J'accueillis avidement sa langue, qui vint provoquer la mienne tandis qu'il raffermissait son étreinte. Son goût de dentifrice mit tous mes sens en émoi. Un grondement sourd se forma au fond de sa poitrine quand il se redressa, récupérant sa main.

Dès l'instant où ma tête heurta l'oreiller, je fus comme prise de panique. Où cela allait-il nous mener ? Je repensai à sa sœur, au bout du couloir, et à ses parents, à l'étage du dessus. Puis il m'embrassa derechef, tendrement cette fois, en me prenant le visage en coupe. Ma peur s'apaisa, mes pensées s'éloignèrent.

Cam était toujours au-dessus de moi, mais je voulais le sentir *sur* moi, le corps collé au mien. Dès lors que ce besoin s'installa, un écheveau d'émotions m'envahit. Était-ce déjà trop ? ou pas encore assez ? Il me saisit la lèvre inférieure entre ses dents, m'arrachant un nouveau gémissement.

La réponse était « pas encore assez ».

Dans un acte de bravoure extrême alimentée par le désir, je glissai les mains sous son tee-shirt. Il se crispa quand mes ongles éraflèrent sa peau nue et ferme. Il se figea un instant, puis s'écarta. Je faillis lui demander pourquoi : j'avais fait tous ces efforts pour le toucher enfin, et lui décidait de me quitter ? Putain, qu'est-ce que je devais en déduire ?

D'un geste souple, il retira son tee-shirt.

Oh.

Oh.

Le souffle saccadé, je me laissai captiver par lui. Une peau sans défaut recouvrait ses muscles saillants. Je voulais lui demander ce que son tatouage signifiait, mais fus incapable de prononcer un mot.

Il tira d'un coup sec sur l'édredon et mon cœur se mit à battre la chamade. Je repensai immédiatement à ce que j'avais fait dans ce lit. Nos regards se croisèrent, et je ne pus plus ni bouger ni respirer. Il se mit à califourchon sur moi, m'emprisonnant entre ses bras d'une façon qui me faisait me sentir toute petite... et en sécurité. Je plaquai les mains sur son ventre. Ses abdos se contractèrent.

Cam posa son front sur le mien.

— Tu n'as pas idée de l'effet que tu me fais.

C'était exact, même si je commençai à le comprendre dès que son corps entra en contact avec le mien. Je le sentis contre mon ventre, dur et épais, à travers nos vêtements. Je crus que cela allait me tirer de ma brume de désir entêtante, mais il n'en fut rien. Une éruption de chaleur m'embrasa les cuisses, et mon pouls adopta un rythme terrifiant. Je remuai sous lui, afin de le positionner là où il me tardait de l'accueillir.

— Merde, grommela-t-il en se mettant à trembler.

Il se positionna entre mes jambes en me gratifiant d'un baiser ardent, avalant le grognement plaisant qui m'échappa. Ses hanches roulèrent contre les miennes, et toutes mes terminaisons nerveuses me semblèrent soudain à vif. Le fin tissu de mon pyjama n'était plus qu'un mince rempart entre la peau dure et chaude de son torse contre ma poitrine. Il donna un nouveau coup de hanches en avant, et je lui attrapai les flancs tout en recroquevillant les orteils. Il m'embrassa plus voracement, laissa glisser ses doigts le long de mon cou. Sa main frôla le renflement de mon sein, tout près de sa pointe sensible, et poursuivit sa route jusqu'à mon ventre en feu. Il me souleva la cuisse, m'encourageant à enrouler la jambe autour de sa hanche. Il se plaqua contre mon sexe, ce qui fit naître en moi une poussée de fièvre ainsi que nombre de sentiments contradictoires. Quand il remua de nouveau le bassin, j'étouffai mon geignement contre ses lèvres.

— J'aime bien ce bruit, m'indiqua-t-il en s'agitant encore. (Je le reproduisis en rougissant.) Rectificatif : j'adore ce putain de bruit.

Une multitude de sensations me parcouraient la peau à m'en faire mal. Je ressentais la même souffrance qu'en me retrouvant seule dans mon lit, mais en plus fort, en plus intense, en plus réel. Sa main reprit son exploration, remonta le long de mon flanc, sauta dans la mienne. Il entremêla ses doigts aux miens pendant une seconde, puis reprit sa progression, glissa sous ma manche tandis que sa langue dansait avec la mienne.

Il s'immobilisa soudain et redressa la tête. Je me forçai à rouvrir les yeux tout en reprenant mon souffle. Il arborait une expression indéchiffrable.

— Cam ?

Sans un mot, il souleva mon bras et le retourna. Mon cœur cessa de battre. Non. Non. Je vivais la scène au ralenti. Ses doigts s'agitèrent, son pouce glissa sur la profonde balafre qui me barrait la veine.

Il observa fixement mon poignet.

Je suivis son regard.

L'incrédulité étouffa toutes les merveilleuses sensations éprouvées jusqu'alors. Son pouce bougea de nouveau, comme pour m'effacer cette cicatrice, puis il se figea là. Cam me regarda alors dans les yeux. Inutile de se faire des illusions : il savait. Il avait compris.

— Avery... ? chuchota-t-il, les sourcils froncés, les traits crispés. Oh, Avery, qu'est-ce que c'est ?

L'horreur balaya l'incrédulité tel un raz-de-marée. La douleur qui se lisait sur son visage se propagea, enfouit en moi ses serres acérées, me lacérant l'âme. Son expression... son expression me fit plus mal que n'importe quoi depuis cette soirée d'Halloween.

La cicatrice – je ne voulais pas que quiconque la voie, comprenne à quel point j'avais été faible autrefois. C'était la pire des humiliations.

Je libérai mon bras d'une secousse et me tortillai pour m'éloigner de lui. Ma température corporelle dégringola aussi vite que la manche que je rabattis sur mon poignet nu.

— Avery…

Il tendit la main vers ma joue.

— S'il te plaît, dis-je en me glissant jusqu'au bord du lit. Va-t'en.

Cam retira sa main.

— Avery, parle-moi.

Je secouai la tête, les lèvres tremblantes.

Il serra les dents.

— Avery…

— Va-t'en ! (Je me levai d'un bond et reculai d'un pas.) Va-t'en.

Cam hésita un instant, sembla sur le point de dire quelque chose, mais finit par obtempérer. Il recula jusqu'à la porte et un violent frisson me dévala l'échine. Il posa la main sur la poignée et s'arrêta.

— Avery, on peut discuter…

— Va-t'en. (Ma voix se brisa.) S'il te plaît.

Ses épaules se contractèrent, mais il respecta ma décision. Il quitta ma chambre en refermant doucement la porte derrière lui.

20

Je n'assistai pas aux cours d'astronomie du lundi ni du mercredi. Je n'arrivais pas à me résoudre à affronter Cam. Pas après avoir vu son expression quand il avait compris la cause de ma cicatrice. Pas après avoir dû faire comme si de rien n'était devant ses parents avant notre départ. Même si je ne les connaissais que depuis peu, je les trouvais déjà géniaux et étais peinée de me dire que je ne les reverrais sans doute jamais. Pas après l'interminable voyage du retour du vendredi matin, ni après que Cam avait essayé de me parler sur le pas de ma porte.

Et encore moins après qu'il eut tenté de venir chez moi pour nos œufs du dimanche et que j'avais refusé d'ouvrir la porte.

J'avais passé l'essentiel de mon week-end au lit, les yeux rouges et piquant de ces sanglots inconsolables qui ne s'étaient probablement pas encore tout à fait taris. J'avais boycotté le téléphone. Brit m'avait envoyé des textos. Jacob également.

Cam aussi.

Il avait également essayé de venir me voir le dimanche soir, le lundi soir et le mardi soir. Chaque fois, cela me faisait l'effet d'un coup dans l'estomac.

Je ne pouvais pas l'affronter, car la mine qu'il avait prise m'avait rappelé l'une de celles de ma mère.

Cela s'était passé cinq mois après la fête d'Halloween, et je n'en pouvais plus. Les assauts incessants à force d'e-mails, de SMS, de coups de téléphone et de messages Facebook m'avaient déjà sapé le moral, mais l'école et la vie réelle ? Dans les couloirs, les toilettes, la cantine et même les salles de classe, les gens ne se contentaient pas de chuchoter de ce que, selon la rumeur, il s'était passé entre Blaine et moi, quand nous étions entrés dans sa chambre. Ils en discutaient ouvertement, juste sous mon nez. Ils me traitaient de pute, de menteuse, de sale pute de menteuse ou de toute autre combinaison possible de ces deux mots. Les professeurs n'essayaient même pas de les en empêcher, pas plus que le personnel administratif.

C'était ainsi que moi et mon cadre, celui qui avait naguère accueilli une photo de moi et de ma meilleure amie – cette même meilleure amie qui m'avait affublée du sobriquet de *traînée* dans le couloir bondé –, nous étions rapprochés.

Mes parents avaient déjà du mal à me regarder avant que je m'entaille les veines, alors après... À l'hôpital, Maman avait complètement pété un plomb. Pour la première fois depuis une petite éternité, ses nerfs avaient lâché.

Elle était entrée en trombe dans ma chambre simple, mon père sur ses talons. Son regard cinglant avait navigué de mon visage à mon poignet bandé.

Un éclair de panique avait déformé ses traits trop parfaits, et j'avais alors cru qu'elle finirait par me prendre dans ses bras et par me dire que tout irait bien, que nous traverserions cette épreuve ensemble.

Mais la douleur avait cédé le pas à la déception, à la pitié et à la colère.

Comment oses-tu nous couvrir de honte de la sorte, Avery ? Que suis-je censée dire aux gens qui entendent parler de toute cette histoire ? m'avait demandé Maman. Sa voix chevrotait comme si elle s'efforçait de garder un ton mesuré, mais elle avait perdu les pédales et s'était mise à hurler. *Après tout ce que tu nous as déjà fait, il a fallu que tu ailles encore plus loin ? Tu crois que nous n'avons pas encore assez souffert ? Quel est ton problème, Avery ? Par tous les dieux, qu'est-ce qui cloche chez toi ?*

Les infirmières avaient dû l'évacuer de force.

Étrangement, quand je me remémorais cette soirée, je me souvenais surtout de cet air de panique fugace que j'avais pris, à tort, pour de la compassion.

Et quand Cam avait fait cette même tête, j'avais voulu disparaître, sachant que la stupeur se muerait à terme en déception, en pitié et en colère.

Et je ne pouvais pas supporter de voir cette métamorphose affecter Cam.

J'aurais fait n'importe quoi pour éviter ça, y compris prendre des mesures radicales. Dans la nuit du mardi au mercredi, j'avais donc pris une décision quant aux récents événements.

Ce... ce truc avec Cam était voué à l'échec depuis le premier jour. Un garçon et une fille attirés l'un par l'autre pouvaient-ils vraiment être amis ? Je ne le pensais pas. Les choses se compliqueraient irrémédiablement. Soit ils finiraient par passer à l'acte, soit par s'éloigner irrémédiablement. Nous avions envisagé la première solution l'espace d'une seconde torride. Nous nous étions embrassés deux ou trois fois. Point final. Et en réalité, cela n'aurait pas pu aller plus loin.

Je n'aurais pas pu aller plus loin. Enfin, surtout maintenant. Cam aurait fini par passer à autre chose, me brisant le cœur de façon définitive. Cela m'aurait complètement détruite, car Cam était du genre... du genre dont on tombe amoureuse. Et je ne pouvais pas laisser cela se produire.

C'est peut-être trop tard, me chuchota une horrible et malveillante connasse de petite voix.

Ainsi, le mercredi matin, j'allai voir mon conseiller avec une excuse bateau selon laquelle j'avais trop de devoirs et n'arrivais plus à assumer. Le dernier jour pour se désinscrire d'une matière étant le 31 octobre, je serais donc notée malgré tout. Un zéro allait sacrément plomber ma moyenne générale, mais j'avais des résultats suffisamment élevés ailleurs pour ne pas foutre en l'air mon année.

J'avais eu une importante décision à prendre.

Affronter Cam et subir une douloureuse rupture, ou opter pour un zéro.

J'avais opté pour le zéro.

En sortant de chez mon conseiller, je savais que mon choix était moins un pas en arrière qu'une fuite en avant. De toute façon, je n'avais toujours été bonne qu'à ça. Fuir.

Brit et Jacob entreprirent de mettre sur pied une intervention dès le week-end suivant. Ils vinrent tous deux frapper à ma porte, et je compris bien vite qu'ils n'hésiteraient pas à l'enfoncer – ou pire, à impliquer Cam –, si je persistais à rester enfermée.

Assise dans mon fauteuil lune, je les observais par en dessous.

— Sérieux, les copains...

Brit croisa les bras, le menton obstinément dressé.

— Nous sommes tes amis, et tu es visiblement en pleine crise, alors nous voilà. Et tu ne vas pas te débarrasser de nous si facilement.

— Je ne suis pas en crise.

Bon Dieu, Cam leur avait-il fait part de sa découverte ? J'en eus le ventre noué. Je me convainquis néanmoins qu'il n'aurait jamais fait une chose pareille. Du moins, je l'espérais.

— Vraiment ? demanda Jacob en revenant de la cuisine. Depuis que tu es rentrée de Thanksgiving, tu marches comme un zombie. Et pas de ceux qui vont vite ni qui mangent des cervelles. Tu sembles avoir pleuré toutes les larmes de ton corps, tu évites Cam et refuses de lui parler, et il n'y a rien à grignoter dans ta cuisine.

Je haussai les sourcils à cette dernière assertion.

— Je n'évite pas Cam du tout.

— Tu plaisantes ? répliqua Brit. Je lui ai parlé hier. Il m'a dit que tu refusais de le voir, de répondre à ses appels ou de lui ouvrir ta porte. Tu ne vas même plus en astronomie.

J'avais l'impression qu'on m'enfonçait un poignard dans la poitrine. Je faillis lui demander si c'était elle qui était allée le trouver, mais peu importait. Moins je pensais à lui, mieux je me portais. Ne pas prononcer son nom m'aidait beaucoup.

Que mes deux amis me cuisinent à son sujet ne m'aidait en revanche pas du tout.

— Vous vous êtes disputés ? m'interrogea Jacob en se laissant tomber sur le canapé.

Était-ce le cas ? Pas vraiment. Je secouai la tête.

— Ce n'est rien, je vous assure. On ne s'est pas disputés. C'est juste que je ne suis pas d'humeur à lui parler.

Brit me gratifia d'un regard terne.

— Avery, c'est des conneries.

Je levai les mains, impuissante.

— Pourquoi tu ne vas plus en astronomie ? reprit-elle.

— J'ai laissé tomber ce cours.

Elle me contempla, bouche bée.

— Tu as laissé tomber ? Avery, le dernier jour pour se désinscrire était... Oh, mon Dieu, tu préfères te taper un zéro ?

— Ce n'est pas si grave.

Brit et Jacob me dévisagèrent.

— Putain, tu as perdu la tête ? tempêta ce dernier.

Je grimaçai.

— Non.

Brit prit une profonde inspiration et nous observa tour à tour.

— Jacob, tu peux rentrer tout seul ?

Il fronça les sourcils.

— Euh, ouais, ce n'est pas très loin, mais...

— Tant mieux, gazouilla-t-elle. (Elle se pencha en avant pour l'embrasser sur la joue.) À plus.

Il resta interdit un instant, secoua la tête. Il me prit dans ses bras avant de partir.

— Pourquoi tu l'as foutu dehors ? m'étonnai-je.

— Parce qu'il faut qu'on ait une petite conversation entre filles.

Chiotte.

Elle empoigna ses genoux et s'inclina vers moi.

— Qu'est-ce qui s'est passé entre vous ?

Je cherchai hâtivement une excuse pour éviter le sujet Cam.

— C'est juste que je ne pense pas qu'entretenir une relation avec lui serait une bonne chose.

— OK. Libre à toi. Mais au point de ne plus être amis ? Ou de ne plus pouvoir aller en cours ensemble ?

— On peut rester amis, admis-je au bout de quelques secondes, déjà lasse de cette conversation. Mais pas plus, d'accord ? Je ne veux plus parler de ça. Ne le prends pas mal, mais je ne vois rien à ajouter. Je ne veux pas le voir. Point final.

Je ne veux pas le voir. Le problème de cette phrase était qu'elle n'était qu'en partie vraie. J'étais trop gênée et honteuse pour le voir, mais il me manquait. Cela ne faisait qu'une semaine, mais ses réflexions de M. Je-sais-tout, son esprit et son charme, son... Je me forçai à interrompre cette réflexion.

Brit repoussa les cheveux qui lui tombaient sur le front.

— D'accord. J'ai juste une question à te poser, et je veux que tu me jures d'y répondre honnêtement.

J'écarquillai les yeux.

— D'accord.

— Est-ce qu'il a tenté quelque chose ?

— Quoi ? m'écriai-je.

Elle soutint mon regard.

— Est-ce qu'il t'a fait du mal ?

— Grand Dieu, non ! (Je me levai et me frottai les hanches, mal à l'aise.) Cam ne m'a rien fait. Je te le promets. Il n'a rien fait de mal. Le problème, c'est moi. D'accord ? Je t'en prie, ne t'imagine pas que ça vient de lui.

Elle opina lentement.

— Je m'en doutais, mais il fallait que je te le demande. Pour être sûre.

Elle s'attarda quelques instants de plus, le temps de me parler de son dernier coup avec Jimmie et, pendant quelques minutes, je parvins à ne plus penser à Cam ni à tout ce bordel.

Quand elle partit, elle s'arrêta sur le seuil et se tourna vers moi.

— Juste au cas où : quand j'ai discuté avec Cam, il était inquiet pour toi. Il était très perturbé. Je ne sais pas ce qui s'est passé entre vous, mais j'espère que vous arriverez à vous rabibocher, parce que...

— Parce que quoi ?

Elle pinça les lèvres, soufflant par le nez.

— Parce que je crois qu'il tient vraiment à toi, Avery. Et je pense que tu tiens vraiment à lui aussi. Ce serait vraiment dommage que vous restiez brouillés pour une connerie.

La fin du semestre approchant à grands pas, je m'investis à corps perdu dans mes partiels. Avec mon zéro en astronomie, j'allais devoir cartonner partout ailleurs, ne serait-ce que pour me sentir moins mal d'avoir pris une décision aussi folle. Durant la semaine écoulée, j'avais plusieurs fois voulu me donner des gifles pour me punir d'avoir opté pour la solution de facilité. Et durant ces trop rares instants de lucidité, je me maudissais à n'en plus finir. C'était une décision débile, vraiment débile, surtout à cause d'un garçon, mais il était désormais trop tard pour revenir dessus. J'avais raté les quinze derniers jours de cours, je ne pourrais plus rattraper un retard pareil.

Après mon dernier partiel du semestre – la musique –, je me dirigeai vers la gare, où j'avais laissé ma voiture. Tout en luttant contre le vent violent qui me soufflait droit dans les yeux, je sortis mon téléphone portable. Deux ou trois textos de Cam reçus la semaine précédente étaient restés en non lus, de même que celui de mon numéro masqué, qui s'était apparemment lassé de me laisser des messages vocaux et avait décidé de changer d'approche. À l'instar du traitement que j'infligeais aux e-mails de mon cousin, je n'ouvrais donc plus non plus les SMS de Cam.

Je ne les supprimais cependant pas. Je ne sais pas trop pourquoi. J'en étais simplement incapable.

J'avais également un appel manqué de Brittany. Elle voulait qu'on se voie avant qu'elle ne rentre chez elle pour les fêtes. Ni elle ni Jacob n'avaient plus reparlé de l'histoire avec Cam, mais le non-dit était flagrant à chacune de nos sorties. Dès que j'eus quitté le campus, je me résolus à me rendre au magasin d'alimentation, ayant trop longtemps repoussé ma corvée de courses. J'arpentais les rayons sans rien trouver d'appétissant, me contentant de balancer des articles dans mon chariot.

En sortant du supermarché, j'avisai Ollie, qui se dirigeait vers la pizzeria au bout du bâtiment. Nous n'étions guère qu'à un kilomètre de notre immeuble, je ne fus donc pas surprise de le découvrir là, mais je m'arrêtai néanmoins au milieu du parking, le cœur tambourinant. Il ne m'adressa pas un coup d'œil, ne m'ayant sans doute même pas remarquée, mais en le voyant, je repensai à cette foutue tortue.

Je tentai fermement de ravaler la boule qui m'obstruait la gorge. Je retournai à ma voiture, les larmes aux yeux. Une fois au pied de chez moi, je déchargeai mes sacs et la boule en profita pour refaire surface.

L'inévitable se produisit tandis que j'effectuais mon dernier voyage.

J'entendis la porte de Cam s'ouvrir, et je sus qu'il ne pouvait pas s'agir d'Ollie. Je paniquai et essayai de déverrouiller la mienne et de rentrer mes sacs avant qu'il m'aperçoive, sauf que c'était tout bonnement impossible. Laissant rapidement tomber l'idée idiote consistant à abandonner mes courses sur place, je me penchai pour ramasser un maximum de sacs.

— Avery.

Je me figeai, les paupières closes, trois sacs pleins me pendant au bout des doigts. Ma gorge se noua quand je le *sentis* approcher. Comme si mon corps était quelque part conscient de sa présence.

— Je vais t'aider.

Sa voix grave me résonna dans la poitrine, m'arrachant un frisson. Je rouvris les yeux, incapable de les détourner du peu que je voyais de mon appartement.

— C'est bon, je gère.

— On ne dirait pas, répliqua-t-il. Tu as les doigts tout violets.

En effet.

— Ça va aller, insistai-je.

Je commençai à rentrer dans mon appartement, mais il fut plus vif que moi. Il me contourna, et je ne découvris que son buste. Grâce à Dieu, il portait un pull. Sa main se matérialisa sous mon nez et il me prit les sacs des mains, m'effleurant au passage. Je me reculai d'un sursaut, répandant le contenu de l'un d'eux dans le couloir.

— Merde.

Je tâchai de rattraper mon après-shampooing avant qu'il dévale l'escalier. Cam s'agenouilla pour rassembler le reste de mes affaires. Du shampooing, du dentifrice, des tampons. Génial. Je jurai entre mes dents et me forçai à relever la tête.

Cam serrait les dents, et je dus détourner les yeux en hâte tant le voir me faisait souffrir.

— Si tu ris, je te pète les côtes, le menaçai-je en récupérant le reste de mes courses.

— Je n'oserais jamais.

Une pointe d'amusement égayait pourtant sa réplique.

Il me suivit chez moi, me dépassa même pour aller poser mes sacs sur le comptoir. Je l'imitai, le cœur battant à tout rompre.

— Tu n'étais pas obligé, mais merci, dis-je.

Mes mains tremblaient quand je sortis le lait de l'un de mes sacs. Il était toujours dans la cuisine, debout devant la porte.

— Il faut vraiment que je...

— Tu penses réellement pouvoir te débarrasser de moi si facilement, maintenant que tu m'as laissé entrer ? s'enquit-il.

Je fourrai ma brique dans le frigo et passai aux surgelés.

— L'espoir fait vivre.

— Ha ha. Très marrant. Il faut qu'on parle.

Je fis une pile de mes barquettes et les transportai jusqu'au congélateur.

— On n'a rien à se dire.

— Oh que si.

— Non, rien du tout. Et je suis occupée. Comme tu peux le constater, il faut que je range mes courses, et...

— D'accord, je vais t'aider, répliqua-t-il en joignant le geste à la parole. Pendant ce temps, on peut discuter.

— Je n'ai pas besoin d'aide.

— En fait, je crois que si.

Je fis volte-face, laissant la porte du congélo béante. Un air froid me caressait la nuque, mais je le sentais à peine tant la panique le disputait à la colère.

— Qu'est-ce que ça veut dire ?

— Pas ce que tu sembles avoir compris, Avery. Bon Dieu. (Il passa une main dans ses cheveux en bataille.) Tout ce que je veux, c'est discuter. C'est tout ce que j'essaie de faire.

— Et visiblement, je n'en ai pas envie.

Je retournai furieusement jusqu'au comptoir, où je m'emparai sans ménagement des steaks hachés oubliés là. Je les balançai ensuite dans le congélateur, dont je claquai violemment la porte. Plusieurs articles remuèrent à l'intérieur et au-dessus du frigo.

— Tu es encore là ?

Cam prit une profonde inspiration, les muscles de sa mâchoire commençant à tressauter.

— Écoute, j'ai bien remarqué que tu n'étais pas contente de me voir, mais il va falloir me dire ce que j'ai fait pour te mettre si en colère que tu refuses de me parler ou de...

— Tu n'as rien fait du tout, Cam ! Je n'ai juste plus envie de te parler. (Je tournai les talons et quittai la cuisine pour rejoindre la porte d'entrée.) D'accord ?

— Non, pas d'accord. (Il me suivit jusqu'au salon, mais s'arrêta derrière le canapé.) Ce n'est pas comme ça que ça se passe, Avery. Tu ne peux pas laisser tomber quelqu'un sans raison ni te cacher pour ne pas le voir. S'il y a...

— Tu veux que je te dise ce qui ne se fait pas ? (Piquée au vif par la justesse de son propos, j'écumais de rage.) Ça ne se fait pas de harceler les gens de coups de fil et de textos quand on sait qu'ils ne veulent pas nous voir. Qu'est-ce que tu en penses ?

— Parce que je te harcèle, selon toi ? (Il laissa échapper un rire totalement dépourvu d'humour.) Tu te fous de ma gueule, ou quoi ? Le fait que je m'inquiète pour toi serait du harcèlement ?

J'ouvris la bouche pour répondre, mais cette saloperie de boule était revenue, manquant m'étrangler.

— Je n'aurais pas dû dire ça. Tu ne me harcèles pas. Simplement... (Ma voix se brisa, et je me passai les deux mains dans les cheveux.) Je ne sais pas.

Cam pinça les lèvres en me dévisageant. Il secoua la tête.

— C'est à propos de ce que j'ai vu, pas vrai ? (Il désigna mon bras, et je me raidis.) Avery, tu peux...

— Non, répliquai-je en me tenant le poignet. Ce n'est pas ça. Ça n'a rien à voir. Je n'ai juste pas envie de ça.

— De quoi ?

— De *ça* ! (Je fermai brièvement les yeux, pris une profonde inspiration.) Je n'ai pas envie de *ça*.

— Bon Dieu, tout ce que je veux, c'est discuter.

Ses mots me touchèrent au cœur, mais je persistai à secouer la tête en le défiant du regard.

— Il n'y a rien à dire, Cam.

— Avery, arrête...

Il coinça sa lèvre inférieure entre ses dents, ce qui capta mon attention aussi efficacement que s'il avait balancé un cheeseburger à la face d'un gamin affamé.

— Bon, d'accord. Tu sais quoi ? Je ne veux pas remuer ton passé, je n'en ai rien à foutre.

Je tressaillis et fis un pas de côté. C'était mérité, mais cela n'en faisait pas moins mal – il avait touché un point sensible.

Il me contourna et se rua jusqu'à la porte.

— Au fait, je rentre chez moi pour les fêtes. Je vais faire des allers et retours, alors si tu as besoin de quoi que ce soit... (Il partit du même rire froid et se passa la main dans les cheveux.) Je sais, tu n'as besoin de rien.

Je ressentis un douloureux pincement à la poitrine quand il ouvrit la porte. Il sortit dans le couloir avant de faire volte-face.

— Tu vas passer les vacances toute seule ici, pas vrai ? Même pour Noël ?

Je restai silencieuse, les bras croisés sur ma poitrine.

Il détourna la tête, serrant les dents.

— Peu importe. Joyeux Noël, Avery.

Il retourna à grands pas jusqu'à son appartement, et je m'attendais à entendre sa porte claquer, ce qui n'arriva pas. Quelque part, c'était encore pire. Je m'enfermai chez moi, les yeux déjà pleins de larmes. *C'était ce qui pouvait arriver de mieux*, tentai-je de me convaincre. Brit s'était trompée. Nous ne pouvions pas nous rabibocher. Et c'était mieux ainsi. Forcément.

Sauf que ce n'était pas du tout l'impression que j'avais.

21

Deux événements se produisirent le jour de Noël. Mon père m'envoya un texto pour me souhaiter un « Joyeux Noël ». Sans même se donner la peine d'ajouter mon prénom. Tellement personnel. Je t'aime aussi, Papa.

Et il se mit à neiger en fin de journée.

Je n'avais jamais vu de neige à cette période.

Succombant à une légère pointe d'excitation, j'enfilai mon manteau et des bottes épaisses. Même si je savais qu'il n'y avait personne chez Cam, pas même Ollie, je jetai un coup d'œil à leur porte en me dirigeant vers l'escalier. Je me demandai qui s'occupait de Raphael.

Le cœur lourd, je me contraignis à emprunter les marches et à sortir sous l'auvent de l'immeuble. Des guirlandes lumineuses multicolores pendaient aux fenêtres de certains appartements. Des sapins illuminés en éclairaient d'autres. Je n'avais pas installé la moindre décoration. Cela ne m'avait pas paru utile. Toutefois, je m'étais commandé un cadeau.

Une nouvelle besace, en cuir vieilli. Un nouveau sac pour un nouveau semestre.

Sans savoir où j'allais, je me retrouvai dans le champ derrière le dernier bâtiment. D'épais flocons blancs jonchaient déjà le sol où ils continuaient à tomber lourdement.

Je fourrai mes mains dans les poches de mon manteau, basculai la tête en arrière et fermai les yeux. De la neige me tomba sur les joues et les lèvres. Chaque flocon était froid et humide. Je restai dehors si longtemps que s'il prenait à quelqu'un l'idée de m'observer par la fenêtre, je passerais sans doute pour une folle. Ce qui m'était parfaitement égal.

Cam ne m'avait plus contactée depuis l'histoire des courses.

Je ne m'attendais pas vraiment à ce qu'il le fasse, ce qui ne m'empêchait pas d'avoir une boule au ventre chaque fois que je constatais qu'il ne m'avait pas laissé de message. Étais-je vraiment aussi tordue ? Je lui avais dit que je ne voulais plus qu'il me harcèle, il avait donc cessé. C'était bien ce que je souhaitais, non ?

Une différente forme d'humidité me recouvrit les joues, se mêlant à la neige. Je poussai un soupir. Je rouvris les paupières, observai les flocons quelques secondes de plus, puis retournai à l'abri.

Une fois devant chez moi, je me tournai vers la porte de Cam et murmurai :

— Joyeux Noël, Cameron.

Le lendemain du Nouvel An, j'en eus assez de ma solitude et fis ce que j'avais prévu. Bravant le froid et le vent, je branchai mon GPS et allai jusqu'à Washington visiter les musées.

J'étais très fière de moi en me garant. La route était loin d'être évidente. Cependant, le fait d'avoir grandi vers Houston m'avait préparée à la folie du plan de circulation.

Les musées étaient bondés. La plupart des gens étaient venus en famille, ce qui me semblait étrange pour un lendemain de jour férié. Je profitai surtout du département Égypte antique du Smithsonian, fascinée par ces reliques multimillénaires.

La momie était carrément impressionnante.

La fana d'histoire qui sommeillait en moi était tout excitée en arpentant les couloirs, même si j'étais seule et que, bien malgré moi, l'image de Cam ne cessait de venir me hanter, tant il avait semblé enthousiaste à l'idée de m'accompagner. Certes, cela s'était passé juste avant qu'il m'embrasse, et peut-être cherchait-il alors simplement à me mettre dans de bonnes dispositions.

Je ne pouvais même pas feindre de croire qu'il était encore en famille, car en partant ce matin-là, j'avais aperçu son pick-up argenté dans le fond du parking. Cam était de retour à la fac.

Je m'arrêtai devant une vitrine de faïences. Repenser sans cesse à notre baiser ne m'aidait pas du tout, bien au contraire. Je tournai la tête, remarquant un couple d'adolescents plus intéressés par la bouche de l'autre que par les merveilles de l'histoire exposées devant eux.

J'eus un pincement au cœur.

Peut-être n'avais-je après tout pas eu la meilleure idée du monde en venant ici, mais je ne pouvais tout simplement pas rester chez moi.

Pas le jour de mon anniversaire.

Le changement de dizaine.

Je n'avais pas encore eu de nouvelles de mes parents. Je m'attendais à ce qu'ils m'envoient un texto, mais quand je repris la route, peu avant 16 heures, ils n'en avaient toujours rien fait.

Ce qui me faisait à peu près aussi mal qu'une piqûre de méduse.

Je passai chez le glacier près de chez moi pour acheter un petit remontant. Je n'étais pas particulièrement amatrice de glaces, mais ces morceaux de biscuits qu'ils mettaient à l'intérieur étaient absolument divins.

Munie de mon goûter, je me vautrai sur le canapé et regardai la moitié de la première saison de *Supernatural* avant de m'endormir si tôt que c'en était gênant.

Je me réveillai entre 4 et 5 heures du matin, complètement dans le gaz. Me forçant à m'asseoir, je grimaçai en sentant les pulsations douloureuses dans mes tempes. Pensant que cela venait de la position bizarre que j'avais adoptée, je me levai.

— Waouh.

Je me plaquai la paume sur le front tandis que la pièce tournoyait autour de moi. J'étais brûlante. Est-ce que je transpirais ?

Je me dirigeai vers la chambre pour me changer, mais bifurquai brusquement vers la salle de bains.

— Oh la vache, haletai-je.

Des crampes d'estomac me forcèrent à m'agenouiller et à relever en hâte la cuvette des toilettes. La crème glacée et tout ce que j'avais pu avaler depuis le matin ressortirent rapidement. C'était impressionnant, et cela sembla durer des heures. Dès que j'eus le sentiment que les nausées avaient cessé, je m'adossai à la baignoire, posant la joue sur l'émail frais. Cette agréable sensation ne dura pas. Mon ventre se serra de nouveau et c'est à peine si j'eus le temps de me pencher.

Plus de doute, j'étais malade.

Qu'avais-je donc fait au bon Dieu pour qu'il me refile la grippe ? Et où avais-je bien pu l'attraper ? Quelle importance ? De toute façon, rien n'avait d'importance sur le sol de ma salle de bains, où ma figure reposait désormais, sans doute déjà incrustée des motifs du carrelage. J'ignorais complètement combien de temps s'était écoulé. Il me fallait des médicaments, je devais aller en acheter au supermarché. Du bouillon de poulet, de l'Actifed, n'importe quoi...

Je me redressai tant bien que mal, titubai jusqu'au salon. Les murs m'apparaissaient flous et légèrement gauchis, comme s'ils remuaient pour me saluer. Après un court périple, je finis par trouver mon sac à main et mes clés et par rejoindre la porte d'entrée. Alors que je la déverrouillais, je sentis mon estomac se tordre une fois de plus.

Je lâchai sac et clés et partis en courant. Les murs dansèrent. Mauvais signe. Au bout de quelques pas, mes jambes décidèrent de cesser de m'obéir. Mutinerie. Plus rien. Je tombai par terre, sans vraiment sentir l'impact. Je rampai vers la cuisine, ayant suffisamment de bon sens pour ne pas vouloir ruiner ma moquette. J'atteignis l'évier par miracle et vomis tripes et boyaux jusqu'à sentir des larmes me rouler sur les joues.

Ça craignait vraiment.

Quand l'orage sembla enfin passé, je me laissai glisser et m'adossai aux placards sous l'évier. Bon. Hors de question d'aller jusqu'au magasin. Pareil pour le lit. Sans trop savoir comment, je me retrouvai de nouveau allongée de tout mon long sur le carrelage. Au moins, j'avais plus de place dans la cuisine.

Une douleur profonde me tiraillait muscles et os. Ma tête palpitait si violemment que le simple fait d'ouvrir les yeux ou de me concentrer sur autre chose me faisait souffrir. J'avais l'impression qu'on m'avait carré une brosse à reluire au fond de la gorge. Mon esprit nageait dans la mélasse. Plus rien n'avait de logique. J'entendis mon téléphone pépier au loin et, quelque temps plus tard, il sonna, et sonna, et sonna encore. Je me demandai si cela pouvait être mes parents. Peut-être qu'ils avaient fini par se rappeler que mon anniversaire était la veille.

Je dus m'endormir, car je me réveillai en sursaut en entendant un coup violent assené quelque part. Je crus également entendre s'ouvrir ma porte de salon. Au point où j'en étais, je me fichais comme d'une guigne qu'il s'agisse d'un tueur en série. J'aurais accueilli à bras ouverts quiconque aurait pu me tirer de ma misère.

— Avery ?

Une courte pause, puis :

— Oh, mon Dieu.

L'assassin connaissait mon nom et était du genre à prier ? Chouette.

Des mains fraîches se posèrent sur mon front.

— Avery, mon Dieu, est-ce que tu vas bien ?

Mon meurtrier avait plus ou moins la voix de Brit, il ne devait donc pas être si méchant. J'entrouvris les paupières avec peine. Son visage prit forme peu à peu. L'inquiétude lui déformait les traits. Puis tout redevint trouble.

— Grippe, murmurai-je. J'ai la...

— C'est pour ça que ça sent comme à la fête du vomi, ici...

Je grimaçai.

— Beurk.

— Ouais, beurk, tout ça est très beurk.

J'entendis quelque chose tomber, puis les mains fraîches disparurent. La porte de mon frigo s'ouvrit et un air magnifique, merveilleux et délicat vint me refroidir. J'étais au paradis, ce putain de paradis.

Le réfrigérateur se referma et Brit revint vers moi.

— Il faut que tu boives. Aide-moi à te redresser.

Tout en marmonnant, je tâchai de me hisser sur mes bras trop faibles. Elle me soutint par les épaules et parvint à m'adosser aux placards. Une bouteille d'eau apparut au bord de mes lèvres sèches.

— Non. (Je tentai de la repousser, incapable toutefois de faire un geste.) Tu vas... attraper... ma grippe.

— Je suis vaccinée, donc non. Bois, Avery. Bois.

Elle porta de nouveau la bouteille à ma bouche, et cette fois le liquide s'infiltra jusqu'à ma gorge irritée.

— Ça te fait mal ? Si tu arrives à boire, j'irai t'acheter des médicaments, d'accord ? Je pense que tu as de la fièvre. (Elle apposa sa paume sur mon front.) Oui, pas de doute, tu as de la fièvre.

Je crois que je bus un peu d'eau avant de piquer du nez vers le sol. Tout se brouilla. Brit me parlait, et il me semblait répondre. Sans pour autant savoir ce qui sortait de ma bouche. Elle finit par m'abandonner là et, quand je l'entendis de nouveau, sa voix basse émanait du salon. Mon mal de tête était trop fort pour que j'ouvre les yeux.

Des bras glissèrent sous mon corps et, l'espace d'un instant, je flottai dans l'air. Puis je me retournai, reposant contre quelque chose de dur et chaud. Je gémis, pivotant la tête vers mon support. Une odeur familière et apaisante m'envahit les narines ; je me laissai bercer jusqu'à un endroit plus confortable. Quelque chose de froid et humide me tamponnait le front.

Je dormis par intermittence, me rendant compte à chaque réveil que je n'étais pas seule. Quelqu'un était assis sur le lit à côté de moi, me passait un gant de toilette sur les joues. Je bredouillai quelques mots avant de sombrer derechef. Je ne sais pas combien de temps cela dura, mais je finis par ouvrir les yeux avec l'impression de sortir du coma. La lumière filtrant par la fenêtre était trop violente, et le martèlement dans ma tête, bien que présent, s'était considérablement apaisé.

J'ouvris la bouche, immédiatement prise d'une toux sèche.

Des bruits de pas retentirent dans le couloir et, soudain, Brit se matérialisa dans l'embrasure de ma porte, un verre d'eau dans une main, un mug dans l'autre.

— Tu es vivante ! Dieu merci. Je commençais à croire que je t'avais tuée par mégarde en t'enfonçant des médocs dans la gorge.

Je la contemplai, hébétée.

— J'ai pris des médicaments ?

— Ouaip. (Elle vint me rejoindre en deux petits bonds et se jucha sur le lit.) Tu en as pris deux fois, et tu t'apprêtes justement à recommencer. Tu dois boire ce verre entier. Puis cette tasse. Ma mère – elle est infirmière, si ça peut te rassurer – m'a dit que puisque la fièvre était tombée cette nuit, tu devrais aller bien. Aller mieux, du moins.

— Cette nuit ?

Je me couvris la bouche, subissant une nouvelle quinte de toux. Puis je lui pris le verre d'eau, que je mis une éternité à ingurgiter.

— Quelle... quelle heure est-il ?

Brit était toujours perchée sur le bord du matelas, sa tasse fumante à la main. Je sentais le citron de ma place.

— L'heure ? Ma puce, « quel jour » semblerait être une question plus appropriée. On est samedi.

Je faillis avaler mon eau de travers.

— Samedi ? J'ai dormi une journée entière ?

— Une journée et demie, précisa-t-elle, compatissante. À force de ne pas avoir de réponse à mes appels et à mes messages, j'ai fini par m'inquiéter. C'est pour ça que je suis venue. Tu étais dans un sale état. D'après ma mère, tu devais être complètement déshydratée.

Je ruminai cette nouvelle information en terminant mon verre, que je posai ensuite sur la table de chevet avant de prendre la tasse des mains de Brittany. Je toussai une fois de plus, et seul un miracle m'empêcha de m'ébouillanter.

— Est-ce que... tu es restée ici tout le temps ?

— Pas tout le temps. On m'a aidée.

— Merci, dis-je. Sincèrement, merci. Je serais toujours... allongée sur le carrelage... si Jacob et toi n'aviez pas été là.

Elle secoua la tête.

Soudain, un élément capital me frappa. J'observai ma tenue. J'étais vêtue d'une chemise de nuit à manches longues et d'un bas de pyjama. J'avais toujours mon soutien-gorge, mais – oh, mon Dieu – pas mon bracelet. Je remontai la tête bien trop vite, ce qui raviva ma migraine. Il était posé sur ma table de nuit.

— Est-ce que tu... ?

— Oui et non, répondit-elle en jouant avec la courte queue de cheval qui lui partait du sommet du crâne. Je t'ai aidée à enfiler ton pantalon.

— Alors qui... ?

Un sentiment d'angoisse me fit craindre de devoir courir de nouveau jusqu'aux toilettes.

— C'est pas vrai…

Brit fit la moue.

— Ne m'en veux pas, Avery, je ne savais pas quoi faire d'autre. Je ne pouvais pas te soulever toute seule. Pour quelqu'un d'aussi petit, tu pèses ton poids, et j'ai plus de muscles que Jacob. Cam habitant juste en face, je ne voyais pas de meilleure solution.

Bon sang, mon cerveau malade n'arrivait même pas à analyser la situation. Si Brit ne m'avait pas retiré mon pull trempé de sueur, Cam avait dû s'en charger, ce qui signifiait également que c'était lui qui m'avait ôté mon bracelet.

Je fermai les paupières.

— Tu crois que tu vas te remettre à vomir ?

— Non, répondis-je d'une voix rauque. Et donc… Cam est venu ici ?

— Il t'a portée jusqu'à ton lit et a veillé sur toi le temps que j'aille à la pharmacie, m'expliqua-t-elle en croisant les jambes. Quand je suis revenue, il t'avait changée. Mais il m'a juré qu'il ne s'était pas rincé l'œil. Alors que moi, oui. Il était torse nu, même si j'avais ouvert toutes les fenêtres en grand pour aérer ta gerbe.

Aérer ma gerbe. Cam avait eu le nez dedans.

— Un vrai petit infirmier. Il t'a tamponné le visage avec un gant de toilette pour faire baisser ta température. (Brit poussa un soupir rêveur.) Il est même resté avec toi pendant que je nettoyais ton bordel.

— Merci, répétai-je en finissant le contenu de mon mug. Franchement, merci infiniment. J'ai une dette envers toi.

— En effet. (Elle me sourit rapidement.) Envers Cam aussi.

Je me laissai retomber sur mon oreiller, fermant les yeux.

— Je parie que tu as dû le supplier pour venir.

— Pas du tout, répliqua-t-elle en me tapotant la jambe jusqu'à ce que je daigne la regarder. Je n'ai même pas eu besoin de le lui dire deux fois. Il a tout laissé tomber séance tenante et a débarqué ici dans la seconde.

22

La grippe s'était muée en une sorte d'horrible rhume que je traitais implacablement avec à peu près tous les produits de parapharmacie connus de l'homme. Le premier jour du second semestre, je toussais toujours, mais je me sentais suffisamment bien pour aller en cours.

Alors que je m'apprêtais à descendre, je pris mon courage à deux mains et m'approchai de chez Cameron. Il fallait que je le remercie de vive voix, pas par texto. Le cœur battant aussi vite que si j'avais descendu et remonté l'escalier en courant, je frappai.

Des bruits de pas résonnèrent à l'intérieur quelques secondes avant que la porte ne pivote sur Ollie dans toute sa splendeur débraillée. Un sourire endormi se forma sur ses lèvres.

— Salut, content que tu ailles mieux.

— Merci. (Je me sentis rougir.) Est-ce que Cam est levé ?

— Ouais, je vais voir. Une seconde.

Il laissa la porte entrebâillée et disparut à l'intérieur. Quelques instants plus tard – l'équivalent d'une éternité –, il revint, un peu moins froissé.

— En fait, euh, il est déjà parti en cours.

— Oh. (Je souris pour masquer ma déception.) Eh bien, je… À plus tard.

— Ouais, opina-t-il en se passant la main dans les cheveux qui lui tombaient aux épaules. Hé, Avery, j'espère que tu te sens mieux.

— Oui, merci.

Je lui adressai un petit signe de la main, réajustai la bandoulière de ma nouvelle besace puis en sortis mes gants afin d'affronter la matinée lumineuse et glaciale. Je m'immobilisai à quelques mètres de ma voiture en remarquant le pick-up de Cam.

Il n'était pas parti en cours. Il était là-haut, chez lui. La vérité était froide comme l'hiver. Ollie était rentré le prévenir, et Cam n'avait pas voulu me voir.

Je le croisai plusieurs fois sur le campus durant les semaines qui s'ensuivirent. Apparemment, nos emplois du temps respectifs étaient de mèche pour nous rapprocher l'un de l'autre. Et chaque fois que je l'apercevais, il était avec Jase ou Steph.

Dès que je le voyais avec elle, un pincement très désagréable m'étreignait la poitrine. Je n'avais aucun droit de ressentir cela, j'en étais pleinement consciente, ce qui ne m'empêchait pas de vouloir satelliser Stephanie.

Ce n'était toutefois pas le pire de nos rencontres fortuites : la plupart du temps, il ne me remarquait même pas, et si par hasard nos regards se croisaient, il détournait systématiquement la tête. Comme si nous n'avions pas été amis pendant près de cinq mois, ni n'avions partagé un seul moment intime. Comme si nous ne nous connaissions même pas.

Cela me rappelait mes amis du lycée après la soirée d'Halloween : notre passé commun semblait avoir été effacé.

Le vendredi, une légère ouverture se présenta à moi. Cam traversait la rue principale, seul, en direction du

Knutti Hall, la tête baissée et les mains plongées dans les poches de son sweat à capuche.

— Cam ! m'écriai-je si soudainement que cela me provoqua une lamentable quinte de toux, vestige de ma maladie.

Il s'arrêta, dressa le menton. Des mèches de cheveux sombres dépassaient de son bonnet.

Je grimpai avec peine le reste de la colline, malgré mes élancements dans les jambes et la poitrine. Hors d'haleine, je me postai devant lui.

— Désolée, croassai-je en reprenant mon souffle. Une seconde...

Il fronça les sourcils.

— Tu n'as pas l'air en forme.

— C'est le problème de la peste noire, on ne s'en remet jamais complètement.

Je me raclai la gorge, me forçant à affronter son regard. Pendant une seconde, quand je plongeai les yeux dans ses prunelles cristallines, j'oubliai ce qui m'avait poussée à l'arrêter.

Une lueur éclaira son visage et il détourna la tête en serrant les dents.

— Il faut que j'aille en cours...

Cam, pressé d'aller en classe ? L'apocalypse se profilait. Je réprimai l'envie de tourner les talons et de le planter là, pleinement consciente que cette conversation ne l'intéressait pas le moins du monde, mais je campai sur place. Je lui devais bien ça.

— Je voulais juste te remercier d'avoir aidé Brit quand j'étais malade.

Il pinça les lèvres en se concentrant sur un point derrière moi.

— Ce n'était pas grand-chose.

— Pour moi, si, répondis-je doucement, regrettant qu'il ne me regarde pas. Alors merci.

Il hocha brusquement la tête puis inspira profondément. Ses yeux se posèrent sur moi une fraction de seconde avant de se dérober de nouveau. Ses épaules se contractèrent.

— De rien.

— Bon...

Je ne savais plus trop quoi dire, tout ce qui me venait à l'esprit valant mieux d'être tu. Genre *Désolée d'être une vraie connasse*. Ou *J'aurais préféré que tu ne voies jamais cette cicatrice.*

— Il faut que j'y aille, déclara-t-il en reculant vers l'entrée latérale du bâtiment, où un groupe d'étudiants attendaient le début de l'heure en fumant. À plus tard.

— Désolée, bredouillai-je, le cœur lourd.

Cam se retourna, plissant les yeux, comme s'il attendait quelque chose. Puis il secoua la tête.

— Moi aussi.

Je ne le retardai pas plus longtemps.

Je réprimai un sanglot et parvins par miracle à rallier mon cours d'anglais, qui avait lieu dans le même bâtiment que le sien. La matinée s'écoula dans une brume écrasante et, quand je rejoignis Jacob et Brit pour déjeuner, j'eus du mal à suivre leur conversation en mangeant mon sandwich du bout des lèvres. Ils devaient toutefois en avoir l'habitude, car ni lui ni elle ne me firent la moindre réflexion.

Tandis que Brit m'accompagnait à Whitehall pour notre cours d'économie, je lui rapportai ma discussion avec Cam.

— Il ne veut plus rien avoir à faire avec moi.

— Je ne pense pas que ce soit le cas, Avery.

— Oh, si. Il était pressé de s'en aller au plus vite. Il m'a même dit qu'il risquait d'être en retard en cours, et tu sais comme moi qu'il s'en est toujours foutu.

Brit s'enfonça le bonnet sur les oreilles tandis que nous nous arrêtions près du pavillon de sciences sociales.

— Je peux être honnête ?

— Oui.

Elle serra ses mains gantées.

— Tu sais que je t'adore, pas vrai ? Alors je vais être franche : tu as évité Cam depuis Thanksgiving et, aux yeux de tout le monde, c'est ce que tu as toujours voulu. Qu'il s'éloigne de toi.

J'ouvris la bouche, mais qu'y avait-il à répondre ? C'était effectivement le cas.

— Et maintenant qu'il est parti, tu ne peux pas le lui reprocher. Il ne peut pas continuer à encaisser indéfiniment, tu sais ? (Elle fit la moue.) Et après avoir été méprisé si longtemps, je peux comprendre qu'il ne soit pas particulièrement ravi de te parler.

— Je sais, admis-je. C'est juste que...

— Tu as enfin sorti la tête du sable et que tu crains qu'il ne soit trop tard ?

Était-ce précisément cela ? Je n'en étais pas certaine ; j'espérais que non. Au moins, avec la tête dans le sable, ce qui se passait entre nous m'apparaissait un peu moins déprimant.

— Laisse-lui un peu de temps, dit-elle en me passant un bras autour des épaules. Et s'il ne revient pas vers toi, qu'il aille se faire foutre.

— Qu'il aille se faire foutre, répétai-je sans conviction.

Brit me serra contre elle et m'attira à sa suite.

— Bien dit.

Le vendredi soir, je contemplai bêtement mes devoirs d'économie, convaincue qu'il s'agissait de quelque langue étrangère inventée dans le seul but de perturber les gens. Me concentrer m'apparaissait impossible pour différentes raisons. Je me surpris plusieurs fois à lever les yeux vers la télé, sans rien voir de ce qui y était diffusé, l'esprit voguant dans diverses directions menant pour la plupart à Cam.

Je commençais à en avoir marre de moi.

Mon téléphone se mit soudain à sonner du tréfonds de mon sac. Je l'en exhumai et grognai en découvrant l'identité de l'appelant. Mon cousin. J'étais légèrement surprise qu'il tente encore de me contacter malgré les dizaines de mails restés sans réponse.

— Allô, dis-je d'une voix monocorde.

Après un court silence, il s'étonna :

— Tu as décroché ?

— Pourquoi pas ? (Question ridicule, même pour moi.) Quoi de neuf, David ?

— Tu as lu mes e-mails ?

Contrairement à l'habitude, son ton n'avait rien de hautain. Étonnant.

— Oui, un ou deux, mais je suis très occupée, entre la fac et tout ça. (Je me levai et fis glisser mon sac sous la table basse.) Alors...

Le soupir de David était plus qu'ostensible.

— Tu n'es pas au courant ? Est-ce que tes parents ont essayé de te joindre ?

Je ricanai.

— Euh, non. Ils ont même oublié mon anniversaire.

— Navré, répondit-il. (J'imaginai parfaitement sa grimace.) Je pensais qu'ils essaieraient de t'expliquer ce qui se passe ici. C'est plus ou moins en rapport avec toi.

Je fronçai les sourcils et allai me chercher un soda dans le frigo.

— Comment ce qui se passe là-bas pourrait avoir un rapport avec moi ?

Il marqua une pause avant de larguer la pire bombe qui soit.

— C'est au sujet de Blaine Fitzgerald. Il a été arrêté.

Ma canette m'échappa et tomba bruyamment par terre avant de rouler sous la table. Je restai figée, les yeux rivés sur le réfrigérateur.

— Quoi ?

— Il a été arrêté, Avery. C'est pour ça que je t'ai écrit tous ces messages. Je pensais... Je ne sais pas, je me suis dit que tu aimerais l'apprendre.

Mes jambes menaçant de se dérober, je pivotai légèrement pour m'agripper au comptoir. Les murs se remirent à tourner, comme si j'étais en proie à un nouvel accès de fièvre.

— Avery, tu es encore là ?

— Oui, dis-je en avalant ma salive. Qu'est-ce qui s'est passé ?

— C'était au début de l'été, mais ça n'a filtré que mi-août, quand il a été appréhendé. C'était lors d'une soirée. Il y avait des invités plus jeunes, à ce que j'ai entendu, m'expliqua-t-il. (Je fermai les paupières.) Une fille avec qui tu allais à l'école. Je crois qu'elle avait un an de moins que toi : Molly Simmons.

Je me souvins d'avoir lu son nom sur l'un de ses e-mails et d'avoir supposé tout autre chose.

— Que... qu'est-ce qu'il a fait ?

David prit son temps pour répondre.

— Il est accusé d'agression sexuelle, entre autres choses. Il sera jugé en juin, mais en attendant, il est en liberté sous caution. Ça ne sent pas bon pour lui. Il y a des tas de preuves. Si je sais tout ça, c'est parce que son père a demandé au mien d'assurer sa défense. Il a refusé. Je tenais à ce que tu le saches.

Que pouvais-je répondre à ça ? Merci de ne pas défendre ce connard ? Les mots me manquaient. J'étais hébétée. Je m'étais toujours demandé si Blaine avait fait subir à d'autres ce qu'il m'avait infligé et si mon silence lui permettrait de recommencer. J'avais espéré que non – j'avais même prié pour que ce ne soit pas le cas.

— La fille qu'il a... violée a contacté ta famille.

Je ne savais pas ce qui me surprenait le plus : qu'elle ait cherché à joindre mes parents, ou que David ait effectivement prononcé le mot *viol*.

— Quoi ? Pourquoi ? Je n'ai jamais rien dit. J'ai tenu ma...

— Je sais, Avery. Je sais que tu n'as rien dit, mais elle fréquentait le même lycée que toi. Comme tout le monde, elle a entendu des rumeurs, et elle a vite fait le lien. Elle s'est d'abord rapprochée de tes parents, et je te laisse imaginer comment ça s'est passé.

Il fallait que je m'asseye avant de m'écrouler.

— Comme ils ont refusé de lui parler, elle est venue me trouver. (David marqua une pause.) Je ne lui ai rien dit, Avery. Ça ne me concerne pas, mais je crois qu'elle a essayé de te contacter. J'ignore comment elle a eu tes coordonnées.

— Je ne pense pas qu'elle les ait.

Je me laissai tomber sur le canapé. D'un autre côté, je supprimais quasiment tous les e-mails dont je ne connaissais pas l'expéditeur.

— Cette fille... est-ce qu'elle va bien ? Enfin, est-ce qu'elle avait l'air d'aller bien ?

David s'éclaircit la voix.

— Honnêtement ? Non.

Je me massai le front en poussant un long soupir silencieux.

— Bien sûr que non, quelle question.

— Tu devrais peut-être, euh, vérifier tes e-mails. Elle semblait vraiment vouloir te parler, et ce depuis le mois d'août.

— Je ne peux rien lui dire. Si je le fais et que ça se sait, la famille Fitzgerald nous réclamera des millions, à mes parents et à moi. (Une remontée de bile me brûla la gorge.) Ça fait partie de l'accord de confidentialité.

— Je sais, répondit David. Mais encore une fois, je préférais t'informer de la situation.

Mes pensées se bousculaient tant que je peinais à trouver quelle question lui poser.

— Et l'accusation ? Tu penses qu'ils vont aller au bout ? Qu'ils vont le mettre en prison ?

— D'après ce que mon père a pu voir du dossier, celui-ci est solide. Il va aller en taule, Avery, pour plusieurs années au moins.

J'ouvris grands les yeux. Une vague de soulagement m'envahit, si puissante que j'eus l'impression qu'une tonne de briques m'était ôtée de la poitrine. Jamais dans mes rêves les plus fous n'avais-je espéré une chose pareille. Blaine n'allait pas être puni pour ce qu'il m'avait fait, néanmoins, justice serait malgré tout rendue. Enfin. J'étais furieuse que cela soit arrivé à une autre fille – une fille qui avait sans doute dû affronter bien des menaces avant de mener son action à bout, mais qui avait tenu bon. Une partie de mon soulagement se mua en honte et en culpabilité. Et si j'avais dit non à mes parents ? Et si j'avais persisté ? Rien de tout cela ne serait peut-être arrivé à Molly. Et à Dieu seul savait combien d'autres filles dont je n'avais pas eu vent. Mon ventre se noua soudain.

— Breeeef… (David étira ce mot à l'infini.) Je voulais juste t'informer de tout ça.

— Merci, répliquai-je, sincère. Je suis désolée de ne jamais t'avoir répondu. Je pensais… peu importe.

— Je sais ce que tu pensais. Je ne t'ai jamais vraiment donné de raisons de penser autrement. (Il marqua une pause.) Écoute, je voulais aussi m'excuser.

— Pourquoi ?

— Pendant toutes ces années, eh bien, je n'ai jamais vraiment su ce qui s'était passé, mais j'aurais dû faire quelque chose, déclara-t-il. Je suis navré. Navré que tu aies dû subir tout ça.

Une boule d'émotion se logea dans ma gorge. Une sorte de miracle venait de se produire. Non seulement j'allais sans plus tarder rayer David de ma « liste des connards » imaginaire, mais ce simple mot d'excuse me fit l'effet d'un phare au milieu de la nuit. Mes doigts se mirent à trembler sur le combiné. Je serrai fermement les paupières, sans parvenir à empêcher une larme de couler.

— Merci, chuchotai-je d'une voix rauque. Merci.

23

Je restai en état de choc l'essentiel de mon samedi, tant et si bien qu'après avoir passé plusieurs heures à étudier avec Jacob, Brit et des litres de café, je ne me rappelais pas un seul de nos sujets de conversation. Et plus tard, après un frugal cheeseburger à emporter, je me rendis compte que j'avais oublié sac et téléphone dans la voiture.

Trop distraite et légèrement paresseuse, je sortis dans le couloir sans mes chaussures, m'arrêtant uniquement en apercevant Ollie qui remontait l'escalier avec un pack de bière.

— Salut ! me lança-t-il, tout sourire. Qu'est-ce que tu fais ici... en chaussettes ?

— Euh, je descendais rapidement chercher mon sac dans la voiture. (Je me dandinai d'un pied sur l'autre.) Une petite soif ?

Ollie éclata de rire.

— Même si j'ai toujours soif, ce n'est pas pour moi. Il y a une soirée d'*Ultimate Fighting*, on a invité quelques amis.

— Sympa.

— Ouais... (Il jeta un coup d'œil vers sa porte et changea son pack de main.) Tu veux passer ?

Mon cœur s'emballa.

— Oh, non, je ne pense pas. Peut-être une pro...

— Allez, le combat principal n'a pas commencé, tu n'as encore rien raté.

J'hésitais.

— Je ne sais pas...

Ollie fit une moue boudeuse si ridicule que je ne pus m'empêcher d'éclater de rire.

— Cam serait content de te voir.

— Nan, je ne pense pas...

— Bonne idée, m'interrompit-il. Ne pense pas. Viens. Juste un petit moment, d'accord ? On ira peut-être promener Raphael.

Je ris de nouveau en songeant à Ollie et à cette pauvre tortue. Pourquoi pas ? Une soirée des plus normales. En plus, Ollie aussi habitait là, il avait bien le droit de m'inviter. Et pour être honnête, j'avais très envie de voir Cam.

Il... il me manquait.

Je pris une profonde inspiration avant de hocher la tête.

— D'accord. Juste un petit moment.

— Génial !

Ollie passa son bras libre sous le mien et, sans me laisser changer d'avis, m'entraîna jusque chez lui.

— Attends ! Je n'ai pas de chaussures.

— On s'en fout ! C'est surfait, les chaussures, ajouta-t-il avec un sourire niais.

Mon pouls s'accéléra quand il ouvrit la porte. Soudain, les éclats de rire et les bruits du combat s'amplifièrent et, l'espace d'un instant, je fus comme submergée. Tout le monde était concentré sur la télé. Ollie me lâcha le bras et alla mettre les bières au frigo. Il ramassa deux petits verres sur le comptoir de la cuisine. Bon sang, qu'est-ce que je foutais là ?

— San José te souhaite la bienvenue, déclara-t-il en me tendant un shot.

Je m'en saisis d'une main tremblante. Une petite voix dans ma tête m'encouragea à refuser, mais j'en avais plus que marre de cette petite voix. Cette même petite voix qui m'avait conseillé de dire à Cam de s'en aller. Cette même petite voix qui m'avait poussée à écouter mes parents. Cette même petite voix qui m'avait convaincue de suivre Blaine dans sa chambre. Cette voix n'avait servi qu'à me foutre en l'air. Je vidai mon verre d'une traite, et les larmes me montèrent immédiatement aux yeux tant l'alcool était fort.

— Bon sang de bois, marmonnai-je en cillant.

Ollie éclata de rire en me tendant à la place de mon verre une bouteille de bière. Puis il m'attrapa par le bras et m'entraîna dans le salon.

— Regardez qui j'ai trouvé ! s'écria-t-il.

Plusieurs têtes pivotèrent, et mes doigts se resserrèrent d'eux-mêmes autour du goulot. Je ne vis personne d'autre que Cam, et dès l'instant où je posai les yeux sur lui, je compris que c'était une très, très mauvaise idée.

J'avais l'impression que des mois s'étaient écoulés depuis notre dernière rencontre.

Il était assis sur le canapé, la casquette de baseball à l'envers. Penché en avant, il encourageait de façon volubile les deux types qui se tabassaient à l'écran. Sa veste à capuche bordeaux était ouverte sur le tee-shirt blanc qu'il portait en dessous. Steph était installée à côté de lui.

Je bus une longue gorgée de bière.

Elle était parfaite, comme à son habitude : ses cheveux bruns lumineux, son col roulé noir moulant mettant sa poitrine en valeur… Elle dut dire quelque chose, car Cam finit par tourner la tête. Cela me fit l'effet d'un coup de poing dans l'abdomen.

Une lueur de surprise traversa son visage, puis il avisa ce que je tenais à la main. Il haussa les sourcils et nos regards se croisèrent. Mon cœur sembla manquer un battement. J'avais l'impression que tout le monde s'était arrêté de parler pour me dévisager, alors que, en réalité, seules quelques secondes s'étaient égrenées, durant lesquelles personne ne remarqua rien.

Il se fendit d'un demi-sourire.

— Salut.

— Salut, répliquai-je sans conviction.

Il continua à m'observer pendant quelques instants, puis se retourna vers la télé, les épaules toutes contractées. Il ne voulait pas de moi ici, cela se voyait à des kilomètres. En outre, Steph était avec lui.

Je me dirigeais vers la porte quand Ollie survint et me força à m'asseoir dans un relax libre face à l'écran. Deux types torse nu affublés de shorts en Lycra se donnaient des coups de poing en pleine figure.

Mmm.

Nerveuse, je finis ma bière sans doute plus vite que je ne l'aurais dû. Les gloussements voilés de Stephanie me provoquaient des nœuds à l'estomac et commençaient à me ronger de l'intérieur. Au fil des minutes, elle se rapprocha de plus en plus de Cam, jusqu'à finir quasiment sur ses genoux, une main enroulée autour de son biceps. Elle se pencha pour lui chuchoter quelques mots à l'oreille. Il secoua la tête, et elle arbora la plus parfaite moue qui soit. Qu'avait-elle bien pu lui dire ?

Quelqu'un – peut-être Ollie ? – m'offrit un nouveau verre de tequila qui me réchauffa le ventre et éloigna les serres de Steph.

— J'aime bien tes chaussettes.

Je levai les yeux sur l'un des amis de Cam. Je ne connaissais pas son nom, son visage ne me rappelait pas grand-chose, mais j'aimais bien son sourire. J'étendis les jambes et agitai mes orteils sous le tissu arc-en-ciel.

— Merci.

Il fit mine de recoiffer ses cheveux châtains coupés court, puis se tapota la nuque.

— Alors, tu regardes souvent les combats d'*Ultimate Fighting* ?

Je me tournai vers l'écran. Un type était plaqué contre la cage à coups de pied.

— C'est la première fois.

— À t'écouter, c'est aussi la dernière.

J'ouvris la bouche, surprise d'en entendre sortir un petit rire.

— Effectivement, je ne suis pas sûre d'en faire une habitude.

— C'est bien dommage, commenta-t-il avec un léger sourire. Cam achète les retransmissions une fois par mois, j'aurais encore plus hâte de revenir.

Je restai coite et prétendis être subitement absorbée par le combat en cours. Je me frottai le genou d'une main. La tequila et la bière m'avaient engourdi les muscles et embrumé l'esprit. Il me proposa une autre bière, et je me rendis compte que la mienne était vide.

— D'accord.

Le sourire qui naquit sur mes lèvres me parut trop large et trop brillant.

Revenant bientôt avec une bouteille fraîche, il s'installa sur le bras de mon fauteuil. Je vis alors Cam plisser les yeux dans sa direction.

— Tiens.

— Merci.

Je bus une gorgée, suffisamment imbibée pour ne plus remarquer l'arrière-goût désagréable que cela me laissait en bouche. Je soutins un instant le regard de Cam, puis me forçai à détourner la tête. Je finis par scruter le mec à côté de moi.

— Excuse-moi, je n'ai pas retenu ton nom.

Il m'adressa un petit coup de coude dans l'épaule.

— Je ne crois pas qu'on ait été présentés. C'est Henry.

— Avery, répondis-je.

Il répéta mon prénom en souriant.
— Sympa. Ça change.
— Comme mes chaussettes ?
Il éclata de rire avant de se retourner vers l'écran.
— Ouais, comme tes chaussettes. Alors, tu vas à la fac ici, Avery ?
J'opinai.
— Pas toi ?
— Nan. J'ai eu mon diplôme il y a deux ans. Je connais Cam par... nos loisirs communs.
Il porta la bouteille à ses lèvres tandis que j'essayais de comprendre ce qu'il avait voulu dire par là. Il m'observa en fronçant les sourcils.
— Tu as l'âge légal de boire de l'alcool ?
Je gloussai.
— Non.
— C'est bien ce qui me semblait. Tu fais toute jeune.
— Pas tant que ça. Je viens d'avoir vingt ans.
— Dieu merci, tu es majeure, déclara-t-il en secouant le chef. Je ne parlerai à personne de cette bière dans ta main.
Je penchai la tête de côté, tentant vainement de deviner son âge.
— Et toi, tu as quel âge ?
Il me toisa d'un air supérieur.
— L'âge de la sagesse.
Avant que j'aie eu le temps de lui demander de développer, Cam s'écria :
— Hé, Henry, viens ici une seconde.
L'intéressé se leva et contourna deux autres convives pour aller rejoindre Cam. Steph se rencogna contre le dossier en croisant les bras tandis que Cam faisait signe à son ami de se baisser. Je n'entendis bien sûr pas un traître mot de ce qu'il lui glissa à l'oreille, mais Henry alla alors retrouver Jase, appuyé contre le mur.
Plus que curieuse de découvrir ce qui se tramait, je décidai de mener ma petite enquête. J'ouvris la bouche,

car j'avais bien le droit de parler, mais Steph tenait le bras de Cam, ce qui me déconcentra. Il lui murmurait quelque chose. Elle retira immédiatement sa main et me décocha un regard ne pouvant être qualifié que « de pétasse ». Une véritable œuvre d'art, me rendant presque jalouse de ne pouvoir atteindre ce degré de perfection.

Je me tournai vers Henry, qui m'adressa un clin d'œil. Je lui souris en retour, légèrement prise de vertige. Les cheveux de ma nuque se hérissèrent et je pivotai vers Cam. Comme il m'observait, je voulus lui sourire également, mais il se tourna alors vers Henry.

Cam grommela entre ses dents et Steph se leva d'un bond pour se rendre à la salle de bains, dont elle ouvrit violemment la porte. La seconde d'après, Cam s'approchait de moi, et je me sentis plus nauséeuse que jamais. Je me fendis d'un grand sourire idiot. Nous n'avions plus parlé depuis si longtemps, et il me manquait tant...

Cam était... quelqu'un de spécial, et j'aurais voulu remonter le temps jusqu'à Thanksgiving et réagir autrement. Je regrettais d'avoir laissé tomber l'astronomie et de l'avoir évité depuis. Je ne voulais plus être cette fille qui se comportait de façon aussi débile. Je voulais que Cam recommence à me sourire comme à l'époque.

Une chose était sûre : il n'était pas d'humeur à cela ce soir.

— Tu peux venir une seconde ?

Je l'aurais suivi n'importe où.

Je me levai brusquement, chancelant légèrement en voyant la pièce tourner.

— Waouh.

Il serra les dents et m'attrapa par le bras.

— Tu peux marcher ?

— Oui. Bien sûr.

J'avançai d'un pas et lui rentrai dedans. Je pouffai en remarquant son air dubitatif.

— Je vais bien.

Cam lança un regard sombre à Ollie, puis me mena dans la cuisine, où je m'installai contre le comptoir. Il se posta entre la porte et moi, les bras croisés sur la poitrine.

— Qu'est-ce que tu fous, Avery ? me demanda-t-il à voix basse.

Je brandis ma bouteille vers lui.

— Je picole. Et toi ?

Il ferma à demi ses yeux bleu sombre.

— Tu sais très bien que ce n'est pas ce que je voulais dire. À quoi tu joues ?

Merde. *Ressaisis-toi*. J'essayai de lui décocher le regard de pétasse que Steph maîtrisait si bien, tordant tant le visage que je dus avoir l'air d'être en train de faire une attaque. Je capitulai avec un soupir.

— Je ne joue pas, Cam.

— Ah bon ? (Il haussa les sourcils.) Tu es bourrée.

— Du tout !

Il me gratifia d'un regard terne.

— Les derniers mots que prononce généralement un ivrogne avant de s'affaler par terre.

— Ça n'est pas arrivé... Pas encore.

Cam secoua la tête et me saisit par le bras pour me ramener au salon. Je pensais qu'il allait me forcer à m'asseoir à côté de lui, comme pour me surveiller, mais il ouvrit la porte d'entrée et m'entraîna dans le couloir frisquet.

— Euh...

Je ne m'attendais certainement pas à ça.

— Rentre chez toi, Avery.

Il me lâcha et désigna la porte de mon appartement, comme si j'ignorais où j'habitais.

Bouche bée, je serrai ma bouteille contre ma poitrine.

— Tu es sérieux ?

— Oui. Foutrement sérieux. Tu es bourrée, et je refuse d'assister à ces conneries.

— Quelles conneries ? (Je reculai d'un pas, stupéfaite.) Je suis désolée. Ollie m'a invitée...

— Ouais, et je m'occuperai de son cas après. (Mâchoire serrée, il se passa la main dans les cheveux.) Rentre chez toi, Avery. On discutera plus tard.

Le fond de ma gorge me brûlait. Un millier de pensées se bousculèrent. Je le dévisageai.

— Tu es en colère après moi...

— Je ne suis pas en colère, Avery.

Il en avait pourtant l'air. Je me balançai nerveusement d'un pied sur l'autre.

— Je ne veux pas rentrer chez moi. Je suis toute seule et...

Ma voix dérailla tandis que ma brûlure empirait.

Cam prit une profonde inspiration et ferma les yeux.

— Je passerai te voir plus tard pour parler, d'accord ? En attendant, rentre chez toi. S'il te plaît. Rentre.

24

J'ouvris la bouche, mais ne trouvai rien à dire. Cam m'avait littéralement mise à la porte de chez lui. Il me suppliait de rentrer chez moi. Même mes poumons me brûlaient désormais, et des larmes acides me montaient aux yeux.

— D'accord, marmonnai-je.

— Avery...

— Tout va très bien.

Je tournai les talons et titubai jusque chez moi. J'entendis sa porte s'ouvrir et se refermer avant même que j'aie poussé la mienne. Je plaquai mon front contre le battant et fermai les paupières sans parvenir à retenir une larme qui roula sur ma joue enflammée.

Cam m'avait jetée dehors, et mon appartement était vide. Moi-même, j'étais vide. Tout était vide. J'allais rester seule avec ma putain de bouteille de bière.

En effet, j'étais sans doute un peu saoule.

Je m'éloignai de ma porte, sans savoir où j'allais. Je ne pouvais toutefois pas retourner chez moi. Grâce à quelque intervention divine, je descendis les quatre étages et me retrouvai sur le trottoir sans m'être brisé le cou.

Le froid du béton s'immisça à travers mes chaussettes épaisses, m'engourdissant les pieds tandis que je déambulais en buvant une nouvelle gorgée. Je trouvai une place de parking vide et je m'assis à même la bordure. J'inclinai la tête en arrière pour observer le ciel criblé d'étoiles. Eh, je tombai par hasard sur la Corona Borealis.

Elle ne ressemblait toutefois toujours pas à une putain de couronne.

Ou alors, ce n'était pas la bonne constellation. Qu'est-ce que j'en savais, de toute façon ?

Les étoiles... elles étaient pourtant belles à regarder, et si lointaines, et vraiment très floues. Les larmes me troublèrent la vue et vinrent tapisser l'arrière de ma gorge. Je laissai tomber mes bras entre mes jambes, la bouteille pendouillant au bout de mes doigts.

C'était officiel. J'étais vraiment Señorita Enfoirée. Et j'avais tout fait foirer avec Cam – ce qu'il y avait eu, et ce qu'il aurait pu y avoir. Car nous aurions pu vivre quelque chose, si je n'avais pas été si conne. Le pire, dans tout ça, c'est que j'avais foutu en l'air notre amitié, alors que c'était un type incroyable. En quelques mois, il était devenu le meilleur ami que j'avais jamais eu. Sincèrement.

Je m'essuyai la joue sur mon épaule et avalai une nouvelle gorgée. Un vent glacial se leva autour de moi, me ramenant les cheveux sur le visage tandis que je baissais la tête. Je n'avais pourtant pas froid, ce qui semblait confirmer que j'étais bien bourrée.

J'étais vraiment une petite joueuse.

Mais qu'est-ce que je foutais assise là ? Honnêtement, je n'en avais pas la moindre idée. C'était néanmoins toujours mieux que de me retrouver toute seule chez moi. Certes, j'étais toute seule ici aussi, mais ça n'était pas pareil. J'étais à peu près sûre qu'il devait y avoir un écureuil dans l'arbre voisin, ce n'était quand même pas rien. Si ?

Je m'esclaffai soudain et le vent sembla emporter mon rire dans les branches nues qui se mirent à crépiter comme des os secs.

Je portai de nouveau la bouteille à mes lèvres et me rendis compte qu'elle était vide.

— Putain, la vie me déteste...

Je restai cependant assise là, à contempler le parking sans rien voir du tout. J'ignorais depuis combien de temps j'étais là mais, quand je relevai les yeux, je ne distinguais plus une seule étoile derrière les épais nuages noirs. J'avais la figure comme anesthésiée. Je me demandai ce que Molly était en train de faire à cet instant précis. Se sentait-elle mieux que moi, d'avoir au moins pris la bonne décision ? Mieux, ou pire ?

— Avery !

Je sursautai en entendant mon nom et lâchai ma bouteille vide, qui rebondit sur l'asphalte et alla rouler sous une voiture. Oups.

Cam s'approcha de moi à grands pas, les bourrasques jouant avec ses mèches ondulées. Qu'avait-il fait de sa casquette ? Je l'aimais bien, sa casquette. L'expression qu'il arborait me retourna l'estomac.

— Putain, qu'est-ce que tu fous ici ?

— Je... je regarde les étoiles.

— Quoi ? (Il s'accroupit à côté de moi.) Avery, il doit faire presque zéro degré. Tu vas retomber malade.

Je haussai les sourcils et me détournai.

— Et toi, qu'est-ce que tu fous ici ?

— Je te cherchais, idiote.

Je pivotai la tête vers lui en étrécissant les yeux. Il faisait peut-être zéro degré, mais l'alcool me réchauffait le ventre et l'esprit.

— Pardon ? Toi aussi tu es dehors, alors toi aussi tu es un idiot, idiot.

Il pinça les lèvres comme pour s'empêcher de sourire.

— Je t'ai dit que je viendrais te parler. Je suis d'abord passé chez toi. J'ai frappé et tu n'as pas répondu. La porte n'était pas fermée, alors je suis entré.

— Tu es entré chez moi ? Ce n'est pas très poli.

Cela ne semblait pas le perturber outre mesure.

— Ouais, je t'ai vue assise ici depuis ta fenêtre.

Il me fallut un peu plus longtemps qu'à l'accoutumée pour bien tout comprendre.

— La soirée est terminée ?

Il s'assit à côté de moi, épaule contre épaule.

— Non, le combat phare vient de commencer.

— Tu es en train de tout rater.

Cam ne répondit pas immédiatement. Il se passa la main dans les cheveux, les hérissant entre ses doigts.

— Bon Dieu, Avery...

J'eus un haut-le-cœur qui me fit remonter un goût d'alcool dans la bouche.

Un muscle de sa mâchoire tressauta tandis qu'il se concentrait sur les mêmes voitures que celles que j'avais étudiées plus tôt.

— Quand je t'ai vue ce soir... putain, on peut dire que j'ai été surpris.

— À cause de Steph ? rétorquai-je du tac au tac, mettant ma réplique sur le compte de l'alcool.

— Quoi ? (Il me lança un regard en coin.) Non. C'est Jase qui l'a invitée.

— On aurait pourtant dit qu'elle était là pour toi.

Il haussa une épaule.

— Peut-être que oui, mais je n'en ai rien à foutre. (Il pivota alors vraiment vers moi, la tête de côté, les mains sur les genoux.) Avery, je n'ai plus fricoté avec elle depuis que je t'ai rencontrée. Je n'ai plus fricoté avec *qui que ce soit* depuis que je t'ai rencontrée.

Mon cœur se mit à tambouriner contre ma poitrine.

— OK.

— OK ? (Il secoua brièvement le chef.) Tu ne comprends pas. Putain, tu n'as jamais rien pigé. Tu m'évites depuis Thanksgiving. Tu as laissé tomber les cours, et je sais que c'est à cause de moi, et chaque fois que j'ai essayé de te parler, tu m'as fui comme la peste.

— C'est toi qui n'as pas voulu me parler le jour où je suis venue te remercier de m'avoir aidée, fis-je remarquer.

— Mince, je me demande bien pourquoi. Peut-être parce que tu m'as clairement fait comprendre que tu ne voulais plus rien avoir à faire avec moi ? Et après, tu te pointes chez moi comme une fleur pour te bourrer la gueule ? Tu ne comprends pas.

Je m'humectai les lèvres. Tout ce qu'il avait dit était vrai.

— Je suis désolée. Je suis ivre, un peu, et navrée, parce que tu as raison et… je ne sais pas ce que je raconte.

Il me dévisagea un instant puis émit un petit rire.

— Bon, ce n'est visiblement pas le moment d'avoir cette conversation. Écoute, je ne voulais pas être méchant en te mettant dehors tout à l'heure, mais…

— Ce n'est rien. J'ai l'habitude qu'on ne veuille pas de moi aux soirées.

Je me levai maladroitement. Les étoiles semblèrent tourbillonner légèrement.

— Pas grave.

Cam se mit à son tour debout et m'observa longuement.

— Ce n'est pas que je ne voulais pas de toi, Avery.

— Euh… vraiment ? (J'éclatai d'un rire rauque.) Tu m'as pourtant demandé de partir.

— Je…

— Rectificatif, dis-je en levant la main. (Même mes doigts étaient flous.) Tu m'as *ordonné* de partir.

— Effectivement. J'ai été con. Mais à ma décharge, c'était la première fois que tu venais chez moi, et tu t'es mise à boire et à… (Il prit une profonde inspiration, puis expira longuement.) Henry était pendu à tes basques, et tu gloussais…

— Il ne m'intéresse pas du tout !

— Ce n'est pas ce que je me suis dit, Avery. Tu es saoule, et je ne voulais pas te voir faire quelque chose que tu risquais de regretter. La moitié du temps, je ne sais déjà pas ce qui te passe par la tête, et je n'avais pas la moindre idée de ce que tu étais venue faire ce soir. Je ne t'avais en plus *jamais* vue aussi bourrée, j'étais donc incapable de savoir comment tu allais réagir. Je ne voulais pas que quiconque en profite pour abuser de toi.

— Je connais, ça m'est déjà arrivé, lâchai-je imprudemment avant de refermer brusquement la bouche. Oh, mon Dieu, je ne reboirai plus jamais. Jamais.

Il leva les mains et interrompit son geste. Il me contempla avec un air de plus en plus horrifié à mesure qu'il comprenait ce que cela sous-entendait.

— Quoi ?

J'avais commis une grave erreur – une très grave erreur. Une fois encore, je pouvais affronter la réalité ou fuir. Comme à mon habitude, j'optai pour la seconde solution. Je le contournai.

— Alors là, sûrement pas !

Cam s'était positionné face à moi, posant les mains sur mes épaules.

— Qu'est-ce que tu viens de dire ?

Je tentai désespérément de me raccrocher aux branches.

— Je ne sais plus ce que j'ai dit. D'accord ? Je suis bourrée, Cam. Dieu sait quelles conneries peuvent bien sortir de ma bouche. Alors, arrête de me regarder comme si je débloquais.

— Je ne te regarde pas du tout de cette manière, mon ange.

Il scruta mon visage en fronçant les sourcils.

Je me demandais vraiment ce qu'il pensait, car je savais qu'il me prenait pour un ovni. Ce simple petit aveu involontaire allait me forcer à ramer pour me tirer d'affaire. Je pouvais encore lui mentir en prétendant m'être rendue ridicule un soir où j'étais ivre. C'était plausible, à condition que ma langue ne fasse pas une nouvelle fois des siennes.

Puis Cam fit la seule chose qui pouvait me faire davantage tourner la tête.

Il m'attira contre lui et me prit dans ses bras. Je ne restai figée qu'une seconde ou deux, avant de l'étreindre à mon tour. Je fermai les paupières et posai la joue contre son torse.

Je humai son odeur, m'en laissant submerger.

— Tu m'as manqué.

Il me caressa le dos avant d'enfouir la main dans mes cheveux balayés par le vent.

— Tu m'as manqué aussi, mon ange.

Il s'écarta légèrement puis me souleva de quelques centimètres avant de me reposer. Il prit mes joues en coupe et éclata de rire.

— Tu ressembles à un tout petit glaçon.

— J'ai super chaud.

C'était la vérité. Ma peau était tout engourdie, mais j'avais senti son accolade et ses mains sur mon corps. Je levai le nez et nos regards se croisèrent.

— Tu as vraiment des yeux magnifiques, tu sais ?

— Je pense que c'est la tequila qui parle, répliqua-t-il avec un large sourire. Viens, rentrons avant que tu ne gèles complètement.

Cam recula d'un pas et me lâcha les épaules. Toujours chancelante, je me fendis du sourire le plus large et le plus idiot de tous les temps quand il entrelaça ses doigts aux miens. Comme s'il ne m'avait jamais demandé de sortir de chez lui, comme si je n'étais pas restée assise une éternité toute seule dans le froid telle la pire des laissées-pour-compte.

C'était peut-être à cause de la bière et de la tequila, mais j'avais subitement envie de me mettre à courir dans tous les sens.

Par chance, je ne daignai même pas essayer, car l'escalier se révéla suffisamment difficile à gravir. La hauteur des degrés semblait varier d'une marche à l'autre. Une fois dans mon appartement surchauffé, Cam ferma la porte derrière nous. Il me tenait toujours fermement la main quand il pivota pour me faire face. Il ne dit rien, et un sentiment d'angoisse s'insinua en moi.

— Tu es en train de rater le combat, lui rappelai-je.

Il me fit contourner le canapé pour m'y asseoir, avant de s'y installer à son tour. Alors seulement il me lâcha.

— Comment tu te sens ?

— Pas trop mal. (J'essuyai sur mon jean la moiteur de mes paumes.) Tes amis doivent se demander où tu es.

Cam prit appui contre le dossier, où il étendit son bras.

— Je m'en fiche.

— Ah bon ?

— Oui.

Je me penchai en avant et tournai la tête pour l'observer. Il semblait attendre quelque chose. Ne tenant pas en place, je me levai d'un bond et manquai me casser la figure sur la table basse. Je l'aurais d'ailleurs fait si Cam ne m'avait pas rattrapée par le bras.

— Tu devrais vraiment t'asseoir, Avery.

— Non, ça va.

Je me tortillai pour me libérer et contournai la table prudemment, au cas où elle tenterait un nouvel assaut. La nervosité m'animait autant que l'alcool. J'agitai rapidement le col de mon pull, étouffant de chaleur.

— Alors... qu'est-ce que tu veux faire ? Je pourrais euh, allumer la télé et mettre un DVD, mais je n'en ai pas. Je pourrais louer un film sur...

— Avery, assieds-toi un peu.

Au lieu d'obtempérer, je ramassai un coussin tombé par terre et le reposai sur le canapé. J'eus certes un peu de mal à me redresser, mais je parvins à voleter jusqu'à mon fauteuil lune.

— Tu ne trouves pas qu'il fait chaud ?

Un air d'amusement vint illuminer ses yeux bleus.

— Combien tu as bu ?

— Euh... (Je dus fournir un sérieux effort de réflexion.) Pas grand-chose... Peut-être deux ou trois verres de tequila eeet... deux bières ? Je crois.

— Oh, waouh. (Il se pencha en avant, un léger sourire aux lèvres.) Et depuis quand tu n'avais pas bu vraiment ?

— La soirée d'Halloween, répliquai-je.

Il sembla surpris.

— Je ne t'ai pas tant vue boire que ça.

— Pas celle-ci. (Je me levai en tirant sur mes manches, et mes doigts effleurèrent mon bracelet.) C'était... il y a cinq ans.

— Ouh là. Ça fait un bail. (Il se glissa jusqu'au bord du canapé, puis se leva.) Tu as de l'eau ?

— Dans la cuisine, répondis-je en m'humectant les lèvres.

Il y disparut et en revint presque aussitôt, une bouteille à la main.

— Tu devrais boire ça.

Je la lui pris, mais je n'avais pas soif.

— Tu avais quoi, alors ? Quatorze ? Quinze ans ?

Il se réinstalla sur le bord du canapé.

— Quatorze, chuchotai-je en baissant les yeux sur ses mains, qui reposaient dans son giron.

— C'est vraiment jeune, pour se saouler.

De la sueur commençait à perler sur mon front. Je posai la bouteille, ramassai un chouchou sur la table basse et m'attachai les cheveux en un chignon approximatif.

— Ouais, genre tu ne buvais pas à quatorze ans.

Il se fendit d'un léger sourire.

— Peut-être une bière ou deux, mais je croyais tes parents particulièrement stricts ?

Je ricanai en me laissant tomber dans mon fauteuil lune.

— Je n'ai pas envie de parler d'eux, ni d'alcool, ni d'Halloween.

— D'accord.

Dégouttant de sueur, je voulus retirer mon pull, mais celui-ci se coinça autour de ma tête pendant une seconde interminable ; à force de me débattre, je parvins à m'extirper de ce piège. Des mèches de cheveux me tombèrent sur le visage. À la façon dont Cam m'observait, je crus un instant avoir oublié de mettre un débardeur, mais il y avait autre chose.

Je me relevai, voulant m'éloigner physiquement de cette conversation, car Cam me dévisageait encore comme s'il en voyait plus que je n'en montrais. Je repensai à son expression quand il avait remarqué la cicatrice sur mon poignet, puis quand ma langue avait fourché sur le parking.

Chaque fois le même regard.

Comme s'il s'échinait à faire un puzzle, et que les pièces commençaient enfin à s'imbriquer. Pour une raison ou pour une autre, sa réaction lorsqu'il avait appris que sa sœur discutait avec un garçon me revint à l'esprit. Il avait élevé son rôle de grand frère protecteur à un tout autre niveau. Est-ce qu'elle… ?

Je secouai la tête pour chasser ces pensées, car cela me rappelait combien je pouvais regretter que personne n'ait été là pour veiller sur moi.

Je ne voulais toutefois pas qu'il me considère de la sorte. Je ne voulais pas qu'il prenne soin de moi, qu'il s'inquiète de ce que je faisais ou de ce qui pouvait m'arriver. Je voulais qu'il…

Me regarde de la même manière que le soir de notre premier baiser, ou que dans le lit que j'occupais chez ses parents. Je voulais qu'il me voie de cette manière-là.

— Qu'est-ce que tu fais ?

Je m'arrêtai à mi-chemin entre la cuisine et le couloir. Mes doigts s'enroulèrent autour de mon débardeur, et il y eut une lueur différente dans son regard, une forme de méfiance. Mon cœur battait la chamade et mes pensées se bousculaient. J'appréciais Cam – je l'aimais beaucoup. Même si c'était dingue et voué à une douloureuse rupture. De toute façon, je souffrais déjà. Et il m'avait manqué autant que je lui avais manqué. En outre, il était chez moi, et non chez lui avec ses amis, avec Stephanie.

Une partie de mon cerveau cessa de réfléchir. L'autre m'encourageait à faire ce qu'il fallait faire, ce qu'un garçon comme Cam voudrait et aimerait, car n'était-ce pas précisément la raison de sa présence ici ? Nous n'étions plus en train de parler, et je voulais désespérément redevenir cette fille d'avant.

Je retirai mon haut avant qu'un éclair de lucidité ne m'en empêche. Étrangement, cela ne fut pas très compliqué. Un air frais vint apaiser ma peau brûlante, me provoquant une éruption de chair de poule. Le plus difficile fut de relever la tête en entendant Cam prendre une profonde inspiration.

— *Avery.*

Mon cœur et mon pouls battaient si vite… Le sang me monta aux joues, mais je ne me défilai pas.

Il me contemplait, la méfiance de ses traits figés éclipsée par la vitesse à laquelle sa poitrine se soulevait, comme s'il respirait au même rythme que moi.

Légèrement étourdie, je m'appuyai contre le mur et laissai mes bras retomber le long de mes flancs. Cam n'était qu'à quelques pas, et pourtant je ne l'avais pas vu se lever. Il ne se contentait pas de m'observer. Oh non, c'était bien plus intense que ça. Je me sentais dévorée par son regard, comme la première fois où il m'avait embrassée, comme s'il cherchait à immortaliser le moindre détail. Une vague de chaleur me dévala la gorge, la poitrine, se répandant jusqu'aux bords en dentelle de mon soutien-gorge noir. Il entrouvrit les lèvres, je mordillai les miennes. Quand il releva les yeux, une émotion intense m'emplit le ventre. Ses yeux cristallins s'embrasèrent, s'assombrissant légèrement.

Une pointe de doute s'immisça sous la tension délicieuse ; ma gorge s'assécha. Je ne voulais pas ressentir cela. Je ne voulais que la chaleur et le souffle court.

— Cam ?

Il secoua la tête, serrant les poings.

— Non.

— Quoi, non ? m'étonnai-je.

Il ferma les paupières.

— Ne fais pas ça, mon ange.

— Ce n'est pas ce que tu veux ?

Je déglutis. Il rouvrit grands les yeux.

— Ce n'est pas ce que j'attends de toi, Avery.

Ma confiance vacilla tel un arbre chétif dans l'orage, avant de s'écrouler parfaitement. J'inspirai bruyamment, mais mon souffle se bloqua dans ma gorge.

— Tu n'as pas envie de moi.

Il se retrouva si vite devant moi que je n'eus pas le temps de le voir venir. Il me prit la tête entre ses mains et se pencha vers moi. Des vagues de crispation émanaient de son corps. Mes poumons se vidèrent de leur oxygène et je me raidis.

— Putain, Avery. Tu penses vraiment que je ne te désire pas ? gronda-t-il d'une voix étouffée. Il n'y a pas une parcelle de ton corps dont je ne rêve pas, tu comprends ? Je veux être sur toi, je veux être *en* toi. Je veux te prendre contre un mur, sur le canapé, dans ton lit, dans *mon* lit, dans tous les endroits possibles et imaginables. Et crois-moi, j'ai une imagination débordante. Ne doute jamais de mon désir pour toi. Ce n'est pas la question.

J'écarquillai les yeux, confuse ; mes pensées se troublèrent un peu plus, ce qui m'apparaissait pourtant inconcevable.

Il se pencha davantage, plaqua son front contre le mien. Ce simple contact suffit à accroître considérablement mon rythme cardiaque.

— Mais pas comme ça, jamais comme ça. Tu es ivre, Avery, et quand on couchera ensemble – parce qu'on va finir par le faire –, je veux que tu sois pleinement consciente de chaque instant.

Il fallut plusieurs secondes à ses mots pour franchir la brume de trouble et d'alcool qui m'obstruait l'esprit, mais je finis par comprendre. Je fermai les yeux, tournai la tête, sentant sa peau glisser contre la mienne.

— Tu es quelqu'un de bien, Cam.

— Non, pas du tout. (Il poussa un profond soupir, et son haleine chaude vint me caresser la joue.) Je ne le suis qu'avec toi.

25

Ce que Cam attendait vraiment se produisit peu après que j'eus retiré mon haut pour lui révéler mon soutif. Il me fit m'asseoir et me passa un plaid autour des épaules pour me tenir chaud. Nous regardions un film de science-fiction complètement minable quand l'alcool que j'avais ingurgité décida de ne plus rester dans mon ventre.

Me dépouillant de la couverture, je rampai sur les jambes de Cam.

— Oh, mon Dieu…

— Quoi ? Tu es malade.

Il était déjà debout.

Je me précipitai vers la salle de bains et claquai la porte derrière moi. Je me laissai tomber à genoux puis soulevai la cuvette et me mis à vomir. Chaque muscle de mon corps semblait participer à la fête. Des larmes me ruisselaient sur le visage tandis que mon corps frémissait. Quelle idiote de m'infliger ça juste après une grippe !

Je dégueulais si bruyamment que je n'entendis même pas Cam entrer ; je le découvris pourtant là, accroupi à mon côté. Il me caressa longuement le dos en un geste continu et apaisant, tout en rattrapant les cheveux échappés de mon chignon. Il persista à me murmurer des mots incompréhensibles qui firent néanmoins des merveilles, même au cours de l'horrible stade durant lequel je n'avais plus rien à recracher mais subissais toujours d'incessants haut-le-cœur.

Quand j'eus terminé, il m'aida à m'adosser à la baignoire avant de mouiller une petite serviette. Il s'agenouilla ensuite pour me nettoyer le visage, ainsi qu'il l'avait fait lors de la soirée d'Halloween ou de celle de mon accès de fièvre.

— Ça va mieux ? s'enquit-il.

— Plus ou moins, marmonnai-je en fermant les paupières. Mon Dieu, c'est tellement gênant.

Il pouffa.

— Ce n'est rien, mon ange.

— C'est pour ça que tu es resté, pas vrai ? gémis-je en me sentant comme la dernière des idiotes. Tu savais que j'allais être malade. Et moi qui te faisais un strip-tease...

— Chut, dit-il en me recoiffant. Même si j'ai passé un très bon moment à te regarder vomir tripes et boyaux, tu sais très bien que je ne suis pas resté pour ça.

Je fermai de nouveau les yeux, légèrement dans les vapes.

— C'est parce que tu as envie de moi, mais pas quand je suis bourrée et que je gerbe partout ?

Cam éclata de rire.

— Ouais, voilà, c'est à peu près ça.

— Je voulais juste m'assurer qu'on était bien sur la même longueur d'onde, murmurai-je.

Je pris alors conscience que j'étais toujours en jean et soutien-gorge, mais cela ne me dérangeait honnêtement pas. La gêne viendrait le lendemain...

— Nous ne le sommes pas.

J'entrouvris un œil.

— Ah.

— J'étais sûr que ça te ferait réagir.

Il passa le linge frais et humide sous mon menton.

— Tu es... doué pour ça.

— J'ai beaucoup d'entraînement. (Il se débarrassa de la serviette, en attrapa une autre, et recommença le même processus.) Je suis passé par là quelques dizaines de fois. (Il m'épongea le cou, les épaules, les bras.) Tu veux aller au lit ?

J'ouvris les yeux en grand.

Il secoua la tête et sa fossette se creusa sur sa joue gauche.

— Tu as vraiment l'esprit mal tourné.

— Oh.

— Ouais, oh, répéta-t-il en se levant.

Il me tourna le dos et farfouilla autour du lavabo. Il ouvrit un robinet, puis se retourna et me tendit une brosse à dents ornée d'une pointe de dentifrice.

— Tu veux peut-être te débarrasser de ce sale goût ?

Je m'en saisis avidement.

— Tu es merveilleux.

— Je sais.

Il me tendit ensuite un de ces petits gobelets en carton que je n'utilisais jamais.

Quand j'eus terminé de me rincer, il s'accroupit et se balança sur les talons. Il défit la fermeture à glissière de sa veste à capuche et la retira.

— C'est ce que j'essaie de te faire dire depuis ce jour où tu m'es rentrée dedans. Si j'avais su qu'il suffisait de te tendre une brosse à dents, je l'aurais fait plus tôt. Tant pis pour moi.

— Non, tant pis pour moi. (Je me redressai légèrement, l'observant retirer également son tee-shirt.) Qu'est-ce que tu fais ?

— Je ne sais pas où tu ranges tes fringues.

— Oh, oh.

Je baissai le menton, craignant d'avoir de nouveau besoin de la serviette humide.

— Et je me suis dit que tu voudrais peut-être te changer.

À la lumière de la salle de bains, je découvris son soleil tatoué comme je ne l'avais encore jamais vu. Un millier de traits minuscules à l'intérieur de l'astre lui conférait cet aspect flamboyant si réaliste.

— En effet...

— Alors le plus simple était de te prêter mon tee-shirt.

Mon regard parcourut le reste de son torse, le mamelon sombre, et, plus bas, les abdominaux parfaitement dessinés.

— D'accord.

— Tu seras plus à l'aise.

Quelques poils noirs apparaissaient juste sous son nombril, disparaissant sous la taille de son jean. Une ceinture invisible semblait également lui appuyer sur les hanches, trop parfaitement découpées.

— Bien sûr, murmurai-je.

Comment s'y prenait-il pour être musclé jusque-là ? Existait-il des exercices spéciaux ?

— Tu ne m'écoutes pas du tout.

Je remontai les yeux contre mon gré.

— Pas trop.

Sa fossette apparut à nouveau, puis il me saisit par les hanches et me hissa sur le rebord de la baignoire.

— Ne lève pas encore les bras, d'accord ?

Parfaitement immobile, je me retenais à l'émail pendant qu'il m'enfilait son tee-shirt par-dessus la tête.

— Garde les bras baissés.

Il lâcha le tissu et glissa les mains derrière mon dos. Quelques instants plus tard, ses doigts habiles m'avaient dépouillée de mon soutien-gorge.

— Qu'est-ce que tu fais ?

J'avais le ventre tout noué et, croyez-moi, après ce qui venait de se passer, ce n'était pas une sensation des plus agréables.

Il rit quand les bretelles me glissèrent le long des bras, me causant un frisson.

— Encore une fois, tu as l'esprit bien mal tourné. Ta vertu ne risque rien, avec moi.

— Ma vertu ?

J'aurais au contraire bien aimé la mettre à l'épreuve.

Il m'adressa un regard par en dessous.

— Pour l'instant.

— Pour l'instant ? répétai-je à mi-voix.

Il opina.

— Enfile les manches.

J'obtempérai, et il s'affaira à les retrousser jusqu'à mes épaules, avant de laisser courir sa main sur mon bras gauche, s'arrêtant juste au-dessus de mon bracelet.

— Non...

Un accès de panique me fit sursauter quand il me le retira. Je voulus écarter ma main, mais il raffermit son étreinte et me regarda droit dans les yeux.

— Je l'ai déjà vue, Avery.

Un poids supplémentaire vint m'écraser la poitrine.

— S'il te plaît, non. C'est déjà assez gênant, mais je ne peux pas te forcer à l'oublier. J'aimerais bien, mais je ne peux pas.

Il fit disparaître mon poignet et mon bracelet entre ses mains, puis soutint mon regard.

— C'est à cause de ça, pas vrai ? Que tu t'es mise à flipper ? Que tu n'as plus voulu me parler ? Que tu as laissé tomber les cours ?

Une boule grossit si vite dans ma gorge que je n'eus pas le temps de répondre.

— Oh, mon ange. (Une grande douceur vint habiter sa voix et ses yeux.) On a tous fait des choses dont on n'est pas très fiers. Si tu savais... (Il secoua la tête.) Bien sûr, je ne sais pas ce qui t'a poussée à agir. J'espère simplement que, quelles qu'en soient les raisons, tu as réussi à les surmonter. Tu ne baisses pas dans mon estime pour autant. Pas du tout.

— Mais tu avais l'air si... commençai-je avant que ma voix ne se brise.

Il détacha mon bracelet, mais son autre main dissimulait toujours ma cicatrice quand il le posa sur le rebord du lavabo.

— J'étais simplement surpris et inquiet. Je ne sais pas quand tu t'es fait ça, et je ne te poserai pas la question. Pas maintenant, en tout cas. Sache juste que tu n'as pas besoin de te cacher. D'accord ?

Je ne pus que hocher la tête.

Cam baissa les yeux et souleva mon bras, retournant ma main, paume vers le haut. Il apposa les lèvres sur ma cicatrice, ce qui me coupa le souffle. Je me détournai en serrant les paupières. Les remparts mentaux que je m'étais érigés s'écroulèrent d'un seul coup.

— À tout juste quinze ans, dis-je d'une voix rauque pour me délester de ce poids avant qu'il ne m'étouffe. Voilà quand je l'ai fait. Je ne sais pas si je voulais vraiment passer à l'acte ou si c'était juste un appel au secours… (Je secouai la tête.) En tout cas, je le regrette tous les jours.

— Quinze ans ?

Son ton était dépourvu de jugement.

J'acquiesçai.

— Je ne recommencerai jamais un truc pareil. Je te le jure. Je ne suis plus celle que j'étais.

— Je sais.

Après de longues secondes, il me posa une main sur la jambe.

— Maintenant, enlève ton pantalon.

Ce brusque changement de sujet me fit éclater de rire.

— Classe.

Quand, avec son aide, je finis par me relever, son tee-shirt me tombait aux genoux et mon soutien-gorge gisait au sol entre nous, telle une pauvre petite chose abandonnée. Quand il fit mine de déboutonner mon jean, je chassai sa main d'une gifle.

— Je peux le faire toute seule.

— Vraiment ? s'étonna-t-il en haussant les sourcils. Parce que je suis à ton service, et que je suis sûr que je serais merveilleusement doué pour t'ôter ton pantalon.

— Je n'en doute pas un instant. Remets ta veste, en attendant.

Il recula d'un pas et prit appui contre le lavabo. Toute cette chair virile effrontément exposée...

— J'aime bien quand tu me regardes.

— Je sais, grommelai-je en me détournant.

Je me sentais toute nue sans mon bracelet. Je me débarrassai de mon jean avec timidité. Quand je reposai les yeux sur Cam, il était toujours à moitié à poil. Il ramassa sa veste traînant par terre puis me prit par la main.

— Tu crois que tu peux sortir de la salle de bains ?

— J'espère.

Nous retournâmes dans le salon, et je crus qu'il allait alors partir, puisqu'il était déjà bien plus de 2 heures du matin. Au lieu de quoi, il me prépara un cachet d'aspirine et me força à boire une petite bouteille d'eau. Il se laissa alors tomber sur le canapé et me tira par le bras.

— Assieds-toi avec moi.

Je commençai à le contourner, mais il m'arrêta.

— Non. Assieds-toi avec moi.

Ne comprenant pas où il voulait en venir, je secouai la tête. Il s'adossa puis me tira sur le bras avec un peu plus de force. Je suivis le mouvement et pris place sur ses genoux, mon flanc contre son ventre, les jambes étendues sur les coussins. Il me recouvrit du plaid et, une fois satisfait, me passa les bras autour de la taille.

— Tu devrais essayer de dormir un peu, me dit-il d'une voix à peine assez forte pour couvrir le murmure de la télé. Tu te sentiras mieux demain.

Je me détendis contre lui plus vite que je ne l'aurais cru possible. Me blottissant un peu plus près, je posai la tête contre son torse.

— Tu ne rentres pas chez toi ?

— Non.

— Pas du tout ?

Je fermai les yeux.

Son menton me frotta le sommet du crâne, avant qu'il m'embrasse sur le front. Je laissai échapper un léger sourire.

— Je n'irai nulle part, m'assura-t-il. Je serai juste là à ton réveil, mon ange, je te le promets.

Il me fallut quelques instants pour comprendre que la lumière aveuglante émanait du soleil brillant à travers la fenêtre du salon et que j'étais toujours allongée sur Cam. Ma tête reposait contre son épaule et son menton sur mon crâne. Ses bras étaient serrés autour de mon corps, comme s'il craignait que je ne me réveille et ne m'enfuie.

Mon cœur se mit à faire un peu d'exercice.

Mes souvenirs de la nuit précédente, d'abord décousus, commencèrent à se remettre d'aplomb, et je passai de l'excitation à la gêne, puis à la surprise, puis de nouveau à l'excitation.

Cam était toujours là et il m'avait affirmé me désirer, que nous finirions par nous mettre ensemble, même après avoir appris ce que je m'étais infligé. Même après que je m'étais comportée avec lui comme une vraie connasse.

Je n'arrivais pas à y croire. Peut-être étais-je en train de rêver, car je n'avais pas l'impression de mériter ça.

Je plaquai une main sur sa poitrine et sentis son cœur battre fort et régulièrement. Ma paume était posée à même son torse nu, sur sa peau chaude et tellement réelle. Je dus l'examiner longuement pour me convaincre que je n'hallucinais pas. Je remuai légèrement.

Cam poussa un profond grognement.

J'écarquillai les yeux, m'immobilisant immédiatement. Bon sang de bois, je sentais sa virilité s'éveiller contre ma hanche. Il m'étreignit de plus belle, et nos deux cœurs semblèrent se mettre au diapason.

— Désolé, dit-il d'une voix chargée de sommeil. C'est le matin, et tu es assise sur moi. N'importe quel homme succomberait à cette combinaison.

Soudain rouge écarlate, je me rappelai ce que j'avais ressenti quand il avait remué contre moi à Thanksgiving. Ce n'était pas la meilleure réflexion à avoir à l'heure actuelle. Il me relâcha et me caressa la hanche. Même à travers le tissu de mon tee-shirt – de *son* tee-shirt –, ma peau se mit à picoter.

Finalement, c'était peut-être justement la meilleure réflexion à avoir.

— Tu veux que je descende ? demandai-je.

— Sûrement pas.

Son autre main remonta dans mon dos, jusqu'à ce que ses doigts viennent s'emmêler dans mes cheveux.

— Putain de nom de Dieu, c'est même hors de question.

Je me fendis d'un sourire.

— D'accord.

— Pour une fois qu'on est du même avis.

Je me penchai légèrement en arrière afin de mieux le regarder. Tout ébouriffé, les joues noircies d'une barbe naissante, il était à tomber.

— La nuit dernière a-t-elle vraiment eu lieu ?

Il arbora un demi-sourire qui me fit chaud au cœur. Cet air narquois m'avait manqué.

— Tout dépend de ce dont tu te souviens.

— Est-ce que je me suis déshabillée devant toi ?

Ses prunelles s'assombrirent d'une teinte.

— Oui. Super moment.

— Et tu m'as repoussée ?

La main posée sur ma hanche glissa de quelques centimètres vers le bas.

— Seulement parce que je refusais que tu sois ivre pour notre première fois.

— Notre première fois ?

— Eh bien oui.

Mon ventre se noua.

— Tu sembles convaincu qu'il va vraiment se passer quelque chose entre nous.

— Absolument, confirma-t-il en se carrant au fond du canapé.

Je me concentrai pour me rappeler le reste.

— On a discuté, pas vrai ? (Mes yeux se posèrent sur mon poignet gauche nu.) Je t'ai dit quand je m'étais fait ça ?

— Oui.

Je l'observai en coin.

— Et tu ne me prends pas pour une barge ?

— En fait...

J'inclinai le menton et le fusillai du regard.

Son sourire s'étendit et son autre main remonta jusqu'à ma nuque.

— Tu veux savoir ce que je pense ?

— Tout dépend.

Il attira ma tête vers lui, de sorte que nos bouches se retrouvèrent à quelques centimètres l'une de l'autre.

— Je pense qu'il faut qu'on discute.

— Moi aussi.

Naturellement, j'en étais malade d'inquiétude, mais ma résolution était plus forte que mon appréhension.

Cam m'attrapa soudain par les hanches et me souleva pour m'asseoir à côté de lui. Sa chaleur me manqua immédiatement. Je ne compris pas pourquoi il se levait.

— Je croyais qu'il fallait qu'on discute ?

— Oui. Je reviens tout de suite.

J'ignorai ce qu'il mijotait.

— Ne bouge pas, d'accord ? dit-il en reculant jusqu'à la porte. Pas d'un millimètre. Ne pense à rien. Reste assise et attends-moi.

Je l'observai avec curiosité.

— Entendu.

Son sourire en coin ressurgit.

— Je suis sérieux, ne pense à rien. Ni à la nuit dernière, ni à ce matin. Ni même au mois dernier. Ou à ce qui va se passer. Reste assise, tout simplement.

— Promis, chuchotai-je.

Il me jaugea du regard pendant une bonne seconde supplémentaire, puis il sortit et, naturellement, les pensées se bousculèrent dans mon esprit durant les cinq minutes que dura son absence. Quand il revint enfin, j'avais presque fini par me convaincre que je ne le reverrais plus.

Je me trompais.

Je jetai un coup d'œil par-dessus le dossier du canapé et, dès que je vis ce qu'il avait dans les mains, j'eus un sourire jusqu'aux oreilles.

— Des œufs. Tu as apporté des œufs.

— Et mon poêlon, précisa-t-il en refermant la porte d'un coup de fesses. Et je me suis brossé les dents.

— Tu aurais pu mettre un tee-shirt.

Il me scruta d'un œil moqueur en se dirigeant vers la cuisine.

— Je savais que ça te briserait le cœur de ne plus me voir torse nu.

Quand il disparut derrière la porte, je me laissai aller contre le dossier du canapé en émettant un petit gloussement de fillette que j'espérais avoir correctement étouffé.

— Avery, qu'est-ce que tu fous ?

Je me redressai.

— Rien du tout.

— Alors, ramène ton cul par ici.

Je me levai, tout sourire, et pris la direction de ma chambre.

— Et ne t'avise pas de te changer.

Je m'immobilisai avec une moue.

— Parce que j'aime vraiment beaucoup te voir avec mes fringues.

— Alors, dis comme ça...

Je tournai les talons et allai directement le rejoindre dans la cuisine. Je m'appuyai contre le cadre de la porte pour le regarder faire ce que je l'avais déjà vu faire une bonne dizaine de fois.

Il me jeta un coup d'œil par-dessus son épaule.

— Quoi ? Mes œufs te manquaient tant que ça ?

Je cillai pour m'éclaircir l'esprit.

— Je ne pensais pas te revoir un jour en préparer dans ma cuisine.

Les muscles puissants de ses épaules se contractèrent, et je ne pus qu'admirer la sensualité de son dos quand il se pencha en avant pour régler le feu sous le poêlon.

— Alors c'est moi qui t'ai tant manqué ?

Pour une fois, je ne marquai pas la moindre hésitation.

— Oui.

Il se tourna vers moi.

— Toi aussi.

Je pris une profonde inspiration.

— Je voulais te dire que j'étais désolée de m'être comportée comme ça quand tu as... vu ma cicatrice. Je ne l'avais jamais montrée à personne. (Je me suçotai la lèvre inférieure et avançai d'un pas.) Je sais que ça n'excuse pas mon comportement de connasse, mais...

— J'accepte tes excuses à une condition, m'interrompit-il en croisant les bras.

— Tout ce que tu voudras.

— Fais-moi confiance.

J'inclinai la tête.

— Mais Cam, je te fais confiance.

— Non, je ne crois pas.

Il approcha de ma petite table et tira une chaise rangée dessous.

— Assieds-toi.

J'obtempérai et profitai du fait qu'il retournait s'occuper des œufs pour tirer sur le bas de mon tee-shirt.

— Si tu me faisais confiance, tu n'aurais pas réagi comme ça, dit-il en brisant une coquille. Ça ne me ressemble pas de porter des jugements hâtifs. Tu dois me faire suffisamment confiance pour être convaincue que je ne vais pas me comporter comme un con ou paniquer pour ce genre de truc. Tu devrais savoir que tu comptes bien trop pour moi.

Mon souffle se bloqua.

Il se tourna vers moi, les yeux limpides.

— Il y a des tas de choses que j'ignore encore sur toi, et j'espère pouvoir y remédier bientôt. Je ne veux pas te forcer, mais tu ne peux pas m'exclure de tout, d'accord ? Tu dois me faire confiance.

Il y avait effectivement des tas de choses qu'il ignorait, mais je ne voulais pas qu'elles s'immiscent dans notre relation. Pas aujourd'hui. Pas plus tard.

— Je te fais confiance. Je vais te faire confiance.

Cam m'observa un instant.

— Dans ce cas, excuses acceptées.

Il entreprit alors de remuer mes œufs. Puis il me servit du jus d'orange. Nous n'échangeâmes guère d'autres mots jusqu'à ce qu'il s'asseye avec ses quatre œufs durs.

— Alors, quelle est la prochaine étape ? m'interrogea-t-il. Dis-moi ce que tu veux.

J'interrompis ma fourchetée à mi-chemin de ma bouche. Je relevai les yeux et le vis, un œuf à la main.

— Ce que je veux ?

— De moi. (Il croqua dans le blanc et mastiqua lentement.) Qu'est-ce que tu attends de moi ?

Je reposai ma fourchette et me redressai pour le dévisager. Je compris soudain qu'il allait me forcer à le dire et... j'en avais besoin. Je repensai à Molly et à l'histoire qu'elle avait dû répéter une centaine de fois. Mon effort était minime à côté du sien.

— Toi.

— Moi ?

— C'est toi, que j'attends. (J'avais les joues écarlates, mais ne me défilai pas.) Évidemment, je n'ai jamais eu de relation, et je ne sais pas si c'est ce que tu cherches. Peut-être pas...

— Si.

Il termina son œuf.

J'eus un pincement à la poitrine.

— Vraiment ?

Il ricana.

— Tu sembles sincèrement surprise. (Il attaqua un deuxième œuf.) C'est mignon. Continue.

— Continue... ? (Je secouai la tête, troublée.) J'ai envie d'être avec toi.

Cam avala la fin de son deuxième œuf.

— C'est déjà notre deuxième point commun ce matin.

— Tu veux être avec moi aussi ?

— C'est ce que j'ai toujours voulu depuis que tu m'as dit non la première fois. J'attendais juste que tu changes d'avis. (Il sourit.) Bon, si on doit démarrer quelque chose, il faut établir quelques règles de base.

Il n'attendait que moi ?

— Des règles ?

Il acquiesça en écalant un troisième œuf.

— Il n'y en a pas tant que ça. Tu n'as pas le droit de m'exclure. C'est toi, moi, et personne d'autre. (Il marqua une pause et mon cœur s'emballa.) Et enfin, tu dois continuer à avoir l'air toujours aussi sexy dans mes tee-shirts.

Je ne pus réprimer un éclat de rire.

— C'est faisable.

— Bien.

Je le regardai finir son petit déjeuner et, si heureuse que je sois, j'étais plus nerveuse encore.

— Cam, je n'ai encore jamais connu ça. Et je ne suis pas très facile à vivre, j'en ai conscience. Je ne peux pas te promettre que ce sera de tout repos.

— Plus c'est dur, plus c'est marrant.

Il vida son verre de lait d'une traite puis se leva pour venir me rejoindre. Il me prit par la main et m'aida à me mettre debout. Il me passa un bras autour de la taille et inclina la tête. Quand il parla, ses lèvres effleurèrent ma joue.

— Je suis on ne peut plus sérieux, Avery. Si tu me veux vraiment, je suis tout à toi.

Je fermai les paupières et posai les paumes sur son torse.

— Je te veux vraiment.

— C'est bon à savoir, murmura-t-il en penchant la tête.

Ses lèvres vinrent effleurer les miennes. Mon impatience enfla comme un ballon.

— Car dans le cas contraire, reprit-il, tout ceci aurait l'air très bizarre.

Je me mis à rire, mais sa bouche sur la mienne me fit taire. Son baiser ne fut d'abord qu'une tendre exploration de mes lèvres. Toutefois, il ne m'avait plus embrassée depuis trop longtemps. Et je n'avais plus ressenti cela depuis plus longtemps encore. J'en voulais davantage.

Je remontai les mains le long de son torse et jusqu'à ses joues légèrement râpeuses, puis j'enfouis les doigts dans sa tignasse douce et broussailleuse. Il n'eut pas besoin d'autre encouragement. Il accentua son baiser, m'écarta les lèvres pour y glisser la langue. Ses mains allèrent de mes hanches à ma taille. Il me serra contre lui et le baiser, d'abord doux et innocent, dégénéra bientôt.

Il me souleva, m'arrachant un hoquet qu'il étouffa aussitôt. Je me laissai guider par mon instinct et enroulai mes jambes autour de son corps. D'un brusque mouvement en avant, il me plaqua contre le mur et écrasa sa poitrine contre la mienne. Mes membres se ramollirent, mon entrejambe s'humidifia, et je le sentis là, preuve tangible du désir qu'il éprouvait pour moi. Chaque centimètre carré de mon corps se contracta à mesure qu'une vague de chaleur m'emportait.

Pour la première fois, je ne ressentis pas la moindre pointe de panique. Rien d'autre que des sensations merveilleuses qui me donnèrent l'impression d'être vivante ; et, pour une fois, j'étais parfaitement maîtresse de moi-même. J'en retirais un sentiment de liberté encore jamais éprouvé et m'abandonnai tout entière à ce baiser. Il produisit ce gémissement incroyablement sexy qui résonna d'abord dans sa poitrine, puis dans la mienne.

Une éternité s'écoula avant qu'il n'abandonne mes lèvres.

— Il faut que j'y aille.

Je laissai échapper un soupir tremblant.

— Tu pars tout de suite ?

— Je ne suis pas un saint, mon ange, grommela-t-il. Si je ne pars pas tout de suite, je risque de rester ici un moment.

Une pulsation partie de la pointe de mes seins se répercuta jusqu'au plus profond de moi.

— Et si je ne veux pas te laisser partir ?

— Merde, dit-il en glissant ses mains sous mes cuisses. Je vais avoir du mal à rester le mec bien que tu crois avoir en face de toi.

— Je ne suis plus saoule.

Il posa son front contre le mien et ricana doucement.

— Ouais, je m'en suis rendu compte. Et si l'idée même de te prendre ici et maintenant, contre ce mur, suffit à me faire perdre la tête, je veux que tu saches que je suis sérieux. Tu n'es pas un coup d'un soir. Tu n'es pas un plan cul régulier. Tu es bien plus que ça.

Je fermai les paupières, le souffle rare.

— Eh bien, c'était... pas loin d'être parfait.

— Je suis pas loin d'être parfait, répliqua-t-il en démêlant délicatement mes jambes.

Il me posa par terre et je me serais écroulée sur place s'il ne m'avait pas retenue.

— Tout le monde le sait. C'est juste que tu es un peu lente à la comprenette.

J'éclatai de rire.

— Qu'est-ce que tu vas faire ?

— Prendre une douche froide.

— Sérieux ?

— Ouais.

Je ris de nouveau.

— Et tu repasses après ?

— Toujours, répondit-il en m'embrassant rapidement.

— D'accord. (Je rouvris les yeux, tout sourire.) Je t'attends.

26

En un court laps de temps, ma vie subit une multitude de changements mineurs qui s'accumulèrent en un ensemble insurmontable, du moins pour moi. Cam avait passé tout le dimanche en ma compagnie, et j'avais été réveillée ce matin-là par un texto de sa part me souhaitant une bonne journée.

Avant même que j'aie eu le temps d'informer Brittany et Jacob de l'avancée de notre relation, ils s'en rendirent compte par eux-mêmes dès le lundi matin, tandis que nous attendions devant Whitehall que Brit termine sa cigarette.

Cam surgit en effet de nulle part pour venir m'enlacer par-derrière. Je me raidis une seconde avant de me forcer à me détendre. Il m'embrassa sur la joue, et le frisson qui me parcourut n'avait rien à voir avec le froid.

— Salut, toi.

Brit en perdit sa cigarette.

Jacob cilla une fois, deux fois, une multitude de fois.

— Qu'est-ce que... ?

J'agrippai Cam par les avant-bras tandis qu'il traçait un sillon brûlant jusqu'à mon oreille.

— Je crois que la chaussure de Brittany va bientôt prendre feu.

Je baissai les yeux par réflexe et me libérai immédiatement de son étreinte.

— Oh, mon Dieu, Brit, ta pompe !

Elle regarda à son tour et poussa un petit hurlement. Elle fit tomber la clope d'un coup de pied et recula d'un bond.

— J'ai failli mourir carbonisée. Tout ça par ta faute !

— Ma faute ?

— Oui. Parce que tu ne m'as pas parlé de ça. (Elle désigna d'un geste ample un Cam tout sourire.) Ça !

— Est-ce que vous êtes... Vous savez ? (Jacob nous pointa du doigt l'un après l'autre.) Ensemble ?

Cam ne me laissa pas le temps de répondre. Il me força à pivoter et m'embrassa à pleine bouche, au vu et au su de tout le monde. Et nul n'aurait pu prendre ça pour un simple smack amical. Quand nos langues se touchèrent, mon sac glissa de mon bras et s'écrasa sur le sol gelé.

— Putain de merde, murmura Jacob. Ils vont faire des bébés devant nous.

Les joues en feu, je m'écartai de Cam. Lui ne semblait nullement gêné quand il m'embrassa sur le front. J'aperçus par-dessus son épaule Steph et l'une de ses copines, bouche bée. Elle ne connaissait sans doute pas non plus la nouvelle.

— Je voulais voir le prof avant le début du cours, il faut que je file, dit Cam en reculant. On se voit avant la prochaine heure ?

— Oui. (Mes lèvres, et d'autres parties de mon corps, me picotaient.) À plus tard.

Quand je me retournai vers mes amis, ils me contemplaient tous deux comme si je venais de leur montrer mes seins. Je me penchai pour ramasser mon sac.

— Bon, avant que vous ne vous mettiez à brailler, sachez que c'est tout récent, ça date d'hier, et que je n'ai pas eu le temps de vous prévenir.

Brit croisa les bras.

— Tu n'as pas eu une seconde pour appeler ou même, j'en sais rien, envoyer un texto ?

— On est plus ou moins restés ensemble toute la journée d'hier. On est sortis dîner, et puis...

— Vous avez couché ensemble ? m'interrogea Jacob en me secouant par les épaules. Oh, mon Dieu, copine, des détails, il me faut des détails. Est-ce qu'il a une grosse...

— On n'a pas couché ensemble. (Je repoussai ses mains sans douceur.) Mince, on n'est ensemble que depuis hier, laissez-moi un peu de temps.

— Perso, je l'aurais baisé dès le mois d'août, souligna Jacob.

Je le toisai d'un œil torve.

Ils me passèrent sur le gril le temps d'arriver en classe et pendant tout le début du cours. Quand je les laissai pour aller attendre Cam dehors, je m'étais largement rattrapée de ne pas les en avoir informés la veille.

Je me postai sous la marquise, adossée à l'un des piliers. Je devais avoir l'air débile, avec ce sourire étincelant plaqué sur ma figure, mais je n'avais pu l'en décoller depuis la veille au matin.

Mon sourire perdit toutefois en intensité quand je vis Cam franchir les portes, Steph accrochée à lui. La seule chose qui m'empêcha de sortir les griffes et de la plaquer au sol telle une tigresse protégeant ses petits fut que Cam ne semblait pas ravi.

Steph rejeta sa crinière lumineuse par-dessus son épaule tandis qu'ils venaient vers moi.

— Salut, me lança-t-elle avec un enjouement probablement plus que feint.

— Salut, répliquai-je en soutenant son regard.

Cam vint me saisir la main.

— Vous avez été libérés plus tôt ?

J'acquiesçai.

— Oui, il y a quelques minutes.

Steph observait avec haine nos doigts entrelacés.

— Alors, Cam, tu viens à la soirée de Jase, samedi prochain ?

Une soirée ? Si idiot que cela puisse être, je détestais l'idée de savoir que Cam allait se rendre à une fête à laquelle Steph assisterait. Pas bien. Pas bien. Pourtant, un sentiment néfaste s'emparait de moi chaque fois que je les imaginais s'acoquiner dans le passé.

— Je ne sais pas encore. (Cam me serra la main.) Ça dépendra de ce qu'Avery veut faire.

Sa bouche parfaite s'ouvrit de stupeur, et rien que pour cela je serais tombée à genoux devant Cam.

— De ce qu'Avery veut… ? Bref.

Elle s'éloigna pour aller rejoindre la fille qui l'accompagnait à la soirée d'Halloween.

Je levai les yeux vers Cam.

— Eh bien, ça n'a pas l'air de la mettre en joie.

Il haussa les épaules.

Nous remontâmes la colline en direction de Knutti Hall.

— Alors comme ça, vous n'étiez que copains de baise ?

Il m'adressa un regard en coin.

— On couchait ensemble de temps à autre, mais comme je te l'ai dit ce week-end, on ne l'a pas refait depuis que je t'ai rencontrée.

— Je sais. J'ai juste l'impression qu'elle voulait plus que ça.

— Logique, non ?

— Mince, il va vraiment falloir qu'on bosse sur ton problème d'ego.

Cam pouffa légèrement en m'attirant contre lui. Ainsi blottis, nous ressentions moins la morsure du vent balayant la montée.

— Il y a deux ou trois autres choses sur lesquelles on pourrait bosser…

— Pervers, maugréai-je même si j'étais parfaitement en accord avec lui.

Il me déposa un baiser sur la tempe.

— Je plaide coupable, mon ange.

Cam ne se rendit pas à la soirée de Jase le samedi soir suivant. Il n'en reparla même pas, et j'ignorais si j'aurais dû le faire. Je me sentais légèrement coupable, car je ne voulais pas m'interposer entre lui et ses amis, mais rater une partie épique de bière-pong ne semblait pas le perturber outre mesure.

Nous allâmes dîner dans une ville voisine avant de revenir chez moi. Si j'avais eu le moindre doute quant au sérieux de notre relation, cette soirée l'aurait immanquablement dissipé.

Cam était venu avec Raphael.

Quoi de plus sérieux que d'autoriser une tortue à ramper sur votre sol de cuisine ?

— Il a besoin de faire son sport, m'expliqua Cam en s'asseyant devant mon frigo, jambes écartées. Sinon, il devient tout gras et paresseux, et passe ses journées au fond de sa carapace.

— Pauvre Raphael. (Je le ramassai et lui fis faire demi-tour pour qu'il aille rejoindre Cam.) Il doit s'ennuyer dans son aquarium.

— C'est un terrarium, me corrigea Cam. Et le sien est dément. Je lui en ai acheté un nouveau pour son anniversaire.

— Tu connais sa date de naissance ?

— Ouaip. Le 26 juillet. (Il marqua une pause, louchant dans ma direction.) Et la tienne ?

Je croisai les chevilles.

— Euh, tu as encore le temps de t'en préoccuper. Et toi ?

— Le 15 juin. Mais toi, Avery ?

Je sentais que la conversation allait prendre un tour gênant.

— C'était le 2 janvier.

Il se pencha en avant, les sourcils haussés. Il me dévisagea pendant plusieurs secondes.

— J'ai raté ton anniv.

— Ce n'est pas très grave, dis-je en balayant l'affaire d'un geste de la main. Je suis allée au Smithsonian, puis je suis tombée malade, ce n'est donc pas plus mal que je sois restée seule.

Il se crispa.

— Oh bordel, c'est pour ça que tu m'as dit que tu voulais y aller le 2. Tu étais toute seule ? Merde. Je me sens tellement...

— Non, dis-je en levant la main. Tu n'as pas à te sentir coupable. Tu n'as rien fait de mal.

Il me scruta d'un air neutre quelques instants de plus. Puis il finit par dire :

— Bon, je me rattraperai l'année prochaine.

Cela me fit sourire. L'année prochaine. Waouh. Envisager l'avenir à si long terme était aussi effrayant qu'excitant.

Après une poignée de minutes, Cam ramassa sa tortue et se leva.

— Je reviens tout de suite.

Tandis qu'il la ramenait chez lui, je courus jusqu'à la salle de bains pour me brosser les dents. Je finis de me rincer la bouche quelques secondes avant son retour. Il retira son pull en laine, l'étendant sur le dossier du canapé. Son tee-shirt gris moulait son large torse, et quand il s'étira avant de s'asseoir, la peau hâlée du bas de son ventre surgit en dessous.

Mon rythme cardiaque s'emballa comme je l'observais depuis le couloir. Cam et moi nous embrassions - souvent - et il aimait bien qu'on s'enlace ; ainsi, en une semaine, j'avais pris l'habitude de ses bras autour de moi et de ses lèvres sur les miennes. Toutefois, nous n'avions pas réitéré notre activité de la soirée de Thanksgiving, même si j'imaginais qu'il en avait aussi envie que moi. Il y avait tant de nuits où j'allais me coucher en pensant à lui, et même si je parvenais à soulager provisoirement cette douleur constante et lancinante, cela ne me suffisait plus.

Il avait envie de moi.

Et moi de lui.

Nous étions ensemble.

Et je lui faisais confiance.

Tout en me mordillant la lèvre, je jouai avec le bord de ma robe pull. J'avais retiré mes bottes et mes collants dès notre retour, et voilà que mes jambes commençaient à se couvrir de chair de poule.

Attendait-il que je fasse le premier pas ? Il était si... prudent avec moi, comme s'il redoutait que je m'enfuie sans crier gare. C'était vers lui que je voulais me réfugier. Il me jeta un coup d'œil en haussant les sourcils. Seul l'éclat de la télé illuminait un peu la pièce.

— Tu comptes venir ici, ou tu vas passer le reste de la soirée à me reluquer ?

Je m'empourprai subitement et m'écartai de l'encadrement de la porte. Je pouvais y arriver. Je n'avais pas besoin d'attendre qu'il se décide à passer à l'action.

Prenant mon courage à deux mains, je m'approchai de lui. Il me dévora de ses prunelles extraordinaires tout en tendant une main vers moi. Je la saisis, mais au lieu de venir m'asseoir à côté de lui, je me plaçai à califourchon sur ses genoux.

Il se redressa immédiatement, posant les mains sur mes hanches.

— Hé, salut, mon ange.

— Salut, répliquai-je, le cœur battant si fort que j'étais à peu près sûre de faire une crise cardiaque.

Il baissa les yeux, dissimulant son regard derrière ses longs cils.

— Je t'ai tant manqué que ça ? Je ne suis parti que quelques minutes.

— Peut-être.

Je posai mes paumes sur ses épaules et m'installai plus confortablement. Je serrai les doigts en sentant naître son érection.

Ses mains remontèrent lentement le long de mes flancs, si lentement même que je ne me contrôlais déjà plus quand il prit mes joues en coupe.

— Qu'est-ce que tu fais ?

Je m'humectai les lèvres et il redressa la tête, me montrant de nouveau ses yeux soudain plus sombres.

— À ton avis ?

— Plusieurs possibilités. (Ses pouces m'explorèrent les joues.) Et toutes m'intéressent profondément.

— T'intéressent ? (J'avais déjà le souffle court.) C'est un bon début.

Puis, comme il était visiblement décidé à me laisser prendre l'initiative, je me penchai vers lui. Nos lèvres s'effleurèrent une fois, deux fois, puis je plaquai les miennes plus fermement. Il m'imita, et nos baisers se firent plus profonds, plus langoureux, et infiniment plus excitants quand sa langue tortura la mienne si fort que je me mis à trembler en en réclamant davantage.

Il descendit les mains à une allure extrêmement lente, et j'arquai le dos pour accompagner leur mouvement. Même si ma seule expérience remontait à notre soirée de Thanksgiving, mon corps, lui, semblait savoir comment procéder. Je roulai des hanches et il m'agrippa la taille. Il fut à son tour pris d'un long frisson, à la fois un peu effrayant et extrêmement euphorisant.

L'une de ses mains trouva l'extrémité de ma robe et entreprit de la remonter le long de mes cuisses. L'autre navigua de l'autre côté, sur ma poitrine. Il prit en coupe l'un de mes seins, en caressa la pointe du pouce, faisant durcir le téton à travers le tissu. Le gémissement qu'il m'arracha sembla le réjouir au plus haut point.

— Ça te plaît ? demanda-t-il, ses lèvres collées aux miennes.

Avait-il vraiment besoin d'en obtenir confirmation ?

— Oui.

Son pouce décrivit un cercle d'une lenteur insoutenable autour de mon mamelon. J'essayai de reprendre mon souffle quand ses lèvres quittèrent les miennes. Il me mordilla le menton puis sa bouche dévala ma gorge. Je me cambrai davantage encore, lovant mon sein plus loin dans sa main tout en recommençant à remuer les hanches. Un gémissement des plus sexy émana de sa poitrine quand il se recula pour m'observer.

— Dis-moi ce que tu veux, mon ange. (Sa main coulissa jusqu'à mon autre sein.) Tout ce que tu veux. Et tu l'auras.

Il n'y avait pour l'heure qu'une chose que je désirais.

— Touche-moi.

Il frémit de nouveau, ce qui m'échauffa les sens.

— Je peux ?

J'opinai, ignorant à quoi j'avais consenti, mais lui faisant pleinement confiance. Il posa les deux mains sur mes épaules, puis les fit disparaître sous le col de ma robe. Je me figeai quand il la fit glisser le long de mes bras, révélant mon soutien-gorge. Il continua à me déshabiller jusqu'à ce que je puisse me libérer du tissu, qui me tomba sur les hanches.

— Magnifique, déclara-t-il en faisant courir ses doigts sur la dentelle de mon soutien-gorge. Regarde-moi ça. Putain, c'est magnifique.

J'étouffai ma réponse quand il referma sa bouche sur la pointe de mon sein. Il s'affaira à travers le fin satin de ma lingerie et m'agrippa par la taille pour me plaquer plus fort contre lui. J'enfouis les mains dans ses cheveux tout en basculant la tête en arrière. Il s'occupa de l'autre téton et un mordillement provocateur m'arracha un petit cri.

Je me laissai complètement aller aux sensations qu'il faisait naître en moi. J'étais déjà aux portes du septième ciel quand ses mains remontèrent le long de mes cuisses sous le bas de ma robe. Je me contractai alors de la plus merveilleuse des manières.

Sa bouche sillonna mon cou jusqu'à venir s'emparer de ma lèvre inférieure.

— Dis-moi un truc, mon ange.

Sa main décrivit de petits cercles sur ma cuisse pour remonter jusqu'à mon intimité.

— As-tu déjà joui avant ce soir ?

Je me sentis rougir des pieds à la tête et, comme je ne répondais pas, sa main redescendit en direction de mon genou, en sens inverse de la progression souhaitée. Salaud.

— Oui, avouai-je dans un murmure.

— Toute seule ? m'interrogea-t-il en remontant les doigts.

Je me tortillai pour raccourcir la distance et l'entendis grogner. Plaquant mon front contre le sien, je fermai les paupières.

— Oui.

Comme pour me récompenser d'avoir accepté de répondre, un long doigt coulissa au milieu de ma culotte, et tout mon corps tressaillit en réaction. Le nœud se resserra au creux de mon ventre quand son majeur se mit à décrire des allers-retours légers qui me rendirent complètement dingue.

Le désir obscurcissait mes pensées, et je savais que je voulais lui faire ressentir la même chose. J'avais beau être inexpérimentée, j'avais une petite idée de la façon dont procéder. Je posai la main sur son torse, la fit glisser jusqu'à son ventre plat. Je marquai un temps d'arrêt au niveau de la ceinture de son jean.

Cam se figea et me mordilla les lèvres.

— Qu'est-ce que tu veux, Avery ?

— Je veux… je veux te toucher, me surpris-je à admettre. Mais je ne sais pas ce qui te plaît.

Il poussa un nouveau gémissement de plaisir en posant sa main sur la mienne.

— Mon ange, tout ce que tu pourras me faire me plaira beaucoup.

— Vraiment ?

— Oh, oui ! s'exclama-t-il en se reculant légèrement pour me ménager une petite place. Fais tout ce que tu veux, je vais adorer ça. Ne t'inquiète surtout pas.

Enhardie par ses encouragements, je déboutonnai son pantalon avant d'en abaisser la braguette. Mince alors. Je haletai en découvrant la longue tige de chair rose. Pas de caleçon. Rien. Cam y allait façon commando.

Il gloussa en voyant ma tête.

— C'est plus facile d'accès.

Puis il s'aida de la main pour se libérer de sa prison de toile.

Je ne pus que le contempler sans bouger, quitte à passer pour une grosse idiote. Il y avait cependant quelque chose de très excitant à le voir ainsi, sachant qu'il me désirait et que j'étais prête à l'accueillir. J'hésitais néanmoins et, même s'il m'avait certifié que tout lui plairait, j'en doutais malgré tout et tenais vraiment à le satisfaire. Je voulais le rendre heureux.

Je regardai sa main se refermer sur la base et remonter lentement.

— J'ai beaucoup pensé à toi, chuchotai-je.

Sa main s'immobilisa.

— Quand ça ?

— Quand je... me caressais.

— Putain de merde, geignit-il. Je n'ai jamais rien entendu de plus excitant.

Cam se remit alors à m'embrasser, plus fort et plus brutalement que jamais. Cela ne me fit pas peur. À la rigueur, cela m'émoustilla même encore plus. Il guida ma main vers lui, et je la refermai sur sa virilité. Quand ma paume entra en contact avec elle, la poitrine de Cam se souleva brusquement.

Il murmura contre ma bouche quelques mots que je ne compris pas, puis fit monter et redescendre ma main serrée, lui conférant un rythme que je maintins quand il me lâcha le poignet. Il m'attrapa ensuite par la nuque et replongea l'autre main entre mes cuisses. Nous avions tous deux le souffle court quand il plaqua sa paume contre ma culotte. La base de sa main reposait sur mon centre névralgique tandis que ses doigts s'immisçaient dans ma chaleur ; je crus suffoquer. Il m'embrassa profondément, et je continuais à le caresser tout en chevauchant sa main. Lui s'agitait dans la mienne, donnant des coups de hanches brefs mais puissants. Son corps se mit à trembler tandis que je ressentis un pincement familier au cœur de mon intimité. Le nœud dans mon ventre se défit en spirale. Je jouis puissamment, chuchotant son nom d'une voix rauque. Sa main demeura là, à me frotter lentement tandis que d'ultimes soubresauts me secouaient encore. Puis il m'imita, s'arcboutant sous l'effet des convulsions.

Une éternité sembla s'écouler avant qu'il n'écarte doucement mes doigts. Comblée et épuisée, je le laissai me serrer contre lui, sentant son cœur battre aussi vite que le mien. Il me déposa un baiser sur le coin de l'œil, puis à la commissure de mes lèvres entrouvertes. Nous restâmes tous deux silencieux, et je découvris que, parfois, les mots n'étaient pas nécessaires.

Au fond de moi, je savais pourtant que j'avais besoin d'en prononcer certains. Je devais lui révéler quelques vérités avant que nous n'allions plus loin. Je devais mettre au clair deux ou trois questions.

— Hé, me dit Cam d'une voix douce. (Je me crispai sans m'en rendre compte.) Tu vas bien ? Je n'ai pas...

— C'était parfait. (Je l'embrassai sur la joue, regrettant de ne pas pouvoir éteindre mon cerveau.) Tout est parfait.

J'espérais simplement que cela durerait.

27

Le cours d'économie devint infiniment plus intéressant dès lors que je m'en servis pour revivre tout ce que Cam et moi avions fait après que ses amis étaient partis et qu'Ollie était allé se coucher la veille au soir.

Il m'avait emmenée dans sa chambre, avant de refermer discrètement la porte derrière lui. Une forme de tension s'était mise à bouillonner en moi quand il s'était approché pour me prendre les joues en coupe. Depuis ce qui s'était passé sur mon canapé, nous nous embrassions et nous touchions beaucoup, mais cela me parut différent dans sa chambre, plus intime, plus vaste en possibilités.

Je m'efforçais de ne pas penser au coït à proprement parler, car je n'étais pas certaine d'être capable de passer à l'acte, ne sachant pas s'il en ressortirait du plaisir ou d'horribles réminiscences de ce qui s'était passé. Je savais que je risquais d'avoir mal, car j'étais toujours essentiellement vierge, mais la douleur serait-elle plus profonde ?

Il n'avait pas cherché à aller plus loin ce soir-là et, quelque part, je me demandais s'il ne se doutait pas de quelque chose.

Cam m'avait retiré mon pull, sans me dépouiller de mon soutien-gorge ni de mon jean. Son tee-shirt était allé rejoindre la pile de vêtements et, quand il m'avait embrassée, ses mains avaient disparu dans mes cheveux. Nous étions tombés sur le lit et il avait glissé sa jambe entre les miennes. Alors que ses baisers avaient lentement quitté mon cou pour rejoindre mes seins couverts de dentelle, il m'avait saisie par les hanches pour m'encourager à me frotter contre lui. Il avait suçoté mon téton durci tandis que j'allais et venais, la tête en arrière et les lèvres serrées pour m'assurer de ne pas faire de bruit. Il m'avait menée jusqu'à l'orgasme de cette manière, sans les mains, à travers mon jean et ma culotte. Et quand j'avais glissé les doigts sous l'élastique de son jogging pour palper sa virilité dure et ample, il s'était activé comme je l'imaginais le faire en moi.

J'étais restée ensuite un moment lovée contre lui. Nous avions parlé de tout et de rien jusque tard dans la nuit. Je m'étais levée quand il s'était mis à somnoler, mais il était encore suffisamment éveillé pour tenter de me convaincre de revenir au lit. Il s'était finalement remis debout pour me raccompagner jusqu'à la porte de mon appartement. Là, il m'avait gratifiée du plus doux des baisers de bonne nuit.

J'étais à peu près sûre d'être tombée amoureuse.

Bon, d'accord, je l'étais sans doute déjà depuis des mois, mais c'était désormais plus tangible ; il n'était plus inaccessible et – oh, mon Dieu, je savais dorénavant à quoi ressemblait l'amour : à une chaleur pétillante. Quand j'étais avec lui, quand je pensais à lui, j'avais l'impression de comprendre ce que pouvaient percevoir les bulles de champagne en remontant à la surface. *Est-ce que je viens vraiment de me prendre pour une bulle de champagne ?*

Un grand sourire niais m'étira les lèvres.

Brit me surprit et fit la grimace.

Je décidai en rougissant de me concentrer assidûment sur les dix dernières minutes de classe. Le prof nous parlait des files d'attente aux pompes à essence au début des années 1980. Un truc en rapport avec l'offre et la demande. J'allais vraiment devoir lire avec soin le chapitre concerné.

— Bon Dieu, tu es complètement atteinte, me dit Brit à la fin de l'heure, tandis que nous sortions de Whitehall. Ça se voit sur ton visage.

Je souris.

— Je sais.

Brit me prit par le bras. Des flocons voletaient jusqu'au sol sous le ciel chargé de nuages.

— Je suis contente que vous vous soyez rabibochés. Vous êtes tellement mignons ensemble que c'en est presque répugnant.

— Il... (Je secouai la tête.) J'ai trop de chance.

— C'est lui, qui en a, me corrigea-t-elle en me donnant un petit coup de coude. Alors, qu'est-ce que tu vas lui offrir pour la Saint-Valentin ?

— La Saint-Valentin ?

Je m'immobilisai subitement. Nous essuyâmes de nombreux grommellements quand les gens derrière nous durent nous contourner pour poursuivre leur route.

— Oh merde, c'est la semaine prochaine. (Je la dévisageai, les yeux écarquillés.) Je n'en ai pas la moindre idée.

Brit gloussa en me tirant par le bras. Je me remis à marcher.

— Si tu voyais ta tête, reprit-elle. On dirait que tu viens de te rendre compte que la fin du monde tombait la semaine prochaine, alors que ce n'est qu'une fête idiote et complètement artificielle.

Je ne relevai pas.

— Je ne sais pas du tout ce que je vais pouvoir trouver.

— Qu'est-ce que tu offrais à tes petits amis précédents ?

— Rien, répliquai-je, trop paniquée pour me soucier de ce que je m'apprêtais à avouer. C'est mon premier copain.

Cette fois, ce fut Brit qui s'arrêta en gênant tout le monde.

— Quoi ? Genre, jamais ? Bon sang, je savais que tu étais un peu, euh, recroquevillée sur toi-même, mais à ce point... Même les petits amish ont plus d'expérience que toi.

Je lui lançai un regard assassin.

— Tu ne m'aides pas beaucoup, et je suis sérieusement en train de flipper, là.

— D'accord. D'accord. Je me moquerai de toi plus tard. J'ai pigé. (Elle fronça le nez.) On ira faire les boutiques après les cours.

En milieu d'après-midi, la neige n'avait pas cessé de tomber mais les routes étaient dégagées jusqu'à Martinsburg. Une fois au centre commercial, je me sentis sérieusement décontenancée en avisant tous les petits cœurs rouges qui pendaient du plafond.

Brit observa de près un boxer en satin noir identiquement décoré.

— Euh...

— Non, tranchai-je.

Outre le fait que je n'imaginais rien de plus bateau, j'avais découvert que Cam ne portait pas toujours de sous-vêtements.

Elle fit la grimace.

— Eh bien, tu peux toujours te rabattre sur un cadeau banal. Genre du parfum, un portefeuille, une cravate ou une chemise.

— C'est nase.

— Je n'ai pas dit que c'était l'idée du siècle.

Je fis la moue en entrant dans un autre magasin. Un fiasco total, qui permit néanmoins à Brit d'essayer tous les laits pour le corps. Lorsque nous en ressortîmes, elle sentait aussi fort qu'une employée de chez Sephora.

De retour chez moi, j'écumai Internet en quête du cadeau parfait. Je voulais quelque chose de spécial, car, avec Cam, j'avais l'impression de m'éveiller enfin. Je voyais les choses différemment, de façon plus limpide. Je n'arrivais pas à savoir si cela venait de lui, de la façon dont je me comportais avec lui, ou si j'étais tout simplement en train de changer. Quoi qu'il en soit, Cam n'était pas étranger à tout ça, et je voulais donc dégoter un présent qui comptait.

Au bout d'une heure environ, j'étais convaincue que faire du shopping pour un garçon était une vraie gageure.

Je me remuai les méninges. Si j'arrivais à lui trouver une réserve d'œufs intarissable, je la lui offrirais...

Grognant de frustration, je me levai pour aller jeter un coup d'œil par la fenêtre. De lourds flocons venaient désormais recouvrir le sol et les voitures. D'après les infos, la neige allait tenir, mais je doutais que le campus fermerait ses portes.

Je m'attachai les cheveux à la va-vite et me dirigeai vers la cuisine quand cela me revint soudain. Une chose dont Cam avait parlé à deux ou trois reprises.

Il voulait aller voir un match de D.C. United.

Poussant un petit cri de joie, je courus jusqu'à mon ordinateur et consultai le site Internet du club. Après un rapide coup d'œil à leur calendrier, je commandai deux billets pour une rencontre programmée au début du mois d'avril, estimant que le temps serait alors plus clément.

J'abaissai le clapet de mon portable, ravie de ma dépense. Il pourrait choisir entre m'emmener ou s'y rendre avec un ami. Les deux me convenaient, tant qu'il était content de son cadeau.

Moins d'une heure plus tard, Cam débarqua chez moi, tout trempé de neige.

— Soirée pizza ?

— Ça me va. (Je l'embrassai sur la joue en lui prenant la boîte des mains.) Comment sont les routes ?

— Pourries. (Il sortit du frigo deux canettes de soda.) Ce qui m'amène à mon idée géniale du soir.

Je souris.

— Parfois, tes idées me font peur.

— Mes idées sont toujours bonnes et ne font jamais peur.

— Euh...

— Cite-m'en une, me défia-t-il.

Je n'eus pas à réfléchir bien longtemps.

— La fois où tu as fait une « laisse » à Raphael en lui attachant un bout de ficelle autour de la carapace ?

— C'était une idée très novatrice !

— Le pauvre n'a plus bougé et s'est caché jusqu'à ce que tu la retires.

Cam s'offusqua.

— Il fait ça tout le temps.

J'éclatai de rire.

— C'est pas faux.

— Mon idée d'aujourd'hui est vraiment géniale.

Il déposa deux parts de pizza sur des assiettes en carton et me décocha un clin d'œil.

— Il paraît qu'il va neiger jusqu'à demain matin.

J'hésitais entre la joie et le mécontentement. J'adorais la neige, mais pas marcher dessus, surtout quand elle gelait.

— Même si je doute sérieusement que les cours soient annulés demain, reprit-il en retournant vers le salon, il y aura beaucoup d'élèves absents, et les profs s'y attendront.

— D'accord, dis-je en m'asseyant sur le canapé, avant de m'écarter pour lui faire une place.

— Je me disais donc qu'on devrait sécher les cours, rester ici, et regarder des films à la con toute la journée.

Ma première impulsion fut de répliquer que je ne pouvais pas me permettre un jour de retard supplémentaire, mais en croisant son regard malicieux, je changeai mon fusil d'épaule.

— C'est une idée géniale.

— Ah, tu vois ! (Il se tapota la tête.) Il y en a, là-dedans.

— Oui, plus qu'ailleurs...

— Ha.

Je gloussai en mordant à belles dents dans ma part de quatre fromages. Cam dévora la moitié de la pizza et, quand Ollie arriva, il se chargea du reste. Je n'arrivais pas à comprendre comment ces deux loustics parvenaient à bouffer autant tout en gardant leur corps de rêve. Pour ma part, tout ce que j'ingurgitais me tombait droit dans les fesses.

Installée entre les deux garçons, je finis par m'assoupir pendant qu'ils s'abrutissaient devant un semi-marathon de reality-show sur la distillation clandestine. Quand je me réveillai, Ollie était parti et, même si je reposais contre Cam, son corps était inhabituellement tendu.

Je me redressai en bâillant et écartai les cheveux qui me tombaient devant les yeux.

— Pardon, je ne voulais pas m'endormir sur toi.

Il me contempla avec un air indéchiffrable. Une sensation de malaise se mit à grouiller en moi tel un nid de vipères. Il avait les dents tellement serrées que je me demandai s'il ne risquait pas de se fêler les molaires.

— Tout va bien ? lui demandai-je.

Il soupira doucement en jetant un coup d'œil à la table basse.

— Tu as reçu un message.

Mon regard suivit la direction du sien, se posant sur mon téléphone. Je ne voyais pas quel était le problème, mais une vague d'angoisse déferla sur moi tel un raz-de-marée. Désormais pleinement réveillée, je m'empressai de récupérer mon portable. Je tapotai sur l'écran et mon cœur cessa de battre.

Tu es une sale pute de menteuse. Comment arrives-tu à te supporter ?

Je tentai de prendre une profonde inspiration, qui se coinça dans ma gorge. Je fixai le SMS, espérant qu'il finirait par disparaître.

— Il s'est affiché en arrivant, m'expliqua Cam.

Les mains tremblantes, je supprimai le message injurieux et reposai mon portable. Un mélange de douleur et de colère irrationnelle m'envahit subitement. Ces deux émotions valaient toujours mieux que la panique qui menaçait de poindre.

— Tu lis mes messages, maintenant ?

— Pas de façon volontaire. (Il se pencha en avant, les mains sur les genoux.) Ça s'est affiché, juste sous mes yeux.

— Mais tu n'étais pas obligé de regarder ! l'accusai-je en quittant le canapé.

Cam étrécit les paupières.

— Avery, ce n'est pas comme si j'avais fouillé dans tes affaires. Ce putain de texto est arrivé. J'ai baissé les yeux sans réfléchir, c'était peut-être une erreur.

— Je ne te le fais pas dire !

— D'accord. Je me suis planté. Je suis désolé. (Il prit une profonde inspiration.) Ça n'enlève rien au fait que j'ai vu le message.

J'étais debout au milieu de mon salon, tétanisée. L'une de mes pires craintes venait de se réaliser. Qu'il découvre ce qui m'était réellement arrivé à la soirée d'Halloween venait en première place, mais le harcèlement arrivait juste derrière, et c'était tout aussi terrifiant.

— Avery, reprit-il d'une voix basse et prudente.

À cet instant, je me rendis compte qu'il n'était pas furieux après moi, pas le moins du monde, même après que je l'avais envoyé sur les roses pour avoir lu ce misérable SMS. D'une certaine façon, c'était presque encore pire.

— Pourquoi est-ce que tu reçois des textos pareils ?

Mon cœur tambourinait douloureusement contre mes côtes.

— Je ne sais pas.

Il arbora un air dubitatif.

— Je ne sais pas, insistai-je en m'accrochant de toutes mes forces à ce mensonge. J'en reçois un de temps en temps, mais je ne sais pas pourquoi. Ça doit être un mauvais numéro.

Cam me dévisagea longuement.

— Tu ne sais pas de qui ça vient ?

— Non. (Au moins, c'était la vérité.) C'est un numéro masqué, tu as bien vu.

Ses épaules se contractèrent, puis il serra les mains autour de ses genoux. Plusieurs secondes s'écoulèrent, durant lesquelles je n'entendis que mon pouls.

— Je suis désolée de t'avoir engueulé, m'empressai-je d'ajouter. Ça m'a juste surprise. Je dormais, et j'ai su en m'éveillant que quelque chose n'allait pas. Et puis j'ai pensé… Je ne sais pas ce que j'ai pensé, mais je suis désolée.

— Arrête de t'excuser, Avery. (Il se glissa jusqu'au rebord du canapé.) Je n'ai pas besoin de tes excuses. Je veux juste que tu sois honnête avec moi, mon ange. C'est tout. Si tu reçois des messages dans ce genre, il faut que tu m'en parles.

— Pourquoi ?

Il fronça ses sourcils sombres.

— Parce que je suis ton petit ami et que ça me concerne si quelqu'un te traite de pute !

Je tressaillis.

Cam détourna la tête, le souffle saccadé.

— Honnêtement ? Ça me fout en rogne, même si c'est une erreur. Tu ne devrais pas recevoir des machins pareils.

Il reposa les yeux sur moi. Une éternité s'écoula sans que nous disions rien.

— Tu sais que tu peux tout me dire, pas vrai ? Je ne vais pas te juger ni me mettre en colère.

— Je sais, répondis-je d'une voix si faible que je me forçai à répéter, d'un ton plus affirmé : Je sais.

Il me scruta.

— Et tu me fais confiance, hein ?

— Oui. Bien sûr que oui.

Cette fois, je ne chevrotai pas.

Il y eut une nouvelle pause qui me laissa imaginer le pire.

— Merde, grogna-t-il.

Mon cœur se serra. Savait-il ? À quoi pensait-il ? La vérité, toute la vérité, me vint sur le bout de la langue. Puis il ferma les paupières.

— Je n'ai pas été tout à fait honnête avec toi.

— Quoi ?

Je m'attendais à tout, sauf à ça.

Il se frotta la joue.

— Je te dis que tu peux me faire confiance et me parler de tout, mais moi-même je ne le fais pas. Et un jour ou l'autre, tu finiras par le découvrir.

Waouh. Oublié, le texto. Envolée, l'envie de tout lui déballer. Putain, que se passait-il ? Les jambes raides, je m'empressai de faire le tour de la table basse pour aller m'asseoir à l'autre bout du canapé.

— De quoi tu parles, Cam ?

Il redressa la tête et son regard torturé me transperça douloureusement.

— Tu te rappelles quand je t'ai dit qu'on avait tous fait des trucs dont on n'était pas forcément fiers ?

— Oui.

— Eh bien, disons que je sais de quoi je parle. Seules quelques rares personnes sont au courant, ajouta-t-il.

Je repensai au jour où il s'était disputé avec Ollie, puis à la soirée quand il s'était énervé sur l'autre type.

Jase avait alors semblé lui parler de quelque chose à mots couverts.

— Et c'est bien la dernière chose dont j'aie envie de te parler.

— Tu peux me le dire, lui assurai-je.

Et ouais, je me sentais un peu comme une conne, étant donné ce que je lui cachais. Je repoussai ces sombres pensées pour me concentrer sur Cam.

— Sérieusement, j'aimerais que tu m'en parles. S'il te plaît.

Il hésita.

— Je devrais être diplômé cette année, en même temps qu'Ollie, mais ça ne sera pas le cas.

— Tu m'as déjà expliqué que tu avais fait une pause.

Cam opina.

— C'était en deuxième année. Je ne suis pas rentré souvent chez moi durant l'été, car j'étais animateur dans un camp de foot dans le Maryland, mais chaque fois que j'y retournais, ma sœur... ne se comportait pas comme avant. Je n'arrivais pas exactement à dire ce qui avait changé, mais elle avait toujours les nerfs à fleur de peau, et quand elle était là, elle passait son temps enfermée dans sa chambre. Et à en croire mes parents, elle n'était que rarement là.

Mon ventre se serra. Je croisai les jambes. J'espérais me tromper et ne pas avoir deviné le fin mot de l'histoire.

— Ma sœur a toujours été une âme sensible, tu vois le genre. Elle recueillait non seulement les animaux errants, mais aussi les humains. Surtout les mecs. Depuis toute petite, elle avait pris l'habitude de se lier d'amitié avec le gamin le moins populaire de la classe. (Il eut un léger rictus.) Un jour, elle a fait la connaissance de ce gars. Il avait un an ou deux de plus qu'elle, et j'imagine que leur relation était sérieuse – aussi sérieuse qu'une relation peut l'être à seize ans. Je l'ai rencontré une fois. Il ne m'a pas plu. Et ça n'avait rien à voir avec le fait qu'il essayait de se taper ma petite sœur. Il y avait juste un truc chez lui qui ne me revenait pas.

Cam se frotta de nouveau les joues, puis se coinça les mains entre les genoux.

— J'étais rentré pour le week-end de Thanksgiving. J'étais dans la cuisine, et on faisait les idiots avec Teresa. Elle m'a bousculé, et j'ai repoussé son bras. Pas très fort. Pourtant, elle a hurlé comme si je lui avais fait super mal. J'ai d'abord cru qu'elle faisait l'andouille, puis j'ai vu les larmes dans ses yeux. Elle a minimisé l'incident, si bien que j'ai laissé tomber pour la soirée, mais le matin de Thanksgiving, Maman est rentrée dans la salle de bains alors que Teresa y était, et elle l'a vue qui sortait de la douche, emmitouflée dans une serviette.

Je retenais mon souffle.

— Ma sœur... était couverte de bleus. Sur les bras, sur les jambes. (Il serra les poings.) Elle a dit que c'était à cause de la danse, mais personne n'était dupe. Il nous a fallu insister toute la matinée pour lui tirer les vers du nez.

— Son copain la battait ?

Je me souvins subitement de la conversation à table, et compris soudain mieux l'intérêt de Cam pour le destinataire des textos de sa sœur.

Sa mâchoire convulsa tandis qu'il opinait.

— Ce petit connard lui tapait dessus. Il était malin, en plus, car il ne visait que des endroits difficilement repérables. Pourtant, elle restait avec lui. Je n'ai pas compris tout de suite, mais j'ai fini par piger qu'elle avait trop peur de lui pour rompre.

Cam se leva soudain, et je le suivis des yeux. Il s'approcha de la fenêtre, écarta légèrement les rideaux.

— Qui sait combien de temps ça aurait pu durer si Maman ne l'avait pas vue dans cet état. Est-ce qu'elle aurait fini par en parler à quelqu'un ? Ou par tomber sous les coups de ce salopard ?

La gorge serrée, je me suçotai la lèvre inférieure.

— Putain, j'étais tellement furieux. J'avais envie de tuer ce fils de pute. Il cognait ma sœur. Mon père voulait appeler la police, mais qu'est-ce qu'ils auraient fait ? Ils étaient tous deux mineurs. Il aurait écopé d'une tape sur les doigts et aurait peut-être dû suivre une thérapie, une connerie dans le genre. Ça ne me suffisait pas. Je suis parti le soir de Thanksgiving et je l'ai retrouvé. Ça n'a pas été très compliqué, dans une si petite ville. Bref, j'ai frappé à sa porte, et il est sorti tout de suite. Je lui ai interdit de revoir ma sœur, et tu sais ce que ce petit con a fait ?

— Quoi ? chuchotai-je.

— Il m'a pris de haut, a bombé le torse comme un petit paon. Il m'a dit qu'il faisait bien ce qu'il voulait. (Cam laissa échapper un rire cassant.) J'ai perdu les nerfs. *Furieux* ne serait même pas un bon adjectif pour me décrire. *Enragé* conviendrait mieux. Je l'ai cogné, encore et encore. (Il me fit face, mais ne semblait pas vraiment me voir.) Je l'ai frappé sans m'arrêter. Même quand ses parents sont sortis ou quand sa mère s'est mise à hurler. Il a fallu l'intervention de deux flics pour me maîtriser.

Oh, mon Dieu, je ne savais pas quoi répondre. Je le regardai s'asseoir dans mon fauteuil lune, incapable de l'imaginer passer quelqu'un à tabac. Pas même après l'avoir vu énervé à la soirée de Jase.

Cam se frotta une nouvelle fois les joues.

— J'ai atterri en taule, et lui est tombé dans le coma.

Ma bouche s'ouvrit sans que je puisse la contrôler.

Il détourna le chef, abaissa le menton.

— Je m'étais déjà battu – des trucs normaux. Mais jamais comme ça. Mes jointures avaient éclaté sans que je m'en rende compte. (Il secoua la tête.) Mon père… a laissé opérer sa magie. J'aurais dû rester enfermé longtemps, mais ils m'ont relâché tout de suite. J'imagine que le fait que le gamin se soit réveillé quelques jours plus tard a dû jouer en ma faveur.

À chaque seconde qui s'écoulait, mes muscles se contractaient, l'un après l'autre.

— Je m'en suis bien tiré – pas même une nuit en cage. (Cam eut un sourire sans humour.) Mais j'étais tenu de rester chez moi le temps de l'enquête, qui a duré plusieurs mois. Au final, j'ai écopé d'une année de travaux d'intérêt général dans une asso pour ados en difficulté, et d'une autre année de thérapie pour apprendre à maîtriser ma colère. J'y vais un vendredi sur deux. Ma dernière séance aura lieu à l'automne. Ma famille a dû payer des dommages et intérêts, tu n'imagines même pas à combien ça s'élève. J'ai dû arrêter le foot à cause des TIG, mais... comme je le disais, je m'en suis bien tiré.

Il s'en était bien tiré.

Tout comme Blaine.

Non. Je m'interdis de penser une chose pareille. Les deux affaires étaient très différentes : Blaine était un violeur, tandis que Cam avait tabassé celui qui avait fait du mal à sa sœur. Cam avait mal agi, la violence n'étant jamais la bonne solution, mais il avait voulu protéger sa frangine.

— Je comprends, lui dis-je, consciente que même si leurs situations se ressemblaient, elles étaient radicalement différentes.

Je me détestais d'avoir pensé ça. L'ancienne Avery aurait argué que c'était du pareil au même, que tous deux s'étaient sorti d'affaire grâce à qui ils étaient, grâce à qui leurs parents étaient, grâce à leur argent. Mais je n'étais plus l'ancienne Avery. Et je savais que, parfois, même les gens les meilleurs commettaient des actes répréhensibles.

Il pivota vers moi.

— Quoi ?

— Je comprends ce que tu as fait.

— Avery… dit-il en se levant.

— Ce n'est peut-être pas bien de penser ça, mais tu as défendu ta sœur ; tabasser ce gars n'était pas la bonne solution, mais il s'agissait de ta sœur, et…

Et si j'avais eu un frère et qu'il avait réagi de la même manière après ce qui m'était arrivé ? Eh bien, il serait devenu mon héros, si terrible que cela puisse paraître.

— Certaines personnes méritent une bonne correction.

Il me dévisagea longuement.

Je dépliai les jambes.

— Et certaines personnes ne méritent certainement pas de vivre. C'est une chose horrible à dire, mais c'est malheureusement vrai. Ce type aurait pu tuer ta sœur. Ou battre à mort n'importe quelle autre fille.

Cam continua à me scruter comme si un deuxième nez m'était poussé.

— Je devrais être en prison, Avery. J'ai failli le tuer.

— Mais tu ne l'as pas fait.

Il resta muet.

— Réponds-moi honnêtement : est-ce que tu le referais ?

Plusieurs secondes s'écoulèrent avant qu'il ne déclare :

— Je retournerais chez lui, et je lui casserais de nouveau la gueule. Peut-être pas à ce point mais, honnêtement, je suis incapable d'affirmer que j'aurais agi différemment. Ce salopard frappait ma sœur.

Je pris une profonde inspiration.

— Je ne te reproche rien.

— Tu es…

Je haussai les épaules.

— Tordue ?

— Non. (Il se fendit d'un sourire sincère.) Tu es remarquable.

— Je n'irais pas jusque-là.

— Je suis sérieux, reprit-il en revenant s'asseoir près de moi sur le canapé. Je pensais que tu serais furieuse ou dégoûtée en l'apprenant.

Je secouai la tête.

Cam plaqua son front contre le mien et me serra délicatement les joues. Il plongea son regard dans le mien.

— Ça m'a fait du bien de t'en parler. Je ne veux pas qu'il y ait le moindre secret entre nous.

Je souris quand il me déposa un baiser sur les lèvres, même si je le sentis à peine. Cam s'adossa et m'attira contre son torse. Je me plaquai contre lui, mais demeurai gelée jusqu'à l'os. Il avait partagé avec moi ce secret si intime, malgré la crainte d'être jugé ; pour ma part, je me refusais encore à m'ouvrir complètement à lui. C'était totalement injuste, et je ne parvenais pas à me départir de cette terrible prémonition selon laquelle cela finirait par se retourner contre moi.

Comment arrives-tu à te supporter ?

Cam m'embrassa sur le sommet du crâne et mon souffle se bloqua.

Je n'étais pas très sûre de ce que je ressentais.

28

Je ne l'avais encore jamais vraiment remarqué, mais Cam avait jusqu'alors toujours porté son stress comme un fardeau ; le poids d'un secret susceptible de détruire tout ce qui comptait pour lui. Je n'arrivais pas à croire que je ne m'en étais pas rendu compte plus tôt.

Mais désormais, tout était rentré dans l'ordre... ou presque.

Une partie de moi soupçonnait que, s'il s'était ainsi confié à moi, c'était parce qu'il ne croyait pas ce que je lui avais dit du texto. Qu'il espérait que s'il mettait son cœur à nu, j'en ferais autant.

J'aurais aimé que ce soit le cas ; cependant, mon secret aurait détruit ce que je chérissais le plus.

Nous.

Mais puisque c'était la Saint-Valentin, je m'efforçais de ne pas y penser. La journée avait été des plus parfaites, et je me refusais à la gâcher.

Cam avait frappé à ma porte au petit matin, une rose rouge à la main ; puis il m'en avait donné une autre à la fin de chaque cours de la journée. En milieu d'après-midi, j'en avais déjà une demi-douzaine, qui se transforma en deux douzaines quand je rentrai chez moi le soir. Je n'étais pas très sûre de ce que nous allions faire, et fus donc soulagée de le découvrir en jean et pull, sans rien d'élégant. Il était déjà tard, 21 heures passées et, même si nous étions vendredi, je n'étais pas certaine qu'il ait l'intention de sortir.

Je le remerciai pour les roses, que j'allais mettre en vase dans la cuisine. Il resta à la porte.

— Qu'est-ce que tu fais ? lui demandai-je.

Il arbora un sourire malicieux.

— Ne bouge pas et ferme les yeux.

— Tu veux que je ferme les yeux ?

— Ouais.

J'arquai un sourcil en tâchant de dissimuler mon excitation grandissante.

— Alors c'est une surprise ?

— Bien sûr. Ferme les yeux.

Mes lèvres tressautèrent.

— Tes surprises sont aussi flippantes que tes idées.

— Mes surprises sont aussi *géniales* que mes idées.

— Tu te rappelles que tu pensais que ce serait une bonne idée de...

— Ferme les yeux, Avery.

J'obtempérai en souriant. Je l'entendis s'en aller et, quelques instants plus tard, revenir dans mon appartement.

— Ne triche pas.

Le fait de me dire de ne pas tricher revenait à poser devant moi une part de gâteau avec une fourchette en m'ordonnant de ne pas le manger. Je basculai d'un pied sur l'autre.

— Cam...

— Encore deux secondes, déclara-t-il.

J'entendis quelque chose de lourd rouler à l'intérieur. Qu'est-ce que... ? De plus en plus curieuse, je dus fournir un gros effort pour ne pas céder à la tentation. Je n'avais honnêtement pas la moindre idée de ce qu'il mijotait ; je savais simplement qu'avec Cam, il fallait s'attendre à tout.

Il emprisonna ma main dans la sienne.

— Garde les yeux fermés, d'accord ?

— Ils le sont.

Je le laissai me guider hors de la cuisine et jusqu'au salon.

Cam me lâcha la main et se posta derrière moi. Il me passa un bras autour des épaules, collant sa joue à la mienne. Il y avait encore quelques mois, je détestais que l'on m'approche de la sorte ; désormais, j'adorais cela quand cela venait de lui. Le contact de ses bras, la puissance de son étreinte, l'intimité que cela révélait…

— Tu peux ouvrir les yeux, m'annonça-t-il. (Ses lèvres contre mes joues déclenchèrent une salve de frissons en moi.) Ou tu peux rester debout les paupières closes, ça me plaît aussi.

J'éclatai de rire et recouvrai des miennes ses mains posées sur mon ventre avant de regarder. J'ouvris grand la bouche de surprise.

— Oh, mon Dieu, Cam…

Devant moi, sur un piédestal, se trouvait un terrarium de 200 litres, dont le fond était recouvert de sable, de cailloux et de feuillage. À l'intérieur d'une petite cachette se trouvait une tortue presque aussi grosse que ma main.

Il gloussa.

— Ça te plaît ?

— Si ça me plaît ?

Toujours sous le choc, je hochai la tête en me libérant pour aller poser les paumes à plat sur la vitre. Le petit animal à l'intérieur rentra la tête.

— Je… je l'adore !

— Tant mieux. (Il était revenu se poster derrière moi.) Je me disais que Raphael aurait besoin d'une copine.

Je ris derechef, clignant les yeux pour refouler mes larmes.

— Tu n'aurais pas dû, Cam. C'est beaucoup trop.

— Ce n'est pas grand-chose. Et tout le monde devrait avoir une tortue de compagnie. (Il pencha la tête pour m'embrasser sur la joue.) Joyeuse Saint-Valentin.

Je fis volte-face, lui passai les bras autour du cou et l'embrassai comme s'il n'y aurait pas de lendemain.

Quand je me reculai, ses yeux étaient deux flaques d'un bleu brûlant.

— Merci.

Il m'embrassa encore, cette fois-ci doucement et tendrement.

— De rien.

Je laissai glisser mes mains jusqu'à sa taille et posai la tête contre son torse.

— C'est un garçon ou une fille ?

— En fait, je n'en sais rien du tout. Il paraît qu'on peut le savoir à la forme de la carapace, mais je n'y connais rien.

Je souris.

— En tout cas, garçon ou fille, je vais l'appeler Michelangelo.

Cam rejeta la tête en arrière et éclata de rire.

— Très bon choix.

— Il ne nous en manque plus que deux.

— C'est vrai.

Je me tortillai pour échapper à son emprise et lui souris.

— Je reviens tout de suite.

Je courus dans ma chambre récupérer la carte dans laquelle j'avais glissé les billets pour le match. De retour dans le salon, je vis que Cam ajustait la lampe chauffante au-dessus du terrarium. Il se retourna, un léger sourire aux lèvres.

— Joyeuse Saint-Valentin, lui dis-je en lui fourrant la carte dans les mains. (Je m'empourprai.) Ce n'est pas aussi classe que ton cadeau, mais j'espère que ça te plaira quand même.

— J'en suis sûr.

Il ouvrit l'enveloppe avec un sourire en coin et en sortit mon pli. Je n'avais pas écrit grand-chose à l'intérieur, manquant cruellement d'inspiration. J'avais donc opté pour un message rapide suivi de ma signature.

Je retins mon souffle tandis qu'il découvrait son présent. Son demi-sourire se transforma en un sourire immense quand il joua avec ses deux billets. Il m'observa à travers ses longs cils.

— C'est un cadeau absolument génial, mon ange.

— Vraiment ? (Je joignis les mains, ravie.) J'espérais que ça te ferait plaisir. Enfin, je sais que tu es triste de ne plus jouer au foot, et j'espère que ça ne te rendra pas malheureux d'aller au stade, et tu sais, tu n'es pas obligé de m'emmener...

Cam s'empara de ma bouche comme un homme à moitié affamé. Il n'y avait plus rien de lent dans son baiser ; il était clairement passé à la vitesse supérieure.

— Bien sûr que je vais t'emmener. Ce cadeau est parfait. (Il me mordilla la lèvre, ce qui m'excita au plus haut point.) Comme toi.

Une petite voix insidieuse se manifesta dans mon esprit. *S'il savait à quel point j'étais loin de l'être.* Je repoussai cette vilaine pensée pour m'abandonner tout entière à ses lèvres. Ce ne fut pas très compliqué. Pas alors qu'il me dévorait comme s'il n'avait plus embrassé personne depuis une éternité.

Il posa les mains sur mes hanches et m'attira à lui. Je sentis son érection tout contre mon ventre. Cam était un homme... très sexué, je ne fus donc pas surprise de le découvrir au garde-à-vous si rapidement. Néanmoins, j'étais fascinée par le fait que, bien qu'ayant horriblement envie de moi, il n'insiste jamais pour obtenir ce qu'il attendait tant.

Quand son étreinte se relâcha, je lui passai les bras autour du cou. Comme par un accord tacite, il me souleva de terre et j'enroulai les jambes autour de son buste. Je gémis quand il introduisit sa langue dans ma bouche.

Il se mit à marcher, et je sentis mon sang palpiter dans mes veines. Je savais où il m'emmenait, et l'excitation le disputait à la nervosité. Il me déposa sur le lit et je reculai pour me positionner au centre. Il prit le temps de retirer son pull, puis posa ses mains de part et d'autre de ma tête. La puissance de ses bras et de son corps était écrasante, mais pas inquiétante.

Je tendis le doigt pour parcourir les flammes nimbant le soleil sur son pectoral droit.

— J'adore ce tatouage, avouai-je. Pourquoi tu l'as fait ?

Il se fendit d'un demi-sourire.

— Tu veux vraiment le savoir ?

— Oui.

— C'est assez niais.

Je continuai à tracer l'astre du bout de l'ongle.

— Laisse-moi en juger.

— Je l'ai fait faire après la bagarre.

Cam cala ses genoux autour de mes cuisses et glissa ses mains sous mon haut. Je me redressai pour l'aider à le retirer. Je ne vis pas où il atterrit : Cam se contenta de le balancer derrière lui.

— J'ai été un peu secoué pendant un temps. Je n'avais pas le droit de retourner à l'école, j'étais confiné chez moi, et je m'étais infligé ça tout seul. Je craignais que le fait de m'être énervé de la sorte ne prouve que quelque chose ne tournait pas rond chez moi.

Mes mains tombèrent le long de mon corps quand il plaça l'une des siennes sur mon ventre nu. Le bout de ses doigts atteignit l'armature de mon soutien-gorge, puis l'agrafe située à l'avant de celui-ci.

— J'étais déprimé, admit-il.

Ses cheveux tombèrent sur son front quand il reposa l'autre main près de mon oreille.

— J'étais en colère après moi, après le monde entier, après toutes ces conneries.

Il marqua une pause, fit courir ses doigts vers le bas de mon ventre, puis remonta en me chatouillant, ce qui me fit me tortiller. Son demi-sourire était de retour.

— Je crois que j'ai vidé le bar de mon père en deux petites semaines. Je savais que mes parents étaient inquiets, mais...

Sa voix dérailla et il plongea la tête pour m'embrasser entre les seins. Je pris une profonde inspiration et il recommença.

— Jase est venu me rendre visite souvent, reprit-il. Ollie aussi. Sans eux, j'aurais sans doute complètement décroché. Je peux ?

Il leva des yeux déterminés, les doigts posés sur l'attache de mon soutif.

Mon cœur s'emballa. C'était une première. J'opinai, la bouche sèche.

— Merci, dit-il, ce qui me sembla étrange.

Il abaissa de nouveau le regard et mon souffle se bloqua. Il défit la délicate agrafe, sans écarter les bonnets.

— Ça vient d'un truc que Jase m'a dit alors que j'étais pété comme un coing. Je ne sais pas pourquoi, mais ça m'a marqué.

Je pris une inspiration saccadée tandis que son doigt descendait le long de mon sternum.

— Et qu'est-ce... qu'est-ce qu'il t'a dit ?

Cam m'observa à travers ses longs cils.

— Il a dit que les choses n'étaient pas désespérées tant que le jour continuait à se lever. Et encore une fois, ça m'est resté. Peut-être parce que c'est tellement vrai. Tant que le soleil brille, il y a de l'espoir. C'est pour ça que je me suis fait ce tatouage. C'est une sorte de pense-bête.

— Ce n'est pas niais du tout, décrétai-je.

— Mmm...

Il pinça le bord de mon soutien-gorge et le fit pivoter délicatement de côté. Il répéta la même manœuvre avec l'autre bonnet. L'air frais vint provoquer les pointes déjà durcies de mes seins. J'étais désormais complètement nue depuis la taille.

— Dieu que tu es belle, Avery.

Je crois avoir dit merci, sans trop savoir si un son intelligible sortit de ma gorge. Il me caressa la poitrine et j'arquai le dos pour mieux sentir sa peau contre la mienne. Il prononça quelques mots trop bas pour que je les entende et entreprit, du pouce, de me cajoler le téton. Du coin de l'œil, je vis son bras fléchir.

Cam leva la tête et soutint mon regard, tout en approchant sa main du bouton de mon jean. Ses prunelles m'interrogeaient silencieusement, et j'acquiesçai, plus curieuse que craintive de découvrir à quoi il pensait.

Il retira mon pantalon, puis mes chaussettes. Il fit un commentaire sur la forme de mes os, mais le martèlement de mon cœur me rendait sourde à toute autre chose. Il me débarrassa alors complètement de mon soutien-gorge. Quand je ne fus plus qu'en culotte, sa lente observation de mon corps offert me donna aussi chaud que le soleil du Texas en plein mois d'août.

Nos lèvres se joignirent quand il bascula son poids d'un côté. Nos baisers lents et profonds étaient rythmés par la course de sa main sur ma poitrine. Il était à l'évidence extrêmement doué et expérimenté, comme le prouva la ligne de baisers qu'il me planta de la bouche au menton, puis le long de mon cou. Je me contractai juste avant qu'il n'atteigne la pointe de mon sein. Il me l'avait déjà fait à travers le soutien-gorge, mais cela n'avait plus rien de comparable. Mon sang se mit à bouillonner et mes hanches décrivaient d'inlassables petits cercles. Il prit une longue inspiration puis fit glisser sa main sur mon ventre, puis sous l'élastique de ma culotte.

Mes orteils se recroquevillèrent quand son doigt effleura mon bouton. De nouvelles sensations, plus vives, m'envahirent tout entière. Je basculai la tête en arrière tandis que la sienne fondait vers mon nombril.

Il m'observa par en dessous en introduisant en moi le bout de son index. Je haletai, enfonçant mes ongles dans ses bras.

— Ça va ? s'inquiéta-t-il d'une voix douce et grave.

Après une longue inspiration, j'opinai de nouveau.

— Oui.

Un petit sourire entendu se forma sur ses lèvres quand il s'engagea un peu plus. Mon corps s'embrasa complètement, et il plongea son regard dans le mien en démarrant un va-et-vient lent et régulier. Je tremblais de tout mon être. Le nœud qui se formait en moi chaque fois qu'il me touchait était plus profond et intense que jamais.

— Tu es tellement étroite, murmura-t-il.

Puis son baiser me consuma.

J'accélérai le rythme de mes hanches et il pivota sa paume pour me masser le point sensible. La sensation de son torse nu contre le mien, de sa main sous ma lingerie, de son doigt dans... C'en était trop. Je me contractai autour de sa main, serrant les cuisses, et interrompis notre baiser tout en criant son nom tandis que les vagues de l'extase déferlaient sur moi.

Cam poussa un gémissement rauque avant de me mordiller le cou.

— J'adore ta façon de dire mon nom.

Le souffle court, j'étais incapable de répondre ; lui continuait à aller et venir en moi, jusqu'à me provoquer une ultime convulsion. Quand mes frémissements cessèrent enfin, il retira doucement sa main. Je me sentais rouge des pieds à la tête, légèrement enivrée. Je voulais lui en donner davantage. Aussi nerveuse qu'excitée, je plaquai doucement les mains sur sa poitrine et le forçai à rouler sur le dos. Après une grande inspiration, je me dépêchai de le chevaucher tant que j'en avais le courage. Je descendis le long de ses jambes et déboutonnai son jean, que je retirai en hâte.

Cam sursauta légèrement quand j'enroulai les doigts autour de lui et que mon souffle chaud le caressa. Il serra immédiatement les poings sur mon édredon.

— Oh merde, grogna-t-il.

Je souris en entendant le son torturé de sa voix, puis refermai délicatement la bouche sur lui. Son corps tressauta, son dos se cambra. Je n'avais pas la moindre idée de la façon de faire, mais je supposais que ça ne devait pas être bien compliqué.

Et cela me vint naturellement.

Cam ferma une main autour de la mienne et posa l'autre sur ma nuque afin de guider mes mouvements parfois maladroits. Je n'étais ni gênée ni inquiète de mal m'y prendre. Si son attitude et ses gémissements pouvaient me servir d'indicateurs, je devais procéder suffisamment bien pour lui procurer du plaisir.

Il me repoussa juste avant la délivrance, et s'assit à demi pour m'embrasser à pleine bouche pendant qu'il jouissait. J'adorais voir son corps tressauter de la sorte ; mais surtout, j'adorais le fait de m'être sentie assez à l'aise pour le faire. Épuisée, je m'écartai et me laissai tomber sur le dos à son côté. Sa poitrine se gonflait et se vidait rapidement.

— Putain, c'est la meilleure Saint-Valentin de tous les temps.

Un rire grave et guttural m'échappa alors.

— Je suis d'accord.

Sa main trouva la mienne et la serra.

— Tu as faim ?

— Non. (Je réprimai un bâillement.) Et toi ?

— Pas encore, répliqua-t-il.

J'ignorais quelle heure il pouvait être, mais j'étais fourbue, et il aurait fallu un vrai miracle pour me tirer du lit. Ou du chocolat. La seule chose dont j'étais certaine, c'était que je ne voulais pas le voir partir. Je rassemblai tout mon courage pour exprimer ce besoin.

— Tu restes avec moi ? Toute la nuit ?

Sa main remonta le long de mon bras.

— Tes désirs sont des ordres. (Il m'embrassa l'épaule.) Je reviens tout de suite.

Je roulai de côté et remontai les couvertures sous mon menton. J'entendis l'eau couler dans la salle de bains, puis le sentis revenir se plaquer derrière moi. Dans ses bras, collée à lui, je souris lascivement en pensant au soleil.

Tout était si parfait.

29

Le mois de février avait été ensoleillé, et mars le fut tout autant. Je passai les vacances de printemps à traîner avec Cam et Ollie sur le campus, puis chez les parents de Cam à la fin. Nous en profitâmes même pour passer chez Brit.

Je trouvais étrange qu'elle ne semble pas savoir ce qui s'était passé entre Cam et l'ex de sa sœur, mais je ne lui en parlai pas. Ce que Cam m'avait révélé était très personnel, et même si j'étais vraiment curieuse de découvrir ce qu'elle connaissait de l'affaire, je ne voulais pas prendre le risque de trahir la confiance qu'il m'avait accordée.

Surtout que j'avais eu un nombre incalculable d'occasions de m'ouvrir à lui. J'avais beau me rabâcher de me montrer honnête, je n'arrivais tout simplement pas à cracher le morceau. J'étais terrifiée rien qu'à l'idée de me confier à lui. Je recevais toujours des textos et des appels anonymes, au moins deux fois par semaine, et je consultais mes e-mails le moins souvent possible. À plusieurs reprises au cours des deux derniers mois, j'avais failli répondre à un SMS. Ou à l'un des e-mails.

Comme avec Cam, je préférais faire comme si de rien n'était au lieu de prendre le problème à bras-le-corps. Je détestais cette facette de ma personnalité, la haïssais vraiment, car elle me forçait à fuir plutôt qu'à affronter la réalité.

Alors que l'hiver commençait à libérer de son étreinte glaciale ce petit coin de l'État et que le dégel débutait, Cam tentait de choisir entre rentrer chez lui pour ce long week-end de la mi-avril ou rester à paresser ; pour sa part, Jacob passa le déjeuner à essayer de convaincre Brit de l'accompagner à quelque activité de jardinage collectif.

Brit noya ses frites dans une masse de mayonnaise. Ollie la regarda faire, une moue dégoûtée déformant son visage parfait. Elle s'en fichait éperdument.

— Il est hors de question que je passe mon dernier week-end de quatre jours à planter des marguerites.

— Ce ne sont pas des marguerites, soupira Jacob. Je te parle d'un jardin botanique fait de merveilles et d'amour.

Cam était attablé à côté de moi. Il dissimula son ricanement en enfouissant la tête dans mon épaule. Je me contentai de me cacher derrière ma main.

— C'est tellement mielleux. (Brit enfourna une frite blanche de mayo, arrachant un gémissement révulsé à Ollie.) Je vais plutôt passer ces quatre jours à végéter.

— Tu préfères te transformer en concombre ou égayer ton âme ?

Les épaules de Cam se mirent à tressauter.

— Je crois que je vais opter pour le brocoli, répliqua Brit.

Ollie finit par arracher son regard à l'assiette de Brit et se tourna vers Jacob.

— Tu es sérieux ?

— Oui ! (Il abattit les deux mains sur la table.) Pourquoi ne pas recouvrir le monde d'une multitude de fleurs de toutes les couleurs ?

Je le contemplai fixement.

— Tu es défoncé ?

Jacob prit un air outragé… pendant deux bonnes secondes.

— Peut-être un peu.

J'éclatai de rire en me tournant vers Brit.

— Tu devrais l'aider à cultiver son petit jardin.

Elle ricana.

— Aide-le, toi.

— Oh, non. (Cam releva la tête et me caressa la jambe, juste au-dessus du genou.) Elle est à moi pour tout le week-end. Pas de petit jardin pour elle.

— Sauf si elle s'occupe de *ton* petit jardin, suggéra Jacob.

Je levai les yeux au ciel.

— Classe.

— J'ai pourtant bien cru que vous faisiez des plantations hier soir, intervint Ollie en écartant la réserve de mayo de Brit. À en juger du moins par les bruits qui émanaient de la chambre de Cam.

J'en restai comme deux ronds de flan.

— Quoi ?!

— Tu as collé l'oreille à ma porte ?

Cam remonta légèrement sa main, et je m'empourprai cette fois pour une tout autre raison.

Ollie haussa les épaules.

— Qu'est-ce que tu voulais que je fasse d'autre ?

— Taré, rétorqua Cam.

Puis nos trois compagnons se lancèrent dans un débat sur les légumes, excluant Cam et moi de leur conversation surréaliste, ce qui me convenait très bien. Je n'étais pas très fan de verdure.

— J'ai encore eu une super idée, me dit Cam à voix basse.

Il cala son menton sur mon épaule.

Je me tournai très légèrement vers lui.

— Mon Dieu…

— Tu vas aimer.

Des bulles de chaleur se mirent à pétiller dans ma poitrine, et j'eus soudain envie de dire « C'est toi que j'aime », mais le faire ici, au milieu de la cantine, tandis que nos amis discutaient des pour et des contre des asperges, ne me semblait pas approprié. Je me contentai donc d'un :

— Qu'est-ce que c'est ?

— Passe le reste de la journée avec moi.

Une idée effectivement excellente.

— J'ai cours.

— Tu as un cours d'art, ça ne compte pas vraiment.

— Comment ça ?

Il releva la tête pour me susurrer à l'oreille :

— Tu m'as dit que tu avais failli t'endormir lundi.

— *Failli*, insistai-je.

Cam m'embrassa alors juste sous le lobe, et je frissonnai.

— Fais-moi confiance. Ce que je prévois de faire est mille fois mieux que l'art.

Je n'avais qu'une idée en tête. Faire l'amour. Genre, faire vraiment l'amour, avec une véritable pénétration.

Oh, mon Dieu, je n'arrivais pas à croire que je venais de penser ces propos. Existait-il une fausse pénétration dont j'ignorais l'existence ? En fait, plus ou moins. Nous avions jusqu'à présent tout fait, sauf l'amour. Nous nous étions touchés, tripotés, nous avions chacun goûté au sexe de l'autre, mais faire vraiment l'amour ? Nous n'étions jamais réellement passés à l'acte, même si, la dernière fois, celle qu'Ollie prétendait avoir entendue, il s'en était fallu de peu. Il y avait eu une intensité certaine.

J'avais toutefois paniqué et avais directement pratiqué une fellation à Cam. Il ne s'en plaignait certes pas, mais je ne pouvais continuer éternellement. Nous devions passer à l'étape suivante. En outre, j'étais sans doute la seule vierge de vingt ans sur le campus, et je ne savais pas jusqu'à quand Cam serait prêt à m'attendre. Nous étions ensemble depuis quatre mois, et le temps des mecs se comptant comme les années des chiens, cela devait lui en paraître six fois plus.

Une impatience soudaine se mit à me ronger ; toutefois, derrière l'excitation se terrait un malaise, formant une boule glacée au creux de ma poitrine.

Cam me passa les bras autour de la taille pour me faire descendre de ma chaise et grimper sur ses genoux. Personne ne réagit autour de nous, mais nos camarades des tables voisines se mirent à nous dévisager.

Imperturbable, il rejeta la tête en arrière et se fendit d'un large sourire.

— Alors, qu'est-ce que tu en penses ?

— Vous êtes tellement répugnants que c'en est presque mignon, nous interrompit Jacob. (Nous nous tournâmes vers lui.) Si tu ne sèches pas le cours d'art pour passer l'après-midi avec lui, je te fous un coup de pied au cul.

— Dans ce cas, comment refuser ?

J'espérais juste que, le moment venu, je trouverais le courage de dire oui.

Cam était vraiment extraordinaire.

Je ne comprenais pas comment il se débrouillait pour me surprendre continuellement avec ses petites attentions, ou comment il faisait pour être aussi formidable. Ou pourquoi il m'avait fallu si longtemps pour me sortir la tête du sable et m'en rendre compte.

Au sortir du campus, il m'avait retrouvée près de ma voiture et invitée à le rejoindre dans son pick-up.

— Qu'est-ce qu'on fait ?

— Tu vas voir.

Son demi-sourire mystérieux m'agaçait légèrement. Ce ne fut que lorsque nous empruntâmes la route I-70 que je compris où nous nous rendions. Je pivotai vers lui, tout excitée, manquant m'étrangler avec la ceinture de sécurité.

Cam éclata de rire.

— On va à Washington ? C'est ça ? m'exclamai-je en bondissant presque sur mon siège.

Il coula un regard amusé dans ma direction.

— Peut-être.

— On va visiter le Smithsonian, n'est-ce pas ?

— Possible.

Je me remis face à la route, joignant les mains devant moi.

— Pourquoi ? m'étonnai-je. Enfin, je sais que l'histoire te saoule, alors pourquoi ?

— Pourquoi ? (Il rit de nouveau en jouant avec sa casquette.) Je t'avais dit que je t'y accompagnerais, et je n'ai pas pu le faire pour ton anniversaire, alors pourquoi pas aujourd'hui ?

Pourquoi pas aujourd'hui ? C'était l'une des choses que j'aimais le plus chez Cam. Sa faculté à prendre une décision sur un coup de tête, sans réfléchir, sans rien préméditer. Il vivait littéralement l'instant présent, sans laisser quoi que ce soit le retenir, pas même les ennuis qu'il avait eus, car il avait su tourner la page.

Je savais que c'était principalement parce qu'il avait accepté les conséquences de ses actes. Cela lui avait pris quelques semaines, mais il avait fini par assumer.

Et je l'admirais beaucoup pour cela.

Une fois à Washington, nous passâmes le reste de l'après-midi et l'essentiel de la soirée à aller d'expo en expo. Cam semblait davantage intéressé par le fait de me peloter ou par quelques baisers volés que par les œuvres, ce qui me convenait très bien. Je repensai aux couples que j'avais vus la fois précédente et me rendis compte que j'étais devenue comme eux. Ça me semblait si normal, si parfait. Il n'y avait plus la moindre différence entre nous et eux, ce dont je me délectais.

ronds comme deux lunes. Il me dévisageait, sourcils froncés, visiblement inquiet.

— Est-ce que je t'ai fait mal ? Je ne voulais...

— Non. Non ! (Je serrai les paupières.) Tu ne m'as pas fait mal. Tu ne m'as même pas... Je ne sais pas... Je suis désolée...

Ma voix se brisa, et je ne sus qu'ajouter.

Cam prit plusieurs longues inspirations, les mains plantées sur le lit.

— Parle-moi, Avery. Qu'est-ce qui s'est passé ?

— Rien, répondis-je d'un ton mal assuré. Il ne s'est rien passé. J'ai juste cru...

— Cru quoi ?

Je secouai la tête.

— Je ne sais pas. Ce n'est pas très grave...

— Pas très grave ? (Il haussa les sourcils.) Avery, tu viens de me foutre la trouille de ma vie. Tu t'es mise à paniquer comme si je te faisais mal ou que... je te forçais à le faire.

Horrifiée, je sentis un violent pincement au cœur.

— Tu ne m'as pas forcée, Cam. Ça me plaisait.

Plusieurs secondes s'écoulèrent avant qu'il ne reprenne :

— Tu sais que je ne te ferai jamais de mal, n'est-ce pas ?

— Oui.

Un sanglot m'obstruait la gorge.

— Et que je ne te forcerai jamais à faire quelque chose contre ton gré. (Il s'exprimait lentement, pesant chacun de ses mots.) Tu le sais, pas vrai ? Si tu n'es pas prête, ça ne me dérange pas, mais il faut que tu me parles. Tu dois me le dire avant d'en arriver là.

Les poings toujours serrés sur l'édredon, je hochai la tête.

Il y eut un nouveau silence, durant lequel il me scruta avec intensité. Il sembla soudain comprendre quelque chose, et je me mordis la lèvre. Je voulais savoir à quoi il pensait, mais je redoutais plus que tout de le découvrir.

— Qu'est-ce que tu me caches, Avery ? me demanda-t-il.

Je ne pouvais pas répondre.

Il serra les dents.

— Qu'est-ce qui t'est arrivé ?

— Rien ! (Ce mot jaillit de ma bouche tel un boulet de canon.) Il n'y a rien à dire, d'accord ? Alors laisse tomber.

— Tu mens.

Ça y était. Il l'avait dit. Le mot était lâché.

Il prit une longue et profonde inspiration.

— Tu me mens. Il t'est arrivé quelque chose, parce que ça... (Il désigna l'endroit où nous avions été enlacés encore quelques instants plus tôt.)... ça n'était pas une question d'être prête ou pas. C'était tout autre chose, car tu sais – *tu sais* – que je suis disposé à t'attendre, Avery. Je te le jure. Mais avant, tu dois m'expliquer ce qui se passe.

Ces mots me firent mal, mais je ne pouvais y répondre.

— Je t'en supplie, Avery. Tu dois me parler franchement. Tu as dit que tu me faisais confiance. Alors prouve-le, car je sais que tu me caches quelque chose. Je ne suis ni idiot ni aveugle. Je me souviens de ton comportement lors de notre première rencontre, et je n'ai sûrement pas oublié ce que tu m'as dit quand tu étais bourrée.

Oh, mon Dieu. Le sol se mit à tanguer sous mes pieds.

Il n'allait pas lâcher le morceau.

— Et le SMS que tu as reçu ? Tu vas me dire que ça n'a rien à voir non plus ? Si tu me fais confiance, tu dois me dire ce qui se passe.

— Je te fais confiance.

Les larmes me brouillaient la vue.

Cam m'observa un instant puis se leva pour ramasser son jean. Il l'enfila et en remonta la braguette, sans toutefois le boutonner. Puis il me fit face, l'air grave.

— Je ne sais plus quoi faire, Avery. Je t'ai fait part de mes secrets les plus honteux. Je t'ai dit des choses que pratiquement personne d'autre ne sait, et toi, tu persistes à te taire. Tu ne me dévoiles rien. Tu ne me fais pas confiance.

— Mais si... (Je fis un pas en avant, mais m'immobilisai en remarquant son expression.) Je remettrais ma vie entre tes mains.

— Mais pas la vérité ? C'est des conneries, Avery. Tu ne me fais pas confiance.

Il me dépassa à grands pas, fonçant vers le salon.

Je l'y suivis, toute tremblotante.

— Cam...

— Arrête. (Il récupéra son pull gisant par terre et se tourna vers moi.) Je ne sais plus quoi faire, et j'ai conscience de ne pas tout savoir sur tout, mais je suis sûr d'une chose : ce n'est pas ainsi qu'une relation fonctionne.

Je ressentis comme un coup de poing au plexus.

— Qu'est-ce que tu veux dire ?

— À ton avis, Avery ? Tu as de gros problèmes, et non, ne me regarde pas comme si je venais de balancer un coup de pied à ton chien. Tu penses que je romprais avec toi à cause de ce qui a pu t'arriver dans le passé ? Comme tu pensais que mon opinion sur toi évoluerait après que j'ai vu la cicatrice à ton poignet ? Je sais que c'est ce que tu crois, mais permets-moi de te dire que c'est n'importe quoi. (Un mélange de chagrin et de colère crue modulait sa voix.) Comment peut-on espérer avoir le moindre avenir commun si tu n'es pas capable d'être honnête avec moi ? Si tu refuses d'admettre que ce que j'éprouve pour toi est suffisamment fort pour tout endurer, alors je laisse tomber.

C'est ce genre de conneries qui fout en l'air une relation, Avery. Pas le passé, mais le *présent*.

Je hoquetai.

— Cam, s'il te plaît.

— Ça suffit, Avery. On en a déjà parlé. Je ne t'ai demandé que deux choses : de me faire confiance et de ne pas m'exclure. (Il pivota vers la porte.) Or, tu ne me fais pas confiance, et tu viens une fois de plus de m'exclure de tes problèmes.

Puis il sortit en claquant la porte. J'atteignis par miracle le canapé avant que mes jambes ne m'abandonnent. Je m'assis, les genoux ramenés contre la poitrine. Quelque chose venait de se briser en moi, et la douleur n'était que trop réelle.

J'ouvris la bouche, incapable toutefois de produire le moindre son.

Pas un.

30

Je restai au lit et dormis presque tout le jeudi et le vendredi. Un sentiment atroce et étouffant m'écrasait telle une couverture trop lourde. J'avais merdé. Dans les grandes largeurs. Tel était le mantra d'autoapitoiement que je me ressassais à l'envi. C'était toutefois la vérité, et je n'arrivais pas à me concentrer sur autre chose.

Ce n'était pas ainsi que j'avais envisagé d'attaquer mes partiels.

La tête enfouie dans le coussin, je restais volontairement loin du téléphone, car si j'y jetais un coup d'œil et découvrais que Cam n'avait pas appelé, ça ne ferait qu'empirer les choses. Je savais pourtant pertinemment qu'il ne le ferait pas.

Et je ne doutais pas un instant d'être follement amoureuse de lui. Il y avait une différence entre aimer quelqu'un et en être amoureuse, et j'avais laissé filer ce bonheur entre mes doigts.

Cam en avait eu sa claque.

Il m'avait fait confiance et, d'une certaine façon, ça lui était revenu en pleine figure. S'il avait été au courant de tout, les choses se seraient déroulées différemment entre nous ce mercredi soir. Mais je m'étais tue, comme depuis toutes ces années.

Subitement, durant la journée du samedi, ce chagrin assassin se mua en autre chose. Je rejetai mon édredon et me mis debout au milieu de ma chambre, le souffle saccadé. Je saisis une bouteille de lait corporel et la balançai à l'autre bout de la pièce. Elle vint s'écraser contre la porte du placard avant de tomber au sol dans un bruit mat.

Frustrée, j'attrapai un autre flacon que je jetai plus fort. Cette fois, le plâtre du mur se fissura sous l'impact. Tant pis pour ma caution.

Je m'en foutais.

La colère enfla en moi tel un geyser. Je pivotai de nouveau et arrachai les draps du lit.

Puis je m'attaquai à mon placard.

Je détestais tous ces foutus sweat-shirts, ces cols roulés, ces cardigans et ces hauts mal ajustés. Je haïssais toutes ces fringues mais, plus que tout, je me haïssais de faire cela. Je décrochai en criant le contenu de ma penderie. Les cintres basculèrent et tombèrent. Des larmes plein les yeux, je me retournai en quête de ma prochaine cible, mais je n'avais vraiment plus grand-chose à détruire. Pas de cadre à briser. Pas de tableau à lacérer. Rien du tout. J'étais tellement furieuse – surtout après moi.

Je me dirigeai vers le couloir en prenant appui contre le mur, les paupières closes, le souffle court. Je basculai la tête en arrière et ravalai un cri.

Tout ce silence me tuait à petit feu.

C'était tout ce qu'il y avait toujours eu. Du silence. Je ne savais faire que ça. Me taire. Faire comme si rien ne s'était passé, comme si tout allait bien. Et le résultat était là.

Je me laissai glisser le long de la paroi et rouvris les yeux. Ils étaient aussi secs que je me sentais à l'intérieur, cassants.

Et qui était responsable de cet état de fait ? Blaine ? Ses parents ? Les miens ? Peu importait. Je n'avais jamais tenu tête à mes vieux pour leur dire ce que j'avais sur le cœur. J'avais fermé ma bouche et encaissé – fait le dos rond jusqu'à trouver l'occasion de fuir.

Le problème était que la fuite n'était plus une option. Ça n'avait en réalité jamais vraiment fonctionné ; combien de temps m'avait-il fallu pour m'en rendre compte ? Cinq ans, presque six ? Et combien de kilomètres ? Des milliers ?

J'entendis alors mon téléphone se mettre à sonner dans le salon.

Je me relevai avec peine pour aller décrocher. L'arrière de mon crâne se mit à picoter quand je découvris la mention « APPEL MASQUÉ » affichée sur l'écran. Je répondis malgré tout.

— Quoi ? dis-je d'une voix tremblante.

Rien. Encore ce putain de silence.

— Putain, qu'est-ce que tu me veux ? m'emportai-je. Quoi ? Tu n'as rien à dire ? Ça ne fait que neuf mois que tu appelles et que tu envoies des textos. J'aurais pourtant cru que tu avais des milliers de trucs à raconter.

Une nouvelle pause étouffante, puis :

— Je n'arrive pas à croire que tu aies décroché.

J'écarquillai les yeux. Bon Dieu, ce timbre appartenait à une fille. La personne qui me harcelait au téléphone, et sans doute aussi par e-mail, était une fille.

Une fille.

Je ne savais pas à quoi m'attendre, mais certainement pas à une fille.

Je ne trouvai qu'un mot à dire :

— Pourquoi ?

— Pourquoi ? (Elle étouffa un rire sec.) Tu ne sais pas du tout à qui tu parles, pas vrai ? Tu n'as pas lu un seul de mes e-mails ? Pas un ?

C'était moi qu'on passait sur le gril ?

— Eh bien, j'en ai ouvert deux ou trois, et quand j'en ai vu le contenu, j'ai préféré ne pas me prendre la tête.

— Je t'écris depuis le mois de *juin*, j'essaie de te joindre depuis lors. Mes premiers messages étaient on ne peut plus normaux. Si tu les avais lus, tu le saurais. Mais d'un autre côté, qu'est-ce qui me fait croire que tu ne les as effectivement pas lus, vu la réputation de menteuse que tu te traînes ?

Je m'affalai lourdement en fronçant les sourcils.

— Qui es-tu ?

— Putain, c'est pas croyable. Je m'appelle Molly Simmons.

J'ouvris les yeux comme des billes.

— Molly ?

— Visiblement, mon nom te dit quelque chose. Je suppose que tu n'as vraiment pas lu mes messages ?

— Non. Mon... cousin m'a parlé de toi. (Je me relevai et me remis à faire les cent pas.) Je n'ai pas lu tes e-mails, c'est la stricte vérité.

— Eh bien, ce serait une grande première pour toi, rétorqua-t-elle.

J'entendis une porte claquer.

Je ne sus que répondre. Abasourdie – j'étais parfaitement abasourdie.

— Je ne sais pas... Bon Dieu, je suis désolée pour ce qui...

— Ne t'avise pas de t'excuser, m'interrompit-elle d'une voix tranchante. Tes excuses ne valent rien.

Bouche bée, je secouai la tête. Un geste parfaitement vain, puisqu'elle ne pouvait pas le voir.

— Tu es une sale pute de menteuse. À cause de toi...

— Eh ! Sérieux ! Tu oses me traiter de pute ? Tu ne trouves pas ça tordu ? (Je m'agrippai de toutes mes forces au combiné.) Honnêtement, tous les messages que tu m'as envoyés sont tordus. Je ne comprends même pas pourquoi tu fais tout ça.

— Pourquoi ? s'étonna-t-elle d'une voix suraiguë. Putain, tu déconnes ou quoi ?

— Non !

Je perçus son soupir.

— Dis-moi une chose : quelle est la vérité ? Ce que tu as raconté à la police, ou ce que Blaine a raconté à tout le monde ?

J'inspirai entre mes dents serrées.

— Alors, Avery ? Car si ta version était la bonne, pourquoi as-tu laissé tomber l'affaire en sachant de quoi il était capable ? Tu devais quand même te douter que quelque chose ne tournait pas rond chez lui et qu'il allait recommencer.

Mes épaules s'affaissèrent et je murmurai :

— Tu ne comprends pas.

— Je comprends très bien, au contraire. Dans les deux cas, tu es une menteuse. (J'entendis son souffle contre le micro.) Tu sais pourquoi j'ai voulu te contacter ? Parce que j'avais besoin de parler à quelqu'un qui avait vécu la même chose que moi et j'ai cru... (Sa voix dérailla.) Peu importe mes motivations. Tu n'as même pas pris le temps de lire un seul de mes putains d'e-mails. La moindre des choses aurait été de me dire la vérité.

Je fermai les yeux, reposai mon front au creux de ma paume. J'avais encore à l'esprit les derniers événements avec Cam, et mon cerveau était sur le point d'exploser. J'avais reçu tant d'e-mails émanant d'adresses que je ne connaissais pas. Nombre d'entre eux avaient mon nom pour objet. Et je ne les avais pas ouverts pour ne pas m'en soucier, mais je n'avais pas pensé un seul instant qu'ils puissent venir d'elle.

D'un autre côté, qu'est-ce que cela aurait changé ? Lui aurais-je répondu ? Sans même parler des clauses de confidentialité que j'avais ratifiées, l'aurais-je fait ?

Je mentirais en affirmant que oui.

— Tu es toujours là ? demanda Molly.

— Oui.

Je me raclai la gorge et redressai le menton. La boule logée dans ma poitrine s'atténua légèrement.

— Je n'ai pas menti.

— Alors c'était vrai. (Elle semblait désormais plus près du téléphone.) Et pourtant, tu as laissé tomber les poursuites.

Je me tendis comme une arbalète.

— Oui, mais tu...

— Pourquoi as-tu fait ça ? m'interrogea-t-elle sèchement. Comment as-tu pu faire une chose pareille ? Comme as-tu pu garder le silence si longtemps ?

— Je...

— Tu es une froussarde. Tu t'accroches à ton silence parce que tu es une sale froussarde ! Tu es toujours la gamine terrifiée de quatorze ans, qui prétend des années plus tard que tout va bien ! me hurla-t-elle dans l'oreille. Rien de tout cela ne me serait arrivé si tu avais dit la vérité. Tu peux te mentir autant que tu veux, tu sais bien que j'ai raison. Nous le savons l'une et l'autre.

Molly me raccrocha au nez.

Je restai assise, à contempler mon téléphone. La colère bouillonnait encore dans mes veines, mais certaines de ses paroles s'infiltrèrent néanmoins à travers la brume rouge qui m'obscurcissait l'esprit.

« Tu t'accroches à ton silence parce que tu es une sale froussarde ! Tu es toujours la gamine terrifiée de quatorze ans, qui prétend des années plus tard que tout va bien ! »

Elle avait raison.

Bon Dieu, elle avait tellement raison. Tant d'années s'étaient écoulées, et je n'avais jamais plus ouvert la bouche à ce sujet depuis cette soirée-là. J'avais trop peur pour en parler à qui que ce soit, même à Cam. Ce qui l'avait précisément poussé à partir d'ici, car lui aussi avait raison. Je n'avais pas lâché prise sur le passé, et je n'aurais pas d'avenir tant que je n'y arriverais pas. Durant tout ce temps, je n'avais fait que faire semblant – faire semblant d'aller bien, d'être parfaitement heureuse, d'être une survivante.

Je n'en étais pourtant pas une. Depuis bien trop d'années, je n'étais qu'une victime en fuite.

Molly ne connaissait pas toute l'histoire. Cela ne changerait sans doute rien, mais survivre et être une survivante étaient deux choses bien différentes. Je n'avais fait que cela durant cinq ans et demi : survivre en attendant le jour où ce que Blaine m'avait infligé ne ternirait plus toutes les choses positives de mon existence.

Je m'enfouis la tête dans les mains. Mes yeux se brouillèrent de larmes.

J'aurais pu me comporter différemment. Je ne pouvais pas changer le passé, mais je pouvais adapter ma réaction, surtout maintenant que je me trouvais si loin de tous ceux qui m'avaient empêchée de surmonter cette épreuve. Mais pour être honnête, il ne s'agissait pas que de cela. Blaine n'était pas seul responsable. Le principal problème était mes parents – et moi.

Le seul moyen de réellement tourner la page était d'affronter la réalité, de faire ce qui m'avait initialement valu d'être punie.

Ce n'était pas le passé qui s'était interposé entre nous.

C'était le présent.

Cam avait vu juste.

Je me relevai d'un bond et me mis à marcher sans même m'en rendre compte. Ce ne fut qu'une fois devant sa porte que ma gorge se serra. Il était sans doute trop tard pour rattraper le coup, mais si je m'ouvrais à lui – si j'arrivais à me justifier –, cela pourrait marquer un nouveau départ. Dans tous les cas, je lui devais bien ça.

Et à moi aussi.

Je frappai et entendis des bruits de pas quelques secondes plus tard. Le battant s'ouvrit sur Cam. Il ferma immédiatement les yeux et, quand il ouvrit la bouche, je compris qu'il allait me demander de partir.

— Est-ce qu'on peut parler ? lui demandai-je d'une voix éteinte. S'il te plaît, Cam, je n'en ai pas pour longtemps, je voudrais juste...

Il rouvrit les paupières et m'épia avec circonspection.

— Est-ce que tu vas bien, Avery ?

— Oui. Non. Je ne sais pas.

Une partie de moi rêvait de tourner les talons et de retourner chez moi, mais je refusais de me remettre à fuir. Plus jamais.

— J'ai juste besoin de te parler.

Il prit une profonde inspiration et s'effaça pour me laisser entrer.

— Ollie n'est pas là.

Soulagée qu'il ne m'ait pas claqué la porte au nez, je pénétrai dans son salon. Il saisit la télécommande pour couper le son de la télé avant de se laisser tomber sur le canapé.

— Qu'est-ce qui se passe, Avery ?

Quelque chose dans son ton laissait entendre qu'il ne s'attendait pas à une réponse sincère, ce qui me blessa profondément.

Cela me blessa, car il n'avait effectivement plus aucune raison de me penser honnête sur quelque sujet que ce soit.

Je m'assis au bout du relax, ne sachant pas par où commencer.

— Plein de choses. (Je ne trouvai d'abord pas d'autres mots.) Plein de choses.

Cam s'approcha de moi et fit pivoter vers l'arrière la visière de sa casquette. Cette adorable manie signifiait qu'il écoutait avec attention.

— Avery, qu'est-ce qui ne va pas ?

— Je n'ai pas été franche avec toi, et j'en suis désolée. (Ma lèvre inférieure se mit à trembler, et je compris que j'étais à deux doigts de fondre en larmes.) Je suis sincèrement navrée, et tu n'as sans doute pas de temps à...

— J'aurai toujours du temps pour toi, Avery. (Il soutint mon regard.) Si tu veux me parler, je suis là, comme je l'ai toujours été. Et je t'écoute.

Sentant qu'il ne me quittait pas des yeux, j'eus à nouveau à choisir entre combattre ou fuir. Mon instinct me dictait de prendre mes jambes à mon cou, de jeter un voile sur cette histoire. Mais l'air résolu de Cam débloqua quelque chose en moi. Ça n'était pas facile, mais les mots se bousculaient déjà. Je ne fuirais plus.

Ayant soudain recouvré mon calme, je respirai un grand coup et commençai, d'abord lentement.

— Quand j'avais quatorze ans, j'ai été invitée à une fête d'Halloween, m'entendis-je raconter comme depuis l'autre bout d'un tunnel. Tous mes amis étaient là, nous étions tous déguisés. Le garçon qui organisait la soirée... il avait trois ans de plus que moi, c'était un copain de mon cousin.

Je pris une profonde inspiration et baissai les yeux.

— Il était très populaire. Et moi aussi. (Un petit rire, sec et sans humour, m'échappa.) Ça n'a peut-être pas l'air important, mais ça l'était. Je n'aurais jamais imaginé que quelqu'un comme lui puisse faire... puisse se comporter de cette manière. C'était sans doute complètement con de penser ça, genre une boulette magistrale. Je ne sais pas. (Je secouai légèrement la tête avant de la relever.) On était en train de discuter et, même si j'avais bu, je n'étais pas saoule. Je te jure que je ne l'étais pas.

— Je te crois, Avery, m'assura Cam en fermant brièvement les paupières tout en joignant les doigts pour soutenir son menton. Qu'est-ce qui s'est passé ?

— On était en train de flirter, ce qui était plutôt sympa. Tu sais, rien de sérieux. C'était un gars agréable, vraiment mignon. À un moment donné, il m'a fait monter sur ses genoux, et quelqu'un a pris une photo. On s'amusait bien. (Je ris de nouveau, un bruit tout aussi dépourvu de joie que le précédent.) Quand il s'est levé pour m'entraîner dans l'une des chambres d'amis vacantes du rez-de-chaussée, je l'ai suivi sans réfléchir. On s'est assis sur le canapé, et on a discuté un bon moment. Puis il a passé ses bras autour de moi. (Je me frottais sans cesse les mains, espérant que cela m'aiderait à faire passer le nœud qui me tordait le ventre.) Ça ne m'a d'abord pas dérangée, mais il a ensuite commencé à me faire des choses que je ne voulais pas. Je lui ai dit de s'arrêter, et il m'a ri au nez. Je me suis mise à pleurer et j'ai voulu me libérer, mais il était plus fort que moi et, quand il m'a retournée sur le ventre, je ne pouvais plus rien faire d'autre que de le supplier d'arrêter.

Cam demeurait parfaitement immobile. Seul le léger tressautement de l'un des muscles de sa joue indiquait qu'il n'avait pas été remplacé pour un mannequin de cire.

— Est-ce qu'il s'est arrêté ?

— Non, répondis-je d'une voix plate. Je n'ai rien pu faire.

Un moment s'écoula avant que Cam ne se redresse. Il sembla sur le point de se lever, mais dut changer d'avis.

— Il t'a violée ?

J'opinai en fermant les paupières. Rien que d'en parler, j'avais de nouveau l'impression de sentir les mains de Blaine sur mon corps.

— Je suis toujours vierge. (Je me forçai à rouvrir les yeux.) Il ne m'a pas touchée là. Ce n'est pas comme ça qu'il m'a... pénétrée.

Cam me dévisagea, et je perçus l'instant où il comprit. Il serra les poings sur ses genoux. La crispation de sa mâchoire s'accentua.

— Le fils de pute, cracha-t-il entre ses lèvres pincées. Tu avais quatorze ans, et il a osé te faire ça ?

— Ouais.

J'avais de plus en plus mal au ventre.

Quelques secondes plus tard, il se passa la main dans les cheveux.

— Merde, Avery. Je me doutais de quelque chose. Je craignais qu'il te soit arrivé un truc dans le genre.

Je serrai les bras autour de moi.

— Ah bon ?

Il opina.

— À cause de certaines de tes réactions, de ta nervosité permanente. J'espérais juste que ça n'était pas allé si loin. Et quand tu m'as dit que tu étais toujours vierge, ça m'a rassuré.

Une erreur bien compréhensible.

— Avery, je suis vraiment, vraiment désolé. Tu n'aurais jamais dû vivre une chose pareille, surtout à cet âge-là... (Il desserra légèrement les dents et parut de nouveau sur le point de se lever.) J'espère au moins que cette saloperie est en taule, à l'heure qu'il est.

— Maintenant, oui. (J'observai fixement la télé en sourdine.) C'est une longue histoire.

— J'ai tout mon temps. (Comme je ne disais plus rien, il reprit la parole d'un ton tendu.) Quoi d'autre, Avery ? Je t'en prie, parle-moi, car je suis à deux doigts de prendre le premier vol pour le Texas pour aller buter cette petite merde.

Je basculai en arrière, ramenant mes genoux contre ma poitrine. Consciente de lui devoir l'entière vérité, je pris une nouvelle grande inspiration.

— Quand il a eu fini, je ne pense sincèrement pas qu'il avait l'impression d'avoir fait quelque chose de mal. Il m'a laissée là, sur ce canapé, et quand j'ai réussi à me lever, je savais que je devais le dire à quelqu'un. Qu'il fallait que j'aille à l'hôpital. J'étais si...

Je fermai les paupières quand un frisson me secoua tout entière. Les minutes qui avaient suivi le départ de Blaine avaient été aussi atroces que le viol.

— Je n'ai pas retrouvé mes amis, j'ai juste récupéré mon sac à main avant de partir à pied. Je marchai depuis un bon moment quand je me suis rappelé que j'avais mon téléphone avec moi. J'ai immédiatement composé le numéro des urgences.

Incapable de rester en place, je finis par me mettre debout.

— J'ai fini à l'hôpital, où ils m'ont fait un examen. Quand la police est arrivée, je leur ai raconté toute l'histoire, et tout était vrai.

— Bien sûr que c'était vrai, dit-il sans me quitter des yeux.

— Quand les officiers sont partis, la fête était terminée, mais Blaine était chez lui. Ils sont directement allés l'arrêter. Je suis rentrée chez moi et ne suis pas retournée à l'école les deux jours suivants, mais tout le monde savait déjà pourquoi il était en cellule. (Je m'immobilisai devant la télé.) Puis ses parents sont entrés dans la danse.

— Comment ça ?

Je me remis à faire les cent pas.

— Ses parents et les miens étaient – *sont* – des amis du country club. Pour eux, rien n'importe plus que leur image. Ma mère et mon père ont plus d'argent qu'ils n'en pourront jamais dépenser, mais... (Un voile épais me tapissa la gorge, et ma vision se troubla.) Les Fitzgerald leur ont proposé un accord. Si j'acceptais de retirer ma plainte et de ne jamais parler des événements de cette nuit-là, ils nous verseraient une somme d'argent démentielle.

Les narines de Cam se dilatèrent.

— Et tes vieux leur ont dit d'aller se faire foutre, pas vrai ?

Le rire qui m'échappa ressemblait davantage à un sanglot.

— Les Fitzgerald leur ont montré la photo de Blaine et moi prise pendant la soirée, en affirmant qu'au tribunal, aucun jury ne croirait la fille « habillée comme une pute assise sur ses genoux ». Et comme mes parents ne voulaient pas d'un scandale, ils sont tombés d'accord.

— Putain de merde, jura Cam dans sa barbe.

— Tout est allé très vite. Je n'arrivais pas à croire que mes parents me demandent de faire ça, mais ils... ils s'inquiétaient tellement de ce que les gens pourraient penser si l'affaire devenait publique. Ils ont mis en avant les photos et le fait que j'avais bu. J'étais tellement effrayée et perdue... Et puis, je n'étais même pas certaine qu'ils me croyaient.

Je lissai mes cheveux en arrière, détestant ce que je m'apprêtais à admettre.

— Alors j'ai signé les papiers.

Cam resta coi.

— J'ai accepté l'argent. La moitié devait être virée directement sur mon compte de sorte que, à mes dix-huit ans, elle me revienne de droit. Je m'engageais simplement à retirer ma plainte et à ne plus en reparler. (Je laissai tomber mes bras le long de mon corps.) Ça fait de moi quelqu'un d'horrible, pas vrai ?

— Quoi ? s'étonna Cam en haussant les sourcils. Sûrement pas, Avery. Bon Dieu, tu avais quatorze ans, et tes vieux auraient dû leur dire d'aller se faire foutre. Si quelqu'un a quelque chose à se reprocher, en dehors du gros connard qui t'a fait ça, c'est bien eux. Tu n'as aucune responsabilité là-dedans.

Je hochai lentement la tête avant de reprendre place sur le relax.

— En quelques jours à peine, tout le monde à l'école s'est mis à me regarder de travers. Apparemment, rien dans l'accord que nous avions signé n'obligeait Blaine à la fermer. Il est allé raconter à tout le monde que j'avais menti. Que j'étais parfaitement consentante et que je l'avais accusé à tort. Et bien sûr, tout le monde l'a cru. Pourquoi pas ? J'avais laissé tomber les poursuites. Je refusais de m'exprimer sur le sujet. Après quoi, l'école... est devenue un véritable enfer. J'ai perdu tous mes amis.

Cam se passa une main sur la joue.

— C'est pour ça que tu as arrêté la danse ?

— Oui, murmurai-je. Je ne supportais plus de voir les autres me dévisager et deviser plus ou moins ouvertement de ce qu'ils avaient entendu de l'affaire. Et puis j'ai fait ça... (Je lui montrai mon poignet gauche.) Ma mère était furax.

Il me dévisagea, comme s'il ne comprenait pas ma dernière phrase.

— Elle t'en a voulu d'avoir... (Sa voix se brisa et il secoua la tête.) Pas étonnant que tu ne rentres jamais les voir.

— C'est pour ça que je me suis inscrite ici, tu sais. Ça me paraissait suffisamment loin pour oublier tout ça. Il me semblait que c'était ce dont j'avais besoin : de prendre de la distance.

— Et le message que j'ai surpris ? Ça venait de quelqu'un qui était au courant de toute l'histoire ?

J'opinai derechef.

— Je ne sais pas qui a dit qu'on ne pouvait pas échapper à son passé, mais il avait complètement raison.

Cam contracta sa mâchoire de plus en plus vite.

— Et qu'est-ce qui s'est passé d'autre, Avery ? Tu m'as dit que ce *Blaine* (il cracha ce mot avec dédain) était en prison. Qui est-ce qui t'envoie ces textos ?

Je me penchai en avant pour appuyer mon front contre mes mains ouvertes. Mes cheveux me tombèrent devant la figure, dissimulant mon visage.

— J'en reçois depuis le mois d'août. Je pensais que c'était juste n'importe quel connard, alors j'ai pris le parti de m'en désintéresser. Et puis mon cousin a essayé de me joindre, et je l'ai ignoré lui aussi parce que... pour des raisons évidentes. J'ai fini par lui parler cet hiver, le soir avant de passer chez toi.

— Pour le combat ?

— Ouais. Il voulait m'informer que Blaine avait été arrêté pour avoir recommencé ces conneries avec une autre fille au début de l'été. Mon cousin s'est même excusé. Ça m'a fait beaucoup de bien, mais... Je ne savais pas que c'était cette fille qui essayait de me contacter depuis le premier jour.

Après une nouvelle inspiration, je lui racontai tout de ma conversation avec Molly.

Quand j'eus terminé, il secoua la tête.

— Ce qui lui est arrivé est horrible, et je suis vraiment content que ce salopard croupisse en taule. Si ça ne tenait qu'à moi, je le ferais même castrer. Mais ce qu'a subi cette Molly n'est pas ta faute, mon ange. Ce n'est pas à cause de toi qu'il s'en est pris à elle.

— Mais si je n'avais pas retiré ma plainte, il n'aurait jamais pu recommencer.

— Non. (Il se leva, les yeux brûlant de rage.) Tu n'as pas le droit de dire ça. Personne ne sait ce qui serait arrivé. Tu avais quatorze ans, Avery. Tu as fait ce que tu as pu dans cette situation. Tu as survécu.

Je redressai subitement la tête.

— C'est exactement ça, tu sais ? Je n'ai fait que survivre. Je n'ai pas vécu. Regarde ce que je nous ai fait. Et oui, j'ai recommencé. Je t'ai de nouveau exclu !

Son expression s'adoucit.

— Mais tu me parles, maintenant.

— Je laisse cette tragédie vieille de cinq ans me pourrir le quotidien. Cette fois où on a failli faire l'amour ? Je n'ai pas eu peur de toi, ni de la douleur. Ce n'était pas ça. J'ai eu peur qu'une fois que nous aurions commencé, ce que Blaine m'a fait ne vienne tout gâcher. Je suis une froussarde – *j'étais* une froussarde. (Je me levai et croisai les mains.) Mais il est trop tard, pas vrai ? J'aurais dû tout te dire il y a des mois, pour que tu saches dans quoi tu t'embarquais. Je suis désolée de ne pas l'avoir fait.

— Avery...

J'avais des sanglots plein la gorge, des larmes plein les yeux.

— Je suis désolée, Cam. Je sais qu'il est trop tard pour te dire tout ça, mais je voulais juste que tu saches que tu n'avais rien fait de mal. Tu étais parfait – parfait pour moi –, et je t'aime. (Ma voix se brisa une fois encore.) Et je sais que tu ne me regarderas plus jamais comme avant. Je comprends.

Cam, les bras ballants, semblait sous le choc.

— Avery, reprit-il doucement. (Il approcha jusqu'à moi pour me prendre le visage entre ses mains.) Qu'est-ce que tu viens de dire ?

— Que tu ne me regarderas plus jamais comme avant ?

— Non, l'autre chose.

Je reniflai.

— Je t'aime ?

— Tu m'aimes ?

Il me scruta avec intensité.

— Oui, mais...

— Arrête. (Il secoua la tête.) Tu trouves que je te regarde différemment ? Je t'ai dit que je soupçonnais depuis longtemps qu'il t'était arrivé quelque chose dans le genre.

— Mais que tu espérais te tromper !

J'essayais de m'éloigner, mais il me rattrapa par les épaules.

— Avant, tu me regardais avec espoir, et maintenant tu n'en as plus.

— C'est vraiment ce que tu penses ? C'est à cause de ça que tu n'as rien voulu me dire avant aujourd'hui ?

— Tout le monde me tourne le dos en l'apprenant.

— Je ne suis pas comme tout le monde, Avery ! Pas pour toi, pas avec toi. (Son regard capta le mien.) Tu penses que je n'ai plus d'espoir ? Plus l'espoir de t'aider à finalement passer à autre chose ? De faire en sorte que ça ne te hante pas cinq années de plus ?

Je ne sus que répondre. Il me prit les mains et les posa sur sa poitrine, juste au-dessus de son cœur.

— J'ai de l'espoir, déclara-t-il sans jamais se détourner. J'ai de l'espoir, parce que je t'aime. Je suis amoureux de toi depuis longtemps, Avery. Sans doute même depuis plus longtemps que je ne l'imagine.

— Tu m'aimes ?

Il plaqua son front contre le mien. Je sentais ses poumons se gonfler sous mes paumes.

— Je t'aime.

Je bégayai.

— Tu... tu m'aimes vraiment ?

— Oui, mon ange.

Il avait déclaré ça avec force et conviction. Je sentis mes ultimes remparts s'écrouler, comme sous une charge finalement trop puissante. Un ouragan d'émotions s'éleva en moi, cherchant un moyen de sortir. J'étais incapable de l'arrêter. Je n'essayai même pas. Des larmes me ruisselèrent sur les joues, si denses que je ne voyais même plus le visage de Cam.

Un son curieux s'éleva de sa gorge et il me prit dans ses bras pour m'étreindre fermement. Il me berça longuement, me chuchotant des paroles apaisantes, bien que dépourvues de sens. Il finit par me soulever de terre pour m'emmener dans sa chambre. Il m'allongea sur son lit et s'étendit à côté de moi, avant de me serrer contre son cœur. À présent que les larmes avaient commencé à couler, je ne pouvais plus les retenir. J'étais prise de gros et longs sanglots m'empêchant de parler et même de respirer. Elles avaient cependant un goût de renouveau, comme si chacune d'entre elles emportait avec elle un souvenir réprimé.

Je pleurais pour Molly et ce qu'elle avait enduré. Je pleurais pour Cam et tout ce que je lui avais fait subir. Je pleurais parce que, malgré tout, il m'aimait encore. Et surtout, je pleurais pour tout ce que j'avais perdu, et tout ce que je me savais désormais capable de trouver.

31

Allongé sur le lit à côté de moi, Cam souleva délicatement une mèche de mes cheveux. Il l'enroula autour de son doigt et s'en servit pour me fouetter le nez.

— Alors, qu'est-ce que ça fait d'être enfin en deuxième année ?

Je lui attrapai la main et démêlai mes cheveux, tout sourire.

— Je ne suis pas officiellement en deuxième année. Pas avant la rentrée d'automne.

— Je te juge digne de passer en deuxième année. (Il me reprit une mèche de cheveux, qu'il fit cette fois glisser le long de ma joue.) Que ma volonté soit faite.

— Et toi, qu'est-ce que ça fait d'être enfin en dernière année ? Plus qu'une avant la quille.

— C'est génial, répliqua-t-il en utilisant mes pointes pour me chatouiller la lèvre inférieure. Vraiment génial.

Je me tortillai jusqu'à lui, puis refermai les doigts sur le col de son tee-shirt.

— Et c'est super d'être enfin en deuxième année.

— Ce serait encore mieux si tu ne t'étais pas inscrite à la session d'été.

— C'est vrai.

J'allais prendre des cours de bio durant les mois estivaux pour me débarrasser de ce module. J'allais y arriver.

Cam donnait un coup de main à un camp de foot pour enfants, il serait donc sur place la plupart du temps. Toutefois, Brit et Jacob allaient me manquer. Ils étaient déjà rentrés.

Je parvins à me rapprocher davantage, un léger sourire aux lèvres. Cam ouvrit grands les bras et je posai la tête sur son épaule, m'étalant à moitié sur lui.

— C'est assez près pour toi ? me demanda-t-il.

— Non.

Il pouffa en faisant aller et venir ses doigts le long de ma colonne vertébrale. Ces soins délicats me détendirent. Il m'embrassa doucement sur le front, et mon sourire s'élargit.

Tout avait changé, entre nous, depuis que je lui avais dit la vérité. Cela avait pourtant été compliqué et malaisé dans un premier temps. Même si Cam rechignait à l'admettre, lui-même n'avait pas trop su comment poursuivre notre relation, incapable de trouver les mots et les gestes adéquats ; et il n'y eut pas non plus d'évolution miraculeuse durant la nuit. Trois semaines s'étaient écoulées avant que nous ayons le moindre rapport sexuel. Je savais qu'il en avait cependant envie, et qu'il s'efforçait simplement de ne pas me brusquer. J'avais donc dû prendre les choses en main et lui sauter dessus pour lui faire passer le message. Bien sûr, nous n'avions pas encore fait l'amour mais, dès notre premier contact intime après le grand déballage, nous avions comblé le fossé qui avait pu se creuser au préalable.

Quelque part, il me regarda effectivement différemment, mais c'était loin d'être aussi grave que je ne l'avais craint. Il connaissait toute l'histoire, à présent, et cela avait fait évoluer notre relation.

Dans le bon sens.

J'étais redevenue moi-même, la moi d'avant. Le week-end précédent, j'étais même allée à une soirée organisée chez Jase. Cam m'avait aidée à surmonter certains moments de gêne. Nous avions dansé ensemble.

Cela lui avait vraiment plu.

Nous n'avions plus de secret l'un pour l'autre, et nous avions tout l'été devant nous pour apprendre à mieux nous connaître ; cependant, je conservais encore quelques tracas. Résoudre mes problèmes avec Cam avait été une étape importante et cruciale, mais il me restait un certain nombre d'éléments à affronter, à régler – des éléments de taille.

Je roulai sur Cam et serrai ses hanches entre mes genoux.

— Salut.

Il arbora son air si sensuel en posant ses mains sur ma taille.

— Salut, toi.

— Bon, j'ai réfléchi.

— Oh punaise.

— Arrête ! (Je ris néanmoins et me penchai pour lui déposer un baiser sur les lèvres.) En réalité, j'ai même beaucoup réfléchi. Il y a une chose que j'ai très envie de faire.

— Quoi ?

Ses mains glissèrent le long de mon short et vinrent reposer sur mes cuisses.

Je me mordis la lèvre.

— Je veux retourner chez moi.

Il haussa subitement les sourcils.

— Chez toi au Texas ?

— Oui.

— Combien de temps ?

Je posai mes paumes sur son ventre et me redressai. Il fit une légère grimace quand je m'appuyai sur lui. J'avais espéré ce genre de réaction.

— Tu ne risques pas de te débarrasser de moi si facilement. Juste un jour ou deux.

Il serra les poings.

— Mince. Tant pis pour mon plan secret de passer l'été sur le campus en célibataire inépuisable.

Je levai les yeux au ciel.

— Et qu'est-ce que tu comptes faire, là-bas ? m'interrogea-t-il en reposant les paumes sur mes cuisses.

— Voir mes parents, admis-je. J'ai besoin de leur parler.

— De ce qui s'est passé ?

— Je n'ai jamais abordé le sujet avec eux depuis cette fameuse nuit. (Je pianotai du bout des doigts sur son torse.) J'en ai besoin. Je sais que ça fait un peu garce, mais il faut que je leur dise qu'ils se sont mal comportés.

Cam abandonna mes cuisses pour positionner ses mains sur les miennes.

— Je ne trouve pas que ça fasse garce, mais tu penses que c'est très judicieux ? Enfin, tu penses que ça va t'aider et pas te…

— Blesser ? (Je lui souris tendrement.) Mes parents auront du mal à me faire davantage souffrir, et je ressens le besoin de leur mettre les points sur les i. Est-ce que ça fait de moi quelqu'un de mauvais ?

— Non.

— J'ai besoin de le faire. (Je pris une profonde inspiration.) Et il faut aussi que j'aille parler à Molly.

— Quoi ?

— Je voudrais essayer de lui expliquer pourquoi j'ai fait ce que j'ai fait. Je sais que c'est risqué, et que si ça s'apprend j'aurai sûrement des problèmes à cause de la clause de confidentialité, mais si j'arrivais à lui faire comprendre, ne serait-ce qu'un peu, ce qui m'a poussée à agir ainsi, alors peut-être qu'elle arrêtera de me harceler.

Et putain, ça ferait un sacré changement. Depuis notre conversation, elle n'avait pas cessé de m'envoyer des messages. De façon plus sporadique, ce qui était déjà positif, mais je voulais qu'elle y mette un terme définitif.

Je voulais tourner la page pour de bon.

Cam soutint mon regard.

— Là, je ne suis pas sûr. Elle n'a pas l'air d'être la personne la plus équilibrée qui soit.

— Elle n'est pas folle. Elle est juste furieuse, et elle a de bonnes raisons de l'être.

— Mais tu n'es pas responsable de ses malheurs. Tu le sais, pas vrai ? Tu n'y es pour rien.

Je ne répondis pas, car je n'étais pas complètement certaine que ce soit la vérité. Si je n'avais pas retiré ma plainte, Blaine ne s'en serait pas sorti si facilement, et cela aurait peut-être suffi à l'empêcher de récidiver. Ou pas. Cela resterait une éternelle inconnue.

— Je dois le faire, pour moi et pour Molly, finis-je par déclarer. (Ça n'allait pas être joli.) Je n'ai plus envie de fuir, Cam. Et je sais que je ne pourrai jamais oublier. Ce qui s'est passé... restera toujours une part de moi, mais ne sera plus décisionnaire. C'est fini.

Cam resta un instant silencieux.

— Tu sais ce que je pense ?

— Que je suis formidable ?

— À part ça.

— Quoi ?

— Je pense que tu as déjà réussi, Avery. Que tu as admis que cela ferait toujours partie de toi, mais que tu ne te laisserais plus dominer par ça. Simplement, tu ne t'en es pas encore rendu compte. (Il posa les mains sur mes hanches.) Mais si tu tiens à le faire, alors fais-le, et je le ferai avec toi.

— Tu veux venir avec... ?

Je glapis quand il me retourna subitement et s'allongea sur moi.

— Il est hors de question que je te laisse toute seule. Putain de bordel de Dieu, ça n'arrivera pas. (Il prit appui sur ses coudes.) Je t'accompagne. Et tu ne pourras pas m'en empêcher. Quand est-ce qu'on part ?

— Tu as prévu quelque chose ce week-end ?

Un rire silencieux secoua ses épaules.

— Bon sang...

— J'en ai besoin.

Il me planta un baiser sur le bout du nez.

— Je ne crois pas, mon ange, mais si c'est ce que tu ressens, allons-y.

J'adorais sa confiance en moi. C'était beau à voir.

— Tu tiens vraiment à venir avec moi ?

— C'est une question idiote, Avery. Car si, il y a des questions idiotes. Et celle-ci en est une. Bien sûr que je tiens vraiment à venir.

Je me fendis d'un léger sourire.

— Je t'aime.

— Je sais.

— Crâneur.

— Sûr de moi, répliqua-t-il en se penchant sur moi. (Son baiser suffit à éveiller mes sens.) Je t'aime, mon ange.

Je voulus lui passer les bras autour du cou, mais il roula hors du lit et m'attira par la main.

— Hé ! Reviens ici.

— Nan. On a des trucs à faire. (Il me força à me lever.) Et si tu commences à me tripoter, tu vas nous mettre en retard.

— Qu'est-ce qu'on doit faire ?

Il plongea soudain vers moi, me souleva, me fit basculer par-dessus son épaule et se tourna vers la porte.

— Il faut qu'on aille acheter nos billets.

Cela paraissait complètement dingue de nous retrouver au Texas deux jours plus tard, et pourtant, nous étions bel et bien en train de remplir notre fiche de séjour dans un hôtel non loin de la maison où j'avais grandi. Ne voulant pas repousser l'échéance, nous prîmes la route dès que nous eûmes posé nos valises. Je n'avais pas prévenu mes parents de ma visite, et n'étais donc pas sûre de les trouver chez eux.

Cam poussa un petit sifflement admiratif quand la propriété familiale apparut au bout du chemin en lacets.

— Putain, ça c'est de la baraque.

— Rien de bien grandiose, tempérai-je en laissant courir mon regard sur la pelouse parfaitement entretenue puis sur l'imposante bâtisse en brique. Tes parents, eux, ont une vraie maison. Ça, ce n'est qu'une grosse coquille vide.

Il gara notre voiture de location au centre de l'allée circulaire, juste à côté de la fontaine en marbre. Il sourit légèrement en l'observant du coin de l'œil.

— Je crois que je n'avais encore jamais vu une maison équipée d'une fontaine dans la vraie vie.

Je pris une profonde inspiration, me sentant aussi nerveuse que déterminée.

— Je peux le faire.

— Oui tu peux. (Il me serra doucement le genou.) Tu es sûre que tu ne veux pas que je t'accompagne à l'intérieur ?

— Oui.

Je lui souris. Évidemment que j'aurais préféré l'avoir à mes côtés.

— Je dois le faire toute seule.

Il se carra confortablement dans son siège.

— Si tu changes d'avis, envoie-moi un texto et j'arrive tout de suite.

Je l'embrassai tendrement.

— Tu es formidable.

Il sourit tout contre ma bouche.

— Toi aussi.

Je lui déposai un nouveau baiser avant d'ouvrir ma portière et de descendre de voiture. Si j'hésitais un instant de plus, je risquais de changer d'avis. Alors que je m'apprêtais à refermer derrière moi, Cam m'interrompit.

— Rappelle-toi juste que, quoi qu'ils puissent te dire, tu es une femme radieuse et forte, et que rien de ce qui s'est passé n'est arrivé par ta faute.

Des larmes plein les yeux, je me sentis soudain plus déterminée que jamais.

— Merci.

Il me décocha un clin d'œil.

— Maintenant, fais ce que tu as à faire.

Je lui tournai le dos avec un faible sourire et gravis les larges marches menant sous le porche. Un ventilateur de plafond remuait un air chaud, qui me souleva quelques mèches de cheveux. Je levai la main pour frapper à la porte puis secouai la tête. Je farfouillai dans ma poche et en tirai la clé. Après tout, je n'avais pas à m'annoncer.

La clé tourna sans effort et, après un dernier regard à Cam, j'entrai chez mes parents.

Rien n'avait changé. Telle fut ma première impression quand je refermai discrètement derrière moi. Tout était propre et rutilant. Il n'y avait ni odeur ni bruit. Rien d'accueillant dans ce foyer glacial.

Je passai sous le lustre doré et entrai dans le salon d'apparat.

— Papa ? Maman ?

Silence.

Je longeai le canapé blanc qui causerait sans doute une attaque à ma mère si quelqu'un osait s'y asseoir. Je jetai un coup d'œil dans la salle à manger, puis dans le séjour. Enfin, après avoir vérifié le bureau et la cuisine, je montai à l'étage.

Les marches ne produisirent aucun son.

Une fois au premier, j'enfilai le couloir jusqu'à la dernière porte, que j'ouvris en grand.

Mon ancienne chambre – le mot « ancienne » étant de rigueur.

— Putain, murmurai-je en y pénétrant lentement.

Toutes mes affaires avaient disparu : mes livres, mon bureau, mes posters, et toutes les petites babioles que j'y avais laissées. Rien qui comptait vraiment, mais mince, cette pièce semblait n'avoir jamais été habitée.

— On a tout mis en cartons.

Je sursautai et fis volte-face. Elle était debout dans l'embrasure de la porte, vêtue d'un pantalon en lin beige dans lequel son chemisier blanc était parfaitement rentré. Ses cheveux blond vénitien étaient admirablement coiffés, son visage dénué de toute ride ou imperfection.

— Maman.

Elle arqua un sourcil délicat.

— Tes affaires sont au grenier, si c'est ce que tu es venue chercher. La bonne nous a aidés à les monter après notre conversation de l'automne dernier.

— Vous avez oublié mon anniversaire, lâchai-je tout de go.

Elle inclina la tête en un geste précis et délicat.

— Vraiment ?

Je la toisai un instant, et tout ce qui me vint à l'esprit fut : *Quelle salope*. Je réprimai un accès de colère. S'énerver ne menait à rien avec Mme Morgansten. Il fallait la prendre à son propre jeu : rester calme, sereine.

— Je ne suis pas ici pour ça.

— Alors tu comptes te réinstaller ? s'enquit-elle sans la moindre note d'espoir.

Son ton était totalement neutre. Je me demandai si elle avait aussi subi une chirurgie des cordes vocales, sa voix étant désormais aussi expressive que sa figure.

— Non, ricanai-je presque. Je suis venue vous parler, à Papa et à toi. Est-ce qu'il est là ?

Elle ne répondit pas tout de suite.

— Il est sur la véranda.

La plupart des gens auraient parlé d'un balcon couvert, mais pas ma mère.

— Eh bien, allons-y.

Sans attendre sa réponse, je sortis de la pièce et descendis l'escalier. Elle m'emboîta le pas à contrecœur ; je sentais la froideur de son regard me brûler la nuque. Je me mis à compter. J'atteignis le chiffre cinq et la dernière marche avant qu'elle reprenne :

— Tu es allée chez le coiffeur, récemment ?

— Non.

Un léger bruit offusqué.

— Ça se voit.

Je soupirai.

— Alors pourquoi as-tu posé la question ?

Elle attendit que nous ayons atteint la pièce ouvrant sur le balcon pour reprendre :

— Qu'est-ce que tu portes, d'ailleurs ?

— Des vieilles merdes trouvées dans une friperie, répliquai-je même si ça n'était pas vrai.

Elle poussa un petit sifflement réprobateur.

— Très élégant, Avery.

Je levai les yeux au ciel et ouvris la porte de derrière, hésitant à revenir en courant jusqu'au salon d'apparat pour me rouler sur tous ses beaux meubles blancs. Papa était installé sur l'une des méridiennes, le nez plongé dans son journal. Maman prit la parole avant moi.

— Regarde qui s'est décidée à nous rendre visite.

Il abaissa son canard et leva les yeux. Un froncement de surprise chiffonna son visage.

— Avery.

— Salut, Papa.

Il se redressa et plia son journal avec soin avant de le reposer.

— On ne s'y attendait pas.

Pas de « Ma chérie, comment vas-tu ? » ou de « Je suis content de te voir ». Je pris place dans l'un des fauteuils en osier.

— Je sais. Je ne reste pas longtemps.

— Elle veut nous parler. (Maman resta debout.) Je ne sais pas du tout de quoi il s'agit, mais il y a une voiture de location dans notre allée, avec un garçon au volant.

Je ne relevai pas.

— Ça n'a rien à voir avec la voiture ni avec la personne qui la conduit.

— Tu m'en vois soulagée, répliqua-t-elle.

Je pris une longue et profonde inspiration.

— J'ai parlé à David.

Mon père se raidit et, pour une fois, ma mère resta coite. Bien.

— Il m'a appris pour Molly Simmons et Blaine Fitzgerald, m'a dit ce qui s'est passé l'été dernier et... ce qui allait se passer cet été.

— Avery...

— Non, interrompis-je ma mère avant qu'elle puisse prononcer une parole de trop. Je n'ai pas rompu l'accord. Je l'ai bouclée pendant toutes ces années. J'ai fait exactement ce que vous m'avez demandé.

Maman monta sur ses grands chevaux.

— David n'avait aucun droit de t'appeler...

— Pourquoi pas ? rétorquai-je. Était-ce contre la loi que de m'indiquer que Blaine a violé une autre fille, tout comme il m'a violée, moi ?

Papa aspira de l'air entre ses dents, mais Maman devint de plus en plus blême.

— Il n'y a aucune raison de remettre ça sur le tapis de façon si grossière, déclara-t-elle en croisant les bras. Nous nous souvenons de ce que tu nous as dit...

— Ce que je vous ai raconté cette nuit-là à l'hôpital est précisément ce que j'ai raconté à la police. Blaine m'a violée. C'est vous qui avez décrété que je devais abandonner les poursuites, et c'est à cause de vous que tout le monde m'a prise pour une menteuse.

— Avery... commença mon père.

Je ne lui laissai pas l'occasion d'aller plus loin.

— Si je suis revenue ici, c'est que j'ai besoin de tourner la page, et le seul moyen d'y parvenir est de vous dire ce que j'aurais dû vous dire à l'époque. (Je repris mon souffle, même si je n'en avais pas besoin.) Vous avez eu tort. Vous vous êtes complètement plantés.

Maman approcha d'un pas.

— Pardon ?

— Tu m'as bien entendue. (Je restai campée sur mes talons, les poings serrés.) Vous auriez dû dire à ses parents d'aller se faire foutre. Vous auriez dû leur dire de dégager de chez vous. Vous auriez dû aller voir les flics pour leur expliquer ce que les Fitzgerald essayaient de faire, à savoir *d'acheter le silence de votre fille*. Tout ça pour quoi ? Pour vous éviter la peine d'aller au tribunal ? Pour ne pas que l'on vous pose de questions ? Afin de pouvoir continuer à aller au club sans que la situation soit trop gênante ? Pendant que tout le monde me traitait de pute et de menteuse ? Pendant que Blaine restait libre d'infliger le même sort à une autre fille ? Vous ne vous sentez pas responsables pour Molly ? Vous auriez dû me soutenir et me croire ! Vous auriez dû m'aider. Je suis votre fille. Vous auriez dû penser avant tout à moi.

Papa détourna les yeux, et je compris sa réaction. Peut-être avait-il toujours soupçonné la vérité. Moi aussi, j'aurais honte, à sa place.

— Tu ne t'en es pas trop mal tirée, Avery, plaida ma mère en soufflant bruyamment. Après tout, regarde tout ce que tu as pu faire avec cet argent. Aller à la fac. Meubler ton propre appartement. (Elle fit la moue.) À t'entendre, c'est comme si nous n'avions rien fait pour toi.

— Nancy, intervint mon père en redressant la tête.

— Quoi ? (Elle haussa le menton.) Elle ne s'est jamais dit que ça avait été une épreuve pour nous aussi.

Je dévisageai ma mère, sans réelle surprise. Cependant, j'aurais aimé que ses mots ne me fassent pas si mal.

— Tu sais, Maman, c'est justement ça, le problème. Tout ce qui t'inquiète, ce sont les difficultés que *tu* rencontres. (Je secouai la tête en me tournant vers mon père.) Je vais mieux. Au cas où ça vous intéresse. Tout se passe bien à la fac. Je me suis fait des amis, et j'ai rencontré un homme merveilleux qui sait ce qui m'est arrivé. Voilà en quoi je ne m'en suis pas mal tirée. J'espère qu'un jour je pourrai en dire autant en ce qui concerne cette famille.

Mon père se plaqua le revers des doigts sur la bouche, les yeux rivés sur le jardin. Je lui adressai un dernier regard avant de me tourner vers ma mère. Elle me dévisagea avec morgue ; cependant, de petites rides commençaient à poindre à la commissure de ses lèvres. Même si elle affectait l'indifférence, je savais que je l'avais sévèrement irritée.

— Je ne suis pas venue ici pour vous faire culpabiliser, précisai-je avant de déglutir douloureusement. Ce n'est pas du tout l'objectif. J'avais juste besoin de vous dire enfin ce que j'avais sur le cœur. Et vous devez savoir que je vous pardonne, même si je ne vous laisserai plus jamais me dicter ma conduite.

Maman soutint mon regard un instant de plus, puis détourna le chef, les dents serrées. Je leur laissai quelques secondes pour répliquer, mais le silence commençant à s'éterniser, je n'insistai pas.

Je me dirigeai vers la porte, le dos bien droit et la tête haute. Mon attitude n'était pas feinte. Un nouveau poids venait de m'être ôté des épaules, et il ne me restait plus qu'une chose à faire. Je me la réservais toutefois pour le lendemain, car cette journée… était une bonne journée.

Je traversai le salon d'apparat avec un léger sourire. Je ramassai au passage un coussin valant sans doute un mois de loyer et le jetai par terre. Puéril ? Oui. Jouissif ? Encore plus.

Une fois dehors, je remarquai que Cam était sorti de voiture et observai la fontaine de près, la casquette rabattue. Mon sourire s'élargit quand je le vis plonger la main dans l'eau.

Il se tourna vers moi et, en m'apercevant, se mit à trottiner dans ma direction.

— Comment ça s'est passé ?

— Euh…

Je m'étirai, puis inclinai la tête de côté afin de pouvoir l'embrasser malgré la visière.

— Comme prévu.

Il posa immédiatement les mains sur mes hanches, prouvant que ce rapide baiser donné devant chez mes parents l'avait touché.

— Tu veux en parler ?

— Pendant le repas ? (Je reculai d'un pas et il me prit la main.) Je voulais t'emmener au *Chuy's*...

— Avery ?

Cam se raidit et raffermit son étreinte tandis que je pivotais vers la voix de mon père. Il avait déjà descendu la moitié des marches et nous aurait bientôt rejoints.

— S'il dit une parole de travers, je ne te promets pas de ne pas l'aligner sur place, m'avertit Cam à voix basse.

Je lui serrai la main.

— Avec un peu de chance, ça ne sera pas utile.

— C'était juste pour te prévenir, marmonna-t-il.

Nous attendîmes l'arrivée de mon père. Il observa Cam, puis nos doigts entrelacés.

— Je te présente Cameron Hamilton, dis-je par pure politesse. Cam, voici mon père.

Cam tendit sa main libre, mais sa mâchoire était crispée et ses yeux glacials.

— Bonjour.

Ils échangèrent une poignée de main ferme.

— Ravi de vous rencontrer.

Cam ne répondit pas.

— Qu'est-ce qu'il y a, Papa ? demandai-je.

Il me scruta un instant avant de détourner la tête. De si près, à la lumière crue du soleil texan, je vis combien il avait vieilli. À cet instant, je compris que les événements l'avaient profondément marqué. Et, contrairement à ma mère, il ne s'était pas ruiné en innombrables opérations ni affublé de couches de maquillage.

Après une grande inspiration, il déclara :

— Tu sais ce qui me manque le plus ? De te regarder danser.

32

Durant le dîner, je rapportai à Cam la conversation que j'avais eue avec mes parents. Je crus qu'il allait lancer son couteau à steak contre le mur quand je lui parlai de la réaction de ma mère.

— Franchement, dis-je, ça ne m'étonne pas. Elle a toujours été... froide, et ça n'a fait qu'empirer avec les années.

Cam serra les dents.

— Tu es plus tolérante que moi.

Je haussai les épaules. Il n'aurait jamais pensé cela s'il avait pu entendre mon monologue intérieur.

— Je suis contente de leur avoir parlé. Et mon père ? Ce truc sur la danse est sa façon à lui de me dire qu'il regrette. Au moins, il a entendu ce que je leur ai raconté, tu comprends ?

Il acquiesça.

— Et comment tu te sens, maintenant ?

Bonne question. Je m'adossai.

— Je n'éprouve pas grand-chose. Enfin, encore une fois, je suis contente de l'avoir fait, mais c'est un peu comme aller chez le dentiste : on n'en a jamais envie, mais on sait qu'il faut le faire, et une fois dehors, on est soulagé que ce soit terminé.

Il tendit le bras par-dessus la table pour poser sa main sur la mienne.

— Tu as toujours envie d'aller voir Molly demain ?

— Oui.

J'avais regardé mes e-mails après que nous avions pris nos billets et j'avais rapidement retrouvé l'un des siens. Avec tous les messages qu'elle m'avait envoyés, ce ne fut pas très compliqué. Je lui avais écrit un mot rapide, expliquant que je passais en ville et que j'aimerais la voir. J'avais été à moitié surprise de recevoir son accord dans l'heure.

Cam détourna la tête, mâchoire serrée. L'idée ne l'enchantait guère, ce qui ne l'empêchait pas de me soutenir. C'était lors d'instants comme celui-ci que je mesurais ma chance de lui être rentrée dedans lors de notre premier jour de cours. Je ne m'en félicitais pas assez souvent.

J'avais vraiment besoin de lui, un besoin vital.

Je ne voulais plus parler de mes parents ni de ma rencontre à venir avec Molly. Je voulais montrer à Cam combien je l'aimais. Pas parce que je supposais qu'il n'en attendait pas moins, mais parce que j'en avais envie.

— On rentre ? demandai-je en sentant mon cœur s'accélérer.

Nous payâmes l'addition et arrivâmes rapidement à l'hôtel. Il était encore tôt, et comme nous étions tout proches de Houston, j'avais des tas de choses à lui faire visiter, mais il me tardait de passer un moment d'intimité avec lui. Je n'étais pas partageuse.

Cam, assis sur le bord du lit, la casquette à l'envers, zappait frénétiquement. Les rideaux étaient tirés sur la large fenêtre qui occupait tout un pan de mur, et seuls quelques rares rayons de soleil filtraient à l'intérieur.

— Je vais prendre une douche rapide, annonçai-je en attrapant mes affaires de toilette.

Il m'observa longuement, ouvrit la bouche, puis se contenta de hocher la tête. L'éclat d'intérêt que je vis dans ses prunelles me fit frémir. Je lui souris et disparus dans la pièce attenante. Je refermai la porte et laissai tomber ma trousse à côté du lavabo. Je me demandai si Cam avait remarqué que je n'avais pas pris de vêtements.

Et dans ce cas, ce qu'il pensait à cet instant précis.

La même chose que moi ?

Je me lavai rapidement, ce qui me permit également d'évacuer mon inévitable trouille de l'avion. Cela fut plus long que d'oublier la conversation avec mes parents. Mon cœur battait déjà la chamade et mon corps tout entier n'aspirait plus qu'à le retrouver.

Je sortis de la cabine, m'enveloppai dans une épaisse serviette éponge et me démêlai les cheveux. Mon ventre se tordait comme sur des montagnes russes. Je me brossai les dents, puis ne trouvai plus d'autre activité pour perdre du temps.

En sortant de la salle de bains, je retrouvai Cam exactement où je l'avais laissé, sauf qu'il s'était allongé sur le dos, les jambes pendant au bout du lit. Il avait retiré sa casquette et posé la télécommande à plat sur ses abdos.

Je m'arrêtai sur le pas de la porte.

Cam tourna la tête et s'assit immédiatement. Des mèches de cheveux noirs lui tombaient sur le front, dissimulant ses sourcils. Ses yeux étaient d'un bleu remarquable.

Frétillant d'excitation, je m'approchai de lui. Il bascula légèrement la tête en arrière, et je vis remonter sa pomme d'Adam en m'arrêtant devant lui. Je portai les doigts au nœud rudimentaire retenant ma serviette.

Il battit ses longs cils et entrouvrit la bouche.

— Avery.

Je lui posai une main sur l'épaule et grimpai sur le lit, mes genoux autour de ses cuisses. Il toucha timidement la serviette me recouvrant la taille.

— Cam ?

Il se fendit d'un demi-sourire et la fossette sur sa joue gauche apparut.

— Qu'est-ce que tu mijotes ?

— Rien, répondis-je le souffle court. Plein de choses.

— Deux réponses opposées, remarqua-t-il.

— Je sais. (Je m'abaissai sur lui et me sentis frémir en percevant son érection à travers son pantalon.) Tu m'embrasses ?

Je n'attendis pas sa réponse. Je penchai la tête et lui effleurai la bouche des lèvres à deux reprises, avant de le titiller de la pointe de ma langue et de me faufiler pour trouver la sienne. Il raffermit son étreinte sur mes hanches, mais je parvins à conserver la maîtrise de la situation en l'embrassant plus goulûment. Pour une fois, c'était moi qui menais la danse. J'étais sur le point de fondre.

— Caresse-moi. (Mes lèvres se refermèrent sur les siennes.) S'il te plaît.

Cam s'exécuta, glissant les mains sous ma serviette. Elles montèrent et redescendirent lentement le long de mes cuisses. À chaque passage, ses doigts se rapprochaient du lieu où je les attendais de plus en plus impatiemment. Puis une main s'immobilisa sur mon genou, et l'autre approcha du but de façon terriblement alléchante.

— Maintenant, ordonnai-je.

Il glousssa en bougeant légèrement les doigts. Ses phalanges vinrent frôler ma toison avant de se replier. Je laissai échapper un gémissement de frustration.

— Qu'est-ce que tu veux ? me demanda-t-il, à l'abri derrière ses cils.

— Je veux que tu me touches.

Un nouvel assaut manqué, avant que sa main se repose sur ma jambe.

— Mais je te touche, mon ange.

— Tu sais ce que je veux dire.

— Non.

— S'il te plaît. (Je posai mon front contre le sien.) S'il te plaît, Cam, touche-moi.

Il remonta le menton, frottant son nez contre le mien, puis ses lèvres.

— Ah, dit comme ça, je crois que je comprends mieux.

— Enfin, gémis-je.

Il rit de nouveau puis me mordilla le cou tout en faisant glisser sa main à l'intérieur de ma cuisse. Je tressautai quand il plaqua sa paume contre moi.

— Comme ça ?

— Oui.

Il m'embrassait toujours quand il introduisit un doigt.

— Comme ça ?

Je fermai les paupières et arquai le dos.

— Oui, oui.

Cam changea d'angle et, à l'aide de son pouce, appuya sur ma petite boule de nerfs. Je hoquetai quand il engagea un deuxième doigt.

— Et comme ça ?

Je donnai un coup de hanches, sentant mon corps s'échauffer.

— Oh oui, comme ça.

— Comme ça, répéta-t-il en allant et venant.

Je ne pus réprimer un nouveau gémissement. J'en voulais toutefois davantage, je voulais le sentir en moi, j'avais *besoin* de sa présence. Un désir sauvage et profond allant bien au-delà de la simple lubie. Je rouvris les yeux et le fixai bien en face. Je défis lentement le nœud de ma serviette et m'en dépouillai complètement, la laissant tomber sur le sol.

Cam immobilisa ses doigts et son souffle s'accéléra. Il me pétrit un sein de sa main libre.

— Bon Dieu, Avery.

Je posai la main sur la sienne, le cœur battant la chamade.

— Ne t'arrête pas là.

Son pouce joua avec mon téton durci.

— Je n'y comptais pas, grogna-t-il.

— Ce n'est pas ce que je voulais dire, chuchotai-je. (De la main gauche, je trouvai la braguette de son jean.) J'ai envie de toi, Cam.

— Tu m'as, gémit-il. Je suis tout à toi.

Un sourire ravi apparut sur mon visage quand je refermai les doigts autour de son poignet. Avec une maîtrise que je ne me connaissais pas, je retirai la main qui s'attardait entre mes cuisses.

— J'ai vraiment envie de toi.

Je fis sauter le bouton de son jean et glisser sa fermeture. Quand mes doigts effleurèrent sa virilité, il frémit.

— Tu n'as pas envie de moi ?

— Plus que tu ne peux l'imaginer, répliqua-t-il tandis que je le flattais sur toute la longueur. (Il gémit.) Avery…

Je le lâchai, juste assez longtemps pour lui retirer son tee-shirt et le jeter au loin, dévoilant sa peau hâlée et ses muscles bien faits.

— C'est ça, que je veux, Cam.

Il m'attrapa par les hanches, le souffle saccadé.

— Tu en es sûre, Avery ? Tu n'es pas obligée, tu…

Je le fis taire d'un baiser, laissant courir mes mains sur son torse.

— J'en suis sûre.

Il raffermit sa prise et, d'un mouvement puissant, il me retourna sur le dos. Ses yeux brillaient d'une intensité nouvelle. Il se pencha pour m'arracher un baiser fiévreux et passionné. Puis il se leva, et son regard de braise me cloua sur place. Il retira son pantalon. Mes prunelles se délectèrent de son torse, de son tatouage, de ses abdos parfaits, puis s'aventurèrent plus bas. Cela m'apparaissait énorme, et je me demandai naïvement si nous allions y arriver.

Cam m'observa de la tête aux pieds. Mon cœur battait de façon irrégulière. Mon ventre était tout noué d'impatience.

— Je pourrais passer ma vie à te regarder. Je ne m'en lasserai jamais.

— Même quand je serai vieille ?

— Oui.

Puis il m'embrassa les jambes, le ventre. Quand il atteignit mes seins, il les suça et les mordilla jusqu'à ce qu'ils soient lourds et gonflés. Cam prenait tout son temps, s'installant patiemment au-dessus de moi, me léchant chaque centimètre carré de peau, comme s'il espérait que sa langue pourrait mémoriser la géographie de mon corps et se l'approprier. Peu m'importait. Il pouvait continuer aussi longtemps que ça lui chanterait. La chaleur qui croissait dans mon bas-ventre se répandit tout autour, me provoquant une douleur délicieuse. Pour la première fois, je n'avais pas peur d'apprivoiser ce désir grandissant. Je voulais en explorer les moindres recoins. Je voulais que Cam l'explore.

Je tendis mon bassin vers lui, qui continuait à m'arracher souffle rauque sur gémissement sur geignement. Le désir déferlait en moi en vagues de plus en plus puissantes et violentes. Je n'avais encore jamais rien ressenti de pareil.

Cam reposa ses lèvres sur les miennes, s'appuyant sur un bras. De sa main libre, il me pénétra délicatement d'un doigt, puis de deux. Bientôt, je ruais sous son toucher expert. Puis il redressa la tête et son regard avait quelque chose d'enivrant - de féroce. Cela traduisait exactement ce que je ressentais. Il m'amena jusqu'au bord de l'orgasme, puis retira ses doigts.

— Cam, gémis-je.

Il pouffa en descendant le long de mon corps, puis sa bouche se posa sur moi et sa langue s'activa à m'en faire perdre la tête. Je me cambrais tant et plus, m'abandonnant à mon plaisir. Celui-ci irradiait dans tout mon corps ; j'étais à moitié folle de désir, et quand ses doigts massèrent mon point sensible, je jouis en hurlant son nom.

Cam se redressa rapidement, plongea son regard dans le mien, ce qui n'arrangea pas mes tremblements incontrôlables. Il m'écarta légèrement les cuisses, et je ressentis un pincement de malaise, un résidu de froid et de ténèbres que je m'empressai de repousser. J'étais *prête*. Son membre érigé se posa contre moi puis s'enfonça, d'un ou deux centimètres.

— Je t'aime, dit Cam en me posant une main sur la joue. Je t'aime tellement.

J'enroulai mon bras autour du sien.

— Je t'aime aussi.

Il m'embrassa profondément tout en me saisissant la hanche. Puis il donna un premier coup de bassin. Une douleur cinglante et aiguë se répercuta dans tout mon être. Des larmes de surprise me montèrent aux yeux, et je me figeai en me sentant si incroyablement remplie.

— Ça va ? souffla-t-il en s'arrêtant.

Je hochai la tête puis répondis :

— Oui.

Le regard de Cam scruta le mien. Il resta immobile, enfoui au fond de moi, et m'embrassa à pleine bouche. Lentement, tendrement, et si profondément que ce furent d'autres larmes qui me troublèrent la vue. Ma poitrine se gonfla d'amour et, enfin, la douleur sourde se dissipa, et la pression que je ressentais se transforma en plaisir. Je levai les hanches pour l'encourager.

Il gémit.

— Av...

Je recommençai, un peu plus haut. Il me saisit par les fesses et poussa, m'arrachant un cri de plaisir. Je le saisis par les épaules et enroulai les jambes autour de sa taille, l'invitant plus profondément. Il trouva son rythme, qui s'intensifia petit à petit jusqu'à devenir effréné. La tête commençait à me tourner de bonheur. Il s'activa encore, et je le sentais partout, notamment sur les seins, où sa bouche me dévorait avidement. Sans cesser son va-et-vient, Cam glissa une main entre nous et je n'y tins plus. Je rejetai la tête en arrière, tremblant de tous mes membres. Une sensation incroyable. Les convulsions me parcouraient le corps en autant d'ondes rapprochées et sensuelles.

— Avery.

Il grogna mon nom en enfouissant sa tête contre mon épaule. Deux ultimes coups de boutoir le firent jouir alors que les derniers frissons me parcouraient encore.

Nos cœurs battaient à l'unisson, nos peaux moites collaient l'une à l'autre. Plusieurs minutes s'écoulèrent, peut-être des heures. Je l'ignorais. Quand il se retira lentement, délicatement, il m'embrassa comme il ne l'avait encore sans doute jamais fait.

— C'était… il n'y a pas de mots pour le dire. (Il secoua la tête, les yeux pétillants.) Ça va ?

— Parfait, répondis-je en lui prenant le visage entre mes mains. Tu as été parfait.

Cam referma sa bouche sur la mienne.

— Seulement grâce à toi.

33

Le lendemain matin, sous la douche, je sentis l'eau chaude fouetter agréablement mes muscles endoloris. J'ouvris le jet à fond et basculai la tête en arrière pour le recevoir en pluie. La nuit précédente… toute la nuit… Un vaste sourire m'étira les lèvres. Ç'avait été formidable. Pas uniquement nos étreintes – incroyablement merveilleuses – mais tout ce qui s'était ensuivi. Nous étions plus proches que jamais, et ce n'était pas cette relation charnelle qui nous avait unis de la sorte, mais cette confiance totale et mutuelle que nous avions eue l'un en l'autre.

En entendant coulisser la paroi de la douche, j'ouvris les yeux à temps pour voir Cam me rejoindre. Complètement nu. Je baissai les yeux. Et dur.

Je me sentis rougir et serrai timidement les bras contre ma poitrine. Oui, nous étions plus proches, ce qui ne signifiait pas que de me retrouver à poil et vulnérable devant lui n'était pas intimidant.

— Tu es magnifique. (Cam m'écarta les bras avec un sourire en coin.) Et pourtant tu te caches ?

— Tout le monde n'a pas ta confiance en toi.

— Oui, oui.

Il fit courir son pouce sur mon téton couvert de gouttelettes, puis m'embrassa au coin des lèvres tout en me caressant le bras. L'eau me dévalait le dos.

— Je m'ennuyais, tout seul. Je me suis dit que je pourrais te rejoindre.

— Tu t'ennuyais ?

Je me rapprochai de lui.

— Oui.

Il posa les mains sur ma taille et combla la distance nous séparant encore. Nos peaux glissantes entrèrent en contact, et mon corps fut immédiatement en émoi.

— J'ai commandé le petit déj. On a environ vingt minutes.

— Vingt minutes pour prendre une douche ?

— Non, pour ça, deux suffiront.

— Que va-t-on bien pouvoir faire des dix-huit autres ?

Évidemment, Cam ne me répondit pas... mais me fit une démonstration détaillée. Il m'embrassa une fois avant d'abandonner ma bouche pour mes seins. Une boule de lave se forma dans mon ventre quand il me fit pivoter de côté, toujours sous le jet brûlant. Médusée, je passai la main dans ses cheveux humides. Ils glissèrent entre mes doigts comme de la soie. Il mit alors une main entre mes cuisses et reprit le contrôle de ma bouche. Il savait exactement comment me toucher, comment me faire tourner les sens.

— Attends, m'ordonna-t-il.

Je passai les bras autour de son cou, poussant un léger soupir quand il me souleva pour m'adosser au carrelage avant de prendre place entre mes jambes. Il nous fit fusionner d'une pression, avec une lenteur insupportable. Mes gémissements emplissaient la salle de bains au rythme de ses assauts. Mon cœur battait la chamade, à l'étroit entre ma poitrine et mon ventre serrés.

D'une façon ou d'une autre, nous sortîmes de la douche et je me retrouvai dos au sol, les cuisses serrées autour des hanches de Cam, tandis que l'eau coulait encore. L'une de ses mains était sur mon sein, l'autre profondément enfouie dans mes cheveux détrempés. Sa bouche était chaude et exigeante, brûlante de désir.

— Cam ! m'écriai-je en arquant le dos tandis qu'un orgasme explosif m'écrasa tout entière.

Il passa ses bras autour de moi pour me soulever, m'asseyant dans son giron. Mes genoux glissèrent sur la patinoire sur laquelle nous nous ébattions. Des éclairs me coulaient dans les veines. Son corps se convulsa quand il me serra contre lui après une ultime saillie, et nos bassins tanguèrent de conserve.

Pendant quelques secondes, nous n'entendîmes que nos souffles saccadés et l'eau de la douche. Nous étions affalés dans les bras l'un de l'autre ; ma tête reposait sur son épaule, ma main sur son cœur palpitant.

— Tu...

— Ça va, l'interrompis-je en gloussant. Tu ne vas pas me casser.

— Je ne sais pas. (Il écarta les cheveux qui me tombaient sur le visage.) Tu... (Un coup porté à la porte de notre chambre l'interrompit.) Merde. C'est le petit déj.

Je descendis de ses genoux en me tortillant et il se remit debout, manquant se casser la figure sur la flaque géante recouvrant le carrelage. Il atteignit néanmoins la porte en un seul morceau.

— Cam !

— Quoi ?

Il se retourna.

Je lui lançai une serviette en gloussant.

— Tu as un truc qui pendouille.

— Bien vu. (Il se ceignit de la serviette en m'adressant un sourire narquois.) Même si beaucoup de monde aimerait voir mon truc.

J'éclatai de rire en retournant me glisser sous le pommeau de douche. Son *truc* était plutôt impressionnant.

La maison de Molly était située dans un quartier convenable, propre et soigné, habité par la classe moyenne. Nous nous arrêtâmes devant une vieille bâtisse de plain-pied, et je vérifiai sur mon téléphone que nous étions bien à la bonne adresse.

— C'est ici.

Cam se gara dans le virage en fronçant légèrement les sourcils.

— Tu es sûre de vouloir faire ça ?

— Oui. Je le lui dois bien.

Il coupa le contact.

— Tu ne lui dois rien du tout.

Je le regardai.

— Si. Ce n'est pas que je me reproche ce qui lui est arrivé, mais si je ne lui parle pas, elle ne comprendra jamais pourquoi je n'ai rien dit. Et j'ai besoin qu'elle comprenne.

Car je survivrais sans aucun problème à une semaine sans recevoir de message de sa part.

Il prit une brusque inspiration et posa les mains sur le volant.

— Et bien sûr, tu préfères que je reste ici ?

J'acquiesçai.

Il soupira.

— Je n'aime pas ça.

Je me penchai vers lui pour l'embrasser sur la joue.

— Mais tu m'aimes, moi.

— Je t'adore.

Il pivota la tête dans ma direction. Puis, m'attrapant par la nuque, il rapprocha ma bouche de la sienne.

— Ce qui ne veut pas dire que ça me plaît de rester dans la bagnole pendant que tu vas rendre visite à une inconnue sans doute à moitié timbrée.

— Elle n'est pas folle.

— C'est ce que tu dis.

— C'est ce que je dis.

Il se fendit d'un demi-sourire.

— Si tu n'es pas ressortie dans cinq minutes, j'entre, le flingue à la main.

— Tu n'as pas de flingue.

— Elle n'en sait rien.

Je gloussai doucement.

— Cinq minutes ne suffiront pas.

— Six.

— Plus, insistai-je.

— Tu n'as pas besoin de faire ça, mon ange.

Comme je ne répondis pas, il grogna :

— Bon d'accord, sept.

— Ne sois pas ridicule. Ça va bien se passer.

Il soupira derechef.

— OK. Mais fais attention.

— Promis.

Avant de me laisser descendre, il raffermit son étreinte et m'embrassa de nouveau. D'abord doucement, puis de plus en plus voracement, quand sa langue s'immisça entre mes lèvres et me rappela ce qu'il avait fait la nuit précédente et ce matin-là. Je poussai un gémissement et, lorsqu'il s'écarta, je haletais.

Un éclat moqueur illumina ses prunelles.

— Plus vite tu ressortiras, plus tôt tu auras du rab.

— C'est trop méchant.

J'ouvris ma portière, le sourire aux lèvres.

— Je t'aime.

Je ne me lasserais jamais de l'entendre.

— Je t'aime aussi.

M'extraire de la voiture fut presque impossible, mais j'y parvins néanmoins. Mes sandales claquaient sur le trottoir fissuré tandis que je m'empressais de rejoindre la porte d'entrée. Je n'avais subi les assauts du soleil matinal que quelques secondes, mais déjà des perles de sueur me parsemaient le front.

Je levai la main pour frapper à la moustiquaire, mais la porte intérieure s'ouvrit sur une jeune femme osseuse aux cheveux très noirs et aux grands yeux gris – des yeux méfiants. Elle m'observa, puis regarda par-dessus mon épaule. Elle était mignonne, mais semblait lasse et éreintée.

— Qui est-ce ? s'enquit-elle.

Je reconnus immédiatement sa voix.

— C'est Cam. Mon copain.

Elle fit une grimace, comme si elle venait de croquer sur quelque chose d'aigre.

— Il ne peut pas entrer.

— Je sais, m'empressai-je de répondre pour la rassurer. C'est pour ça qu'il est resté dans la voiture.

Molly fit la moue, mais s'effaça pour me laisser passer. J'ouvris la porte grillagée et la suivis dans le salon enténébré.

— C'est la maison de tes parents ? demandai-je en observant les nombreuses photos ornant les murs et les meubles usés.

— Oui.

Elle traversa la pièce pour aller éteindre la télévision. Elle jeta la télécommande sur le canapé à côté d'elle.

— Ils sont au boulot, précisa-t-elle.

— C'est joli ici.

Elle eut une grimace dédaigneuse.

— Dit la fille qui habite Red Hill.

La pique relative au quartier de mes parents porta. Je m'assis sur une chaise et croisai les pieds.

— Eh bien, je suis contente que tu aies accepté de me voir.

Molly resta debout, non loin de moi.

— Vraiment ?

— Oui.

Elle eut un rire dur.

— Bizarrement, j'en doute, étant donné notre dernière conversation et les neuf mois que tu as passés à me filtrer.

D'accord. Cela n'allait pas être facile.

— Je ne suis pas très fan des e-mails émanant d'inconnus, surtout après avoir reçu des milliards de messages d'insultes pendant toute la durée du lycée. Et puis, rappelle-toi que tu m'as quand même envoyé une tonne de mots pas tous sympas.

Elle croisa les bras et dressa le menton.

— Tu sais pertinemment pourquoi j'ai fait ça.

— Parce que je ne t'ai pas répondu tout de suite, et parce que tu me tiens responsable. (Comme elle ne répondait pas, je me penchai en avant.) Tu sais, je ne mentais pas quand je t'ai dit que je ne savais rien de ce qui t'était arrivé avant de parler à mon cousin au mois de janvier. Je n'ai jamais lu tes premiers e-mails. C'est la vérité.

Elle pinça les lèvres.

— Donc tu t'en tiens à ta version de l'histoire, selon laquelle tu n'es pas une sale pute de menteuse ?

Je soufflai longuement par le nez et la fusillai du regard. J'étais folle de rage, mais, comme la veille avec ma mère, je parvins à garder mon calme.

— Comme je te l'ai dit au téléphone, je n'ai pas non plus menti à la police.

— Alors pourquoi as-tu laissé tomber les poursuites ? s'étonna-t-elle.

— C'est une longue histoire.

Elle ouvrit grands les bras.

— Manifestement, j'ai tout mon temps. Raconte-moi.

Son ton impatient rendait extrêmement difficile de ne pas me comporter de façon trop vache avec elle. M'efforçant de conserver une voix neutre, je détaillai à Molly ma soirée d'Halloween et les jours qui s'étaient ensuivis. Elle conserva pour l'essentiel un air sévère et implacable de vieux flic. La seule lézarde dans son humeur glaciale se manifesta quand je lui expliquai ce que Blaine m'avait fait. Je n'eus pas besoin de lui poser la question pour comprendre qu'il avait procédé de la même manière avec elle. Quand j'eus terminé, elle se retourna. Malgré ses épaules affaissées, elle se tenait bien droit.

— J'étais censée n'en parler à personne, mais il fallait que je te le dise.

— Ton copain est au courant ?

— Oui.

Elle persista à me tourner le dos et resta silencieuse.

— J'aurais préféré que mes parents n'acceptent pas, et je regrette de ne pas leur avoir tenu tête. Si j'avais été aussi forte que toi, je...

— Tu ne sais rien de moi, aboya-t-elle en faisant volte-face.

Je levai les mains en signe d'apaisement.

— Mais je sais que tu es quelqu'un de fort - de plus fort que moi. Tu as fait ce qu'il fallait, et je me doute que ça n'a pas dû être facile.

— Ça a été très dur.

— Je n'en doute pas.

J'avais l'impression qu'elle cherchait simplement à me contredire.

Son menton acéré jaillit en avant.

— Rien de tout ça n'a été facile. Parler à la police - aux inspecteurs puis aux avocats. Devoir répéter sans cesse ce qu'il m'avait fait subir ? Par le détail ? Pas facile. Et je n'aurais pas eu à vivre tout ça si tu t'en étais tenue à la vérité !

— Je suis désolée...

Elle approcha si vite que je n'eus pas le temps de réagir. Elle me gifla violemment, et ma tête partit sur le côté. Des larmes de douleur et de surprise me montèrent aux yeux.

Je n'arrivais pas à y croire. Ma joue était en feu. Putain. Pour quelqu'un d'aussi frêle, elle savait donner de sacrées baffes.

La fureur prit lentement le pas sur l'étonnement, et cela me démangeait de lui rendre la monnaie de sa pièce. Je comprenais néanmoins sa colère. La plaie était récente et profonde. Je savais ce qu'elle endurait, cela m'arrivait encore plus souvent qu'à mon tour. La rage ne disparaissait jamais vraiment. Je concevais donc qu'elle soit si furieuse.

Ce qui expliqua en partie pourquoi je ne lui écrasai pas mon poing sur le nez.

— Tu l'as méritée ! s'exclama-t-elle d'une voix tremblante.

Je me levai. Ma joue me piquait toujours.

— Peut-être. Mais je n'ai pas mérité ce que Blaine m'a infligé, et je ne mérite pas le traitement que tu me réserves pour une décision que j'ai prise quand j'avais quatorze ans et qu'on m'a plus ou moins obligée à prendre.

— Tes parents ne t'ont quand même pas posé un pistolet sur la tempe pour te forcer à signer, si ?

Je secouai la tête.

— Comment aurais-tu réagi, si tu avais eu quatorze ans et que les tiens t'avaient demandé de le faire ?

Elle ouvrit la bouche pour répliquer.

— Ne réponds pas, ça n'a pas d'importance. Je suis désolée – mais si tu me frappes à nouveau, je te cognerai à mon tour. Je suis navrée que tu aies eu à subir ça. Je suis navrée que tu doives endurer un procès et tout ce qui s'ensuit. Et crois-moi, je suis surtout navrée d'avoir signé ces putains de papiers. Mais je ne peux pas revenir en arrière. Tout ce que je peux faire, c'est aller de l'avant.

— Eh bien, amuse-toi bien, alors.

À toiser ainsi la fille avec laquelle je partageais un terrible fardeau, je me sentis soudain… vide. Il n'y eut pas d'ange messager ni de lumière dorée, aucune révélation. Je ressentais exactement la même chose qu'en sortant de chez mes parents : rien. Je me rendis alors compte que Cam avait raison. Je n'avais pas besoin de faire ça pour tourner la page. Pas plus que je n'avais réellement eu besoin d'affronter mes parents. Même si j'avais trouvé ça fantastique.

J'avais vraiment commencé à tourner la page dès l'instant où j'avais fait part à Cam de la vérité.

Ça ne s'était pas passé en une nuit. Reprendre sa vie en main était un processus horriblement lent, et il fallait parfois se prendre une bonne baffe pour le comprendre.

Je n'avais pas besoin d'être ici.

Ma vraie place était dehors, avec Cam, ou chez moi, en Virginie-Occidentale, avec mes amis. Je devais continuer à avancer.

Je me dirigeai vers la porte.

— Où tu vas ? (Ses doigts maigres s'enfoncèrent dans mon bras pour m'arrêter.) Avery ?

Je me défis de son étreinte et répliquai d'une voix parfaitement calme :

— Je pars, Molly. Je retourne vers l'homme que j'aime malgré mon passé ou les mauvaises décisions que j'ai pu prendre. Je rentre chez moi, à savoir pas dans la maison de Red Hill, pour y retrouver mes amis. Voilà où je vais.

Elle déglutit mais resta muette tandis que j'atteignais l'entrée. Je m'arrêtai sur le seuil et me tournai vers elle.

— Écoute, si tu veux m'appeler, simplement pour discuter, tu as mon numéro. Tu peux téléphoner quand tu veux. Sache simplement que j'ai tiré des leçons de mes erreurs. Si tu m'envoies encore un message pour me mettre en rogne, je n'hésiterai pas à appeler les flics ni à porter plainte contre toi.

Elle pinça les lèvres et recula d'un pas.

— Je te souhaite le meilleur. Sincèrement. Au revoir, Molly.

Elle ne m'empêcha pas de sortir, ni ne vint me rejoindre comme l'avait fait mon père. Je me glissai dans la voiture climatisée et poussai un soupir épuisé.

— Comment ça s'est... Pourquoi tu as la joue toute rouge ? (Cam me saisit le menton et me fit doucement pivoter vers lui.) Est-ce qu'elle t'a frappée ?

— Ouais. (Je grimaçai en l'entendant jurer.) Mais je crois que ça l'a soulagée de pouvoir se défouler.

Il étrécit les yeux.

— Ça ne justifie pas tout.

— Je sais. (Je refermai ma main sur la sienne, que je plaquai conte ma joue endolorie.) Mais c'est fini, maintenant. J'ai dit ce que j'avais à dire, et je pense que je n'entendrai plus jamais parler d'elle.

Cam écarta les doigts pour me caresser délicatement la figure.

— Avery...

— Tu avais raison. Je n'avais pas vraiment besoin de faire tout ça, mais je suis contente de l'avoir fait. Je suis en paix avec moi-même. (Je fermai les paupières et tournai la tête pour lui embrasser la paume.) Ramène-moi à la maison, Cam. C'est là que je devrais être.

34

Lorsque l'on est petit, le seul problème, avec l'été, est qu'il donne l'impression de prendre fin avant même d'avoir commencé. J'éprouvais peut-être ce sentiment uniquement à cause de mes cours supplémentaires, qui avaient tendance à dépouiller la belle saison de sa substantifique moelle.

Je grognai en entrouvrant un œil. J'aperçus d'abord mon bracelet – pas celui en argent, que Cam avait remplacé par plusieurs longueurs de cordon retenant un charme d'infinité. Puis je vis l'heure. Pourquoi avais-je mis le réveil si tôt ? Je n'avais pas cours avant 9 heures.

Je sentis le matelas remuer.

Cam, lui, ne commençait qu'à 10 heures. Il allait terminer sa carrière d'étudiant de façon tranquille.

Je roulai sur le ventre, un sourire ensommeillé aux lèvres, puis j'étendis jambes et orteils. Les draps glissèrent sur ma peau nue et aboutirent quelque part au pied du lit. Soit la chambre était hantée de quelque fantôme malicieux, soit Cam était déjà bien réveillé.

Une bouche se posa entre mes omoplates et une main vint me flatter le bas des reins. Des doigts remontèrent en marchant le long de mon échine, y déclenchant une éruption de chair de poule.

— Bonjour, mon ange, dit Cam d'une voix endormie.

Ah, voilà la raison pour laquelle j'avais mis le réveil si tôt ; rien à voir avec mes motivations de l'année précédente. J'étais alors si angoissée à l'idée d'être en retard que je m'en rendais malade. Désormais, je me levai tôt afin de profiter d'un peu de temps en tête à tête avec mon amoureux.

— B'jour, marmonnai-je en refermant les yeux.

Il continua à me caresser, s'arrêtant juste au-dessus de mon postérieur avant de remonter jusqu'à ma nuque.

Il m'embrassa au milieu du dos, puis au renflement des hanches. Son souffle chaud m'embrasa les reins, puis il déposa un baiser sur ma fesse droite.

Je gloussai en me tortillant.

— Tu sais ce qu'on dit d'un mec qui embrasse les fesses d'une fille ?

— Qu'il sait qui est le chef ?

— Ha, ha. (Il écarta les cheveux de mon cou pour m'embrasser à cet endroit.) Qu'il est fou amoureux d'elle.

— Vraiment ?

— Vraiment, murmura-t-il en posant une main sur ma hanche.

— Et tu as vu ça où ?

— Sur Internet.

— Génial.

— Tu sais ce que j'ai appris d'autre ? (Il me souleva pour me glisser un bras sous le ventre.) Que les seins d'une femme sont de meilleure humeur le matin.

— Quoi ? m'esclaffai-je.

— Oui, répliqua-t-il en me saisissant le droit. Je voudrais vérifier cette théorie.

Il pinça délicatement, et le téton durcit. Il réitéra l'expérience avec l'autre sein.

— Apparemment, c'est vrai. Tes seins sont particulièrement joyeux ce matin.

Prise d'une crise de rire, je lui tapai sur les doigts pour le chasser ; mes gloussements se tarirent quand il représenta sa main de façon beaucoup plus déterminée. Ses doigts s'emparèrent à merveille de mes tétons et il ne me fallut pas longtemps pour me mettre à onduler sur le matelas.

— J'adore ta façon de penser, déclara Cam en se positionnant derrière moi.

Je lui jetai un coup d'œil par-dessus mon épaule.

— Hein ?

Il désigna le réveil d'un geste du menton.

— De le faire sonner en avance. Mon ange, tu es géniale.

— Je sais.

Je souris en reposant ma joue sur l'oreiller. Mon cœur battait à tout rompre, et j'étais déjà prête à l'accueillir.

— Alors, tu comptes mettre ce laps de temps à profit, ou tu préfères m'impressionner avec d'autres découvertes miteuses faites sur Internet ?

— Tyran. (Il m'embrassa l'épaule, puis reposa les mains sur ma taille.) Mes découvertes miteuses pourraient te faire hurler si fort qu'on t'entendrait de l'autre côté du campus.

— C'est bon à savoir.

Cam me souleva de nouveau.

— Je peux ?

Il hésitait toujours et ne manquait jamais de me poser la question avant de démarrer. Quelque part, cela me rassurait qu'il sache qu'il pouvait m'arriver de me sentir encore gênée, ou de ne pas avoir envie qu'il me touche. Si ces instants-là étaient de plus en plus rares et espacés, ils existaient néanmoins et il en tenait compte.

Nous nous étions tous deux adaptés à la situation.

Durant l'été, j'avais commencé à rencontrer chaque semaine l'un des conseillers de la fac, et je comptais poursuivre les séances jusqu'à n'en avoir plus besoin. Et peut-être que, un jour, je pourrais à mon tour aider quelqu'un en lui faisant part de mon histoire et de mon expérience.

— Oui, répondis-je.

Et pour bien lui signifier mon accord, juste au cas où il doute, je tendis ma croupe vers lui. Il poussa un grognement guttural et mon sourire s'étira.

Il s'installa entre mes jambes et je tendis les bras pour y faire reposer mon poids. Je redressai le menton et pivotai la tête. Ses lèvres trouvèrent instantanément les miennes. J'adorais sa façon de m'embrasser, comme s'il se repaissait de moi. Un seul baiser de sa part me faisait fondre entre ses mains. Il était vraiment doué.

Cam retira alors sa bouche et donna un petit coup de hanches, s'introduisant en moi par-derrière. Son rythme était lent, tranquille, et pourtant chacun de ses assauts faisait mouche. Je posai mon front sur l'oreiller et l'accompagnai dans ses mouvements, le souffle saccadé. Il entremêla ses doigts aux miens et accéléra la cadence.

— Je t'aime.

Ce murmure rauque dans mon oreille me fit instantanément basculer. Nous atteignîmes tous deux le plaisir à quelques secondes d'intervalle.

Et ce fut mon murmure dans son oreille qui nous fit venir de nouveau, une fois sous la douche.

J'arrivai en classe avec quatre minutes de retard, mais entrai néanmoins dans la salle en adressant au professeur un petit sourire innocent avant d'aller m'asseoir.

Le temps était chaud sans être étouffant, et nous décidâmes de déjeuner dehors, à l'ombre de l'un des gros chênes près de la bibliothèque.

Jacob remonta le rebord de son chapeau melon, celui de la soirée d'Halloween de l'année précédente, et observa, sourcils froncés, la dizaine de gobelets en polystyrène disposés devant lui. Il construisait une pyramide. Je ne lui demandai pas pourquoi.

J'enfonçai ma paille dans mon gobelet tout en me débarrassant de mes tongs. Brit tendit la main vers mes orteils, et je lui décochai un regard assassin.

— Touche-moi et t'es morte.

— Elle ne plaisante pas. (Cam me donna un petit coup de coude.) Je lui ai touché le petit orteil une fois, et j'ai failli y laisser un doigt.

— Et autre chose.

— Waouh, ça, c'est de la menace.

Brit contempla son petit pot de mayonnaise, puis ses frites. Elle poussa un soupir.

— Ollie me manque. J'adorais le dégoûter avec mes frites.

— Eh bien, il te reste nous trois, souligna Jacob. Et tu nous dégoûtes à merveille.

— Ce n'est pas pareil. (Elle fit la moue.) Ollie était canon.

— Pardon ? s'offusqua Jacob, manquant renverser son œuvre. Moi aussi, je suis canon.

Cam fronça les sourcils.

— Moi aussi.

Je lui balançai mon coude dans l'estomac.

— Eh bien, puisque vous ne comprenez rien... (Brit plongea avec ravissement une frite dans sa mayo.) Jacob, tu n'aimes pas les filles. Cam, tu es complètement dévoué à Avery, il ne restait donc qu'Ollie.

Je souris.

Jacob redressa la tête, se fendant d'un léger rictus.

— Eh bien, en voilà un autre.

Je pivotai le buste pour suivre son regard. Jase traversait la route pour venir nous rejoindre.

Brit soupira.

— Non, trop compliqué.

— Pourquoi ? m'étonnai-je en reluquant le copain de Cam.

Elle émit un petit bruit évasif.

— Il n'est pas du genre à entretenir une relation sérieuse, si j'ai bien compris.

— Parce que tu cherches une relation sérieuse ? lui demandai-je.

— Non. (Elle éclata de rire en imbibant un peu plus sa patate.) Mais j'ai le sentiment que dès qu'on a goûté à quelqu'un comme lui, on ne peut plus s'en passer.

— Comme avec une pipe de crack ? suggéra Jacob.

— Ou les Curly, renchérit Brit.

Cam fit la grimace en me volant quelques frites. Je lui adressai un regard terrifiant, mais réduisis mes efforts à néant en l'embrassant sur la joue.

Jase se laissa tomber à côté de nous et étendit ses longues jambes. Il n'avait pas l'air dans son assiette, son visage presque parfait étant légèrement blême.

— Euh, j'hallucine ou je viens de voir ta sœur entrer dans Knutti Hall ?

— Tu n'hallucines pas, répliqua Cam. Elle vient de s'inscrire ici.

— Oh. (Jase étrécit les yeux en observant un point au loin.) C'est... c'est cool.

Je croisai le regard de Cam, qui haussa les épaules. Alors qu'il fixait toujours une chose que lui seul pouvait voir, Jase tendit le bras par-dessus Cam pour me dérober à son tour une poignée de frites.

— Vous déconnez, ou quoi ? m'emportai-je.

Cam éclata de rire.

— Tes frites sont en grand danger.

— On dirait bien, marmonnai-je en les scrutant tour à tour.

Jase m'adressa un clin d'œil, qui le rendait aussi bêtement attirant que Cam quand il le faisait.

— Vous venez tous au *luau* ce week-end ?

J'opinai, et me rendis une fois de plus compte des nombreux changements qui avaient bouleversé mon existence en un an à peine. À la même époque, l'année précédente, je n'aurais même pas envisagé de me rendre à une fête, surtout organisée par une association d'étudiants. Je souris à cette idée tout en avalant mes dernières frites avant que les garçons s'en chargent.

— Il y aura vraiment un cochon ? s'étonna Brit. Car l'année dernière, ils l'ont remplacé par du dindon sauvage, et c'était dégueulasse.

Jase éclata de rire.

— Cette fois, on aura un vrai cochon.

La poche extérieure de ma besace se mit à vibrer. Me demandant bien qui pouvait m'appeler, tous mes amis étant autour de moi, je sortis mon téléphone.

C'était un texto – un texto émanant d'un vrai numéro de téléphone. Indicatif du Texas.

C Molly. On pourra parler qd tu auras du tps ? STP.

Un léger frisson me dévala l'échine tandis que je contemplais l'écran. Elle ne m'avait plus contactée depuis que nous nous étions vues. Et, jusqu'à présent, le ton de ses messages n'avait jamais été aussi agréable, même si rien n'indiquait non plus une grande amitié inaltérable.

Je répondis sans perdre de temps.

Oui. Jtappelle ce soir.

Plusieurs minutes s'écoulèrent, durant lesquelles je ne quittai pas mon portable des yeux. Molly m'avait répondu d'un *OK*, et j'étais encore stupéfaite.

— Tout va bien ? s'inquiéta Cam en me posant une main dans le bas du dos.

— Oui.

Je rangeai mon téléphone. Tout allait très bien. Peut-être pas à la perfection, mais la vie n'était pas faite pour être parfaite. Elle était compliquée, parfois désastreuse, mais il y avait une certaine beauté dans ce désordre, une forme de paix dans ce chaos.

Je ne savais pas où j'en aurais été ni ce que j'aurais fait si je n'avais pas décidé de me déraciner et d'abandonner mon passé derrière moi. Beaucoup de choses seraient différentes. Je savais également que, si je n'avais pas rencontré Cam, je ne serais sans doute pas assise ici. J'aurais peut-être fini par reprendre le dessus, mais j'étais assez lucide pour savoir reconnaître qu'il m'avait largement aidée.

Et pour admettre que, chaque fois que je scrutais le ciel nocturne et tombai sur la Corona Borealis – ou une constellation lui ressemblant –, je lui adressais mes remerciements silencieux. Je m'allongeai contre le torse de Cam, basculai la tête en arrière et levai la main pour lui saisir le menton. Je l'attirai à moi et l'embrassai tendrement.

— Merci.

Il se fendit d'un demi-sourire.

— De quoi ?

— De m'avoir attendue.

Remerciements

Écrire des remerciements n'est jamais chose facile, même si je commence à avoir une certaine expérience. Je voudrais tout d'abord remercier Molly McAdams et Cora Carmack, pour leurs textes de présentation et leur soutien extraordinaire. Sarah – ton illustration est magnifique, et je suis tombée sous le charme de la couverture dès que je l'ai vue. À mon agent Kevan Lyon, un immense merci d'être le plus grand soutien de la profession ! Merci aussi à Marie Romero d'avoir corrigé toutes mes coquilles, et à Valerie, toujours prête à organiser une tournée de dernière minute. Vous faites un boulot formidable. Rien de tout ceci n'aurait été possible sans vous, lecteurs. Je ne vous remercierai jamais assez de vous intéresser à mes livres. À ce jour, j'ai encore du mal à y croire. Enfin, et surtout, un grand merci à Stacey Morgan. Elle est la première à avoir entendu parler de ce *Jeu de patience* – une idée qui m'est venue sous la douche – et qui m'a soutenue quotidiennement durant toute l'écriture de ce roman. MERCI.

Composition
NORD COMPO

Achevé d'imprimer en Espagne
par BLACKPRINT CPI IBERICA
le 10 janvier 2017.

1er dépôt légal dans la collection : janvier 2014.
EAN 9782290080672
OTP L21EDDN000509C003

ÉDITIONS J'AI LU
87, quai Panhard-et-Levassor, 75013 Paris

Diffusion France et étranger : Flammarion